Kuss der Unendlichkeit

Carrie MacAlistair

Kuss der Unendlichkeit

Roman

Weltbild

Besuchen Sie uns im Internet:
www.weltbild.de

Genehmigte Lizenzausgabe für Verlagsgruppe Weltbild GmbH, Augsburg

Projektleitung: usb bücherbüro, Friedberg/Bay
Redaktion: Ingola Lammers, München
Umschlaggestaltung: Johannes Frick, Neusäß/Augsburg
Umschlagmotiv: © Accornero Franco via Agentur Schlück, Garbsen
(Vögel © mirpic, Burg © William McKelvie, Mond © Parato)
Satz: AVAK Publikationsdesign, München
Druck und Bindung: GGP Media GmbH, Pößneck

Printed in the EU
ISBN 978-3-86800-655-1

2014 2013 2012 2011
Die letzte Jahreszahl gibt die aktuelle Lizenzausgabe an.

1

Wie üblich hingen graue Wolken über der Londoner City, doch davon ließ sich Catherine Page nicht verdrießen, als sie ihren Sportwagen durch die Innenstadt lenkte. Sie fragte sich nicht zum ersten Mal, welcher Teufel sie wohl geritten hatte, sich als Londonerin ein Cabrio zu kaufen – denn meistens musste sie mit geschlossenem Verdeck fahren, weil es regnete.

In ihrem Beruf als Fotografin war Catherine erfolgreich, und gerade kam sie von einer Verlagsbesprechung, bei der man ihr eine neue reizvolle Aufgabe angeboten hatte: ein Bildband mit dem schönsten Schlössern, Burgen und Herrenhäusern Großbritanniens!

Drei Monate hatte sie Zeit für die Fotos – genug, um alles Sehenswerte im Lande fotografieren zu können. Im Geiste plante sie bereits ihre Reiseroute; zuerst wollte sie die bekannten Besitzungen der königlichen Familie ablichten, doch die waren schon so oft fotografiert worden, dass sie für einen Profi wie Catherine keinen besonderen Reiz mehr boten, obwohl sie wusste, dass der königstreue Verleger in erster Linie Fotos dieser bekannten Bauwerke erwartete.

Bereits als Kind wusste sie, welchen Beruf sie einmal ergreifen wollte. Sie hatte ein sicheres Gespür für das richtige Zusammenspiel von Licht, Schatten und Farben, sodass sie sich schon vor Beendigung des Studiums die ersten Kunden – meistens Zeitschriftenredaktionen – sichern konnte.

Nun war sie neunundzwanzig und hatte mehrere Beziehungen

hinter sich, die stets aus demselben Grunde zerbrochen waren: sie hatten sich auseinandergelebt. In ihrem Job musste Catherine viel reisen, und das liebte sie, auch wenn darunter die Partnerschaft litt. Catherine schwor sich, niemals ihren Beruf wegen eines Mannes zu vernachlässigen, obwohl sie sich längst durchaus ein weniger hektisches Leben leisten konnte.

Einen alten Elvis-Song vor sich hin trällernd, parkte sie ihren Wagen gut gelaunt vor dem Backstein-Reihenhaus einer ehemaligen Arbeitersiedlung. Bisher hatte sie sich standhaft geweigert, eine eigene Wohnung zu mieten, da sie zu oft unterwegs war. Und so lebte sie seit nunmehr drei Jahren im Hause der Witwe Clara Persson in einem gemütlichen Zimmer unter dem Dach.

Mrs Persson steckte neugierig den grauhaarigen Kopf aus der Küche, als Catherine in den Flur trat. »Ah, da sind Sie ja wieder. Leisten Sie mir beim Teetrinken Gesellschaft?«

»Gern«, gab Catherine fröhlich zurück und inspizierte gleichzeitig ihre Post, die wie üblich auf dem altersschwachen Flurschränkchen platziert war. »Ich gehe übrigens in den nächsten Tagen wieder auf Reisen.«

Die alte Dame setzte eine enttäuschte Miene auf. Sie mochte die lebenslustige junge Frau, die ihr so manche einsame Stunde mit ihrer Anwesenheit versüßte. ›Auf Reisen gehen‹ bedeutete wieder wochenlange Einsamkeit in Claras Leben.

»Ach, wo soll es denn diesmal hingehen? Wieder in so ein exotisches Land, in dem es unbekannte Seuchen und riesengroße Spinnen gibt?« Mrs Persson hinkte mit der Teekanne aus feinstem geblümten Porzellan in das kleine Wohnzimmer, das aussah, als wäre die Zeit darin stehen geblieben.

Lachend folgte ihr Catherine. »Nein, ich bleibe im Lande. Warten Sie, ich helfe Ihnen.«

Seit einem Oberschenkelbruch zog die Witwe ein Bein nach.

Sie lächelte dankbar, als Catherine ihr die Kanne abnahm und ihren durchgesessenen Lieblingssessel zurechtrückte.

»Was gibt es denn hier Sehenswertes zu fotografieren, außer den vielen alten Gemäuern?«

Clara zog die Ärmel ihrer Strickjacke über die Handgelenke, denn sie fröstelte ständig. »Da werden Sie ja nicht so lange fort sein wie sonst.«

Catherine schenkte Tee ein und berichtete von ihrem neuen Auftrag, bei dessen Ausführung sie in Gedanken bereits war. »Das kann ich nicht genau sagen, denn der Verlag erwartet mindestens fünfzig verschiedene Bauwerke, und die liegen alle ziemlich weit verstreut. Haben Sie etwas zum Schreiben da?«

Lahm wies die Witwe zu ihrem Sekretär. Es war immer dasselbe: Wenn Catherine einen neuen Auftrag bekam, zählte für sie nur noch die Arbeit. »Hat das nicht Zeit bis nach dem Tee?«

»Keinesfalls! Ich muss mir über die Route Notizen machen, wo ich Hotelzimmer buchen kann und so weiter und so fort.« Catherines Stift flog über das Papier; zunächst wollte sie auf der Landkarte nach historischen Bauwerken in ganz England suchen. »Und dann geht es nach Schottland, da werde ich so manches Schätzchen finden.«

Plötzlich kam Leben in die alte Frau. Wild fuchtelte sie mit den Händen in Catherines Richtung. »Oh nein, tun Sie das nicht!«

»Was haben Sie gegen Schottland? Nun ja, da soll es noch häufiger regnen als in London, aber ich denke, dass gerade diese düstere Kulisse besonders reizvoll für meine Fotos sein kann.« Sie stutzte. »Was haben Sie denn? Sie sind ja leichenblass.«

Mrs Persson neigte sich vor, und ihre Stimme bebte, als sie sagte: »Fahren Sie nicht dorthin, ich bitte Sie! In den Highlands wimmelt es von Vampiren und Dämonen!«

»Ich weiß.« Claras Erläuterung konnte ihr nicht mehr als ein müdes Lächeln entlocken. »Ich habe nicht vor, in den Ruinen des Hinterlandes herumzukriechen und mein Schicksal herauszufordern, sondern werde schön auf dem Weg bleiben und nur

Burgen fotografieren, die noch bewohnt sind. So, und jetzt machen Sie bitte wieder ein fröhliches Gesicht.«

Aber so rasch ließ sich Clara nicht beruhigen, stattdessen wies sie darauf hin, dass schon viele Menschen in den Highlands spurlos verschwunden waren.

»An mir würde sich ohnehin jeder Vampir die Zähne ausbeißen«, bemerkte Catherine augenzwinkernd und beugte sich erneut über ihre Notizen. »Glauben Sie mir, die Hälfte von dem, was Sie hören, ist Humbug.«

Clara Persson gehörte allerdings zu den Menschen, die hinter jedem Klatsch ein Körnchen Wahrheit vermuteten und setzte daher eine beleidigte Miene auf. »Darüber scherzt man nicht, Cat. Als allein reisende junge Frau passen Sie genau in das Beuteschema dieser Blutsauger. Nehmen Sie wenigstens einen männlichen Begleiter mit auf die Tour durch Schottland.«

»Ich denke gar nicht daran! Ein Mann würde mich nur bei meiner Arbeit stören und mir im Weg stehen.« Sie runzelte nachdenklich die Stirn. »Ich nehme mir in Inverness ein Hotelzimmer und klappere tagsüber die Gegend nach geeigneten Objekten ab.«

Claras Hand zitterte, als sie nach ihrer Teetasse griff, doch sie erhob keine Einwände mehr – wusste sie doch, dass jedes ermahnende Wort vergeblich war. Für Catherines Äußerung, dass der Bildband brillant werden sollte, hatte sie nur ein Achselzucken übrig.

Tags darauf fuhr Catherine noch einmal zum Verlag, um den Vertrag zu unterschreiben und alle Einzelheiten des Projekts zu besprechen.

»Ich habe speziell Sie ausgewählt, weil mir Ihre Fotos gefallen. Ich denke, an Ihrer Kompetenz ist nicht zu zweifeln.« Rupert Carson, Inhaber des renommierten Fachverlages für Fotokunst, musterte die aparte junge Frau vor sich aufmerksam. Catherine gab sich nicht nur selbstbewusst, sie war es; und ihre äußere Erscheinung tat das Übrige. Mit ihrem schmalen Gesicht, den hohen Wangenknochen und schräg gestellten dunklen Augen – einem Vermächtnis ihrer chilenischen Großmutter – war sie eine Augenweide. Das fast schwarze Haar trug sie halblang als Pagenfrisur, was ihr ein freches Aussehen verlieh.

Sie überging Carsons bewundernde Blicke, schlug die Beine, die in kniehohen Stiefeln steckten, langsam übereinander und lächelte unverbindlich. »Da Sie meine Arbeiten kennen, erübrigt sich eine Erklärung. Die Reiseroute habe ich bereits festgelegt.«

»Sehr gut. Vergessen Sie nicht, alle Belege für die Spesenabrechnung aufzuheben.« Der übergewichtige Verleger stemmte sich aus seinem Sessel und reichte Catherine die Hand. »Ich hätte gern alle Fotos per E-Mail. Lässt sich das einrichten?«

Catherine erhob sich ebenfalls, steckte erst die Mappe mit ihrem Vertragsformular ein und ergriff dann nach kurzem Zögern Carsons schwammige Hand. »Selbstverständlich, ich nehme mein Notebook mit.«

Sie war froh, als sie das Verlagsgebäude verlassen konnte. Sie mochte Männer wie den Verleger nicht, deren Schweinsäuglein begehrlich ihren Körper abtasteten. Sie wollte wegen ihrer Arbeit bewundert werden, nicht wegen ihres Aussehens!

Geschäftig eilte sie am Abend desselben Tages in ihrem Zimmer umher; Clara Persson lehnte mit verschränkten Armen und leidender Miene am Türrahmen.

»Wollen Sie wirklich so viel Gepäck mitnehmen?« Mit dem Kinn wies sie auf die drei Koffer neben dem Bett. »Man könnte meinen, dass Sie auf Weltreise gehen.«

Catherine schmunzelte innerlich. Vor jedem Auftrag benahm sich ihre Vermieterin, als sähe sie die junge Frau zum letzten Mal in ihrem Leben.

»Aber inzwischen wissen Sie doch, dass sich nur in dem großen

Koffer meine Kleidung befindet, der kleine da ist mein Notfallköfferchen, das ich auf Reisen immer im Auto habe – und in dem hier … «, sie stieß einen Aluminiumkoffer mit dem Fuß an, »… befindet sich meine Ausrüstung.«

Nach dem Besuch bei Carson hatte sich Catherine eigens für ihren neuen Auftrag ein neues, sündhaft teures Objektiv gekauft, das nach Angaben des Herstellers auch bei schlechter Witterung brillante Aufnahmen machte.

Während Mrs Persson jammerte, dass sie nun vielleicht monatelang auf Catherines Anwesenheit verzichten müsste, war diese in Gedanken bereits unterwegs.

»Sie können mich ruhig für eine alte übergeschnappte Person halten«, kam es vorwurfsvoll von der Tür, an deren Rahmen Clara noch immer lehnte, »aber ich spüre, dass ich Sie nie wiedersehen werde, dass Ihnen etwas Unheilvolles droht, wenn Sie nach Schottland fahren.«

Überrascht hielt Catherine inne und hob die Brauen. »Sie wollen mir doch nicht etwa Angst machen?« Und als sie keine Antwort erhielt, sondern lediglich einen wissenden Blick erntete, setzte sie sich seufzend auf ihr Bett. »Ich glaube, Sie lesen zu viele Schauergeschichten über die Highlands. Verderben Sie mir doch nicht die Freude an meinem neuen Auftrag.«

Wortlos drehte sich Clara um und hinkte über den Flur zu ihrem eigenen Schlafzimmer, wie Catherine an dem diskreten Schließen erkannte.

Wen wunderte es, dass ältere Menschen, die mit Vorliebe düstere Vampirgeschichten lasen, sonderlich wurden? Bevor Catherine ins Bad ging, um ihren Kulturbeutel zu packen, nahm sie sich jedoch vor, dort oben in den Bergen besonders vorsichtig zu sein, auch wenn sie nicht daran glaubte, dass an Claras Ängsten etwas Wahres war.

Gut, Catherine war noch nie in Schottland gewesen und hatte auch keinerlei Sehnsucht danach, die schroffen Hügellandschaften näher kennenzulernen, doch dort gab es verdammt viele alte und interessante Bauwerke – mehr als in England. Und da es Catherines Aufgabe war, eine bunte Mischung von Burgen und Schlössern zu sammeln, musste sie wohl oder übel auch nach Schottland fahren …

Obwohl sie ein mulmiges Gefühl beschlich, wenn sie an Claras Worte dachte.

Ihrer Zimmerwirtin standen Tränen in den Augen, als sie sich am frühen Morgen verabschiedete. Erstaunlich fest war ihr Händedruck – fast, als wolle die damit verhindern, dass Catherine ging.

»Cat«, murmelte sie heiser, »ich flehe Sie an, nur in England zu arbeiten. Dort oben ist es nicht geheuer, bitte glauben Sie mir.«

Aber mit dem neuen Tag hatte Catherine ihre Beklemmung abgestreift wie ein Kleidungsstück; Claras Worte konnten sie nicht mehr verunsichern.

»Nun hören Sie schon auf! Mir wird nichts geschehen … Und ich werde mir *keinen* männlichen Begleiter suchen. Mr Carson bot mir einen Assistenten an, aber ich habe abgelehnt.«

»Das hätten Sie nicht tun dürfen, Cat.«

»Ich arbeite aber lieber alleine. Jetzt machen Sie endlich ein freundliches Gesicht und wünschen mir eine gute Reise. Wenn es Sie beruhigt, melde ich mich hin und wieder telefonisch bei Ihnen. Und …«, sie zwinkerte belustigt, »… die Miete für die kommenden Monate habe ich auf die Wäschekommode in meinem Zimmer gelegt.«

Claras Gesichtszüge wurden noch finsterer. »Darum geht es mir doch nicht, ich mache mir nur Sorgen um Sie, Kindchen.«

Noch einmal versicherte Catherine ihr, auf sich aufzupassen, dann umarmte sie die alte gebrechliche Frau und eilte zu ihrem Wagen.

Mrs Persson war ja eine liebenswerte Person, aber diesmal ging sie Catherine mit ihren unheimlichen Prognosen gewaltig auf die Nerven.

Als sie London hinter sich gelassen hatte, hob sich Catherines Stimmung, und sie freute sich auf ihren spannenden und abwechslungsreichen Auftrag.

2

Abend für Abend saß Catherine in ihrem jeweiligen Hotelzimmer, lud unzählige Fotos auf das Notebook und sortierte die gelungensten aus, um sie Carson zu schicken, der mehr als zufrieden mit der Auswahl war.

Sie war erstaunt, wie viele Burgen, Schlösser und hochherrschaftlichen Landsitze es in England noch gab; dazu waren die meisten bewohnt und liebevoll gepflegt. Ein wenig war Catherine stolz darauf, Britin zu sein und in einem Land leben zu dürfen, das voller Historie war. Carson hoffte, mit dem Bildband, der in vielen europäischen Ländern erscheinen sollte, Tausende von Touristen anzulocken – und natürlich ein hübsches Sümmchen mit dem Verkauf zu verdienen.

Aufmerksam glitt Catherines geschulter Blick über jedes einzelne Foto, das über den Bildschirm huschte. An den meisten Bildern hatte sie etwas auszusetzen, etwa zu viel Schatten oder ein Lieferwagen, der zufällig am Rand zu sehen war. Sie war bekannt für ihr kritisches Auge und dafür, dass sie stets auf die Harmonie zwischen Objekt und Kulisse achtete.

Es war schon fast Mitternacht, als Catherine das Notebook ausschaltete. Sie rieb sich ihre übermüdeten Augen, nahm eine Cola aus der Minibar und holte ihren Routenplan hervor. Noch drei Bauwerke hatte sie in England markiert, dann ging es hinauf nach Schottland. Das Hotelzimmer in Inverness war bereits auf unbestimmte Zeit gebucht; von dort aus konnte Catherine täglich in die Highlands fahren.

Ihr wurde fast schwindelig, wenn sie an die vielen Burgen mit malerischen oder gälischen Namen dachte, die sie vorab als Objekte ausgewählt hatte. Eigentlich müsste man Carson überreden, einen separaten Bildband damit herauszugeben, denn für den jetzigen Auftrag würde die Masse der schottischen Bauwerke den Rahmen sprengen.

Bevor sich Catherine schlafen legte, dachte sie flüchtig an Clara Perssons düstere Prophezeiung und die besorgte Miene der alten Dame. Doch dann sagte sie sich, dass mehr dazu gehörte, um ihr Angst zu machen, und sie sich des Nachts keinesfalls in den Bergen herumtreiben würde, damit sich Claras Prognose nicht bewahrheiten konnte.

»Morgen passiere ich die Grenze nach Schottland.« Catherine hatte den Telefonhörer unter das Kinn geklemmt, während sie ihren Koffer für die Weiterfahrt packte.

»Sie liegen gut in der Zeit, Ms Page«, lobte Carson überschwänglich. »Und Ihre Fotos kann man nur als fantastisch bezeichnen. Wie Sie die Wildrosenhecke in den Vordergrund dieses alten baufälligen Landsitzes in Kent gebracht haben … Also, das ist höchste Kunst! Sie sind ein Ass, und ich bin sicher, dass unser Bildband ein Bestseller wird.«

Längst hatte Catherine aufgehört, sich geschmeichelt zu fühlen, denn Carson sagte bei fast jedem Telefonat das Gleiche.

»Dann warten Sie erst, bis ich Ihnen Fotos aus den Highlands schicke. Ich habe mir vorab fünfzehn noch bewohnte Burgen und Schlösser ausgesucht, sie liegen maximal zweihundert Kilometer von Inverness entfernt, sodass ich nicht gezwungen bin, gelegentlich in einem der entlegenen Dörfer übernachten zu müssen.«

Carson hörte es gern. »Ich weiß, dass ich mich auf Ihren guten Geschmack verlassen kann; für die kommenden Tage wurde sogar recht freundliches Wetter für das Hochland vorhergesagt. Auf dem Rückweg nach London fällt Ihnen vielleicht sogar noch zufällig ein sehenswertes Objekt auf.«

»In Ordnung. Aber ich fürchte, dann wird das Buch zu umfangreich. Ich melde mich übermorgen aus Inverness mit Fotos von Edinburgh Castle, das ist schließlich ein Muss für alle Schlossliebhaber.«

Nachdem sie den Verleger endlich losgeworden war, rief sie kurz ihre Zimmerwirtin an, die sogleich wieder zu jammern begann, wie jedes Mal, wenn Catherine anrief.

»Bleiben Sie bloß auf der Straße. Und steigen Sie unter keinen Umständen aus, wenn Ihnen jemand entgegenkommt, der Ihnen nicht ganz geheuer vorkommt. Vampire können ihre Gestalt verwandeln und sind geschickt darin, einsame Wanderer in ihr Verlies zu locken.«

Obwohl Catherine sich nicht eben auf die Arbeit in der Einöde der hochländischen Hügellandschaft freute, fand sie Claras Besorgnis übertrieben.

»Ich bin ja kein Wanderer, sondern fahre mit dem Auto«, gab sie amüsiert zurück. »Vernünftige Straßen wird es da wohl geben, nehme ich an. Und abends werde ich dann wieder brav in meinem Hotelbett liegen, versprochen.«

»Wie lange werden Sie dort oben zu tun haben?«

»Oh, ich schätze, ungefähr drei Wochen«, sagte Catherine. »Ich habe mir nur die Bauwerke ausgesucht, die nicht zu weit von Inverness entfernt liegen, die Route habe ich schon ausgearbeitet. Als Letztes steht Camshron Castle auf dem Programm, das ist die gälische Bezeichnung für den Namen Cameron. Ich habe ein Foto von diesem Schloss im Internet entdeckt, es ist traumhaft schön und noch bewohnt.« Sie verschwieg, dass sie Camshron Castle ursprünglich auslassen wollte, weil es fast zweihundertfünfzig Kilometer von Inverness entfernt lag, doch das Anwesen war so reizvoll, dass die Fotos ein ganz besonderer Leckerbissen im Bildband sein würden.

»Und dann kommen Sie wieder nach Hause? Ich kann nachts kaum schlafen, Cat.«

»Sie werden sehen, ich bin schneller wieder da, als Sie denken, aber ich kann es mir nicht leisten, minderwertige Arbeit abzuliefern, weil Sie mir Angst machen.« Leichter Tadel lag in Catherines Stimme. »Immerhin gehört es zu meinem Job, mich auch in Gefilde zu begeben, die unheimlich oder nicht ganz ungefährlich zu sein scheinen. Ich nehme an, das Schlimmste, was mir passieren könnte, wäre eine Reifenpanne in der Wildnis … Aber ich habe einen Ersatzreifen im Auto«, fügte sie hastig hinzu, bevor Clara wieder lamentieren konnte.

Verärgert legte Catherine einige Minuten später auf. Die alte Frau hatte es wieder einmal geschafft, sie völlig zu verunsichern mit ihren übertriebenen Belehrungen über das Wesen und Unwesen von Vampiren und Dämonen. Für den Bruchteil einer Sekunde spielte Catherine sogar mit dem Gedanken, sich Knoblauch zu besorgen, bis sie den Kopf schüttelte und schwor, sich nie wieder von Claras Unkerei beeinflussen zu lassen.

Bei strahlendem Sonnenschein erreichte Catherine zwei Tage später Inverness, die sogenannte Hauptstadt der Highlands. Die traditionsreiche Stadt am Fuß des Hochlandes troff vor Geschichte, aber Catherine hatte keine Zeit, um sich das in der Nähe gelegene Schlachtfeld von 1745 bei Culloden Moor oder das wiederaufgebaute Fort George anzusehen, denn sie war hier, um Schlösser abzulichten, und nicht auf Touristentour.

Das Zimmer im Whinpark Guesthouse war gemütlich und zweckdienlich eingerichtet. Zwar war es lediglich ein Bed & Breakfast Hotel, doch das genügte Catherine vollkommen, denn es lag mit rund fünfzig Pfund pro Nacht im Rahmen ihres Budgets.

Einem Prospekt auf dem Nachtschränkchen konnte Catherine entnehmen, dass sich das Gästehaus in der Nähe der Kathedrale und des Eden Court Theatre befand. Spontan entschloss sie sich, sie vor ihrer Heimreise zu besuchen.

Doch noch lag eine Menge Arbeit vor ihr. Die ausgewählten Bauwerke lagen so weit auseinander, dass es unmöglich war, mehrere an einem Tag zu fotografieren.

Bevor Catherine schlafen ging, überprüfte sie ihre Kamera, wie sie es jeden Abend tat. Sie hatte stets eine Ersatzkamera bei sich, doch die schoss nicht ganz so brillante Fotos wie das neue Gerät.

Bei sommerlichem Wetter ging Catherine am nächsten Morgen auf Entdeckungstour. Auf dem Weg zu ihrem ersten Objekt, einem schlossähnlichen Landsitz, auf dem sich angeblich mehrere gekrönte Häupter der Vergangenheit während ihres Aufenthalts in Schottland gewohnt hatten, hielt sie mehrmals am Straßenrand an, um die hügelige Landschaft zu fotografieren.

Das Sonnenlicht verlieh der Umgebung ein freundliches Gesicht. Diese Eindrücke musste Catherine unbedingt einfangen, auch wenn sie keine Landschaftsfotografin war und diese Aufnahmen nichts mit ihrem Auftrag zu tun hatten. Aber sie hatte auch schon bei anderen Projekten Fotos für sich persönlich gemacht, wenn sie ein besonders schönes Motiv entdeckt hatte.

Die Bilder des Landsitzes waren gut getroffen, sodass Catherine bereits am späten Nachmittag wieder in Inverness eintraf. Beim Betreten des Hotels erinnerte sie sich an Mrs Perssons warnende Worte – nicht eine Sekunde hatte Catherine das Gefühl beschlichen, dass sich Vampire in der Nähe herumtrieben.

Objekt für Objekt arbeitete sie in den nachfolgenden Tagen ab. Manchmal war sie erst gegen Mitternacht im Hotel, weil sich die Fahrt auf den hügeligen Straßen oft beschwerlich gestaltete. Doch immer konnte sie mit dem Ergebnis des Tages zufrieden sein.

Carson überschlug sich fast vor Begeisterung und behauptete, dass Catherines Fotos von Tag zu Tag genialer wurden und sie eine große Künstlerin sei. Gutmütig ließ sie die Komplimente über sich ergehen; sie war es gewohnt, dass man ihre Arbeit lobte, aber Carson übertrieb eindeutig mit seinen geschmeichelten Äußerungen. Sie vermutete, dass er sich nicht nur für ihre Aufnahmen, sondern auch für ihren schlanken, fast knabenhaften Körper interessierte.

Und nun hatte sie nur noch Camshron Castle vor sich, ein Schloss aus dem frühen Mittelalter, das oben in den Highlands in völliger Einsamkeit lag. Catherine hatte sich dieses Objekt bis zum Schluss aufgehoben, weil es sie am meisten fordern würde. Es war riesig und weit abgelegen, und sie fragte sich, wer dort wohl wohnen mochte.

Als sie am Morgen aufbrach, hing ungewöhnlich warme Luft über Inverness, der Wetterbericht hatte für den Tagesverlauf schwere Gewitter vorausgesagt. Noch schien die Sonne, doch sie wirkte kraftlos und war von Schleierwolken umgeben.

Am Ortsausgang zögerte Catherine. Hatte es überhaupt Sinn, bei der derzeitigen Wetterlage den mühseligen Weg in die Berge auf sich zu nehmen? Die Fotos würden bei diesen ungünstigen Lichtverhältnissen ohne Nachbearbeitung am Computer sicher nicht verwertbar sein – trotz der Spezialkamera.

Doch dann gab sie sich einen Ruck und stellte den Motor wieder an. Wer weiß, wie das Wetter am kommenden Tag sein würde – und schließlich hatte sie Carson und Mrs Persson bereits angekündigt, dass sie schon fast auf dem Heimweg sei. Einen weiteren Tag wollte Catherine nicht in den Highlands verbringen, daher gab sie Gas und folgte den Anweisungen des Navigators.

Die Luft wurde von Minute zu Minute schwüler, daher beschleunigte sie das Tempo. Bis sie endlich das Schloss erreichte, schien eine Ewigkeit vergangen zu sein. Zu beiden Seiten der Fahrbahn gab es nichts als grüne Hügel, auf einigen grasten

Schafherden. In der Ferne konnte Catherine hier und da kleine Ansiedlungen erkennen, ansonsten war hier nur reine Natur.

Am frühen Nachmittag ragte Camshron Castle unvermittelt vor Catherine auf. Stolz und erhaben stand es etwa fünfzig Meter von der Straße entfernt, umringt von einem Wassergraben.

Langsam ließ Catherine dieses Bild auf sich einwirken: Das Anwesen war gepflegt, es war kein Ansatz von Moos an den weiß getünchten Mauern zu sehen, keinem der zahlreichen hohen Fenster fehlte die Verglasung, und die seltsamen Kupferfiguren auf den Türmen glänzten, als hätte sie jemand eigens für den Fototermin geputzt.

In der Ferne war ein erstes Donnergrollen zu hören, als Catherine mit ihrer Kamera ausstieg; dabei ließ sie das Schloss keine Sekunde aus den Augen. Das Licht war nicht ideal, denn der Himmel bewölkte sich zunehmend – aber gerade diese ungewöhnlichen Farben, in die Camshron Castle getaucht wurde, ließen das Bauwerk märchenhaft und geheimnisvoll erscheinen.

Bevor Catherine auf den Auslöser drückte, wollte sie die Besitzer um Erlaubnis fragen, sofern es sich um ein bewohntes Gebäude handelte. Das hatte sie sich seit Langem zur Gewohnheit gemacht und ihr bereits so manche Tür geöffnet.

Nur zögernd setzte sie einen Fuß auf die Zugbrücke und blickte dabei skeptisch hinunter in den fast leeren Wassergraben. Das riesige Tor war verschlossen, einen Klingelknopf suchte sie vergebens. Ohne zu zögern, betätigte sie deshalb den altmodischen Türklopfer, der an einer Art Wolfskopf aus Bronze am Holz befestigt war.

Das Klopfgeräusch klang in der Stille so laut, dass sie unwillkürlich zusammenzuckte. Trotzdem konnte sie sich nicht vorstellen, dass es jemand im Inneren gehört hatte.

Doch sie sollte sich täuschen. Als sie eben zum zweiten Male die Hand nach dem Türklopfer ausstrecken wollte, wurde eine Hälfte des Tores langsam geöffnet und das neugierige Gesicht eines älteren Mannes mit einer extrem langen Nase und buschigen Augenbrauen blickte Catherine an.

»Sie wünschen?«, säuselte der Mann, und nun konnte Catherine erkennen, dass er eine Butler-Livree trug. In diesem Hause schien es sehr vornehm zuzugehen, dachte sie amüsiert.

Sie spulte ihr Sprüchlein herunter und vergaß auch nicht hinzuzufügen, dass der prachtvolle Besitz keinesfalls in ihrem Bildband fehlen dürfe. In den meisten Fällen wollte sie damit den Besitzern schmeicheln, doch diesmal meinte sie jedes Wort ernst.

»Ich habe noch nie ein schöneres Schloss gesehen«, sagte sie abschließend. »Es wird die Krönung des Buches werden, ich kann es mir sogar als Umschlagfoto vorstellen.«

Flink musterte der Butler Catherines Kamera, dann glitt sein Blick zu dem Sportwagen am weit entfernten Straßenrand.

»Sie sind Fotografin, sagen Sie? Dann schießen Sie so viele Fotos, wie Sie wollen, Ms …«

»Page, Catherine Page.« Sie zögerte. »Wollen Sie nicht lieber den Schlossherrn um Erlaubnis fragen?«

Die Miene des Butlers blieb undurchdringlich. »Das wird nicht nötig sein, ich habe die Befugnis für alle Entscheidungen, die mit Camshron Castle zu tun haben, Ms Page.« Zu ihrem Entzücken stieß er die Torhälfte ganz auf und machte eine einladende Handbewegung. »Bitte, Sie können auch den Innenhof fotografieren, wenn Sie mögen. Der Lord of Cameron wird nichts dagegen haben.«

Natürlich ließ sich Catherine nicht zweimal bitten und schlüpfte schnell durch das Tor, bevor es sich der Butler anders überlegte. Sie war überwältigt von dem, was sie sah: Der Innenhof war ebenmäßig gepflastert, zu drei Seiten befanden sich hohe Gebäude, rechter Hand konnte Catherine eine Remise erkennen, wie man sie früher für Kutschen benutzte.

Der Gebäudeteil dem Tor gegenüber schien das Haupthaus zu sein, was man unschwer an dem besonders imposanten und reich verzierten Portal erkennen konnte. Man erreichte diesen Trakt über eine dreistufige Treppe aus Marmor. Zu beiden Seiten des Portals waren riesige Tontöpfe mit Zierbäumchen aufgestellt; alles machte einen sauberen und noblen Eindruck.

Catherine begann, das Portal aus verschiedenen Blickwinkeln zu fotografieren, dann die schweren Holztüren der Nebentrakte, den Brunnen und die Remise; argwöhnisch beäugt von dem Butler, der sich keinen Meter vom Schlosstor wegbewegt hatte, seitdem die Fremde aufgetaucht war. Sie schoss Foto um Foto, geriet fast in Ekstase ob der märchenhaften Kulisse – und schließlich fiel ihr auf, dass sie sich allein mit dem Faktotum auf dem Schlosshof befand. So ein riesiger Besitz musste doch eine Schar von Personal benötigen, um ihn zu pflegen. Aber wo waren all die Bediensteten?

Nach zwanzig Minuten hatte Catherine fast hundert Aufnahmen im Kasten, die sie später im Hotel auswerten wollte. Zu ihrem Glück fehlte nur noch ein Foto des Lords, den sie sich als alten vornehmen Herrn vorstellte, doch der ließ sich natürlich nicht blicken.

Langsam und zufrieden schlenderte Catherine schließlich zum Schlosstor zurück. Der Butler blickte ihr mit ausdrucksloser Miene entgegen.

»Nun, haben Sie alles abgelichtet, was von Interesse für Ihr Buch sein könnte?«, fragte er und stieß den Torflügel wieder auf.

Innerlich musste Catherine lachen, denn der alte Knabe benahm sich so steif und aristokratisch, als würde in seinen Adern ebenfalls blaues Blut fließen.

»Vielen Dank, diese Fotos sind für mich sehr wertvoll.« Sie zuckte zusammen, als es wieder donnerte, diesmal weniger verhalten als die Male davor. Die Sonne hatte sich mittlerweile endgültig verkrochen, und die Luft schien unter Spannung zu stehen.

»Es wird bald regnen.« Der Butler kräuselte die lange Nase. »Wo befindet sich Ihre Unterkunft, Ms Page?«

Catherine erklärte es ihm, dann verabschiedete sie sich schnell, denn bevor es zu gießen begann, mussten alle Aufnahmen im Kasten sein. Noch einmal wollte sie die lange Fahrt nicht auf sich nehmen.

Geräuschlos schloss sich das Tor hinter ihr, und sie ging behutsam über die nicht gerade vertrauenerweckende Zugbrücke. Dabei fragte sich Catherine, ob die rostigen Stahlketten, die an den Seiten befestigt waren, noch stark genug waren, die Brücke hochzuziehen – aber wahrscheinlich bestand seit Hunderten von Jahren kein Anlass mehr dafür.

Der Himmel verdunkelte sich mehr und mehr, die entstandenen Außenaufnahmen wurden dadurch teilweise undeutlich, wie Catherine auf dem Display erkennen konnte. Dann mussten sie halt ausnahmsweise am PC aufgehellt werden, obwohl sie die digitale Nachbearbeitung verabscheute. Doch es war ihre letzte Chance, Camshron Castle im Bild festzuhalten; bei Regen hatte es keinen Sinn mehr, zu fotografieren.

Die ersten dicken Tropfen fielen, als Catherine mit der Arbeit fertig war. Sie hastete zu ihrem Sportwagen, um das Faltdach zu schließen, und schaffte es, bevor das Wasser vom Himmel zu stürzen begann. Erleichtert kroch sie auf den Fahrersitz.

Bevor sie den Motor anließ, betrachtete sie noch einmal Camshron Castle, das nun nicht mehr einem Märchenschloss glich, sondern vielmehr einer düsteren Trutzburg. Der Regen trommelte auf das Autodach, und bevor der Wagen richtig Fahrt aufgenommen hatte, spürte Catherine etwas Feuchtes an ihrer Wange und blickte ängstlich nach oben.

»Verdammter Mist!«

Ein feiner Riss zog sich über das imprägnierte Stoffdach; den Londoner Nieselregen mochte es abhalten, nicht jedoch die Sturzbäche, die gerade auf die Erde niederprasselten.

Gehetzt blickte Catherine nach allen Seiten, es gab keinen Baum oder Unterstand, unter dem sie das Unwetter abwarten konnte – und die nächste Ansiedlung musste mindestens dreißig Kilometer entfernt sein!

Zum Glück lag die Kameraausrüstung geschützt in ihrem Aluminiumköfferchen und der Notfallkoffer auf dem Beifahrersitz. Trotzdem stand für Catherine fest, dass sie bei diesem Wetter nicht nach Inverness fahren konnte; bis dahin würde das ganze Auto volllaufen.

Als zu allem Übel auch noch der Motor zu stottern begann, fing Catherine vor Verzweiflung an zu weinen, sodass sich das Regenwasser in ihrem Gesicht mit Tränen vermischte. Sie fuhr an den Straßenrand und bettete ihre Stirn auf das Lenkrad.

Es hatte doch alles so gut angefangen, das Projekt war fast abgeschlossen. Und ausgerechnet am letzten Tag in den Highlands musste *das* passieren. Eine gehässige Stimme in ihrem Hinterkopf raunte Catherine zu, dass sie selbst schuld an ihrer Misere war, denn schließlich hatte sie gewusst, dass ein Unwetter aufziehen würde.

Minutenlang saß sie da und starrte hinaus in den Regen; die Scheibenwischer schafften es kaum, den Wassermassen Herr zu werden.

Das Gewitter war schlimm genug, doch das konnte man gegebenenfalls im Auto abwarten – aber wo gab es eine Werkstatt, falls der Motor vollends abstarb?

Mittlerweile zuckten im Sekundentakt grelle Blitze über das Land, sodass die Hügel in helles Licht getaucht wurden. Der Donner war so heftig, dass es Catherine schien, ihr Wagen würde dadurch erbeben. Außerdem war ein unbarmherziger Sturm aufgezogen, und Catherine hatte das beklemmende Gefühl, ganz allein auf der Welt zu sein.

Ihre Hoffnung, dass sich die Naturgewalten beruhigten, erfüllte sich nur teilweise; zwar ließen Donner und Blitz etwas nach, nicht aber die sintflutartigen Wassermassen von oben. Im Wageninneren wurde es immer feuchter, und als Catherine den Motor vorsichtig in Gang zu bringen versuchte, gab dieser nur stotternde Geräusche von sich.

So würde sie nicht bis nach Inverness kommen, das sah Catherine schließlich ein. In ihrem Kopf überschlugen sich die Gedanken – es schien keine andere Möglichkeit zu geben, als zurück nach Camshron Castle zu fahren, um dort den Regen abzuwarten.

Behutsam trat sie auf das Gaspedal, und langsam bewegte sich das Auto vorwärts. Mehr um sich selbst zu beruhigen, sprach sie dem Motor gut zu, der spuckend und krächzend protestierte.

»Komm schon«, murmelte sie ungeduldig, »nur noch ein paar Kilometer, dann haben wir es geschafft.«

Aber das gute Zureden war vergeblich, ungefähr dreihundert Meter vor dem Ziel starb der Motor vollends ab, sodass Catherine gezwungen war, den Rest des Weges zu Fuß zu gehen. Fluchend knallte sie die Fahrertür zu, und da sie keinen Schirm hatte, streifte Catherine ihre schwarze Lederjacke ab und zog sie über den Kopf. Glücklicherweise trug sie ebenfalls Lederhose und -stiefel, die sie davor bewahrten, innerhalb weniger Minuten nass bis auf die Haut zu werden.

Es erschien Catherine wie eine kleine Ewigkeit, bis das Schloss wieder vor ihr aufragte; dunkel und nun recht bedrohlich hinter dem dichten Regenschleier.

Skeptisch blieb Catherine vor der schmalen, ungepflasterten Zufahrt von Camshron Castle stehen und blickte zweifelnd an der Fassade empor. Ob der zerknitterte Butler wohl Mitleid mit der Fotografin hatte und sie einließ? Hinter den Fenstern war kein Licht zu sehen, und trotzdem hatte Catherine das unbehagliche Gefühl, beobachtet zu werden.

Noch einmal holte sie tief Luft, dann betrat sie den völlig aufgeweichten Weg zur Zugbrücke und behielt dabei das geschlossene Tor fest im Auge.

Der Regen rauschte so laut, dass Catherine befürchtete, der

Butler könnte ihr energisches Klopfen überhören, doch sie sollte sich irren. Innerhalb einer Minute wurde das Tor von innen entriegelt; wie schon beim ersten Besuch zeigte sich das Gesicht des Butlers. Sein Blick glitt an Catherine herunter, die sich wie eine gebadete Katze fühlte, doch er schien nicht im Mindesten erstaunt über ihre Rückkehr zu sein.

Noch bevor Catherine ihr Sprüchlein aufsagen konnte, wurde das Tor bereitwillig aufgestoßen, und der Butler sagte: »Treten Sie bitte ein, bevor Sie sich den Tod holen.«

Noch nie hatte sie so schnell ein Angebot angenommen. Mit einem dankbaren Blick huschte sie an dem Butler vorbei, und erst, als er den Torflügel wieder sorgfältig verriegelt hatte, erklärte ihm Catherine ihr ungewöhnliches Auftreten.

»Die Unwetter hier oben können sehr unangenehm sein«, gab er scheinbar unbeeindruckt zurück und spannte gleichzeitig einen riesigen schwarzen Herrenschirm auf. »Die Leute aus anderen Regionen unterschätzen das oft. Kommen Sie ins Haus, da ist es gemütlicher.«

Gemeinsam huschten sie über das vor Nässe glänzende Hofpflaster; der Butler dirigierte Catherine zu einem der Nebengebäude, von denen sie annahm, dass es sich um den Wirtschaftstrakt des Schlosses handelte.

Sie betraten einen geräumigen Flur, in dem es angenehm warm, jedoch nicht sehr hell war, denn die wenigen Wandleuchten gaben nur gedämpftes Licht von sich.

»Hier entlang bitte.« Der Butler stellte den Schirm in einen eisernen Ständer und zeigte auf eine der Türen. »Hier können Sie das Gewitter abwarten.«

Neugierig schaute sich Catherine um. Der Raum, in den er sie geführt hatte, schien eine Art Aufenthaltsraum für das Personal zu sein. Ein einfacher langer Tisch beherrschte die Mitte des Zimmers, an den Wänden standen Vitrinen mit schlichtem Geschirr und bescheidenen Trinkgläsern. Aber das Beste war zweifellos der steinerne Kamin, in dem ein wärmendes Feuer knisterte.

»Ich bringe Ihnen eine Tasse Tee, der wird Sie von innen wärmen«, sagte der Butler und verschwand lautlos hinter einer Tür, die in einen weiteren Flur zu führen schien.

Abwesend nickte Catherine, dann hing sie ihre tropfnasse Lederjacke über eine Stuhllehne. Wie gut, dass das Zimmer mit einem Steinfußboden ausgestattet war, es wäre Catherine peinlich gewesen, mit ihrer schmutzigen und tropfenden Kleidung einen Teppich zu ruinieren.

Noch bevor der Butler zurückkehrte, hockte sie sich vor den Kamin und reckte die klammen Hände dem Feuer entgegen.

»Ich hoffe, Ihnen ist bekannt, dass sich schottische Gewitter in die Länge ziehen können«, erklang die Stimme des Butlers unvermittelt neben ihr, und sie wirbelte erschrocken herum. Sie hatte den Mann gar nicht eintreten gehört, vermutlich, weil das Kaminfeuer so laut knisterte.

Sie erhob sich und setzte sich an den Tisch. »Was bedeutet das im Klartext?«

»Oh, es kann hier durchaus mehrere Tage dauern, bis der Regen nachlässt.«

»Mehrere Tage?«, echote sie entsetzt. »Das geht nicht, ich muss zurück nach London!«

Er zuckte unbeteiligt mit den Schultern, setzte das Tablett ab und stellte das Geschirr vor Catherine hin. »Wieso haben Sie es denn so eilig?«

»Weil … weil …« Ihr fielen nicht die richtigen Worte ein, » … weil ich erwartet werde.«

»Soso.« Die Miene des Butlers blieb unbeweglich, für ihn schien das Thema erledigt zu sein. »Zucker, Sahne?«

»Danke, nur ein Stück Zucker«, Catherine versuchte es erneut. »Hören Sie, gibt es in der Nähe eine Autowerkstatt, Mr …?«

»William, nennen Sie mich William. In der Tat gibt es eine Werkstatt in … Leàbag.«

Hilflos hob sie die Hände. »Wo zum Teufel ist dieses Le…?«

»Es ist nur ein Dorf und liegt ungefähr zwanzig Kilometer östlich. Trinken Sie ihren Tee, bevor er kalt wird.«

Gehorsam nahm Catherine einen Schluck und überschlug in Gedanken die Zeit, die es sie kostete, bis ihr Auto repariert war. Sie fischte aus ihrer Jackentasche das Handy und musste entsetzt feststellen, dass es nass geworden war und somit nicht funktionierte.

Interessiert beobachtete William sie, der sich ihr gegenübersetzte und seine knöcherigen Hände faltete.

»Auch das noch«, stöhnte Catherine und warf das Handy frustriert auf die Tischplatte. »Gibt es ein Telefon im Schloss?«

»Wen wollen Sie denn anrufen, Ms Page?«

Sie glaubte, sich verhört zu haben, und warf einen dementsprechenden Blick zu William. »Ich möchte bei der Auskunft anrufen und mir die Telefonnummer dieser Werkstatt geben lassen.«

»Die Nummer kann ich Ihnen geben, aber ich fürchte, das nützt Ihnen nicht sehr viel.« Der Butler zog pikiert die Augenbrauen hoch, denn er schien es nicht gewohnt zu sein, dass jemand – noch dazu eine Engländerin – so heftig mit ihm sprach. »Der Sturm hat die Telefonleitung unterbrochen – das ist hier nichts Besonderes«, setzte er gleichgültig hinzu.

Irritiert griff sich Catherine in ihr feuchtes Haar, dabei dachte sie sehnsüchtig an eine heiße Dusche im Hotel. »Wie lange kann es denn dauern, bis das Telefon wieder funktioniert?«

»Stunden oder Tage«, war die lakonische Antwort. »Ich möchte Sie nicht erschrecken, aber ich denke, Sie werden Camshron Castle nicht so schnell wieder verlassen können.« Er bemerkte Catherines entsetzte Miene und fuhr fort. »Wenn Sie einverstanden sind, werde ich den Lord über Ihren unfreiwilligen Aufenthalt informieren. Ich bin davon überzeugt, dass er Ihnen ein Gästezimmer anbietet; mein Herr ist sehr gastfreundlich, müssen Sie wissen.«

Sie nickte und versuchte ein unglückliches Lächeln. »Solange mein Auto nicht repariert ist, habe ich wohl keine andere Möglichkeit, als die Gastfreundschaft des Schlossherrn in Anspruch zu nehmen.«

Der Butler hatte sich inzwischen erhoben und deutete eine steife Verbeugung an, bevor er hinausging. Seine Abwesenheit nutzte Catherine, um ihre Gedanken zu ordnen. Es war aussichtslos, das Schloss ohne fahrbaren Untersatz verlassen zu wollen, denn sie würde nicht weit kommen. Auch, wenn sich das Wetter beruhigte, konnte sie schlecht zu Fuß die nächste Ansiedlung erreichen … weder Richtung Inverness noch in die andere Richtung zu dem Ort mit dem merkwürdigen Namen, in dem sich die rettende Autowerkstatt befand.

Catherine fuhr leicht zusammen, als William plötzlich neben ihr stand. Sie hatte weder die Tür noch die Schritte des Butlers gehört; aber wahrscheinlich war sie so sehr in ihre Gedanken vertieft, dass sie nicht auf den kauzigen alten Mann geachtet hatte.

»Seine Lordschaft ist über Ihr Unglück betrübt. Ich soll Ihnen ausrichten, dass es ihm eine Ehre ist, Sie in seinem Hause zu beherbergen, bis Sie die Heimreise antreten können. Wenn Sie mir bitte folgen möchten, zeige ich Ihnen Ihr Zimmer.«

Eine unbestimmte Angst stieg in Catherine auf, denn sie fühlte sich unvermittelt an ein Gefängnis erinnert. In gewissem Sinne war es das tatsächlich, denn es gab für sie momentan keine Möglichkeit, nach Inverness zu kommen.

William bemerkte ihr Zögern. »Stimmt etwas nicht?«

»Doch, doch. Ich bin dem Lord sehr dankbar für seine Großzügigkeit.« Nervös strich sie über ihre nasse Lederhose. »Ich würde nur gern meinen Koffer aus dem Wagen holen, um mich umzuziehen.«

»Aber gewiss.« William hielt ihr einladend die Tür zum Flur auf. »Nehmen Sie den Schirm mit, es regnet immer noch sehr stark. Oder soll ich Sie begleiten?«

Sie versicherte dem alten Mann, dass sie keine Hilfe benötigte und trat – bewaffnet mit dem Ungetüm von Schirm – in den Regen hinaus. Das Wasser rauschte in den Regenrohren, und auf dem Innenhof hatten sich Pfützen gebildet.

Catherine spürte Erleichterung, als William den schweren Torflügel öffnete, und sie fühlte sich, als wenn sie nach langer Gefangenschaft endlich den Kerker verlassen konnte.

Zwar sagte sie sich auf ihrem Weg zum Wagen, dass dies absolut dumme Gedanken waren; schließlich konnte sie froh sein, dass der Lord of Cameron ihr ein Zimmer zur Verfügung stellte, anstatt den ungebetenen Gast vor die Tür zu setzen.

Endlich erreichte Catherine den Sportwagen und schloss hastig die Fahrertür auf. Bevor sie zurückging, wollte sie unbedingt noch einmal versuchen, den Motor zu starten. Ihre winzige Hoffnung zerstob in Sekundenschnelle, als sie merkte, dass der Motor keinen Mucks mehr von sich gab – auch wenn sie insgeheim damit gerechnet hatte.

Enttäuscht blickte sie sich in der trostlosen Gegend um. Die Idee, per Anhalter zurück nach Inverness zu fahren, verwarf sie sofort wieder. In dieser Einöde schien nur alle Jubeljahre ein Fahrzeug über die gewundenen Straßen zu holpern.

Die Sitze waren mittlerweile klatschnass, aber es tropfte nicht mehr ganz so stark durch den Riss im Verdeck. Wiederholt schwor sich Catherine, sich beim nächsten Autokauf für einen geschlossenen Wagen zu entscheiden – aber erst einmal musste sie versuchen, zurück in die Zivilisation zu finden.

Missmutig nahm sie das Aluminiumköfferchen vom Fußraum auf und streckte sich nach dem Notfallkoffer auf dem Beifahrersitz. Wie gut, dass sie etwas Gepäck mitgenommen hatte, denn es gelüstete ihr danach, endlich trockene Kleidung anzuziehen. Und möglicherweise erlaubte ihr der Lord, Fotos vom Inneren des Schlosses zu machen, dann könnte sie wenigstens etwas Nützliches mit ihrer Zeit im Schloss anfangen.

William erwartete den Gast am Tor, er sah albern aus in dem Regenmantel aus durchsichtigem Plastik. Er setzte ein Lächeln auf, und Catherine konnte sein gelbes Pferdegebiss in aller Deutlichkeit bewundern. Der Butler schien nicht oft zu lächeln, und ihr war, als freue er sich, dass sie wieder da war.

»Ich habe dem Mädchen aufgetragen, ein heißes Bad für Sie einzulassen«, sagte William und bat Catherine, ihm zu folgen. Trotz der beklemmenden Stimmung war sie dem alten Mann für seine Fürsorge dankbar und ließ sich von ihm bereitwillig führen. Diesmal ging es durch das Hauptportal, und Catherine stieß einen Entzückungsschrei aus, als sie die Halle betrat.

Der Eingangsbereich erschien ihr riesig. Von der gewölbten Decke hing ein überdimensionaler Lüster herab, dessen Lichter sich in den Kristallen brach und sie wie Diamanten glitzern ließen.

Der Fußboden bestand aus hellem, glänzendem Marmor; da und dort mit Teppichbrücken aufgewertet. Catherine war keine Expertin, trotzdem erkannte sie, dass es sich hierbei um kostbare, uralte Perser handelte. Sie vermied sorgsam, ihre schmutzigen Stiefel darauf zu setzen.

Die Wände waren mit Seidentapeten bespannt, in einer Art pastellfarbenem Paisleymuster. Mehrere schneeweiße Türen mit auffälligen vergoldeten Schnitzereien gingen von der Halle ab, neben jeder Tür befand sich ein zierliches Tischchen, auf dem Vasen aus edlem Meißener Porzellan oder Kristall mit prächtigen Blumengebinden prangten.

Doch das Schönste war die marmorne Treppe in der Mitte der Schlosshalle, die in den oberen Stock führte und zu beiden Seiten in einer Galerie auslief.

Überwältigt blieb Catherine am Fuß der Treppe stehen, und

am liebsten hätte sie auf der Stelle die Kamera gezückt, um ihre Eindrücke zu verewigen. Doch sie wollte die Gastfreundschaft des Lords of Cameron nicht unnötig strapazieren; es würde noch genug Gelegenheiten geben, ihn um seine Erlaubnis zu bitten.

»Seit seiner Entstehung zählt Camshron Castle zu den prächtigsten Anwesen seiner Gattung«, schnarrte William, der bereits einige Stufen vorausgegangen war, in der Hand trug er Catherines Notfallköfferchen. »In alten Schriften kann man lesen, wie sehr die Besucher von der Weitläufigkeit und Ausstattung des Schlosses angetan waren.«

Catherine ergriff das Treppengeländer aus glattem Edelholz und nickte. »Es ist traumhaft, und ich bin froh, dies alles sehen zu dürfen.« Ihre schlechte Laune war mit einem Mal verflogen.

»Bitte folgen Sie mir«, sagte der Butler erneut am oberen Treppensatz und wartete in vornehmer Haltung, bis der Gast dicht vor ihm stand.

Von der Galerie führten rechts und links dezent erleuchtete Gänge ab, William steuerte den Gang linker Hand an und erklärte, dass man sich nun im Gästetrakt befand.

»Empfängt der Lord oft Gäste?«, fragte Catherine und warf noch einen schnellen Blick in die Halle hinunter, die von oben noch beeindruckender wirkte.

»Nicht sehr häufig«, war die Antwort. »Die Anfahrt ist zu zeitaufwändig.«

Das konnte Catherine gut nachvollziehen. Auch sie hätte den beschwerlichen Weg nicht auf sich genommen, wenn die traumhafte Kulisse von Camshron Castle nicht gelockt hätte.

Schweigend ging der Butler voran. Die Schritte wurden von einem dicken weinroten Teppich verschluckt, und auch hier sah alles sehr elegant und gepflegt aus. Zu beiden Seiten des Gangs befanden sich Türen, Catherine zählte jeweils sechs und fragte sich, wozu ein Schlossherr so viele Gästezimmer benötigte, wenn er doch kaum Besuch bekam. Nun, in früheren Zeiten mochte es anders gewesen sein; trotzdem konnte sich Catherine nur schwer das vornehm stille Camshron Castle in hellem Lichterglanz, etwa bei einem Silvesterball, vorstellen.

Am Ende des Gangs war ein wandhoher Spiegel in vergoldetem Rahmen angebracht, in dem Catherine sich sehen konnte. Sie erschrak vor ihrem Spiegelbild, denn das kinnlange, feuchte Haar schmiegte sich wie eine seltsam geformte Kappe um ihren Kopf, die Lederhose hatte dunkle Wasserflecken, und die Stiefeletten sahen aus, als habe ihre Trägerin darin einen Stall ausgemistet. Wie gut, dass niemand außer William sie so sah!

Der Butler hielt vor der letzten Tür links an und wartete geduldig, bis Catherine neben ihm stand. Dann öffnete er und verneigte sich leicht. »Willkommen auf Camshron Castle.«

Zögernd trat sie ein, und ihr Mund öffnete sich vor Staunen. Der Raum war groß und ausgestattet wie eine Suite in einem Luxushotel. Blickfang war das prunkvolle Himmelbett; es stand auf einem Podest und schien für eine Königin angefertigt worden zu sein. Die beiden Fenster wurden von schweren smaragdgrünen Samtvorhängen umrahmt, sie schienen bei gutem Wetter viel Sonnenlicht ins Zimmer fallen zu lassen.

Es gab einen riesigen Einbauschrank, Kommoden und Tischchen in verschiedenen Größen, ein mit Gobelin bezogenes Sofa – alles aus seltenen Edelhölzern gefertigt. Im Kamin an der Längsseite prasselte ein Feuer und verbreitete wohlige Wärme.

»Trifft das Zimmer Ihren Geschmack?«, fragte William, obwohl er bereits an Catherines Gesichtsausdruck erkannt haben musste, dass sie vor Begeisterung schier sprachlos war.

Sie nickte und betrachtete weiterhin die stilvolle Einrichtung ihrer Nachtklause. William stellte das Köfferchen, das sich in dieser Kulisse eher bescheiden ausnahm, neben die Wäschekommode und räusperte sich.

»Darf ich Ihnen noch das Bad zeigen, bevor ich Sie alleine lasse?«

»Natürlich.«

Er öffnete die Tür neben dem Wandschrank und machte eine einladende Handbewegung. »Wie Sie sehen, ist alles für ein entspannendes Bad vorbereitet worden, Ms Page.«

Wieder konnte Catherine ein ungläubiges Blinzeln nicht unterdrücken, denn das Badezimmer war keine Behelfsnasszelle, wie sie befürchtet hatte, sondern den anderen luxuriösen Räumlichkeiten angepasst: Fliesen aus Marmor, vergoldete Wasserhähne, die sanitären Objekte aus feinstem Porzellan. Das dampfende Wasser in der geräumigen Eckwanne verströmte einen lieblichen Rosenduft, und die Badetücher, die auf einem zierlichen Schemel aufgestapelt lagen, schienen weich wie Daunen zu sein.

»Um zwanzig Uhr wird angerichtet«, sagte der Butler und drehte sich um. »Ich werde Sie dann holen und in den Speisesaal führen, Sie haben also genug Zeit, um sich auszuruhen.«

»Werde ich den Lord kennenlernen?«

»Gewiss. Er bat mich schließlich darum, Sie zum Dinner einzuladen.« Er nickte Catherine vage zu und schlich auf leisen Sohlen hinaus.

Nun war sie allein und konnte das Zimmer näher in Augenschein nehmen. Vorsichtig setzte sie sich auf die Bettkante, die Seidendecke war einladend zurückgeschlagen. Noch nie hatte Catherine in einem solch pompösen Bett geschlafen, und sie unterdrückte ein Gähnen. Es war erst früher Nachmittag, obwohl durch die Fenster nur fahles Licht drang. Es regnete noch immer in Strömen, wie William bereits angedeutet hatte.

Beinahe andächtig strich Catherine über die schneeweiße Bettdecke, sie war leicht wie Flaum und verhieß einen erholsamen Schlaf.

Stück für Stück zog Catherine ihre nasse Kleidung aus, ließ sie in einem unordentlichen Haufen auf dem Fußboden zurück und ging nackt ins Badezimmer.

Das Wasser hatte die richtige Temperatur. Catherine legte sich seufzend und mit geschlossenen Augen in die Wanne und ließ ihre Gedanken treiben.

Was mochte der Lord wohl für ein Mensch sein? War er alt und wunderlich, weil er Zeit seines Lebens in diesem prächtigen Schloss abseits jeglicher Zivilisation gelebt hatte? Catherine versuchte, sich den Lord of Cameron vorzustellen, doch es gelang ihr nicht recht. Die adelige Gesellschaft des Landes hatte für Catherine bisher lediglich aus der königlichen Familie und deren Angehörigen bestanden, von denen gab es schließlich genug in den Klatschspalten der Yellow Press zu lesen.

Plötzlich musste Catherine grinsen. Was wohl Verleger Carson und Mrs Persson sagen würden, wenn sie ihnen erzählte, wo sie eine Nacht verbracht hatte? Damit man ihr glaubte, nahm sich Catherine vor, das Gästezimmer als Beweismittel zu fotografieren.

Aber das kam erst später. Jetzt war Catherine viel zu müde, um an ihre Arbeit zu denken. Sie blieb in der Wanne, bis das Wasser auskühlte, dann hüllte sie sich in eines der großen weißen Badetücher.

Sehnsüchtig spähte sie zum Bett, doch bevor sie sich ein Nickerchen gönnte, musste sie die passende Kleidung für das adelige Dinner zusammenstellen, was sich als recht schwierig erwies. Zwar lag in ihrem Köfferchen ein schwarzes, gerade geschnittenes Kleid mit passenden Schuhen und Strümpfen, doch es schien nicht elegant genug für das Zusammensein mit einem richtigen Lord zu sein.

Aber alle anderen Kleidungsstücke kamen schon gar nicht infrage – weder die beiden Jeans noch der lässige Pullover oder die T-Shirts und Hemdblusen.

Resigniert legte Catherine das Kleid auf die Kommode, warf dem nassen Wäschebündel auf dem Fußboden einen schrägen Blick zu und kroch unter die Decke. Wohlig räkelte sie sich, dann griff sie zu ihrem Handy, das sie zuvor auf das Nachttischchen gelegt hatte, stellte enttäuscht fest, dass es noch immer nicht funktionierte, und legte es an seinen Platz zurück.

Die leichte seidene Decke spürte sie kaum, und trotzdem wärmte sie angenehm. Noch bevor Catherine darüber nachdenken konnte, wie sie am schnellsten Camshron Castle verlassen konnte, war sie bereits eingeschlafen.

3

Ein diskretes Geräusch weckte Catherine Stunden später. Im ersten Moment wusste sie nicht, wo sie sich befand, doch dann kam die Erinnerung zurück und mit ihr die Angst, verschlafen zu haben.

Ruckartig setzte sie sich auf. Die Uhr auf dem Kaminsims zeigte zehn nach sieben, blieb also noch genug Zeit, um sich in Ruhe anzuziehen. Es knackte im Kamin, und Catherine erkannte, dass sie davon aufgewacht war.

Ausgeruht schwang sie ihre wohlgeformten Beine über die Bettkante und begann, sich auf den vor ihr liegenden Abend zu freuen. Doch dann stutzte sie.

Wo waren ihre nassen Kleider? Sie machte Licht und blickte sich suchend um. Und dann sah sie ihre Stiefeletten trocken und sauber geputzt vor dem Schrank stehen; die übrigen Kleidungsstücke waren ebenfalls trocken und lagen ordentlich zusammengelegt auf der Kommode.

Also musste jemand vom Personal in der Zwischenzeit im Zimmer gewesen sein und sich um ihre Sachen gekümmert haben. Catherine war nicht nur dankbar dafür, vielmehr wunderte sie sich, mit welchen Tricks die Dienstboten gearbeitet hatten, denn Leder brauchte eine entsprechend langwierige Behandlung, um wieder wie neu auszusehen. Und Catherines Kleidung sah wie neu aus!

In Gedanken versunken, zog sie sich an und legte ein dezentes Make-up auf. Das schwarze Kleid wurde mit einer auffälligen

Kette aus geschliffenen, durchsichtigen Glaskugeln aufgewertet, und zum Schluss benutzte Catherine den tiefroten Lippenstift, der einen reizvollen Kontrast zu ihren dunklen Augen und dem schwarzen Haar bildete.

»Besser als nichts«, sagte sie zu ihrem Spiegelbild, obwohl sie nicht ganz zufrieden mit ihrem Äußeren war. Hätte sie geahnt, wo sie landen würde, hätte sie sich ein Abendkleid ausgeliehen, befand sie mit einem Anflug von Galgenhumor.

Sie war bereits zwanzig Minuten vorher fertig, und da sie vermutete, dass Butler William sie auf die Minute genau abholen würde, trat sie an eines der Fenster, von dem aus man einen Blick über die Hügel gehabt hätte, wenn der Himmel nicht wolkenverhangen wäre und man keine zwei Meter weit sehen konnte.

Missmutig blickte Catherine hinaus in den Regen. Ohne Auto kam sie hier nicht weg, die nächsten Ortschaften lagen zu weit entfernt. Und bei diesem Wetter würde sie sich eine Lungenentzündung holen, wenn sie sich zu Fuß auf den Weg machte.

Catherine wandte sich zu dem Kamin, denn da war es behaglich warm. Noch während sie sich fragte, wo all das Personal war, das hinter dieser Behaglichkeit steckte, klopfte es leise an der Tür.

»Sie werden von Seiner Lordschaft im Speisesaal erwartet«, sagte der Butler und musterte rasch Catherines Kleidung. Sie schien zu seiner Zufriedenheit auszufallen, denn er nickte anerkennend.

Sanft ließ er die Tür ins Schloss gleiten, nachdem Catherine das Zimmer verlassen hatte. In gebührendem Abstand folgte sie dem alten Mann; am oberen Treppenabsatz blieb sie allerdings stehen, was William zu einem verwunderten Blick veranlasste.

»Der Speisesaal ist im Erdgeschoss«, sagte er. »Oben befinden sich lediglich die Schlafräume.«

Verlegen fuhren Catherines Fingernägel über das Holz des Treppengeländers. »Sagen Sie, was für ein Mensch ist der Lord?

Ist er einer jener verknöcherter Aristokraten, die vor Vornehmheit kaum zu atmen wagen?«

Ein amüsiertes Lächeln spielte um Williams breiten Mund. »Warten Sie es ab. Ich denke, Sie werden den Lord mögen.«

Richtig überzeugen konnten Catherine diese Worte nicht, denn der Butler schien seinem Herrn bedingungslos ergeben zu sein. Dennoch nahm sie sich vor, dem Lord of Cameron keinen Anlass zu geben, seine Gastfreundschaft zu bereuen.

Durch die Eingangshalle, die Catherine noch gewaltiger erschien als bei ihrer Ankunft, ging der Butler mit langen Schritten voraus und öffnete eine der Türen, die in einen Gang führte. Dieser Gang ähnelte dem im Gästetrakt, war jedoch breiter, in hellen Farben gehalten, und die Wände schmückten kostbare Gemälde. Am unteren Ende des Flurs konnte Catherine eine doppelseitige Flügeltür erkennen, die die gesamte Breite des Gangs einnahm.

Mit unvermittelter Beklemmung sah Catherine, wie der Butler anklopfte, dann beide Türflügel öffnete und in den Raum hineinsagte: »Ms Page gibt sich die Ehre, das Abendessen mit Ihnen einzunehmen, Mylord.«

Die Antwort konnte Catherine nicht verstehen, doch William wandte sich zu ihr um und machte eine einladende Geste. Mit weichen Knien und klopfendem Herzen ging Catherine Richtung Tür. Was mochte sie dort drinnen erwarten?

Sie betrat den Speisesaal. Flüchtig nahm sie wahr, dass William neben dem rechten Türflügel stehen blieb. Eine lange Tafel war mit einem weißen Tischtuch bedeckt, ein kunstvolles Blumengesteck aus weißen Lilien und roten Rosen befand sich in der Mitte. Rechts und links davon standen silberne Leuchter mit blutroten Kerzen, dazwischen Kristallschalen mit frischem Obst.

»Ich führe Sie zu Ihrem Platz«, sagte der Butler mit leichter Ungeduld, ging voraus zum Ende der Tafel, wo für eine Person gedeckt war, und rückte den hochlehnigen Stuhl geräuschlos für den Gast zurecht.

Erst als Catherine saß, entdeckte sie den Lord. Er saß am anderen Ende im Halbdunkel, denn die Deckenbeleuchtung auf seiner Seite verbreitete nur schummeriges Licht, während Catherines Platz von allen Seiten angestrahlt wurde.

Sekundenlang starrte der Schlossherr auf seinen Überraschungsgast, dann deutete er ein Nicken an und sagte mit tiefer, melodischer Stimme: »Es ist mir eine Freude, Ihnen in meiner bescheidenen Unterkunft Obdach zu geben. Gestatten Sie, mein Name ist Daniel Lord of Cameron.«

Eingeschüchtert von der Umgebung und diesem Mann hauchte Catherine ebenfalls ihren Namen und dankte ihm für die Aufnahme. Sie konnte den Blick nicht von ihrem Gastgeber lassen; er hatte ein ebenmäßiges Gesicht und schien nicht älter als dreißig zu sein. Sein Haar war leicht gewellt, pechschwarz und mittellang, seine grauen Augen blickten intelligent und wachsam über den langen Tisch. Die Hände mit den schmalen Fingern waren gepflegt; am Ringfinger der linken Hand trug der Lord eine Art Siegelring. Genau konnte Catherine dies jedoch aus der Ferne nicht erkennen. Sein Abendanzug bestand aus schwarzem Glanzstoff, und Catherine zweifelte keine Sekunde daran, dass er maßgeschneidert war.

Sie konnte den Blick nicht von diesem faszinierenden Mann abwenden und war sich kaum bewusst, dass sie ihn ungläubig anstarrte. Noch nie hatte sie einen so schönen und makellosen Mann gesehen.

Daniel machte eine Handbewegung und sagte: »Sie können servieren, William.«

Nun entdeckte Catherine den Anrichtetisch neben der Tür. Aus einer Terrine schöpfte der Butler diensteifrig Suppe auf zwei Teller und trug sie einzeln zu den Plätzen; dabei verzog er keine Miene.

»Haben Seine Lordschaft noch einen Wunsch?« Stocksteif stand er neben dem Stuhl seines Herrn.

»Danke, ich werde nach Ihnen klingeln, wenn wir den nächsten Gang serviert haben möchten.«

William verneigte sich, säuselte ein »Sehr wohl, Euer Lordschaft« und verließ den Speisesaal.

»Ich hoffe, meine Köchin hat Ihren Geschmack getroffen.« Der Lord machte eine aufmunternde Geste in Catherines Richtung. »Guten Appetit.«

Sie bedankte sich und begann, mit einem schweren Silberlöffel die cremige Lauchsuppe zu essen. Erst jetzt merkte sie, wie ausgehungert sie war; die Suppe schmeckte köstlich.

Während des Essens wagte Catherine kaum den Blick zu heben, und als sie schließlich aufsah, bemerkte sie, dass der Teller des Lords unberührt war. Er blickte seinen Gast unverwandt an, und sie begann, sich unbehaglich zu fühlen.

»Haben Sie keinen Hunger?«, fragte sie mit erzwungenem Lächeln. »Die Suppe ist wirklich gut.«

»Das Lob werde ich an die Küche weitergeben«, erwiderte er. »Nein, ich verspüre keinen großen Hunger, Ms Page.«

Geräuschlos erschien der Butler wieder, Catherine hatte nicht bemerkt, ob der Lord nach ihm geklingelt hatte. William machte sich unverzüglich wieder an der Anrichte zu schaffen, auf der alle Speisen für das Dinner bereits unter Silberhauben standen, als Catherine den Speisesaal betreten hatte.

»Heute gibt es als Hauptgericht Leàbag – Scholle«, verkündete William, während er Catherines Speiseteller nahm und zurück zur Anrichte eilte. »Hoffentlich mögen Sie Fisch.«

»Natürlich.« Doch dann stutzte sie. Diesen gälischen Begriff, den der Butler nannte, hatte sie doch schon einmal gehört. Doch sie vergaß den Gedanken, als der Teller wieder vor ihr stand. Zu der Scholle gab es Butterkartoffeln und Prinzessbohnen, die so fein waren, dass sie buchstäblich auf der Zunge zergingen.

Unter gesenkten Augenlidern beobachtete Catherine den Lord, der jedoch nur lustlos in seinem Essen herumstocherte und gelegentlich eine Gabel voll in den Mund schob. Catherine hatte den Eindruck, dass er nur aus Höflichkeit ein paar Häppchen zu sich nahm, damit sein Gast nicht alleine essen musste, und er Catherine eigentlich nur Gesellschaft leisten wollte.

Nun, sie selbst verspürte jedenfalls großen Hunger; schließlich hatte sie seit dem Frühstück im Hotel nichts mehr zu sich genommen. Doch trotzdem ahnte sie instinktiv, dass mit dem Lord etwas nicht stimmte. Er war ein Traum von einem Mann, elegant und höflich, aber dennoch wirkte er eigenartig distanziert.

Während des Desserts kam Catherine schließlich darauf: Der Lord of Cameron war *zu* perfekt. Seine makellose Schönheit irritierte sie, gleichzeitig wirkte er auf sie düster und unheimlich.

Seine Miene und seine Augen ließen nicht darauf schließen, was er über seinen Gast dachte, und Catherine wagte kaum noch aufzuschauen, da sie sich unangenehm beobachtet fühlte.

Sie unterdrückte einen Stoßseufzer, als William erschien – lautlos und unterwürfig wie zuvor. Neben Catherines Platz blieb er stehen und verkündete: »Die Köchin möchte wissen, ob Ihnen das Mahl gemundet hat.«

»Oh ja, es war wundervoll.« Vorsichtig, damit kein Lippenstift die Damastserviette verschmutzen konnte, tupfte sich Catherine die Mundwinkel. »Richten Sie ihr bitte aus, dass ich noch nie so gut gegessen habe.«

»Mit dem größten Vergnügen. Darf ich Ihnen zum Abschluss einen Mokka servieren?«

Ratlos sah sie zu ihrem Gastgeber, der sich zurückgelehnt hatte und die Szene im Auge behielt.

»Auf mich brauchen Sie keine Rücksicht zu nehmen«, sagte er und machte eine lässige Geste. »So spät am Abend nehme ich keinen Mokka mehr zu mir.«

»Ich eigentlich auch nicht.« Sie lächelte den Butler entschuldigend an, sodass diesem nichts anderes übrig blieb, als sich zu verbeugen und danach die Dessertschalen abzuräumen. Dabei fiel

Catherine auf, dass der Lord noch nicht einmal die köstliche Sahnecreme probiert hatte, und fragte sich, wovon er sich wohl ernährte, wenn er beim Dinner kaum etwas zu sich nahm.

Und noch etwas Seltsames fiel Catherine auf: Wieso servierte der Butler? Das Schloss musste doch einen Stab von dienstbaren Geistern haben, auch wenn Catherine bisher keinen von ihnen zu Gesicht bekommen hatte.

Der Lord of Cameron erhob sich, während William bereits den Tisch abräumte und die Kerzen löschte. Catherine tat es ihm gleich und fühlte wieder diese eigenartige Beklemmung, als Daniel sich ihr mit geschmeidigen Bewegungen näherte.

Zu ihrer Überraschung reichte er ihr seine Hand, die Catherine nur zögernd ergriff. »Ich wünsche Ihnen eine gute Nacht, Ms Page. Bedauerlicherweise kann ich Ihnen nicht länger Gesellschaft leisten, denn die Pflicht ruft.«

»Kein Problem«, gab sie unumwunden zurück und versuchte, ihr Erschrecken zu unterdrücken, denn seine Hand war kalt wie ein Eisklumpen. »Ich bin sehr müde und werde wie ein Baby schlafen. Vielen Dank noch einmal für Ihre Gastfreundschaft, morgen Vormittag werde ich wohl die Werkstatt erreichen.«

Um seine schön geschwungenen Lippen erschien der Anflug eines Lächelns. »Sie sind mein Gast, so lange es erforderlich ist, auch wenn Sie meistens auf meine Anwesenheit verzichten müssen.«

Catherine war sich nicht sicher, ob sie darüber erleichtert oder enttäuscht sein sollte, aber ihn näher kennenzulernen, würde ihr Aufenthalt auf Camshron Castle ohnehin nicht zulassen.

William öffnete beide Türflügel. Der Lord ließ Catherine den Vortritt; auch wenn er sich merkwürdig benahm, so war er dennoch ein Kavalier der alten Schule.

Sie fühlte seinen bohrenden Blick in ihrem Rücken, als sie den Gang hinunter vor Daniel herschritt. In der Halle deutete er eine wortlose Verbeugung an und ging zu einer Tür, hinter der er dann verschwand.

Catherine hatte einen raschen Blick in den Raum werfen können; es waren nichts als meterhohe Regale zu sehen, vollgestopft mit ledernen Bücherrücken. Dies schien die Schlossbibliothek zu sein, in der der Lord wohl seinen Geschäften – woraus diese auch bestehen mochten – nachging.

Der Butler stand abwartend am unteren Treppenabsatz und bot Catherine an, sie nach oben zu begleiten. Doch sie lehnte dankend ab, indem sie versicherte, sich inzwischen allein zurechtzufinden.

»Sehr wohl. Wann möchten Sie morgen frühstücken?«

Einen Augenblick zögerte sie. »Ich richte mich nach dem Lord, damit das Personal meinetwegen keine zusätzliche Arbeit hat.«

William verzog keine Miene. »Seine Lordschaft pflegt nicht zu frühstücken.«

»Nicht?« Sie zog die Brauen hoch, unterließ es jedoch, eine Bemerkung über die Essgewohnheiten des Schlossherrn zu machen.

»Wenn Sie einverstanden sind, werde ich veranlassen, Ihnen das Frühstück um neun Uhr auf Ihrem Zimmer zu servieren.«

»Aber das ist nicht nötig«, protestierte sie lahm, denn es war ihr schon fast peinlich, dass man ihretwegen so viel Aufhebens machte.

»Es macht keine Umstände, Ms Page«, versicherte William, als hätte er ihre Gedanken gelesen. »Schlafen Sie gut.« Er nickte ihr knapp zu und stelzte dann davon.

Irritiert blieb Catherine noch einige Sekunden auf der Stelle stehen, bevor sie nachdenklich die Treppe hinaufschritt. Ihre Absätze klapperten laut auf den Marmorstufen, es war das einzige Geräusch und klang in der Stille der großen Halle gespenstisch.

Catherine fand ihr Zimmer auf Anhieb wieder; diesmal schien niemand darin gewesen zu sein, um aufzuräumen. Bevor sie sich auszog, überprüfte sie noch einmal ihr Handy und war nicht sonderlich überrascht, dass es noch immer nicht funktionierte. Vermutlich war so viel Wasser in das Gehäuse gedrungen, dass es nie wieder funktionierte.

Mitten in der Nacht schreckte Catherine hoch. Der Regen prasselte unvermindert gegen die Fensterscheiben, und der Wind heulte schauerlich.

Benommen setzte sie sich auf; das Zimmer wurde nur spärlich von der Kaminglut erhellt. Im selben Moment, als sie sich zurückfallen lassen wollte, sah sie den hellen Lichtschein unter der Tür und einen Schatten. Ihr stockte der Atem, als sie erkannte, dass jemand vor der Tür stand.

Panisch kniff Catherine die Augen zusammen und zog die Bettdecke bis zum Kinn hoch – aber als sie kurz darauf die Lider wieder aufschlug, war der Schatten verschwunden.

Schwer atmend ließ sich Catherine in die weichen Kissen fallen. Wer konnte das gewesen sein? William oder ein anderes Mitglied der Dienerschaft ... oder der Lord persönlich? Doch das ergab keinen Sinn, denn dessen Räumlichkeiten lagen in einem anderen Flügel, und die Dienerschaft hatte nachts hier oben schon gar nichts verloren.

Den Rest der Nacht verbrachte Catherine in unruhigem Schlaf, aus dem sie immer wieder aufschreckte. Sie wusste nicht genau, ob das entsetzliche Heulen des Sturms daran schuld war oder das unheimliche Ereignis vor ihrer Tür.

Erst im Morgengrauen fiel Catherine in einen leichten Schlummer und wurde wenig später durch die Wohlgerüche von Toast, Würstchen und Rührei mit Speck geweckt.

Catherine war sofort hellwach und blinzelte freudig überrascht. Auf dem Tischchen vor dem Gobelinsofa war ein fürstliches Frühstück aufgebaut, mit allem, was das Herz begehrte.

Warum hatte sie nicht bemerkt, dass jemand hier gewesen war, während sie schlief? Das ging Catherine durch den Kopf, als sie nach ihrem Morgenmantel angelte, den unsichtbare Hände griffbereit ans Fußende des Bettes gelegt hatten.

Bevor sie jedoch dieser Frage nachgehen wollte, zog sie die schweren Vorhänge zurück und schnitt eine Grimasse. Es regnete noch immer und sah so aus, als wollte es nie wieder aufhören.

Inzwischen musste die Telefonleitung repariert sein, tröstete sich Catherine, auch wenn sie sich nicht sicher war, wie viele Ortschaften betroffen waren. Aber auch in den Highlands sollte es heutzutage wohl möglich sein, technische Schäden schnellstmöglich zu beheben.

Catherine setzte sich an den Frühstückstisch und blickte fassungslos auf die Köstlichkeiten, die dort bereitstanden. Es war alles vorhanden, was sie morgens gerne zu sich nahm – und das, obwohl einige Leute in ihrem Bekanntenkreis sie wegen ihres typisch englischen Geschmacks belächelten. Der Butler schien wirklich Gedanken lesen zu können!

Grinsend griff sie zu einem gebutterten Toast, aber dann erinnerte sie sich plötzlich wieder an den Schatten im Lichtschein unter der Tür und verspürte keinen Appetit mehr. Sie erhob sich, schlich zur Tür und stieß sie heftig auf.

Natürlich stand niemand davor, und kopfschüttelnd kehrte Catherine zu ihrem Frühstück zurück. Jetzt, im nüchternen grauen Tageslicht kam ihr das nächtliche Erlebnis nicht mehr gar so unheimlich vor. Möglicherweise hatte ihr lediglich die Fantasie einen Streich gespielt; das jedenfalls redete sie sich ein und genoss endlich die Herrlichkeiten vor ihr.

Als sie später angezogen war, suchte sie vergeblich nach einem Klingelknopf, um dem Personal zu signalisieren, dass das Geschirr abgeholt werden konnte. Aber in diesem Zimmer gab es weder einen Klingelknopf noch einen Telefonanschluss, sodass Catherine nichts weiter übrig blieb, als sich auf die Suche nach dem Butler zu machen.

In der Halle war es genauso still wie am Vorabend; noch nicht einmal das Rauschen des Regens war hier zu hören. Etwas ratlos blieb sie neben der Treppe stehen und versuchte, sich zu erinnern, in welchem Raum William am Abend zuvor verschwunden war. Sie wollte jedoch nicht unhöflich erscheinen und im Schloss herumzuspionieren. Als sich der Butler plötzlich hinter ihr räusperte, wirbelte Catherine zu Tode erschrocken herum. Wie stellte William es nur an, sich mit seinen großen Füßen so lautlos anzuschleichen?

»Suchen Sie etwas, Ms Page?«

»Ja … äh … Ich wollte nur Bescheid geben, dass ich gefrühstückt habe.«

Wieder machte er eine leichte Verbeugung. »Kann ich sonst etwas für Sie tun?«

»Nein, das heißt …« Catherine setzte ihr charmantestes Lächeln auf. »Ich möchte um Erlaubnis bitten, Fotos vom Inneren des Schlosses zu schießen.«

William machte eine großzügige Handbewegung. »Seine Lordschaft hat sicher nichts dagegen einzuwenden.«

»Wollen Sie ihm nicht doch lieber meine Bitte ausrichten?«, fragte sie verunsichert. »Es wäre mir unangenehm, wenn es ihm nicht recht ist.«

Er machte eine undurchdringliche Miene, als er erklärte, dass Lord Daniel nicht gestört werden dürfe und die Aufnahmen vernichtet werden könnten, wenn er wider Erwarten keine Einwilligung geben wolle.

Das leuchtete Catherine ein, und sie eilte zurück in ihr Zimmer. An der Tür blieb sie stehen und stutzte. Das Bett war gemacht, ein neues Kaminfeuer entzündet, und das Frühstücksgeschirr war verschwunden.

Das Personal schien sich auf genauso leisen Sohlen zu bewegen wie der Butler, dachte Catherine halb amüsiert, halb verwirrt, nachdem sie ihren Ausrüstungskoffer geöffnet hatte. Wenn sie die Fotos geschossen hatte, würde sie sich nach dem Telefonanschluss erkundigen, nahm sie sich vor, denn das Handy gab noch immer keinen Mucks von sich.

Fieberhaft wühlte Catherine in dem Aluminiumkoffer, doch sie konnte die besondere Linse für Innenaufnahmen nicht finden. Unvermittelt hielt sie inne, als ihr einfiel, dass sich besagte Linse im Handschuhfach ihres Autos befand, weil sie sie nur selten benötigte.

Catherine verspürte nicht die geringste Lust, bei diesem scheußlichen Regen aus dem Haus zu gehen, doch es blieb ihr wohl nichts anderes übrig, als die Linse zu holen, wenn sie die Räumlichkeiten von Camshron Castle ablichten wollte.

William war nirgends zu finden, und so zog Catherine wieder ihre Lederjacke über den Kopf und öffnete das Portal. Verlassen lag der große Hof vor ihr, nichts regte sich außer den roten Geranien in den verstreut aufgestellten Blumenkübeln.

Nach einem resignierten Blick zum wolkenverhangenen Himmel huschte Catherine über den regennassen Innenhof zur gegenüberliegenden Seite, wo sich das Schlosstor befand, das natürlich verriegelt war.

Hilflos blieb Catherine davor stehen, und da sich diesmal der Butler nicht blicken ließ, schob sie den schweren Riegel zur Seite. Fast war sie erstaunt, wie mühelos sich der Torflügel öffnen ließ, und nach einem raschen Blick über die Schulter rannte sie los.

Während Catherine geduckt durch den Regen lief und dabei versuchte, den Schlammpfützen auszuweichen, kam sie sich wie eine Gefangene auf der Flucht vor, und eigentlich war dies gar kein so absurder Gedanke. Sie war wegen der ungünstigen Witterungsumstände zu einer Gefangenen der Highlands geworden.

Atemlos hielt Catherine an der Biegung an, hinter der sie ihr Auto abgestellt hatte – aber der Wagen war nicht mehr da! Fassungslos trat Catherine näher; sie irrte sich nicht, am aufgeweichten Straßenrand waren deutlich die Reifenspuren zu erkennen.

Voller Panik tastete Catherines Blick die Umgebung ab, als würde das auffallende Rot des Wagens plötzlich irgendwo aufleuchten. Vor Wut und Verzweiflung traten ihr Tränen in die Augen. Jemand hatte ihr Auto gestohlen! Sie spürte weder die feuchte Kälte, die aus dem Boden aufstieg, noch die nasse Kleidung oder das Prasseln des Regens auf ihrer Jacke. Wie gelähmt stand sie minutenlang da, bis sie sich einen Ruck gab und kehrtmachte.

Sie musste die Polizei über den Diebstahl informieren, damit sie einen Wagen schickten, der Catherine nach Inverness brachte; dort konnte sie dann einen Mietwagen nehmen, um nach London zu fahren. Wie gut, dass sie ihre Kameraausrüstung mit ins Schloss genommen hatte, denn dieser Verlust hätte bedeutet, dass sie so lange nicht arbeiten konnte, bis die Versicherung den Schaden reguliert hatte.

Außer Atem erreichte Catherine das Tor von Camshron Castle. Der Butler stand mit seinem riesigen schwarzen Regenschirm am Torflügel und machte eine besorgte Miene.

»Was hat Sie veranlasst, bei diesem abscheulichen Wetter das Haus zu verlassen?« Fürsorglich hielt er den Schirm über Catherine, obwohl sie bereits völlig durchnässt war.

»Mein Auto ist gestohlen worden«, stieß sie verzweifelt hervor. »Ich wollte mir nur etwas aus dem Handschuhfach holen.«

Bedauernd schüttelte William den Kopf. »Das ist meine Schuld, Ms Page.« Und als sie ihm verdutzt ihr regennasses Gesicht entgegenhob, fügte er entschuldigend hinzu: »Mir ist es heute Morgen gelungen, die Werkstatt anzurufen. Der Mechaniker hat Ihr Auto bereits abgeschleppt; im Laufe des Tages will er sich melden und berichten, was repariert werden muss und wie lange es dauert.«

Trotz der ungemütlichen Kälte und Williams distanziertem

Gehabe war Catherine so erleichtert, dass sie dem alten Mann fast um den Hals gefallen wäre.

»Warum haben Sie mir das nicht gesagt?«, brachte sie schließlich hervor, während sie gemeinsam den Hof überquerten. »Sie haben mir einen gehörigen Schrecken eingejagt.«

William hob die Schultern. »Ich wollte Sie nicht wecken; später dachte ich nicht mehr an den Automechaniker und bedaure zutiefst, dass Sie sich unnötige Sorgen gemacht haben.«

Erst als sie das schützende Portal erreicht hatten, blieb Catherine stehen. »Wo finde ich ein Telefon in diesem Trakt? Ich muss einige wichtige Gespräche führen und …«

»Ich fürchte, ich muss Sie enttäuschen, Ms Page. Als ich eben den Blumenhändler anrufen wollte, war die Leitung bereits wieder tot.«

Mit hängenden Schultern stand Catherine in der Halle. »Das gibt es doch gar nicht! Wie soll der Automechaniker Bescheid geben, wenn das Telefon nicht funktioniert?«

»Er wird eine Möglichkeit finden; wahrscheinlich spricht er sogar persönlich bei Ihnen vor, um Sie von der Reparatur zu unterrichten. Bitte geben Sie mir Ihre Jacke, ich lasse sie trocknen.«

Geistesabwesend reichte ihm Catherine die triefende Lederjacke. Wenn die Reparatur einige Tage dauerte, bedeutete das, auf unbestimmte Zeit auf Camshron Castle festzusitzen – ohne dass jemand wusste, wo sie sich aufhielt!

Dankbar stellte sie fest, dass jemand ein Bad für sie eingelassen hatte, und glitt in das warme, schaumige Wasser, was sofort ihre Laune hob. Ob der Lord of Cameron wohl ärgerlich war, dass er seinen ungebetenen Gast nicht so schnell loswurde? Nun, sicher würde er sie nicht auf die Straße setzen, ein Gentleman wie er würde das niemals tun.

Nach dem Bad war Catherines Verzweiflung endgültig verflogen. Nur mit einem der Riesenhandtücher bekleidet, zog sie ihren Koffer unter dem Bett hervor und stellte entsetzt fest, dass er leer war.

Verwirrt blickte sie sich um. Wie schon am Vortag war ihre nasse Kleidung verschwunden, auch die Lederstiefeletten, die zum zweiten Mal seit ihrer Herstellung anscheinend für immer ruiniert waren.

Catherine war nahe daran, sich auf die Suche nach William zu machen, als sie auf die Idee kam, im Wandschrank nachzusehen. Und da hingen das schwarze Kleid, Pullover, Blusen und Jeans ordentlich auf Messingkleiderbügeln, Unterwäsche und Strümpfe fanden sich in der Wäschekommode wieder.

Nachdenklich schob Catherine die Schubladen zu. Der Butler musste dem Personal die Anordnung gegeben haben – aber woher wusste er, dass sich ihr Aufenthalt verlängern würde? Noch konnte er schließlich nicht von der Werkstatt darüber informiert worden sein, wie lange sich die Reparatur hinzog.

Catherines Blick fiel auf den geöffneten Kamerakoffer auf ihrem Bett. Zu dumm, dass das Objektiv für Innenaufnahmen noch im Auto lag, aber man konnte ja mit dem Vorhandenen etwas experimentieren.

Und so schoss Catherine im Laufe des Vormittags Fotos von ihrem schönen Zimmer, den Gängen und der Halle, die alle etwas dunkel wirkten, fast düster wie in einem Geisterschloss.

Zum Lunch wurde sie in ein kleines Speisezimmer geführt, der Lord of Cameron ließ sich nicht blicken.

»Sie werden Seine Lordschaft nur beim Dinner sehen«, sagte William steif, während er eine Silberplatte mit Sandwiches vor dem Gast aufbaute. »Tagsüber ist er immer sehr beschäftigt und möchte nicht gestört werden.«

Seufzend sah Catherine auf den Berg von Sandwiches. »Der arme Lord muss abends ja völlig ausgehungert sein.«

»Mitnichten, er lässt sich mehrmals täglich eine Kleinigkeit in die Bibliothek bringen.«

Catherine faltete die Serviette auseinander, die wie die gesamte Tischwäsche am oberen linken Rand mit dem Wappen der Camerons bestickt war. »Sagen Sie, wo steckt der Rest des Personals eigentlich? Außer Ihnen habe ich noch keinen Dienstboten zu Gesicht bekommen.«

Williams Miene blieb undurchdringlich. »Zu einem gut geführten Haushalt gehört Personal, das sich diskret zurückhält und für Gäste unsichtbar bleibt.«

»Oh, ich verstehe. Aber ich würde trotzdem gern der Köchin persönlich danken.« Sie wies auf die Servierplatte. »Es muss doch viel Mühe machen, nur für eine Person so viele Speisen zuzubereiten.«

»Das ist ihr Beruf. Ich werde ihr den Dank ausrichten.« Er verneigte sich leicht. »Guten Appetit, Ms Page. »

Noch bevor Catherine etwas entgegnen konnte, huschte William aus dem Raum, sodass ihr nichts anderes übrig blieb, als ihre einsame Mahlzeit zu beginnen, obwohl sie nach dem üppigen Frühstück noch gar keinen Hunger verspürte.

Nach dem Essen blieb sie in der Hoffnung sitzen, eines der Dienstmädchen beim Abräumen zu erhaschen, aber zu ihrer Enttäuschung war es wieder der Butler, der diese niedere Arbeit übernahm.

Beiläufig erwähnte er, dass das Telefon wieder funktionierte und der Automechaniker aus Leàbag sich gemeldet habe. »Es ist etwas am Motor kaputt, die Ersatzteile müssen bestellt werden. Es kann noch zwei oder drei Tage dauern, bis Sie Ihren Wagen zurückbekommen.« Seine Augenbrauen schnellten entrüstet hoch, als Catherine abrupt aufsprang.

»Das Telefon funktioniert wieder, und Sie sagen mir das nicht eher? Ich muss unbedingt telefonieren!«

»Was haben Sie vor?«

»Mein Verleger Mr Carson wird sich bereits wundern, wo ich stecke«, erklärte sie eifrig und eilte zur Tür. »Und ich habe meiner Vermieterin versprochen, mich regelmäßig bei ihr zu melden. Sie ist ängstlich um mich besorgt. Wo befindet sich das nächste Telefon?«

»Es gibt nur zwei Apparate auf Camshron Castle«, erklärte William und balancierte das Serviertablett an Catherine vorbei. »Bitte folgen Sie mir.«

»Nur zwei? Ist das nicht ein wenig vorsintflutlich für das einundzwanzigste Jahrhundert?«

Er hob die Schultern. »Mehr wird hier nicht benötigt. Ein Apparat befindet sich im Wirtschaftstrakt, der andere in der Bibliothek und wird nur von Seiner Lordschaft benutzt.«

Catherine nickte verstehend. Eigentlich war ihr die altmodische Technik im Schloss egal – Hauptsache, sie konnte sich mit der Zivilisation in Verbindung setzen.

Das Telefon war ein schwarzes altmodisches Gerät und hing recht verborgen an der Wand neben dem großen Geschirrschrank im Personalraum, Catherines erster Anlaufstelle nach der Autopanne.

»Bitte.« William machte eine großzügige Geste und verschwand dann lautlos durch eine hintere Tür, die vermutlich zur Küche führte.

Mit flachem Atem nahm Catherine den schweren Hörer auf und schloss vor Erleichterung die Augen, als sie das vertraute Freizeichen hörte. Carsons Nummer hatte sie im Kopf, und als er sich meldete, konnte sich Catherine endlich entspannen.

In knappen Sätzen erklärte sie ihr Missgeschick, vergaß jedoch nicht zu erwähnen, dass der Lord of Cameron ein gastfreundlicher Schlossherr sei.

»Sie sind ein Glückskind!«, rief der Verleger aus. »Wer kann schon von sich behaupten, Gast eines echten Lords zu sein? Machen Sie sich ein paar schöne Tage, Catherine, und erholen Sie sich.«

»Das Schloss ist ein Traum, und mein Zimmer wurde früher sicher von einer Lady bewohnt, so prunkvoll ist es eingerichtet«, schwärmte sie, ließ allerdings die mysteriöse nächtliche Erscheinung vor ihrer Zimmertür aus. »Ich nehme an, der Lord weiß inzwischen von seinem Butler, dass ich noch einige Tage auf seinem Schloss festgehalten werde. Es regnet noch immer in Strömen, und der Sturm ist einfach grässlich.«

»In den Nachrichten gestern sagten sie, dass ein Unwetter in den Highlands tobte.«

Catherine verdrehte die Augen. »Und ausgerechnet zu diesem Zeitpunkt musste ich mich auf Objektsuche machen. Ich weiß nicht genau, wann mein Wagen fertig ist, aber wenn ich in Inverness bin, rufe ich Sie wieder an.«

Auch Mrs Persson war erleichtert, Catherines Stimme zu hören; sie hatte bereits das Schlimmste vermutet und mit dem Gedanken gespielt, die Polizei einzuschalten.

Catherine lachte über die Ängste der alten Dame. »Clara, es ist mir nichts geschehen. Mir geht es prima, ich werde mit den leckersten Speisen verwöhnt, die man sich vorstellen kann … und ich darf sogar im Schloss Aufnahmen machen.«

»Wie ist der Lord denn so?« Claras Stimme klang skeptisch, vermischt mit einem Hauch Neugierde.

»Er ist ein toller Mann, fast überirdisch schön. Er hat gute Manieren, sicher würde er Ihnen gefallen.«

Clara schnaubte. »Schöne Männer sind schwul oder vergeben – oder beides zusammen. Ach, ich vermisse Sie, Cat. Verstehen Sie mich nicht falsch, ich gönne Ihnen von ganzem Herzen den Aufenthalt in diesem herrlichen schottischen Schloss, aber mir ist erst wieder wohl, wenn Sie unversehrt vor mir stehen.«

Wieder musste Catherine kichern. »Aber mir geht es ausgezeichnet, das habe ich Ihnen doch schon gesagt. Ich vermisse lediglich den Kontakt zur Außenwelt, denn das Telefon funktioniert nur sporadisch.«

Wie auf ein geheimes Kommando knackte es in der Leitung. Und Catherine verabschiedete sich rasch von ihrer Zimmerwirtin, bevor die Verbindung vollends abbrach. Es rauschte wie ein Wasserfall, und da die Leitung noch nicht tot war, rief Catherine im Whinpark Guesthouse in Inverness an. Auch dort hatte man sich bereits gewundert, dass Catherine in der vergangenen Nacht nicht im Hotel erschienen war.

Erleichtert legte sie schließlich auf, alle wichtigen Telefonate waren erledigt. Als sie sich umdrehte, fuhr sie zusammen, denn der Butler stand kaum zwei Meter von ihr entfernt neben dem Tisch. Catherine hatte ihn wieder nicht kommen hören.

»Sind Sie nun zufrieden, Ms Page?« Er machte eine Kopfbewegung zum Telefon. »Sie hatten Glück, meistens bricht die Leitung bei so einem Wetter bereits nach wenigen Sekunden zusammen. Übrigens soll ich Ihnen von Seiner Lordschaft ausrichten, dass Ihnen Camshron Castle so lange zur Verfügung steht, wie Sie es wünschen, und er bedauert zutiefst, dass er Ihnen nur beim Dinner zur Verfügung stehen kann. Am Tage ist er in seine Geschäfte eingespannt.«

»Was sind das denn für Geschäfte?«

»Nun, Geschäfte eben. Als Butler steht es mir nicht zu, mich für die Angelegenheiten Seiner Lordschaft zu interessieren.«

Da Catherine keine Anstalten machte, sich von der Stelle zu bewegen, räusperte sich William und schlug vor: »Bis zum Tee können Sie sich in Ihrem Zimmer ausruhen, wenn Sie mögen.«

Sie nickte, aber der scharfe Unterton in seiner Stimme ließ keinen Zweifel darüber, dass dies kein Vorschlag war, sondern eine sanfte Aufforderung! Catherine schien im Weg zu sein, wobei auch immer.

Da sie ohnehin nichts zu tun hatte, nickte sie schwach und dankte noch einmal für die Erlaubnis, Fotos machen zu dürfen.

Unter Williams aufmerksamen Blicken verließ sie den Aufenthaltsraum und stieg gehorsam die Treppe hinauf.

Der Tee würde ihr auf ihrem Zimmer serviert werden, hatte der Butler ihr beim Hinausgehen erklärt; das bedeutete, dass Catherines Erscheinen im unteren Stockwerk erst wieder zum Dinner erwünscht war.

Der Sturm war noch heftiger geworden und peitschte dicke Regentropfen gegen die Fensterscheiben. Die Wände strahlten trotz des Kaminfeuers feuchte Kälte aus, sodass sich Catherine fragte, wie kalt es hier wohl erst im Winter sein mochte.

Sie trat ans Fenster; trüber, feuchter Dunst nahm ihr die Sicht. Sie begann inständig zu beten, dass die Werkstatt sich mit der Reparatur beeilte. Mehr als ein paar Tage würde sie es trotz des Komforts nicht auf Camshron Castle aushalten, ohne durchzudrehen, befürchtete sie.

Wie sollte sie nur die kommenden Tage überstehen mit nichts als einem komischen englischen Butler und einem wortkargen Schlossherrn?

Catherine war es gewohnt, sich immer zu beschäftigen, doch die Möglichkeiten im Schloss waren begrenzt. Sie hatte die Fotos, die sie aufnehmen wollte, jetzt musste sie sie nur noch auf dem Notebook bearbeiten. Und dann? Sicher, sie hatte große Lust, das Schloss zu erkunden, damit wäre sie tagelang beschäftigt. Aber noch wagte sie das nicht, denn William schien wie ein Geist überall dort aufzutauchen, wo sich der neugierige Gast aufhielt.

Nach einem weiteren deprimierenden Blick aus dem Fenster begann Catherine, die Außenaufnahmen zu bearbeiten, und war mit dem Ergebnis recht zufrieden. Natürlich konnte sie die Fotos nicht an den Verlag schicken, denn einen Internetanschluss gab es hier selbstverständlich nicht – es grenzte schon an ein Wunder, dass die altersschwache Telefonanlage bisweilen funktionierte.

Williams diskretes Klopfen an der Tür sagte Catherine, dass es

Zeit für den Tee war. Und tatsächlich bugsierte der Butler ein Tablett mit silbernem Teegeschirr und einer Schale winziger Biskuits ins Gästezimmer.

Sorgfältig stellte er alles auf dem Tischchen vor dem Sofa ab, ohne das Wort an sie zu richten, was Catherine an den Rand der Verzweiflung brachte. Dieses stoische Schweigen empfand sie als unerträglich, deshalb sagte sie mit unterdrücktem Ärger: »Es ist sehr ruhig hier, und mir fällt allmählich die Decke auf den Kopf.«

Zu ihrer Überraschung nickte William beifällig. »Ich bedauere sehr, dass Ihnen Camshron Castle nicht genug Zerstreuung bietet. Aber ich erwähnte bereits, dass Seine Lordschaft nicht sehr oft Gäste empfängt, daher gibt es kaum Unterhaltungsmöglichkeiten. Ein Jammer, dass man sich bei diesem unangenehmen Wetter nicht im Freien aufhalten kann.«

Catherine ließ es zu, dass er Tee in ihre Tasse goss, obwohl es ihr mittlerweile peinlich war, ständig bedient zu werden.

»Geben Sie mir bitte die Telefonnummer dieser Autowerkstatt«, sagte sie mit fester Stimme. »Ich möchte gerne genau wissen, was meinem Wagen fehlt und wann er mir zurückgebracht wird.«

William verzog keine Miene. »Wie Sie wünschen, Ms Page. Ich schreibe sie Ihnen gerne auf. Aber ich versichere Ihnen, der Mechaniker kann Ihnen auch nicht mehr sagen als mir.«

Der Tee schmeckte vorzüglich, wie alles, was auf Camshron Castle serviert wurde. Catherine nippte und stellte die Tasse vorsichtig wieder ab.

»Werde ich zum Dinner den Lord wiedersehen?«

»Allerdings, er freut sich bereits auf das Zusammensein mit Ihnen.«

Das bezweifelte Catherine, dennoch setzte sie ihr liebenswürdigstes Lächeln auf. »Die Freude ist ganz meinerseits. Ich finde es nur schade, dass der Lord nicht sehr gesprächig ist. Hier scheint im Allgemeinen nicht viel geredet zu werden; man hört noch nicht einmal ein Hüsteln des Personals, geschweige denn Schritte.«

Der Butler lächelte, und in seiner Stimme schwang unverhohlener Stolz, als er erwiderte: »Nun, jedem Dienstboten wird eingebläut, sich unauffällig zu verhalten. Oder haben Sie einen Grund, sich über mangelnden Komfort zu beschweren?«

»Im Gegenteil, es ist alles wundervoll hier, aber …«, sorgfältig wählte sie die folgenden Worte, »… aber ich fühle mich wie in einer anderen Welt.«

Nur ganz kurz blitzten Williams Augen alarmiert auf, doch Catherine hatte es trotzdem bemerkt. Um ein Haar hätte sie den nächtlichen Besucher vor ihrer Tür erwähnt, aber sie biss sich rechtzeitig auf die Unterlippe. Was sollte der alte Mann von ihr denken? Vermutlich hatte es sich ohnehin nur um eine Sinnestäuschung gehandelt, und es wäre undankbar, die zuvorkommende Gastfreundschaft durch eine derartige Äußerung infrage zu stellen.

Der Butler richtete sich zu seiner vollen Größe auf. »Sie waren vorher noch nie in einem Schloss zu Gast, Ms Page?« Und als sie erstaunt verneinte, fuhr er fort. »Jedes herrschaftliche Haus wird so geführt, dass die Domestiken weitgehend unsichtbar bleiben. Es ist sehr bedauerlich, dass Seine Lordschaft zu beschäftigt ist, um Ihnen genügend Unterhaltung zu bieten.« Wie üblich deutete er eine Verbeugung an. »Sie werden um acht Uhr im Speisesaal zum Dinner erwartet. Wenn Sie erlauben, werde ich Sie wieder begleiten.«

»Nicht nötig«, gab sie zurück und hätte beinahe mit versnobter Miene hinzugefügt: ›Sie können sich nun zurückziehen.‹

Aber das hatte der alte Butler ohnehin vor, und wieder fiel Catherine auf, dass er sich trotz seiner Riesenfüße lautlos bewegte und man seine Bewegungen alles andere als geschmeidig bezeichnen konnte.

In Ermangelung eines anderen passenden Kleidungsstückes

hatte Catherine noch einmal das schwarze Kleid angezogen. Zur angegebenen Zeit verließ sie ihr Zimmer und blickte sich auf dem Gang um, der natürlich menschenleer und nur dezent beleuchtet war. Ihr behagte der Gedanke nicht, eine weitere Nacht auf Camshron Castle verbringen zu müssen, aber eine andere Möglichkeit gab es nicht.

Obwohl William versprochen hatte, die Telefonnummer der Werkstatt herauszurücken, hatte er es nicht getan, und Catherine nahm sich vor, am nächsten Tag die Auskunft anzurufen. Sie wusste ja nun, wo sich das Telefon befand. Außerdem schwor sie sich, nachts ihr Zimmer abzuschließen, denn sie wollte vor unerwünschten Besuchern sicher sein.

Das Dinner verlief ähnlich wie am Abend zuvor, nur das Menü und der Anzug des Schlossherrn hatten gewechselt.

Lord Daniel of Cameron hatte bereits seinen Platz eingenommen, und der Butler hantierte geräuschlos an der Anrichte.

»Ms Page, ich bin erfreut, Sie zu sehen.« Die Stimme des Lords hatte einen so sanften Klang, dass Catherine wohlige Schauer über den Rücken liefen. Dieser Mann konnte ihr gefährlich werden, erkannte sie blitzschnell, doch so weit durfte es natürlich nicht kommen.

Mit einem liebenswürdigen Lächeln setzte sich Catherine, und nun war sie froh, dass der räumliche Abstand zu Daniel so groß war.

»Sicher hat Ihnen Ihr Butler berichtet, wieso ich noch immer hier bin.«

Er hob seine schlanke Hand, der goldene Siegelring blitzte im Kerzenschein auf. »Überaus bedauerlich, dass Sie gegen Ihren Willen noch ein paar Tage auf Camshron Castle verweilen müssen.«

»Oh nein, es ist wundervoll hier«, beeilte sich Catherine zu sagen. »Und ich bin sehr froh, dass Sie mich so lange in Ihrem Haus dulden.«

Der Lord maß sie mit einem durchdringenden Blick, der Catherine unter die Haut ging, doch er entgegnete nichts, sondern forderte seinen Gast auf, die Suppe zu essen, bevor sie auskühlte. Er selbst nahm lediglich einen Löffel von der cremigen Tomatensuppe, schob den Teller dann auf die Seite und beobachtete die attraktive Frau am anderen Ende der Tafel.

Catherine spürte sehr wohl seine Blicke; sie bemühte sich, ruhig zu bleiben, obwohl sie sich gestört fühlte. Als Daniel aus heiterem Himmel meinte, Catherine solle ihren Zwangsaufenthalt als Urlaub in den Highlands sehen, nickte sie mit schiefem Lächeln, wiederholte jedoch noch einmal, wie wunderschön es im Schloss sei und dass sie Monate brauchen würde, um die zusätzlichen Kilos abzuhungern, die sie durch die gute Küche zunehmen würde.

Wie schon am Vorabend gab es mehrere Gänge, einer delikater als der andere. William servierte routiniert, als habe er sein Leben lang nichts anderes getan; seine Miene war dabei vornehm verschlossen und er tat, als würde ihn die dürftige Konversation am Tisch nicht interessieren.

Leider erwies sich der Lord of Cameron wieder als Gesellschaftsmuffel. Zwar warf er hin und wieder einen banalen Satz in den Raum, aber zu einer vernünftigen Unterhaltung kam es nicht.

Später standen sie sich an der Flügeltür des Speisesaals gegenüber; erst jetzt bemerkte Catherine, wie groß der Lord war. Groß und breitschultrig, jedoch mit den geschmeidigen Bewegungen eines Raubtiers.

»Würden Sie mir bitte noch einmal Ihren Vornamen nennen?«, bat er zu Catherines Überraschung. Sie tat ihm den Gefallen.

»Catherine! Ein wunderschöner Name, er passt zu Ihnen. Meine Großmutter väterlicherseits hieß ebenso.«

»Nun ja, ich finde ihn recht altmodisch«, gab sie schmunzelnd zurück. »Meine Freunde nennen mich deshalb Cat, das ziehe ich vor.«

Er trat einen Schritt näher an sie heran, seine grauen Augen schienen sie dabei zu durchbohren. »Cat, die Katze. Das gefällt mir. Darf ich mich auch zu Ihrem Freundeskreis zählen und Sie so nennen?«

Sie war zu überrumpelt, um sofort zu antworten, deshalb nickte sie zaghaft. Wer konnte schon von sich behaupten, einen Adeligen zu seinen Freunden zählen zu dürfen?

Daniel verneigte sich, und als Catherine ihm ihre Hand reichte, ergriff er diese spontan und hauchte einen Kuss auf ihren Handrücken.

Seine Lippen waren weich und strömten eine angenehme Wärme aus; ein krasser Unterschied zu seiner kalten Hand. Noch bevor Catherine reagieren konnte, schlenderte der Lord davon; den schönen Kopf stolz erhoben und athletisch wie ein männliches Topmodel auf dem Laufsteg.

Catherine blickte ihm fasziniert nach, während der Butler im Speisesaal mit dem Geschirr klapperte. Es war noch früh am Abend, und sie hatte keine Lust, schon schlafen zu gehen, deshalb kehrte sie zurück in den Speisesaal und fragte William, ob sie ihm beim Abräumen behilflich sein durfte.

Die Miene des Butlers hätte nicht entsetzter sein können, wenn Catherine halb nackt einen Bauchtanz vor ihm aufführen würde. Sie erkannte rasch, dass sie den alten Mann mit ihrem Angebot beleidigt hatte, entschuldigte sich und eilte davon.

Auf der Galerie blieb sie einige Minuten unschlüssig stehen, dann neigte sie sich über das Geländer und blickte hinunter in die Halle, doch der Butler schien noch immer im Speisesaal beschäftigt zu sein.

Vorsichtig schritt Catherine bis zu dem Gang auf der entgegengesetzten Seite, der in fast völliger Dunkelheit lag; lediglich einige zierliche Wandlampen mit winzigen Glühbirnchen versuchten, mit ihrem kargen Licht den breiten Gang etwas zu erhellen.

Catherine hatte nicht vor, dem Lord nachzuspionieren. Aber sie wusste, dass sich in diesem Gang seine privaten Räume befanden, und ihre Neugierde siegte. Doch als sie eben einen Fuß auf den dicken Teppich in Daniels Domizil setzen wollte, schnarrte es hinter ihr: »Suchen Sie etwas, Ms Page? Ich fürchte, Sie haben die Orientierung verloren, Ihr Gemach liegt auf der anderen Seite.«

Entgeistert starrte sie den Butler an. Wie zum Teufel war er so schnell in das obere Stockwerk gelangt, und warum hatte sie ihn nicht kommen hören?

Verlegen senkte Catherine den Blick, stammelte eine Entschuldigung und machte sich davon. Erst als sie ihre Zimmertür hinter sich geschlossen hatte, beruhigte sich ihr Puls.

Ermattet lehnte sie sich gegen die Tür, und plötzlich begriff sie, dass auf Camshron Castle etwas nicht stimmte, dass etwas Unheimliches vorging. In panischer Angst verriegelte sie die Tür, schloss die Vorhänge und ließ sich auf das kleine Sofa fallen.

Auf dem Tischchen stand eine Vase mit duftenden Rosen, daneben eine Schale mit feinstem französischem Konfekt. Catherine fragte sich benommen, woher ständig die frischen Blumen kamen, denn zum Schloss gehörte definitiv kein Garten, das wäre ihr beim Fotoshooting aufgefallen.

Es war so ruhig im Raum, dass Catherine ihren eigenen Herzschlag zu hören glaubte. Nur das Kaminfeuer knisterte dezent und zischte bisweilen, der Regen trommelte weiterhin unaufhörlich gegen die Fensterscheiben, aber ansonsten herrschte Stille.

Ob sich das Personal bereits zur Ruhe begeben hatte, außer dem unermüdlichen, treuen Butler? Wieder musste Catherine an das ständige mysteriöse Auftauchen des alten Mannes denken und verspürte Gänsehaut auf ihren Armen.

Erneut stieg in Catherine die Vermutung auf, dass es auf Camshron Castle nicht mit rechten Dingen zuging und sie das Schloss schnellstmöglich verlassen musste, denn nicht nur der Butler, sondern auch der Lord verhielten sich sonderbar.

Catherine gehörte nicht zu jenen Menschen, die besonders

ängstlich waren. Schon von Kindesbeinen an hatte sie den Mut besessen, jede ihr sich bietende Herausforderung anzunehmen – sei es, als kleines Mädchen über einen viel zu breiten Bach zu springen, sich auf ein kaum eingerittenes Pferd zu setzen oder später in gefährliche Länder zu reisen, um sensationelle Fotos zu schießen. Sie war immer furchtlos gewesen; doch nun, da sie, einsam und von der Welt verlassen, in ihrem königlichen Gästezimmer saß, gestand sie sich ein, dass sie sich fürchtete … schrecklich fürchtete.

Sie zitterte inzwischen am ganzen Körper und ließ sich ein Bad ein. Aber auch das warme, mit einem duftenden Badeöl versetzte Wasser konnte Catherine nicht die ersehnte Entspannung bieten.

Nackt legte sie sich ins Bett, und ihr Unbehagen wuchs. Würde sie schlafen können mit der Angst, dass sich wieder jemand vor ihrer Zimmertür herumtrieb?

Sie presste die Lider zusammen, um den Schlaf zu erzwingen, was ihr tatsächlich gelang. Sie träumte wirres Zeug, sah sich gefangen in einem Verlies, aus dem es kein Entkommen zu geben schien.

In Schweiß gebadet erwachte Catherine und richtete sich halb auf, um auf die Kaminuhr zu spähen, deren Leuchtziffern die einzige Lichtquelle im Zimmer waren. Das Kaminfeuer war ausgegangen, und die Luft fühlte sich kalt und feucht an.

Es war eine Minute vor Mitternacht, also hatte sie gerade mal zwei Stunden geschlafen. Sie vermied den Blick in die Richtung, in der sich die Tür befand. Als sie es dann riskierte, stockte ihr der Atem.

Wie bereits in der vergangenen Nacht war der unbewegliche Schatten eines Menschen im Lichtschein unter der Tür zu erkennen. Catherine starrte mit brennenden Augen auf diesen Punkt, und dann hörte sie zu ihrem Entsetzen wie leise der Türknauf gedreht wurde – wer auch immer es war, er versuchte, in ihr Zimmer zu kommen!

Stocksteif saß Catherine da. Im ersten Impuls wollte sie sich die Decke über den Kopf ziehen, im zweiten aufstehen und nachsehen, wer der nächtliche Besucher war. Aber noch bevor sie einen Entschluss fassen konnte, war der Schatten verschwunden.

Langsam sank Catherine zurück in die Kissen, mit weit geöffneten Augen starrte sie in die Dunkelheit. Eigentlich konnte es sich nur um den Lord gehandelt haben, aber der sah eigentlich nicht so aus, als hätte er es nötig, sich nächtens an seine weiblichen Gäste heranzuschleichen. Er war der Typ Mann, dem die Frauen nachliefen und der nur mit dem Finger schnippen musste, um zu bekommen, was er wollte.

Auch der Butler schied aus, der schien bereits jenseits von Gut und Böse zu sein. Blieb nur jemand von den Dienstboten, doch von denen hatte Catherine immer noch niemanden zu Gesicht bekommen.

Sie wickelte sich fest in die Bettdecke ein und beschloss, nicht länger auf ihren reparierten Wagen zu warten, sondern sich ein Taxi zu bestellen und das Auto später nach Inverness überführen zu lassen. Keine Nacht länger würde sie freiwillig in diesem Geisterschloss verbringen!

4

Diesmal nahm Catherine auf ihren eigenen Wunsch das Frühstück in dem kleinen Esszimmer ein, aber sie beobachtete den Butler ganz genau. Eigentlich hatte sie vorgehabt, ihn um Erlaubnis zu fragen, noch einmal telefonieren zu dürfen. Aber er hatte noch nicht einmal das Versprechen gehalten, die Nummer der Werkstatt herauszugeben, sodass in Catherine der Verdacht keimte, absichtlich auf Camshron Castle festgehalten zu werden.

Aber wozu? Um dem Lord die Einsamkeit zu vertreiben, sicherlich nicht, und andere Gründe konnte sie sich nicht vorstellen.

Sie frühstückte ausgiebig und gab sich so, als hätte sie vor, den Tag müßig zu verbringen. Doch in ihrem Kopf war bereits der Fluchtplan entstanden, und den wollte sie erfolgreich ausführen.

»Es regnet immer noch stark«, bemerkte William und begann, das Geschirr abzuräumen. »Ganz in der Nähe soll es sogar einen Erdrutsch gegeben haben.«

»Tatsächlich?« Scheinbar interessiert wandte sich Catherine dem Fenster zu. »Ich habe mir wirklich eine ungünstige Zeit für meinen Fotoauftrag ausgesucht, scheint mir.«

Williams kleine dunkle Augen musterten sie aufmerksam. »Sie sind hier gut aufgehoben, Ms Page.«

»Sicher. Gar nicht auszudenken, wenn ich an einen Schlossherrn geraten wäre, der mich nicht so freundlich aufgenommen hätte wie der Lord of Cameron.«

Der Butler nickte beifällig. »Kann ich noch irgendetwas für Sie tun?«

Catherine verneinte, ließ William jedoch nicht aus den Augen, als er sich entfernte. Kaum hatte er das Frühstückszimmer verlassen, stand sie auf, schlich zur Tür und lugte vorsichtig hinaus. Sie wollte herausfinden, wie man in den Wirtschaftstrakt gelangte, ohne den Schlosshof überqueren zu müssen. Dabei könnte sie leicht beobachtet werden, und das war das Letzte, was sie gebrauchen konnte.

Als William um eine Ecke bog, folgte Catherine ihm in einem großen Abstand. Der Weg führte durch mehrere Flure, die immer schlichter wurden.

Hier gab es weder Seidentapeten an den Wänden noch zierliche Tischchen mit Blumenvasen und antike Wandleuchten. Die Wände waren weiß gestrichen, der Fußboden bestand aus abgenutzten Holzdielen. Und die Türen zu beiden Seiten waren ebenfalls einfach, ohne Schleiflack und Schnitzereien. Eindeutig war dies der Wirtschaftstrakt.

Der Butler bemerkte seine Verfolgerin offenbar nicht, denn er drehte sich nicht um, sondern schritt energisch bis zum Ende eines Flurs und stieß dort eine Tür auf, hinter der Catherine geflieste Wände und einen Tisch mit Töpfen erkennen konnte. Scheinbar war dies die Schlossküche, und wie es aussah, musste Catherine sie durchqueren, um zum Personalraum zu gelangen, in dem sich das Telefon befand.

Sie quetschte sich in die Nische der nächstgelegenen Tür, falls der Butler zurückkommen sollte.

Catherines Hand ertastete den Türknauf, und bevor sie weiter darüber nachdachte, drehte sie ihn behutsam um. Die Tür war nicht abgeschlossen, dahinter verbarg sich ein Raum mit hohen Regalen, in denen sich säuberlich alle Arten von Weißwäsche stapelten. Das Fenster gegenüber ging auf den Innenhof, das konnte Catherine am Remisentor erkennen.

Nach einem Blick zur Küchentür erforschte Catherine die anderen Räume in diesem Flur. Sie fand unter anderem einen mit Putzutensilien, einen mit Nähmaschinen, Stoffballen und Bügelbrettern ausgestatteten Raum und einen, der offensichtlich als Vorratskammer diente. Aber in keinem dieser Wirtschaftsräume befand sich jemand, obwohl zu erkennen war, dass sie oft genutzt wurden.

Wieder fragte sich Catherine, wo die ganzen Dienstboten steckten, denn *so* unsichtbar konnte eigentlich noch nicht einmal das diskreteste Personal sein!

Schließlich schlich Catherine mit wild pochendem Herzen zur Küchentür und öffnete sie einen Spalt. Es war niemand zu sehen, weder die Köchin noch deren Gehilfen; auch William befand sich nicht mehr in der Küche.

Mit dem Mut der Verzweiflung schlüpfte Catherine durch den Türspalt und sah sich genauer um. So hatte sie sich immer eine Schlossküche vorgestellt: Zwei gewaltige gusseiserne Herde mit kupfernen Dunsthauben darüber bildeten den Mittelpunkt, lange Anrichten standen an der Fensterseite, dazwischen ein Spülbecken aus Porzellan, und in der Mitte befand sich ein Arbeitstisch, der fast von einem Ende der Küche bis zur anderen reichte. Hier konnte man Mahlzeiten für ein ganzes Heer zubereiten!

Alles war blitzsauber, die kupfernen Kellen und Pfannen, die zwischen den beiden Herden an der Wand hingen, glänzten wie frisch geputzt, der geflieste Fußboden spiegelte vor Sauberkeit.

Catherine sah sich nach ihrem benutzten Frühstücksgeschirr um, konnte es jedoch nicht entdecken. Das Personal musste es in der kurzen Zeit gesäubert und weggestellt haben, denn einen Geschirrspüler gab es nicht.

Je länger sich Catherine umschaute, umso beklommener fühlte sie sich. Es sah nicht danach aus, als würde hier regelmäßig gekocht werden. Aber woher stammten dann die vielen köstlichen Mahlzeiten, die der Butler servierte, wenn nicht aus der Schlossküche?

Dann schoss Catherine eine Idee durch den Kopf. Vermutlich saßen die Dienstboten im Personalraum, bevor der Lunch zubereitet wurde.

Am anderen Ende, neben einem Büfett, entdeckte Catherine eine weitere Tür, die halb geöffnet war und in einen winzigen Flur führte. Dies war der Flur, der zum Personalraum führte. Langsam schlich sie vorwärts, sorgsam darauf bedacht, kein Geräusch zu verursachen.

Auch die Tür zum Personalraum stand offen, und Catherine konnte den Raum an dem langen Holztisch erkennen, an dem sie nach ihrer Ankunft auf Camshron Castle gesessen hatte.

Mittlerweile klopfte Catherine das Herz bis zum Hals; sie fühlte sich wie jemand, der etwas Verbotenes vorhatte – dabei wollte sie doch nur telefonieren!

Der Raum war wie schon die anderen Zimmer, die Catherine auf ihrem Streifzug entdeckt hatte, menschenleer. Doch sie machte sich zunächst keine Gedanken mehr darüber, da sie den altmodischen Telefonapparat gefunden hatte. Bevor sie den Hörer abnahm, sah sie sich noch einmal nach allen Seiten um. Aber die Luft war rein, sodass sie sich ans Werk machen konnte. Sie hatte vor, zunächst die Auskunft anzurufen, und wenn sie die Nummer der Werkstatt hatte, wollte sie dort Anweisung geben, wohin man den Sportwagen samt Rechnung überführen sollte. Erst danach wollte sie sich ein Taxi bestellen.

Wie groß war jedoch ihre Enttäuschung, als sie feststellen musste, dass die Leitung abermals tot war. Fassungslos starrte Catherine auf den nutzlosen Hörer in ihrer Hand und hängte ihn mechanisch wieder auf die Gabel.

Wie betäubt trat sie den Rückweg an, auf dem ihr niemand begegnete. Schwer atmend erreichte sie ihr Zimmer und sank mutlos aufs Bett. Den Anflug von Wut versuchte sie schnell zu unterdrücken, denn für ihr Missgeschick konnte niemand etwas. Es war weder die Schuld des Lords noch seines Butlers, dass Catherines Auto mitten im schönsten Unwetter den Geist aufgegeben hatte und dass ständig die Telefonleitung gestört war.

Sicher, Catherine fühlte sich wie in einem Gefängnis, aber daran waren die Umstände schuld, und sonst niemand. Keiner hielt sie hier gefangen – würde sie William erklären, dass sie zu Fuß losmarschieren wolle, würde dieser zwar den Kopf schütteln, sie jedoch nicht aufhalten. Immerhin wäre es ihre eigene Dummheit, ihre Gesundheit aufs Spiel zu setzen, wenn sie ziellos durch den nicht enden wollenden, sturmgepeitschten Regen rennen wollte.

Abgesehen vom Lunch und dem Fünf-Uhr-Tee sah Catherine den Butler den Tag über nicht. Er verhielt sich wie üblich höflich und distanziert und schien nicht bemerkt zu haben, dass der Gast vormittags im Wirtschaftstrakt herumgeschlichen war.

Sie hütete sich davor, William noch einmal nach dem Telefon zu fragen, und grübelte darüber nach, wie sie auf bequemste Weise Cahmshron Castle den Rücken kehren konnte. Sie wurde jedes Mal unruhig, wenn sie an die weitere Nacht dachte, die ihr im Schloss bevorstand.

An diesem Abend bewegte sie sich bereits selbstbewusster, als sie zum Dinner in den Speisesaal ging. Wie schon an den beiden Abenden zuvor saß der Lord of Cameron bereits an seinem Platz. Um seine vollen Lippen spielte ein geheimnisvolles Lächeln, als er Catherine begrüßte.

Je öfter sie ihn sah, desto undurchsichtiger erschien er ihr. Es war nicht zu erkennen, was er über sie dachte; zu gern hätte Catherine gewusst, was hinter seiner glatten Stirn vor sich ging.

Der Lord schien zu den Menschen zu gehören, für die Schweigen Gold war, denn wieder wollte keine rechte Konversation während des Dinners aufkommen. Er antwortete höflich, wenn

Catherine ihn etwas Belangloses fragte, gab sich ansonsten jedoch recht zugeknöpft.

Trotzdem wirkte Daniel auf sie sehr anziehend, auch wenn ihr die Tatsache, dass er wieder kaum etwas aß, verwunderlich erschien. Er sah trotz der bescheidenen Nahrungsaufnahme gesund und kräftig aus.

Beim Dessert fasste sich Catherine ein Herz und sagte betont heiter: »In wenigen Tagen sind Sie mich los, und ich hoffe, dass Sie mich in guter Erinnerung behalten.«

»Warum sollte ich das nicht tun?«, kam es erstaunt vom Kopf der Tafel zurück. »Sie sind ein sehr angenehmer Gast, Cat.« Er nahm sein Rotweinglas auf und prostete ihr zu. »Sie stören den Tagesablauf nicht im Geringsten, und das Personal hat kaum Arbeit mit Ihnen.«

Unruhig rutschte Catherine auf ihrem Sitz. Sie wollte von dem Lord persönlich erfahren, wieso sie keinen der Dienstboten – außer William – je zu Gesicht bekam.

Sein Lachen war tief und angenehm, und Catherine erschauerte wohlig. »Sie sind der erste Gast, der sich darüber beschwert. Alle anderen empfinden es als wohltuend, nichts von der Anwesenheit des Personals zu spüren. Man merkt, dass Sie Großstädterin sind.«

Das Lächeln, das Catherine über die Tafel schickte, missglückte, denn um ein Haar hätte sie ihm erzählt, dass sie im Wirtschaftstrakt gewesen und noch nicht einmal in der Küche auf Dienstboten gestoßen war.

»Schickt es sich auch nicht für eine Großstädterin, der Köchin persönlich ihren Dank für die kulinarischen Köstlichkeiten auszusprechen?«, fragte sie stattdessen betont gleichgültig und stellte ihr Weinglas ab. »Bevor ich Camshron Castle verlasse, würde ich das eigentlich sehr gerne tun, denn ich habe, glaube ich, nie zuvor so gut gegessen.«

Er neigte leicht seinen Kopf, als habe Catherine ihn gelobt und nicht sein Küchenpersonal. »Wenn Ihnen daran gelegen ist, wird sich dies einrichten lassen. Nicht wahr, William?«

Der Butler, der regungslos neben dem Anrichtetisch stand und auf Anweisungen wartete, nahm Haltung an. Ohne seinen Herrn anzusehen, schnarrte er: »Selbstverständlich, Euer Lordschaft.«

»Sehen Sie, Ihre Wünsche zu erfüllen, ist mir ein Bedürfnis, Cat.« Samtweich ließ er ihren Namen über seine Lippen gleiten. »Ich wäre untröstlich, wenn etwas nicht zu Ihrer Zufriedenheit ausfiele. Noch einmal möchte ich betonen, wie sehr ich es bedauere, Ihnen nicht öfter Gesellschaft leisten zu können.«

Inzwischen hatte sich Catherine an die vornehme Redensart des schottischen Adeligen gewöhnt; dennoch ließ sie sich nicht länger täuschen. Nicht nur mit dem Lord schien so einiges nicht zu stimmen, sondern auch mit seinem Schloss. Und wie Schuppen fiel es ihr von den Augen, dass dies der Hauptgrund für eine schnelle Abreise war.

Daniel warf ihr einen argwöhnischen Blick zu, als sie nicht antwortete, sondern gedankenverloren auf die Reste der Mousse au Chocolat in ihrem Dessertschälchen starrte.

»Was macht Ihnen Kummer, Cat?«

Ihr Kopf fuhr hoch, und ärgerlicherweise errötete sie verlegen. »Oh, es ist nur wegen des Dauerregens, er stimmt mich melancholisch. Ich bin es gewohnt, im Freien zu arbeiten, und durch dieses scheußliche Wetter bin ich zum Nichtstun verdammt. Ich weiß nicht, wann ich meinen Wagen zurückbekomme und nach Hause fahren kann.«

Daniel hörte ihr aufmerksam zu, die Ellbogen auf die Tischplatte gestützt und das Kinn in den gefalteten Händen gelagert.

»Ich verstehe, dass Sie den ungemütlichen Highlands entfliehen möchten. Sie sind weder die Einsamkeit noch den nervtötenden Sturm gewohnt, der die meiste Zeit des Jahres über die Hügel fegt. Ich bin auf Camshron Castle geboren und mit der Situation aufgewachsen, manchmal monatelang keinen Fremden zu Gesicht zu bekommen.« Er lehnte sich wieder zurück und machte eine bezeichnende Handbewegung. »Dummerweise versagt zu allem Übel auch noch oft die Technik, sodass man sich völlig von der übrigen Welt ausgeschlossen fühlt.«

Catherine nickte erleichtert; der Lord hatte ihre Ängste begriffen und war ihr deshalb nicht böse. Denn trotz allem wollte sie nicht undankbar erscheinen.

Leider erhob sich der Herr von Camshron Castle in diesem Augenblick, für ihn war das Dinner beendet. Er wartete höflich, bis auch Catherine aufstand, dann wandte er sich zum Ausgang. Abermals fiel ihr auf, wie geschmeidig sich der Lord bewegte. Er sah in seinem silbergrauen Abendanzug umwerfend aus, und als er ihr wieder einen sanften Kuss auf den Handrücken hauchte, war es beinahe um ihre Beherrschung geschehen.

Ein letzter unergründlicher Blick traf Catherine, und sie konnte staunend erkennen, dass die Iris seiner grauen Augen von einem dunklen Kreis umgeben war – wahrscheinlich machte dieses Naturwunder Daniel so unwiderstehlich.

Mit weichen Knien blickte Catherine ihm nach, und nach einem flüchtigen Blick zu William ging sie dem Schlossherrn nach. Mit federnden Schritten durchquerte er die Halle, um dann wieder in der Bibliothek zu verschwinden.

Catherine fragte sich, ob es zu anmaßend war, dem Lord zu folgen. Ja, rief ihre innere Stimme, es wäre unhöflich, ihn in seinem Allerheiligsten zu stören. Würde er den Wunsch nach Catherines Gesellschaft verspüren, hätte er es sie längst wissen lassen.

So blieb ihr nichts weiter übrig, als sich in ihr Zimmer zurückzuziehen. Sie war nicht sehr überrascht, bei ihrem Eintreten ein entfachtes Kaminfeuer und die aufgeschlagene Bettdecke mit ihrem Nachthemd darauf vorzufinden – ebenso wenig wie über die Schale mit frischem Obst auf dem Tisch, die vor dem Dinner noch nicht da gewesen war.

Unentschlossen blickte sich Catherine um. Es war erst kurz

nach zehn, ansonsten saß sie um diese Zeit vor dem Fernseher, traf sich mit einer Freundin oder surfte im Internet. Auf Camshron Castle jedoch gab es keinerlei Abwechslung, und müde war Catherine noch nicht.

Schließlich nahm sie sich ein paar Seidenkissen vom Sofa, legte sie vor den Kamin und setzte sich im Schneidersitz davor. Nachdenklich blickte sie in die Flammen und zerbrach sich den Kopf darüber, ob wohl am nächsten Tag eine Verbindung zur Außenwelt zustande kommen würde.

Doch plötzlich kam ihr ein Gedanke: Sie konnte Lord Daniel bitten, ihr *seinen* Wagen zur Verfügung zu stellen! Wieso war sie nicht schon früher darauf gekommen – und wieso hatte der Lord ihr noch nicht dieses Angebot unterbreitet?

Nun, der Schlossherr benahm sich wie aus einer anderen Zeit, und zwangsläufig schien auch seine Denkweise entsprechend zu sein. Zwar konnte sich Catherine kaum vorstellen, was für eine Art Auto Daniel fuhr, doch irgendeinen fahrbaren Untersatz musste sogar er besitzen.

Beflügelt von dieser Idee, legte sich Catherine schlafen, nachdem sie die Verriegelung ihrer Zimmertür überprüft hatte. Aber ihre Besorgnis war unbegründet, denn in dieser Nacht schlief sie tief und traumlos, und kein schemenhafter Besucher störte ihre Nachtruhe.

Nach einem weiteren einsamen Frühstück machte sich Catherine auf die Suche nach einem fahrbaren Untersatz. Ihr Weg führte sie zur Remise. Dabei musste sie den Schlosshof überqueren, doch diesmal scherte sie sich wenig darum, ob sie dabei beobachtet wurde oder nicht.

Das Rolltor ließ sich nur mit größter Anstrengung öffnen, doch Catherine schaffte es ohne fremde Hilfe. Im Inneren war es schummrig, einen Lichtschalter fand sie nicht; deshalb ließ sie das Tor offen stehen.

Irritiert sah sie sich um, aber außer einer alten Kutsche mit dem Familienwappen der Camerons konnte Catherine kein Fahrzeug entdecken.

»Das gibt es doch gar nicht«, murmelte sie halblaut, während sie sich langsam im Kreis drehte. Wozu benötigte der Lord eine Kutsche, wenn es keine Pferde auf Camshron Castle gab?

Catherine trat näher an das antike Fahrzeug heran. Nach der dicken Staubschicht zu schließen, war die Kutsche schon seit Ewigkeiten nicht mehr benutzt worden. Sie konnte sich auch nur schwer vorstellen, dass Daniel of Cameron mit diesem altertümlichen Fuhrwerk Ausflüge unternahm.

Aber wo hatte er sein Auto versteckt? Ein Schlossherr ohne Limousine war undenkbar, noch dazu in einer völlig einsamen Gegend.

Von Panik ergriffen, verließ Catherine die Remise und schloss das schwere Tor. Nervös blickte sie sich um – diesmal nicht, weil der Butler sie beim Stöbern hätte erwischen können, sondern weil mit dem fehlenden Wagen des Lords auch die letzte Möglichkeit geschwunden war, das Schloss noch an diesem Tag verlassen zu können.

Einige Minuten blieb Catherine unter dem schützenden Vordach stehen, dann rannte sie schnell auf die andere Seite zum Wirtschaftstrakt. Möglicherweise befand sich der Lord gar nicht im Schloss, sondern war mit seinem Wagen ausgefahren; das würde zumindest die leere Remise erklären. William würde es sicher erklären können.

Doch er befand sich nicht im Personalraum, wie Catherine feststellen musste, und auch die Küche, in die sie einen raschen Blick warf, war so leer wie am Tag zuvor.

Catherine zögerte kurz, dann griff sie spontan zum Telefonhörer, war jedoch nicht sonderlich überrascht, erneut eine tote Leitung vorzufinden.

Fröstelnd ging sie abermals in den Schlosshof, um sich auf die Suche nach dem Butler zu machen. Sie betrat den Haupttrakt durch das große Portal, wie es sich gehörte – und da entdeckte sie William in der Halle.

»Haben Sie sich etwas umgeschaut, Ms Page?«, fragte er beiläufig, dabei fuhr er mit einem weiß behandschuhten Finger prüfend über das Treppengeländer und nickte zufrieden, als er sah, dass die Dienstboten ihre täglichen Pflichten erfüllt hatten.

Diesmal hatte sich Catherine vorgenommen, bei der Wahrheit zu bleiben, und so erzählte sie von ihrer Suche nach einem Auto.

»Seine Lordschaft besitzt keinen Wagen«, war die überraschende Antwort. »Das ist nicht nötig.«

»Nicht nötig? Wie will er denn aus dieser gottverlassenen Gegend kommen, ohne mobil zu sein?«

Williams Miene blieb gleichmütig, doch er antwortete nicht, was Catherine noch unruhiger machte.

»Hören Sie, Sie wollen mir doch nicht weismachen, dass sich der Lord eine Taxe bestellt, wenn er geschäftliche Termine wahrnehmen muss – vor allem, weil man sich auf das Telefon nicht verlassen kann.«

Der Butler trat zu einer Bodenvase und begann, die Gladiolen darin zu ordnen. Aber Catherine merkte genau, dass das alte Faktotum lediglich ihren unbequemen Fragen ausweichen wollte.

Doch sie ließ nicht locker. »Oder wollen Sie mir erzählen, dass der Lord Flügel hat und davonflattert, wenn es ihm beliebt?«

Sie merkte, dass William für den Bruchteil einer Sekunde in seiner Tätigkeit innehielt, konnte sich jedoch keinen Reim auf diese Reaktion machen.

Der Butler drehte sich schließlich langsam um und sagte hochmütig: »Seien Sie nicht albern, Ms Page. Menschen können nicht fliegen.«

»Was Sie nicht sagen.« Sie verschränkte die Arme. »Mir kommt in diesem Schloss einiges sehr seltsam vor, daher würde es mich nicht wundern, wenn der Lord sich flatternd fortbewegen würde. Die Möglichkeiten, zu Fuß zu gehen oder mit dem Rad zu fahren, wären wohl nicht standesgemäß.«

Ihre Stimme triefte vor Hohn, denn sie hatte keinen Respekt mehr vor William; ihre Dankbarkeit war der Angst gewichen, Camshron Castle nicht verlassen zu können.

Sekundenlang musterte er sie, wie sie ratlos inmitten der Halle stand. »Vielleicht sollte ich Ihnen eine Tasse Tee bringen, damit Sie sich beruhigen.«

Aber Catherine wollte, verdammt noch mal, keinen Tee. Sie wollte weg, weit weg von diesem unheimlichen Schloss! Sie versuchte es noch einmal.

»Wann wird die nächste Lebensmittellieferung gebracht?«

»Wieso fragen Sie?«

»Ich könnte den Fahrer bitten, mich ein Stück mitzunehmen«, erwiderte Catherine lahm. »Ich bin dem Lord sehr dankbar für seine Gastfreundschaft, aber ich will sie nicht ausnutzen. Die Pflichten rufen, verstehen Sie?«

Offenbar verstand er nicht, das konnte man seinem verdutzten Gesichtsausdruck entnehmen. Hier oben schienen nicht nur die Uhren anders zu ticken, sondern auch die Bewohner.

»Seine Lordschaft hat betont, dass Sie willkommen in seinem Hause sind, bis Ihr Auto repariert ist«, sagte er störrisch und wandte sich wieder den Gladiolen zu, obwohl es an denen nichts mehr zu ordnen gab.

Innerlich bebte Catherine vor Furcht und Wut, doch sie bemühte sich um eine feste Stimme. »So lange kann ich aber nicht mehr warten, William. Ich … Ich kann es mir nicht leisten, tagelang meine Zeit zu vertrödeln.« Mit dem Kinn wies sie in die Richtung der Bibliothek und fügte mit Nachdruck hinzu: »Genauso wenig wie der Lord.«

»Der Lieferwagen mit Lebensmitteln kommt erst in drei Wochen.«

»In drei *Wochen?*«, echote sie schockiert. »Bis dahin ist mein Wagen längst fertig!«

Der Butler nickte mit nachsichtigem Lächeln. »Eben. Sie entschuldigen mich jetzt bitte, oder haben Sie einen Wunsch?«

Zerstreut verneinte Catherine und ging hinauf in ihr Zimmer, in dem jemand während ihrer Abwesenheit Ordnung geschafft hatte.

Catherine ließ sich nieder und rieb sich die Stirn. Von den Ereignissen des Vormittags hatte sie Kopfschmerzen bekommen; erst eine Tablette schaffte Abhilfe.

Was konnte man mit seiner Zeit anfangen, wenn man dazu verdammt war, sich in einem Gästezimmer aufzuhalten?, fragte sie sich wieder und wieder. Schließlich nahm sie ein heißes Bad, wickelte sich in ihren Frotteebademantel und sah eine Weile dem Regen zu, der nicht eine Spur nachgelassen hatte.

Bevor sie sich auf ihr Bett legte, nahm sie sich vor, Camshron Castle zu Fuß zu verlassen, sowie sich die Wetterverhältnisse besserten. Mit diesem beruhigenden Gedanken schlief sie ein.

Benommen erwachte sie am späten Nachmittag durch das Klappern von Geschirr. Auf dem Tischchen vor dem Sofa war für den Tee gedeckt worden – dass Catherine den Lunch verschlafen hatte, hatte scheinbar niemand bemerkt.

Wenn ein Dienstmädchen oder der Butler persönlich gedeckt hatte, müsste die Person sich eigentlich noch im Zimmer befinden, zumal Catherine durch die Geräusche geweckt worden war. Doch sie war die Einzige, die sich dort aufhielt.

Mit nackten Füßen tapste sie ins Bad, aber auch da war niemand. Dennoch musste sich jemand dort aufgehalten haben, denn die feuchten Handtücher waren ausgewechselt worden, und die Wanne war geschrubbt.

Gehetzt sah sich Catherine nach allen Seiten um, als sie wieder im Zimmer war. Wie war es nur möglich, dass es ihr nicht gelang, die Dienstboten auf frischer Tat zu ertappen – obwohl sie sogar noch die Anwesenheit einer zweiten Person spürte.

»Cat, du bist auf dem besten Wege, deinen Verstand zu verlieren, wenn du noch länger hierbleibst«, sagte sie zu ihrem Spiegelbild und tauschte den Morgenmantel gegen Lederhose und Bluse. Es gab scheinbar nur eine Möglichkeit für die eigenartigen Vorkommnisse auf Camshron Castle: Das eintönige Schlossleben trug dazu bei, dass Catherines Nerven ihr einen Streich nach dem anderen spielten. Vermutlich würde sie über ihre Ängste laut lachen, wenn sie wieder in London war. Diese Aussicht beruhigte sie etwas, und während sie ihren Tee trank, nahm sie sich vor, sich danach im Bad zu verstecken, um zu sehen, wer das Geschirr abräumte.

Doch sie hatte kein Glück. In den wenigen Minuten, die sie nicht durch den Türspalt lugte, weil sie für das Dinner ihre Lippen vor dem Badezimmerspiegel nachzog, hatte jemand das Teegeschirr geholt. Ärgerlich über ihre Unachtsamkeit verließ Catherine ihr Zimmer, denn es war bereits kurz vor acht.

Doch diesmal war etwas anders. Als Catherine den Speisesaal betrat, schien der Lord sie gar nicht zu bemerken; von der Tür aus sah sie, dass er sein Augenmerk auf etwas am Tafelende gerichtet hatte. Erst beim Nähertreten entdeckte Catherine den Grund für Daniels Interesse.

Am Ende der Tafel, auf Catherines eigentlichem Platz, saß eine Frau von atemberaubender Schönheit. Ihr wallendes goldenes Haar fiel in Kaskaden über ihre makellosen nackten Schultern, ihr edles Gesicht hatte die Farbe von frischer Sahne. Auch ihre Augen waren außergewöhnlich, grün wie Smaragde. Man hätte sie und den Lord of Cameron für Geschwister halten können, obwohl sie äußerlich keinerlei Ähnlichkeit verband. Aber diese unbekannte Frau war genauso überirdisch schön wie Daniel – und auf den ersten Blick ebenso distanziert und unnahbar wie er.

Endlich wandte er sich Catherine zu, die noch immer wie bestellt und nicht abgeholt an der Tür stand.

»Guten Abend, Cat«, sagte er mit angenehm weicher Stimme. »Ich habe heute einen weiteren Gast, den ich Ihnen gerne vorstellen möchte, Duchess Giselle of Kellog, eine liebe Bekannte von mir. Verzeihen Sie, dass ich William bat, für Sie in der Mitte der Tafel zu decken, da Giselle bei ihren Besuchen immer an diesem Platz zu sitzen pflegt.«

Dann stellte er der Herzogin Catherine vor und schilderte in Stichworten den Grund ihres Aufenthaltes, während Catherine zögernd zu ihrem neuen Platz schritt, der sich exakt in der Mitte der Tafel befand, sodass sie sich von beiden Seiten beobachtet fühlte.

Giselle nickte wortlos; ein kühler, abschätzender Blick traf die Fotografin, von dem der Lord scheinbar nichts merkte, denn er trug dem Butler auf, die Suppe zu servieren.

Währenddessen betrachtete Giselle aus schrägen Augen Catherine, sodass sich diese wie ein unwillkommener Eindringling fühlte und am liebsten den Speisesaal auf der Stelle verlassen hätte. Sie ärgerte sich, dass sie an diesem Abend nicht ihr schwarzes Kleid angezogen hatte, obwohl auch das gegen das kostbare Gewand der Herzogin abgefallen wäre.

Mit unbeteiligter Miene brachte der Butler die gefüllten Suppenteller. Giselle schien oft zu Gast auf Camshron Castle zu sein, denn sie gab sich William gegenüber wie die Schlossherrin.

Obwohl sie noch kein einziges Wort an Catherine gerichtet hatte, spürte diese den unverhohlenen Hass, der ihr von der Herzogin entgegenschlug. Anscheinend vermutete sie in Catherine eine Rivalin.

Auch Giselle rührte kaum die Suppe an, die alles übertraf, was Catherine bisher im Schloss zu sich genommen hatte. Unter den Blicken der Herzogin fiel es ihr jedoch schwer, unbekümmert zu essen.

Als Catherine einmal aufschaute, bemerkte sie Giselles kühlen Blick, der verächtlich über ihre Kleidung glitt.

»Entschuldigen Sie bitte meinen Aufzug«, fühlte sich Catherine genötigt zu sagen. »Ich konnte nicht ahnen, dass mein Wagen den Geist aufgab und ich nichts als ein paar Kleidungsstücke zum Wechseln dabeihabe.«

Giselle tupfte sich vorsichtig ihre Mundwinkel mit der Serviette. Ebenso wie Daniel verhielt sie sich, wie man es von Aristokraten erwartete – stolz, distinguiert und vornehm bis in die Fingerspitzen.

»Sie müssen sich keineswegs bei mir entschuldigen, meine Liebe«, entgegnete die Herzogin, und zu Catherines Erstaunen war ihre Stimme weich und sanft. »Ich bin ebenso Daniels Gast wie Sie.« Wäre ihr Blick nicht so eiskalt gewesen, hätte Catherine bei diesen Worten nichts als Herzlichkeit empfunden.

Der nächste Gang wurde serviert, und Catherine merkte, dass der Lord und die Duchess eifrige Blicke über die Tafel tauschten, dabei sah es so aus, als wären Daniels Blicke warnend, während man Giselles als spöttisch bezeichnen könnte.

Nur, um die bedrückende Stille zu unterbrechen, erkundigte sich Catherine höflich, wann Giselle im Schloss eingetroffen sei.

»Am frühen Nachmittag«, entgegnete diese knapp und stocherte weiter gelangweilt in ihrem Essen herum. Catherine spürte, dass die Herzogin keinerlei Wert auf eine Konversation legte, und schwieg für den Rest des Dinners.

Auch der Lord trug wie üblich nicht viel zur Unterhaltung bei, und Catherine war erleichtert, als die Tafel endlich aufgehoben wurde und sie in ihr Zimmer flüchten konnte.

Während sie sich dem Gästetrakt näherte, fragte sie sich, ob die eingebildete Herzogin möglicherweise direkt im Zimmer nebenan nächtigte – oder doch eher in Lord Daniels Schlafzimmer? Bei diesem Gedanken spürte Catherine zu ihrem Entsetzen einen Stich der Eifersucht in ihrem Herzen.

Völlig verwirrt nahm sie auf dem Sofa Platz, zog die Beine an und bettete ihren Kopf auf die Knie. War es so verwunderlich, dass ein adeliger, attraktiver Mann wie der Lord eine ebenbürtige Geliebte hatte? Die beiden schienen aus demselben Holz geschnitzt zu sein und gaben ein glanzvollen Paar ab.

Catherine gelang es schließlich, ihre Eifersucht zu vertreiben; stattdessen zermarterte sie sich den Kopf darüber, was genau ihr das Gefühl gab, dass alles, was mit Camshron Castle zusammenhing, nicht ganz echt war. Hatte sie sich anfangs noch eingeredet, dass der Dauerregen und die Einsamkeit an ihren Nerven kratzte, so spürte sie nun überdeutlich, dass sich etwas hinter ihrem Rücken abspielte, das nicht ganz geheuer war.

Es musste Daniel gewesen sein, dessen Schatten Catherine im Lichtschein unter der Tür gesehen hatte. Möglicherweise war er einer dieser Männer, die wussten, dass sie auf Frauen unwiderstehlich wirkten, und war von seiner Sehnsucht nach einem sexuellen Abenteuer getrieben nachts in den Gästetrakt gekommen, hatte sich dann aber doch nicht getraut einzutreten. Instinktiv spürte Catherine jedoch, dass sie sich nicht vor dem Lord ängstigen musste, solange Giselle of Kellog im Hause weilte.

Um sich die Zeit zu vertreiben und auf andere Gedanken zu kommen, öffnete Catherine ihren Kamerakoffer, nahm jedes Teil heraus und putzte es sorgfältig. Das hatte sie zwar bereits am Vorabend ihrer Abreise aus London gemacht, aber irgendetwas musste sie tun, um nicht wahnsinnig zu werden.

Doch auch diese Arbeit war schneller getan, als Catherine lieb war. Es war noch nicht einmal elf Uhr, und da sie einen großen Teil des Tages verschlafen hatte, fühlte sie sich frisch und ausgeruht.

Gelangweilt öffnete sie alle Schubläden, die sie entdecken konnte. Sie war keine leidenschaftliche Leseratte, aber nun verspürte sie Lust auf ein Buch. Am besten einen dicken Schmöker, bei dem sie einschlief. Doch Bücher gab es nicht in ihrem Zimmer, in der Bibliothek jedoch mussten sich Hunderte von Büchern befinden!

Catherine erinnerte sich gehört zu haben, dass Daniel der Herzogin nach dem Dinner vorschlug, den Rest des Abends in der Bibliothek zu verbringen, worauf Giselle gnädig nickte, nachdem sie Catherine mit einem warnenden Blick bedacht hatte.

Es war eindeutig, dass Giselle mit dem Schlossherrn allein sein wollte – aber konnte sie Catherine ernsthaft böse sein, wenn diese kurz die Bibliothek aufsuchte, um sich Lesestoff zu besorgen?

Nein, sagte sie sich. Auch eine unnahbare Lady wie Giselle musste Verständnis dafür haben, dass einem Gast auf Camshron Castle die Decke auf den Kopf fiel, wenn der Lord sich ständig aus dem Staub machte und es noch nicht einmal einen Fernseher im Gästezimmer – und wahrscheinlich im gesamten Schloss – zur Unterhaltung gab.

Bevor sie es sich anders überlegen konnte, setzte Catherine ihren Plan in die Tat um. Auf dem Gang begegnete ihr niemand, in der Halle ebenso wenig. Unentschlossen blieb Catherine vor der Bibliothekstür stehen und lauschte. Durch das dicke Holz drang kein Laut; Daniel und die Herzogin schienen sich gedämpft zu unterhalten.

Catherine klopfte beherzt an, und als sich nichts tat, öffnete sie vorsichtig die Tür einen Spaltbreit, um die beiden nicht in einer möglichen verfänglichen Situation zu erwischen – dafür würde Giselle Catherine noch mehr hassen.

Durch den Türspalt waren zwei mit dunkelrotem Samt bezogene hochlehnige Sessel zu erkennen, die sich zu beiden Seiten des Kamins befanden; dazwischen ein Tischchen mit zwei halb gefüllten Weinkelchen und einem silbernen Kerzenleuchter.

Catherines Verwirrung stieg, als sie sah, dass ihre Vorsicht unbegründet war, denn die Bibliothek war eindeutig leer. Wohin mochten Daniel und Giselle geflüchtet sein, denn es hatte den Anschein, dass sie sich noch vor wenigen Minuten dort aufgehalten hatten. In der Luft lag der Hauch einer dezenten Mischung von Giselles Parfüm und Daniels Aftershave.

Verunsichert starrte Catherine auf den Leuchter, in dem drei dicke rote Kerzen brannten. Alles sah nach einem überstürzten Aufbruch aus – aber weshalb? Catherine nahm sich selbst nicht so wichtig, dass man ihretwegen flüchtete, zumal weder der Lord noch die Herzogin Catherines Auftauchen ahnen konnten.

Da sie nun schon einmal hier war, begutachtete Catherine das Allerheiligste des Lords of Cameron eingehender. Die Sessel und das Tischchen vor dem Kamin waren außer den Regalen die einzigen Möbelstücke. In den Regalen drängten sich die Bücher; die ledernen Buchrücken, teilweise mit goldener Beschriftung, sahen aus, als wären sie kostbar und noch nie gelesen worden.

Spontan zog Catherine einen schmalen Band aus dem Regal und erkannte, dass es sich um eine Gedichtssammlung in lateinischer Sprache handelte. Stirnrunzelnd stellte ihn Catherine zurück, und nach einigem Suchen hatte sie einen historischen Roman entdeckt, der ihr eher zusagte.

Nichts hatte sich währenddessen geregt, die einzigen Geräusche in der Bibliothek verursachten das Heulen des Sturmes und das Prasseln des Kaminfeuers – genau wie oben im Gästezimmer.

Bevor Catherine den Rückzug antrat, sah sie sich noch einmal im gesamten Raum um. Angeblich diente er als Daniels Arbeitszimmer – aber Catherine konnte weder einen Schreibtisch noch das zweite Telefon entdecken, von dem Butler William gesprochen hatte.

Leise zog Catherine die Tür hinter sich zu und erwartete fast, dass der Butler mit hochmütiger Miene aufkreuzte. Aber er ließ sich nicht blicken, sodass Catherine rasch durch die Halle huschen konnte. Sie nahm sich vor, ihm an nächsten Morgen von der Mitnahme des Buches zu unterrichten. Wer weiß, vielleicht handelte es sich um eine rare Erstausgabe und war ein Vermögen wert. Und dann würde sie noch einmal ausprobieren, ob das Telefon im Personalraum funktionierte.

Mitten in der Nacht schreckte sie aus tiefstem Schlaf. Der Sturm hatte zugenommen und heulte gespenstisch, und der Regen prasselte so hart ans Fenster, als handele es sich um Hagelkörner.

Die Nacht war rabenschwarz, konnte Catherine erkennen, als sie einen Vorhang zurückschob. Der Regen rann wie ein reißender Bach die Fensterscheiben hinunter, als würde jemand von oben Eimer um Eimer Wasser nachkippen.

Entmutigt kroch Catherine zurück in ihr warmes Bett. Bei den Wetteraussichten würde sie noch tagelang auf Camshron Castle festsitzen – eine Vorstellung, die ihr mehr und mehr unbehaglich war.

5

Catherine war erleichtert, dass im Frühstückszimmer nur für sie gedeckt war. Duchess Giselle zöge es vor, im Bett zu frühstücken, erklärte William, ohne dass Catherine ihn fragen musste.

»Ich nehme an, das Telefon funktioniert immer noch nicht«, sagte sie nach einem schrägen Blick zum Fenster. »Ein Handy gibt es hier sicherlich nicht.«

»Das würde wenig nützen, Ms Page. Hier oben hätte es keinen Empfang. Aber ich kann Sie wegen Ihres Autos beruhigen, die Werkstatt rief in aller Frühe an, um Ihnen mitzuteilen, dass das Ersatzteil inzwischen eingetroffen ist und noch heute eingebaut wird.«

Vor Freude darüber sprang Catherine auf. »Warum haben Sie das denn nicht gleich gesagt?«

Der Butler hob sachte die Schultern, goss Kaffee ein und stellte Croissants, Orangenmarmelade und Butter in Catherines Reichweite. »Ich hätte es Ihnen schon gesagt. Der Werkstattleiter hat stundenlang versucht durchzukommen, und schließlich ist es ihm gelungen.« Er starrte hinaus in den unvermindert starken Regen. »Manchmal hat man Glück, und für kurze Zeit geht die Leitung.«

»Dann wird mir noch heute der Wagen gebracht?« Catherine konnte es kaum fassen.

Einen Moment zögerte William. »Das kann ich nicht mit Gewissheit bejahen, der Mechaniker ließ ausrichten, dass er sich beeilen will, aber sowie Ihr Auto wieder funktionstüchtig ist, wird man es nach Camhsron Castle bringen, das wurde mir hoch und heilig versprochen.«

Langsam setzte sich Catherine wieder. »Es könnte also auch sein, dass mein Wagen erst morgen fertig wird, nicht wahr?«

»So ist es. Haben Sie noch einen Wunsch, Ms Page?«

Catherine verneinte und machte sich über das Frühstück her. Sie war durchaus nicht erpicht, eine weitere Nacht im Schloss zu verbringen – vor allem jetzt, wo sich diese mysteriöse Herzogin auf Camshron Castle aufhielt. Aber die Aussicht, dass sie spätestens am nächsten Tag auf dem Weg nach Inverness und von dort aus nach London sein konnte, ließ Catherine vor Freude erschauern; auch wenn sie flüchtig daran denken musste, dass sie dem Lord of Cameron wohl nie wieder begegnen würde.

Giselle blieb tagsüber genauso unsichtbar wie Daniel, und da Catherine nichts Besseres mit ihrer Zeit anzufangen wusste, schlich sie nach dem Lunch durch die Gänge des Schlosses auf der Suche nach der rätselhaften Lady.

Catherine wagte zunächst aus Angst vor dem Butler nicht, die einzelnen Türen des Gästetraktes zu öffnen und beließ es dabei, nach Anzeichen von Giselles Anwesenheit auf dem Gang und in der Halle zu suchen.

Wieder wurde ihr bewusst, was sie schon längst geahnt, doch in ihrem Inneren bisher erfolgreich verdrängt hatte: Der Herr von Camshron Castle war kein gewöhnlicher Lord, und die Duchess of Kellog schien ebenfalls aus einer anderen Welt zu stammen.

Schließlich suchte Catherine den Butler auf, den sie im Personalraum fand. Diesmal benutzte sie den Weg über den Schlosshof, da sie als Gast offiziell nichts im Wirtschaftstrakt zu suchen hatte.

* * *

William schien nicht erstaunt darüber zu sein, sie zu sehen. Catherine kam es fast so vor, als habe der alte Mann sie erwartet – was allerdings kein Wunder war, denn er konnte vom Personalraum den gesamten Hof überblicken. Ob William sie wohl beobachtet hatte, als sie die Remise durchsuchte?

»Kann ich etwas für Sie tun, Ms Page?« Der Butler legte den Staubpinsel zur Seite, mit dem er die Verschnörkelungen des Geschirrschrankes bearbeitet hatte, und rückte einen Stuhl für Catherine zurecht. »Es ist Ihnen zu einsam bei uns, habe ich recht?«

Dankbar lächelte sie. »Allerdings … vor allem, wenn man das hektische Großstadtleben gewohnt ist. Aber ich werde den Aufenthalt auf Camshron Castle niemals vergessen.«

Er musterte sie unter zusammengezogenen Brauen. »Hoffentlich wird es eine erfreuliche Erinnerung.«

»Aber ja. Ich habe Sie aufgesucht, um Sie zu bitten, mir etwas über die Herzogin zu erzählen – sie scheint eng mit dem Lord befreundet zu sein.«

»Oh ja, die beiden kennen sich schon seit … Ewigkeiten.« Williams Worte klangen so geheimnisvoll, dass sie Catherines Neugierde weckten.

»Sind sie ein Paar?«

Empörung machte sich auf seinem Gesicht breit. »Ms Page, das ist aber eine sehr indiskrete Frage!«

»Ach William, wir leben im einundzwanzigsten Jahrhundert.« Sie hob beide Hände. »Ich habe doch gestern Abend bereits gemerkt, dass die beiden sehr vertraut miteinander umgingen, auch wenn die Herzogin genauso einsilbig ist wie der Lord. Aber das scheint in diesen Kreisen wohl als vornehm zu gelten, immerhin bin ich nur eine Bürgerliche.«

»Sie irren sich, Ms Page, wenn Sie glauben, Seine Lordschaft hätte Standesdünkel. Er behandelt jeden Menschen gleich, auch wenn er niederen Standes ist.«

Catherine reckte den Hals, um in den kleinen Flur hinter dem

Personalraum zu spähen. »Wenn ich schon einmal hier bin, kann ich doch gleich der Köchin meinen Dank für die königliche Bewirtung aussprechen.« Sie erhob sich, doch da schloss William rasch die Tür.

»Rosie liebt es nicht, bei der Arbeit gestört zu werden«, sagte er hastig. »Die Küche ist ihr Refugium, meint sie, und sogar ich muss mich anmelden, wenn ich ihr Allerheiligstes betreten will.«

Immerhin hatte die unsichtbare Köchin jetzt einen Namen, doch das genügte Catherine nicht. Natürlich wollte sie nicht zugeben, dass sie die Küche bereits heimlich inspiziert hatte, daher überlegte sie fieberhaft, wie sie beim Thema bleiben konnte.

»Es ist aber merkwürdig still dort drinnen«, sagte sie schließlich. »Müsste man nicht Töpfeklappern und die Stimmen vom Küchenpersonal hören?« Mit Genugtuung bemerkte Catherine, dass der Butler nervös wurde.

Noch vermochte sie nicht richtig einzuordnen, was es mit den geheimnisvollen Dienstboten auf sich hatte, aber ihr Verdacht bestätigte sich erneut: In diesem Schloss war nichts so, wie es eigentlich sein müsste!

Komischerweise schockierte Catherine diese Feststellung nicht mehr, hatte sie doch schon längst Ähnliches vermutet.

»Jeder bewegt sich so leise, wie es nur geht«, erklärte William schließlich umständlich und bot Catherine Tee an. »Seine Lordschaft hasst nichts so sehr wie lärmendes Personal.«

Mehr war aus ihm zu diesem Thema nicht herauszubekommen, und so lenkte Catherine ihn wieder auf Duchess Giselle.

»Alter schottischer Adel«, wusste der Butler zu berichten. »Die Familie hat sich stets neutral gegenüber dem englischen Königshaus sowie den Anhängern des schottischen Königs verhalten, daher wurde sie bei den Aufständen im achtzehnten Jahrhundert geschont. Ebenso haben sich die Vorfahren seiner Lordschaft verhalten.«

Aufmerksam lauschend rührte Catherine in ihrer Teetasse. »Sie ist eine wunderschöne Frau. Merkwürdig, dass man nie von ihr und dem Lord in den Klatschspalten liest.«

»Weil beide zurückgezogen leben und es keinen Anlass zum Klatsch gibt.«

Sie nickte nachdenklich. »Ich habe gestern nicht gehört, dass die Herzogin angekommen ist.«

»Sie haben vermutlich geruht.«

»Sicher. Befindet sich das Zimmer der Herzogin auch im Gästetrakt? Ich meine, ich höre keinen Laut, wenn ich mich in meinem Zimmer aufhalte.«

Der Butler nahm seinen Staubpinsel wieder auf, bat Catherine jedoch, sich nicht durch seine Tätigkeit stören zu lassen. »Die Duchess of Kellog bewohnt bei ihren Besuchen auf Camshron Castle stets das gleiche Zimmer – es liegt am Anfang des Gangs, daher hören Sie wahrscheinlich keinerlei Geräusche.«

Das leuchtete Catherine ein, im gleichen Zug nahm sie sich vor, die Wartezeit auf ihren Wagen zu verkürzen, indem sie sich auf die Suche nach der Herzogin machte, auch wenn deren ablehnende Haltung nicht gerade dazu einlud, sie näher kennenlernen zu wollen.

»Möchten Sie noch eine Tasse Tee?« William hob die Kanne. »Es ist noch genug da.«

Catherine bedankte sich. »Ich möchte schon mal meine Sachen packen, damit ich sofort aufbrechen kann, wenn mein Auto gebracht wird.«

Er machte ein langes Gesicht. »Sie scheinen es sehr eilig zu haben.«

»Verstehen sie mich bitte nicht falsch. Ich habe meine Gründe, das erwähnte ich bereits. Bitte geben Sie mir Bescheid, wenn der Wagen kommt.«

»Sehr wohl.«

Catherine eilte über den nassen Hof, doch unvermittelt stockte sie. Wie schon an dem Tag, als sie die Außenaufnahmen des

Schlosses gemacht hatte, fühlte sie sich aus einem der Fenster des Hauptgebäudes beobachtet. Doch als sie den Blick hob, konnte sie hinter keinem der Fenster jemanden erkennen.

Enttäuscht ging Catherine an diesem Abend hinunter in den Speisesaal – der Mechaniker hatte ihren Sportwagen nicht gebracht. Auf Giselles kaltes Gesicht vorbereitet, trat Catherine durch die weit geöffnete Flügeltür – aber diesmal war nur für sie gedeckt worden!

»Seine Lordschaft und die Herzogin sind heute Abend ausgegangen«, bemerkte William und führte Catherine zu ihrem Platz. »Seine Lordschaft bedauert es außerordentlich, Ihnen heute keine Gesellschaft leisten zu können.«

»Ausgegangen? Womit sind sie denn gefahren? Ich habe keinerlei Motorengeräusche vernommen.«

Der Butler überging ihre Frage und machte sich an der Anrichte zu schaffen, was Catherine noch mehr irritierte. Was versuchte der alte Mann vor ihr zu verbergen? Sie war nicht so ahnungslos, wie William glaubte. Es gab nur eine Erklärung für die mysteriösen Vorkommnisse auf Camshron Castle: Lord Daniel und seine schöne Herzogin waren Vampire!

Da gab es Dutzende von Schlössern und Burgen in den schottischen Highlands, und ausgerechnet Catherine musste in ein Schloss geraten, dessen Besitzer ein Wiedergänger war. Clara Perssons Bedenken hatten sich somit als Vorahnung entpuppt, und Catherine ärgerte sich, dass sie die Warnungen ihrer Zimmerwirtin sorglos in den Wind geschrieben hatte.

Bisher hatte sie es nicht wahrhaben wollen, dass der nächtliche Schatten im Lichtschein unter ihrer Tür Daniel gewesen war, aber er war nicht an einem sexuellen Abenteuer mit seinem hübschen Gast interessiert, sondern an derssen Blut.

Bei diesem Gedanken fröstelte Catherine, ließ sich vor William jedoch nichts anmerken. Bevor sie voreilige Schlüsse zog, musste sie sich genauer im Schloss umschauen, das nahm sie sich für den nächsten Morgen vor. Für den Bruchteil einer Sekunde befürchtete sie, dass sie möglicherweise absichtlich im Schloss festgehalten wurde und ihr Wagen weiterhin verschwunden blieb.

Als sie später vor dem Kamin in ihrem Zimmer saß, fiel ihr auf, dass sie den schönen Lord vermisste. Sie konnte es nicht länger leugnen: Sie fühlte sich von Daniel magisch angezogen, ob er nun ein Vampir oder ein gewöhnlicher Mensch war.

Catherine wusste nicht genau, was sie so anziehend an ihm fand – seine kühle Schönheit, die altmodische Höflichkeit und Zurückhaltung oder sein geheimnisvolles Auftreten. Sie war davon überzeugt, sich in Daniel zu verlieben, wenn sie Camshron Castle nicht schleunigst verließ, denn sonst war es zu spät – und das, obwohl es keinerlei Anzeichen dafür gab, dass er sich für Catherine interessierte.

Nun, da sie glaubte, sein Geheimnis gelüftet zu haben, fürchtete sie sich nicht mehr. Solange sie nachts ihre Zimmertüre verriegelte, befand sie sich nicht in Gefahr. Die Frage war nur, welche Rolle Giselle in diesem Drama spielte. War sie ebenfalls ein Vampir und hatte Daniel sie zu seiner Gefährtin gemacht?

All dies ging Catherine durch den Kopf, während sie angestrengt in die Flammen starrte, bis ihre Augen schmerzten. Es war schon weit nach Mitternacht, als sie ins Bett fiel und erschöpft einschlief. Sie schlief so fest, dass noch nicht einmal der heulende Sturm sie wecken konnte.

Der fünfte Tag ihres Aufenthaltes im Schloss brach an und unterschied sich nicht von den vorherigen Tagen. Catherine achtete sorgfältig darauf, dass William im Wirtschaftstrakt verschwand, bevor sie die oberen Räume inspizierte. Es war unwahrscheinlich, dass ein Dienstbote sie dabei erwischen konnte, denn das Personal schien – außer dem Butler – buchstäblich unsichtbar zu sein, aber das konnte Catherine nun auch nicht mehr erschüttern.

Sie betrat den Gang des Schlaftraktes und erinnerte sich daran, was William über die Herzogin gesagt hatte: Sie benutzte bei ihren Besuchen stets das erste Zimmer im Gästetrakt.

Leise öffnete Catherine die erste Tür zur Rechten. Der Raum unterschied sich kaum von ihrem eigenen, wenn man davon absah, dass die Möbelstücke mit weißen Laken abgedeckt und die Samtvorhänge bis auf einen schmalen Spalt zugezogen waren. Auch der Kamin sah aus, als hätte schon lange kein Feuer mehr darin gebrannt.

Blieb also nur die Tür zur Linken. Einige Sekunden lang zögerte Catherine, bis sie sich ein Herz fasste und vorsichtig anklopfte. Als sich nichts rührte, wiederholte sie das Klopfen – sollte sich die Herzogin in ihrem Zimmer aufhalten, müsste sie das Klopfen gehört haben.

Doch es blieb still, sodass Catherine mit weichen Knien behutsam den Türknauf drehte. Überrascht stellte sie fest, dass das Zimmer ebenfalls unbewohnt aussah. Zwar waren die Möbel nicht abgedeckt, aber der Raum wirkte unpersönlich. Ein Hauch von Spitzenüberwurf war als Tagesdecke über das Bett gebreitet. Weder auf der Kommode noch auf dem Nachttischchen konnte Catherine etwas Persönliches entdecken.

Zögernd trat sie vollends ein und ließ die Tür hinter sich ins Schloss gleiten. Auch der schöne Marmorkamin in diesem Zimmer war unbenutzt; weder Ruß noch Holzreste waren zu erkennen. Es überraschte Catherine nicht, dass sämtliche Schubladen und der Kleiderschrank leer waren, im Bad fand sie weder Parfüm noch Kosmetikartikel.

Die Überprüfung hatte nur wenige Minuten gedauert, und Catherine beeilte sich, zurück in den Gang zu kommen. Diese Entdeckung verhärtete ihren Verdacht – vor allem, als sie feststellen musste, dass die Möbel der restlichen Gästezimmer ebenfalls abgedeckt waren.

Wenn die Duchess nicht in ihrem Gästezimmer wohnte, wo

hielt sie sich dann auf? Es gab nur eine Möglichkeit: Sie teilte das Bett mit dem Lord.

Catherine überlegte kurz, bevor sie sich dem gegenüberliegenden Gang zuwandte; dorthin, wo sich die privaten Räume des Schlossherrn befanden. Kurz fragte sie sich, wie sie sich verhalten sollte, falls Daniel oder Giselle sie überraschten. Aber dann siegte die Neugierde, und sie inspizierte auch hier jeden Raum.

Es gab vier Zimmer. Eines schien ein Jagdzimmer zu sein, was Catherine unschwer an den gerahmten typischen Bildern und den antiken Gewehren an den seidenbespannten Wänden erkannte. Dann gab es noch zwei Salons, von dem einer Catherines besonderes Interesse erregte.

Außer den üblichen Salonmöbeln befanden sich hier Dutzende von Ölgemälden, die sehr alt zu sein schienen. Die Menschen auf den Bildern wirkten vornehm und waren altmodisch gekleidet. Catherine vermutete, dass sie auf die Ahnengalerie der Lords und Ladys of Cameron gestoßen war.

Eines der Gemälde zeigte einen schönen Jüngling, gekleidet in der typischen Tracht eines adeligen Highlanders. Er hielt den Kopf gereckt und schien stolz in die Ferne zu sehen, das Breitschwert an seiner Seite glänzte, und der Griff war mit eingelegten Edelsteinen verziert. Das Außergewöhnliche daran war jedoch die verblüffende Ähnlichkeit dieses Mannes mit Lord Daniel!

Am liebsten hätte Catherine noch Stunden in diesem Salon verbracht, aber ihre Mission war noch nicht beendet. Also steuerte sie die Tür am oberen Ende des Flurs an, hinter der sich aller Wahrscheinlichkeit Daniels Schlafzimmer befand.

Catherine hatte sich nicht geirrt, aber dieser ansonsten so persönliche Raum wirkte genauso unbewohnt wie Giselles Gästezimmer. Kein Anzeichen von Leben war zu erkennen, es wirkte alles so steril wie in einem Museum.

Aber wo steckten dann der Lord und Giselle? Ein leiser Verdacht durchfuhr Catherine, aber ihm nachzugehen, fehlte ihr nun die Kraft und der Mut. Sie ging zurück zu ihrem Zimmer, diesmal hatte sie es eilig und sah sich gehetzt um.

In der kurzen Zeit hatte jemand aufgeräumt, doch das bemerkte Catherine gar nicht. Schwer atmend fiel sie in einen Sessel und schloss die Augen. Alles deutete darauf hin, dass sie sich tatsächlich in den Fängen eines Vampirs befand – wenn man es genauer betrachtete, sogar in den Fängen zweier Vampire!

Sie brauchte fast eine Stunde, bis sie sich wieder gefangen hatte und klar denken konnte. Mehr denn je spürte sie die Gefahr, in der sie schwebte. Aber wie sollte sie Camshron Castle ohne fahrbaren Untersatz verlassen? Der Regen schien nie wieder aufhören zu wollen, und so mutig, sich zu Fuß auf den Weg zu machen und somit ihre Gesundheit aufs Spiel zu setzen, war Catherine dann doch nicht. Wohin hätte sie auch gehen sollen? Weit und breit gab es nichts als durchnässte Hügel und eine holprige Straße, die ins Nichts zu führen schien.

Dass man ihr jemals den reparierten Wagen brachte, glaubte Catherine inzwischen nicht mehr. Ihre Hände zitterten, als sie sich über die Stirn fuhr. Auch wenn es auf Camshron Castle kein verriegeltes Tor gab, das sie an einer Flucht hindern konnte, war sie gefangen in diesem unheimlichen Schloss mit seinen unheimlichen Bewohnern.

6

Den Rest des Tages verbrachte Catherine ruhelos in ihrem Zimmer. Wie ein gefangener Tiger wanderte sie durch den Raum, die elegante und schöne Einrichtung konnte sie nicht mehr reizen.

Noch weigerte sich Catherines Verstand, an das Ungeheuerliche zu glauben, doch in ihrem Innersten wusste sie es. Zu viele Ungereimtheiten gab es auf Camshron Castle, um noch länger die Augen vor den Tatsachen zu verschließen. Und sie, Catherine, war das Opfer, das dieser Bestie in Gestalt eines schönen jungen Mannes freiwillig in die Arme gelaufen war!

Wieder und wieder eilte Catherine an diesem Nachmittag zum Fenster – immer mit demselben Ergebnis: Eine Flucht ohne Auto war aussichtslos. Die grauen schweren Wolken hingen so tief, als berührten sie die Hügel, und der Regen klatschte unvermindert auf die durchweichte Erde.

Nun, da Catherine ahnte, was auf sie zukam, musste sie vorsichtig sein. Tagsüber konnte sie sich wohl in Sicherheit wiegen, da schienen Lord Daniel und Duchess Giselle zu schlafen; allerdings nicht in ihren bequemen weichen Betten.

Catherine nahm sich vor, das seltsame Paar an diesem Abend genauer zu beobachten. Nun war sie froh darüber, in der Mitte der Tafel zu sitzen, das vereinfachte eine mögliche Flucht. Denn sie fürchtete, dass die beiden auf ihr Blut aus waren und nur auf die richtige Gelegenheit warteten, um Catherine auszusaugen.

Der Gedanke daran ängstigte sie, und gleichzeitig war sie wütend über ihre Arglosigkeit und ihren dummen Stolz, weil sie einen Assistenten für ihren Auftrag abgelehnt hatte, um allein arbeiten zu können. Doch daran war nun nichts mehr zu ändern.

Fieberhaft versuchte sich Catherine daran zu erinnern, was sie über Vampire wusste. Es war nicht viel, nur das, was allgemein bekannt war, von dem jedoch wahrscheinlich mehr als die Hälfte Unsinn war. Zumindest traf die Weisheit, dass Vampire nachtaktiv waren, zu. Tagsüber widmete sich der Lord of Cameron ja angeblich seinen Geschäften, hatte der Butler behauptet. Lachhaft!

Ob William auch ein Vampir war? Nein, das konnte sich Catherine kaum vorstellen, dazu wirkte der alte Mann viel zu menschlich. Aber er war der Helfer seines Herrn, und somit traf auch ihn Catherines Zorn.

Pünktlich auf die Minute erschien sie mit unschuldigem Gesichtsausdruck im Speisesaal. Daniel und die Herzogin saßen bereits auf ihren Plätzen; von ihm wurde Catherine überaus freundlich begrüßt, während Giselle sie wieder mit Nichtachtung strafte.

»Dieses Wetter schlägt einem auf das Gemüt, nicht wahr?«, zeigte sich Daniel diesmal etwas redefreudiger. »Gerade für einen Menschen aus der Großstadt muss es furchtbar einsam hier oben sein.« Und als Catherine zögernd nickte, fuhr er mit samtweicher Stimme fort. »Das ist durchaus verständlich, Cat. Vermutlich wissen Sie nicht recht, was Sie mit der nutzlosen Wartezeit anfangen sollen, aber ich bin davon überzeugt, dass sich das Wetter bald beruhigen wird und Ihr Wagen repariert ist.«

Seine Stimme klang einschmeichelnd, und sein Augenmerk war interessiert auf seinen hübschen Gast gerichtet, bis Giselles diskretes Hüsteln ihn daran erinnerte, dass er noch einen Gast hatte.

Sofort wandte sich Daniel der Herzogin zu, indem er ihr Komplimente über ihr atemberaubendes Aussehen machte. Dann wurde serviert und geschwiegen. Doch Catherine behielt das absonderliche Paar unauffällig im Auge – zu ihrem Erstaunen stellte sie fest, dass sich Daniel und Giselle mittels Telepathie über die Tafel hinweg zu unterhalten schienen!

Ganz sicher war sich Catherine nicht, aber alles wies darauf hin – das Wechselspiel der Mienen, wenn einer den anderen mit den Blicken zu durchbohren versuchte, sowie eine gelegentliche ablehnende oder zustimmende Haltung.

Mehr und mehr fühlte sich Catherine wie ein Insekt im Spinnennetz, und ihr Instinkt riet ihr zu fliehen, solange sie noch in der Lage dazu war. Sie hoffte, dass Daniels Prophezeiung sich bewahrheitete und sich das Wetter wirklich besserte, denn auf ihren Wagen würde Catherine wohl lange warten können.

Wie üblich verabschiedete sich der Lord nach dem Dinner höflich von Catherine und wünschte ihr eine erholsame Nacht, während Giselle durch sie hindurchzublicken schien und erhobenen Hauptes die Bibliothek ansteuerte; auch sie bewegte sich lautlos und geschmeidig wie ein Raubtier.

Catherine blieb so lange in der Halle stehen, bis Daniel die Tür zur Bibliothek hinter sich geschlossen hatte, und fragte sich, was die beiden dort wohl trieben. Planten sie einen Angriff auf Catherine, oder flogen sie wie Fledermäuse durch eines der Fenster davon – eine Vorstellung, bei der Catherine unwillkürlich grinsen musste.

Gerade, als sie den Fuß auf die erste Stufe setzen wollte, hörte sie über sich das leise Klirren von Glas. Ungläubig hob sie ihren Kopf und sah, dass der massige Kristalllüster, unter dem sie stand, zitterte wie bei einem Erdbeben. Geistesgegenwärtig stolperte Catherine ein paar Stufen hoch, und im nächsten Augenblick krachte der Kronleuchter mit einem ohrenbetäubenden Getöse auf den marmornen Hallenboden.

Wie gelähmt blieb sie stehen und starrte auf den Scherbenhaufen unter sich. Um ein Haar wäre sie erschlagen worden!

Nur eine Sekunde später wurde die Tür zur Bibliothek aufgerissen, und in Daniels erschrockenem Gesicht erkannte Catherine echte Besorgnis.

»Cat, ist Ihnen etwas passiert?« Mit wenigen Schritten war er bei ihr und musterte sie flink von oben bis unten. Und an William gewandt, der mittlerweile ebenfalls in der Halle erschienen war, fügte er mit schneidender Stimme hinzu: »Wie konnte das geschehen?«

»Es ist mir unbegreiflich, Mylord«, stammelte der Butler und starrte fassungslos auf die Scherben, die einst das Prunkstück von Camshron Castle gewesen waren.

Catherine stand noch immer an derselben Stelle, sie zitterte und klammerte sich am Treppengeländer fest. Doch dann fiel ihr Blick auf Duchess Giselle, die mit betont gelangweilter Miene und verschränkten Armen vor der Bibliothekstür stand. In Catherine keimte ein furchtbarer Verdacht auf, und sie suchte mit den Augen nach Bestätigung.

Nein, sie hatte sich nicht geirrt: An der Aufhängung des Leuchters war manipuliert worden, man konnte sogar genau erkennen, an welcher Stelle sie absichtlich zerstört worden war!

Irgendwer oder irgendwas wollte Catherine nach dem Leben trachten; diese Erkenntnis traf sie wie ein Schlag. Wie durch Watte drang Daniels besorgte Stimme an ihr Ohr, und nur mit Mühe riss Catherine ihren Blick von den Resten des einstigen Prachtstückes los.

»Ich bin untröstlich.« Ungläubig schüttelte der Lord den Kopf. Er stand nun auf derselben Treppenstufe wie Catherine und schien ebenso unter Schock zu stehen. Einzig Giselle blieb gelassen, wandte sich schließlich wortlos um und verschwand wieder in der Bibliothek.

Auch Daniel und sein Butler mussten doch sehen, dass jemand

die Aufhängung manipuliert hatte, doch sie machten keine Anstalten, sich dazu zu äußern.

William hob schließlich den Kopf und betrachtete mit gerunzelter Stirn den aus vergoldetem Stuck bestehenden Kranz an der Decke, in dessen Mitte der Lüster gehangen hatte.

»Die Vorrichtung muss sich gelockert haben«, sagte er, und Catherine war sich nicht sicher, ob seine Betroffenheit echt war. »Der Leuchter hing bereits seit über zweihundert Jahren daran.«

Mittlerweile hatte sich Catherine wieder so weit in der Gewalt, dass ihre Beine nicht mehr nachgaben, als sie das Treppengeländer losließ. Unauffällig spähte sie zu Daniel, der noch immer auf den mit Kristallscherben übersäten Hallenboden blickte. Was hinter seiner schönen Stirn vor sich ging, war nicht ersichtlich, doch sein Gesichtsausdruck spiegelte völlige Überraschung wider.

Catherine räusperte sich, worauf der Lord sich zu ihr drehte und sagte: »Ich werde dafür sorgen, dass so etwas nicht wieder geschieht, Cat. Morgen werden alle Lampen im Schloss überprüft, das verspreche ich Ihnen. Gehen Sie beruhigt zu Bett, das Personal wird sich um die Säuberung der Halle kümmern. Wenn Sie möchten, wird Ihnen William einen Cognac zur Entspannung auf Ihr Zimmer bringen.«

Sie lehnte ab, denn sie musste einen klaren Kopf behalten. Ihr war bewusst, dass man ihr nach dem Leben trachtete und sie in größter Gefahr schwebte.

Daniel gab dem Butler knappe Anweisungen, dann verneigte er sich leicht vor seinem Gast und bedauerte noch einmal den Vorfall, bevor auch er wieder in die Bibliothek ging. William machte keine Anstalten, mit den Aufräumarbeiten zu beginnen; Catherine vermutete, dass er warten wollte, bis sie sich zurückgezogen hatte, um dann das geisterhafte Personal zu holen.

Langsam schlenderte Catherine durch den Gästetrakt, ihre

Knie zitterten immer noch etwas. Nicht auszudenken, wenn sie unter den herabstürzenden tonnenschweren Lüster geraten wäre – sie brauchte nicht viel Fantasie, um sich auszumalen, dass sie den Unfall nicht überlebt hätte.

Nach einer Nacht voller wirrer Träume erwachte Catherine wie gerädert; am liebsten wäre sie nicht aufgestanden, doch die Blöße wollte sie sich nicht geben.

Catherine hatte es sich angewöhnt, als Erstes nach dem Aufstehen die Samtvorhänge aufzuziehen. Noch immer tobte der Sturm, aber der Regen schien nachzulassen. Konnte man es wagen, zu Fuß zu fliehen? Die Ereignisse am Vorabend waren ein weiterer Grund, nicht eine Stunde länger als nötig auf Camshron Castle zu verbringen. Nun, darüber konnte sie immer noch nach dem Frühstück nachsinnen.

In der Halle wies nichts mehr auf das Unglück hin, anstelle des Riesenlüsters hing nun ein etwas kleinerer Kristallleuchter von der Decke herab.

Dienstbeflissen wie üblich servierte der Butler Catherine das Frühstück, deutete jedoch mit keiner Silbe das Geschehen am Abend zuvor an.

»Die Dienstboten haben ganze Arbeit geleistet«, bemerkte Catherine daher. »Hat man feststellen können, wieso sich der Lüster selbstständig machte?«

Für eine Sekunde hielt William in seiner Tätigkeit inne. »Nicht genau, Ms Page. Aber die Aufhängung aus Draht war morsch, da kann es schon einmal passieren, dass ein schwerer Leuchter herabstürzt. Dass Sie sich zu diesem Zeitpunkt gerade in der Halle befanden, war ein bedauerlicher Zufall.«

»Mir ist aufgefallen, dass die Herzogin nicht sonderlich erschrocken war. Können Sie sich das erklären?«

Er zog verblüfft die Augenbrauen hoch. »Worauf wollen Sie hinaus?«

Catherine zuckte mit den Schultern, entgegnete jedoch nichts.

»Die Duchess of Kellog mag etwas unterkühlt auf Sie wirken, aber sie ist eine Aristokratin durch und durch«, fühlte sich William verpflichtet zu erklären, doch Catherine durchschaute den alten Mann, denn seine Erklärung klang dünn und unaufrichtig.

Sie beließ es dabei, obwohl ihr klar war, dass er natürlich wissen musste, dass Giselle genauso wenig ein Mensch aus Fleisch und Blut war wie der Lord.

Bevor William das Frühstückszimmer verließ, erkundigte sich Catherine beiläufig nach ihrem Auto. Die Antwort überraschte sie allerdings nicht. Angeblich habe sich die Werkstatt noch nicht gemeldet, aber möglicherweise würde der Sportwagen ja an diesem Tag gebracht werden.

Der Anschlag auf ihr Leben hatte Catherine den Appetit verdorben, deshalb griff sie nicht so herzhaft zu wie sonst. Zerstreut zerbröselte sie das Croissant auf ihrem Teller, ließ das Rührei kalt werden und rührte auch die anderen kulinarischen Köstlichkeiten kaum an. Ihre Gedanken drehten sich ausschließlich um die Möglichkeit, Camshron Castle zu verlassen.

Trotz der Wetterlage wollte sie die nähere Umgebung erkunden, auch wenn ihr die Bemerkung missbilligende bis besorgte Blicke des Butlers einbrachte.

»Ich muss mir unbedingt die Beine vertreten«, erklärte sie ihm mit entschuldigendem Lächeln. »Ein Spaziergang wird vielleicht den Schock von gestern vertreiben.« Sie warf einen flüchtigen Blick zur geschlossenen Bibliothekstür. »Der Lord ist wohl wieder sehr beschäftigt.«

Und als William bejahte, fragte ihn Catherine, wo sich die Herzogin befand.

»Möchten Sie sich mit ihr unterhalten?«

Gütiger Gott, bloß das nicht! Catherine schüttelte den Kopf. »Nein, es interessiert mich nur, was sie macht, wenn der Lord beschäftigt ist.«

»Sie wird sich in ihrem Zimmer aufhalten«, kam es eine Spur zu schnell zurück. »Nehmen Sie doch den Regenschirm mit, damit Sie nicht zu nass werden.«

Sehr wohl hatte Catherine das kleine Ablenkungsmanöver durchschaut. Sie könnte das ganze Schloss durchsuchen und würde weder Giselle noch Daniel finden, aber das behielt sie für sich, war sie sich doch nicht ganz sicher, ob William von ihren heimlichen Erkundigungen der Räume und des Wirtschaftstraktes wusste und nur ahnungslos tat.

Sie wartete geduldig am Hauptportal, bis er den Schirm brachte; die feuchte kalte Luft lud eigentlich nicht zum Spazierengehen ein. Dennoch stellte Catherine den Jackenkragen hoch, spannte den Schirm auf und durchquerte forsch den Innenhof.

Niemand hielt sie auf, als sie das Holztor öffnete, und beinahe war sie darüber erstaunt. Sie hatte vermutet, dass die Zugbrücke hochgezogen war oder irgendein Hindernis ihr den Weg versperren könnte. Doch nichts dergleichen.

Den Blick skeptisch auf den durchweichten Pfad, der zur Straße führte, gerichtet, schritt Catherine davon. Obwohl sie sich in Acht nahm, waren ihre Stiefel schon nach wenigen Metern verschmutzt und die Hosenbeine nass.

An der Straße blieb sie für einen Moment stehen, dann entschied sie sich, in die Richtung zu gehen, in der sich angeblich dieses Dorf mit dem merkwürdigen Namen und somit auch die Autowerkstatt befand. Vielleicht war es gar nicht so weit entfernt, wie der Butler behauptet hatte.

Die schmale asphaltierte Straße schlängelte sich durch die hügelige Landschaft, und obwohl Catherine inzwischen vor Kälte zitterte, setzte sie beherzt ihren Weg fort. Bei jeder Biegung hoffte sie, dahinter Anzeichen einer Siedlung vorzufinden, wurde jedoch enttäuscht.

Mehrmals drehte ihr der Sturm den Schirm um, sodass sie schon nach einer halben Stunde völlig durchnässt war. Nein, es war aussichtslos, mit ihrem Gepäck zu Fuß die nächste Ortschaft zu erreichen.

Mutlos kehrte Catherine um. Sie fühlte sich, als wäre sie allein auf der Welt – und die Hoffnung, einem Fahrzeug zu begegnen, hatte sich längst in Luft aufgelöst. Es blieb ihr nichts anderes übrig, als zurück zum Schloss zu gehen und weiterhin auf ihren Wagen zu warten.

Nun, da Catherine die Mauern von Camshron Castle verlassen hatte, konnte sie etwas Abstand von den unheimlichen Vorgängen dort nehmen. Unter Umständen waren ihre Vermutungen über Lord Daniel, seine geheimnisvolle Herzogin sowie über all die anderen Ungereimtheiten etwas überspitzt, und auch die Sache mit dem Lüster konnte tatsächlich purer Zufall gewesen sein – immerhin hatte sie die Reste der Aufhängung nur aus der Entfernung gesehen.

Catherine redete sich sogar ein, dass sie sich alles einbildete. Niemand hatte versucht, sie am Gehen zu hindern; jederzeit konnte sie das Schloss verlassen, wenn es ihr beliebte.

Als sie nun Camshron Castle wieder vor sich sah, kam es ihr längst nicht so düster vor wie vorher. Im Gegenteil, dort drinnen erwartete sie wahrscheinlich ein warmes Bad und ein knisterndes Kaminfeuer. In ihrer Vorfreude darüber erhöhte Catherine ihr Tempo und achtete weder auf die nasse Kleidung, die wie eine unangenehme zweite Haut an ihrem Körper klebte, noch auf den wieder stärker einsetzenden Regen.

Doch mit dem Betreten der Halle kam auch die Beklommenheit zurück. Es war zu still im Haus, zu sauber und zu perfekt, um normal zu sein.

William erschien lautlos und nahm ihr Schirm sowie Jacke ab. Sein mahnender Blick schien zu sagen, dass er gleich gewusst hatte, dass das Wetter sich nicht für einen Spaziergang eignete.

»Ich würde jetzt zu gern ein heißes Bad nehmen«, bemerkte Catherine und fuhr sich dabei durch die feuchten Haarsträhnen.

»Da draußen tobt das stärkste Unwetter, das ich jemals erlebt habe.«

»Wenn man sein ganzes Leben hier verbringt, gewöhnt man sich daran, Ms Page.« Er deutete ein nachsichtiges Lächeln an. »Das Bad für Sie ist bereits vorbereitet.«

Noch immer zitterte Catherine am ganzen Körper, und während sie hinaufging, wurde ihr wieder schmerzlich bewusst, dass es für sie keinen Ausweg gab, bis der Regen nachließ. Zwar war sie sich in aller Deutlichkeit bewusst, dass auch bei trockenem Wetter ein kilometerlanger Marsch ins Ungewisse kein Zuckerschlecken war, aber immerhin hätte sie dann die Möglichkeit, lebend die nächste Ortschaft zu erreichen.

Sie fror noch immer erbärmlich, nachdem sie ihre nasse Kleidung abgelegt hatte und das Bad betrat. Angenehme Wärme schlug ihr entgegen, der ganze Raum war erfüllt von wohlriechendem Dampf.

Natürlich hatte das Wasser die richtige Temperatur, wie Catherine feststellen konnte, als sie einen Zeh in die Wanne tauchte. Im selben Augenblick, als Catherine hineinsteigen wollte, sah sie es.

Ein unscheinbares Kabel hing am Wannenrand, ungefähr einen Zentimeter von der Wasseroberfläche entfernt. Catherine stutzte, wickelte sich in ein Handtuch und nahm den eigenartigen Gegenstand näher in Augenschein. Sie wurde von plötzlicher Übelkeit überwältigt, als sie erkannte, dass es sich um das ungesicherte Ende eines Stromkabels handelte!

Hätte sie sich ahnungslos in die Wanne gesetzt, wäre das Kabel mit dem Badewasser unweigerlich in Berührung geraten, und sie hätte einen tödlichen Stromschlag erlitten!

In panischer Angst stürzte sie aus dem Bad und machte sich auf die Suche nach William; dabei war es ihr völlig gleichgültig, was er über ihre spärliche Bekleidung denken mochte.

Herbeigeholt von Catherines Rufen, kam der Butler in die

Halle geeilt und blickte verdattert zu der Frau mit dem Handtuch hinauf, die sich über das Galeriegeländer beugte.

»Ist etwas nicht in Ordnung, Ms Page?«

»Und ob etwas nicht in Ordnung ist!« Ihre Stimme überschlug sich fast vor Erregung. »Bitte sehen Sie in meinem Bad nach, dann werden Sie sehr schnell feststellen, weshalb ich so aufgelöst bin.«

Bedächtig schlurfte William die Treppenstufen hinauf. »Haben Sie eine Spinne gesehen? Nun, das kommt hin und …«

Sie stieß ein verächtliches Schnauben aus. »Mit einer Spinne könnte ich es aufnehmen.« Mittlerweile hatte der Butler die Galerie erreicht und tat, als bemerke er Catherines nackte Beine und Schultern nicht. Und als sie ihn bat, im Bad nachzusehen, zuckte er ratlos mit den Schultern und bequemte sich zu ihrem Zimmer, während Catherine es vorzog, auf dem Gang zu warten, obwohl ihr verteufelt kalt war.

Nach nur wenigen Minuten kam William zurück und behauptete allen Ernstes, nichts Auffälliges entdeckt zu haben.

»Haben Sie nicht das Stromkabel in der Badewanne gesehen?«

Das Gesicht des Butlers war ein einziges Fragezeichen, sodass Catherine nichts anderes übrig blieb, um ihm die gefährliche Entdeckung zu zeigen.

Doch ihre Überraschung war groß, als das Kabel verschwunden war.

»Genau hier hing es über den Wannenrand«, sagte sie verzweifelt und bückte sich. »Sehen Sie, da ist die dazugehörige Steckdose.«

»Aber wieso sollte jemand so etwas tun?«

Sie richtete sich abrupt auf. »Das frage ich mich allerdings auch. Ich denke, ich werde lieber duschen.«

»Wie Sie meinen. Haben Sie sonst noch einen Wunsch?«

Catherine verneinte, und bevor sie in die Duschkabine stieg, untersuchte sie jeden Millimeter. Erst als sie sich davon überzeugt hatte, dass sie diesmal sicher war, drehte sie das Wasser an. Doch an Entspannung war nicht zu denken, denn der Gedanke, dass ihr tatsächlich jemand nach dem Leben trachtete, ließ sie fast wahnsinnig werden.

Später, als das Kaminfeuer die letzte Kälte aus Catherines Gliedern vertrieben hatte, gewann sie etwas Abstand von dem Unerklärlichen.

Konnte der Lord dahinterstecken? Das ergab keinen Sinn – um den ungebetenen Gast loszuwerden, brauchte er nur nach einer Möglichkeit suchen, ihr einen fahrbaren Untersatz zur Verfügung zu stellen. Und Catherine war mittlerweile davon überzeugt, dass es sehr wohl Fahrzeuge auf Camshron Castle gab, die sie aber nicht finden sollte. Also schien er eher verhindern zu wollen, dass sie ging.

Und dann erinnerte sie sich an Giselles kalte Augen, die den unmissverständlichen Wunsch aussprachen, der Eindringlich solle schnellstmöglich verschwinden. Aber war diese zierliche Person überhaupt in der Lage, die Aufhängung eines schweren Leuchters zu manipulieren?

Ja, das war sie sehr wohl, wenn sich Catherines Verdacht bestätigte und die Herzogin ein Vampir war. Und es war ihr in diesem Fall ebenfalls ein Leichtes, unbemerkt in Catherines Bad zu gelangen, um ihr Werk zu vollenden.

Aber vielleicht irrte sie sich ja doch – vielleicht waren sie und der Lord of Cameron nichts als versnobte Aristokraten, die in Gedanken in längst vergangenen Zeiten lebten und kaum merkten, wie das wahre Leben an ihnen vorüberzog.

Es war nicht fair, Giselle oder Daniel fälschlicherweise für etwas zu verdächtigen. Möglicherweise traf sie gar keine Schuld. Aber dagegen sprachen die vielen Indizien, vor denen Catherine nicht länger die Augen verschließen konnte. Und dass es Vampire gab, hatte sie immer gewusst – nur hatte sie keine Ahnung, wie sie aussahen und sich verhielten.

Sie wagte kaum ihr Zimmer zu verlassen; insgeheim hoffte sie, dass der Butler seinem Lord von dem Vorfall im Bad Bericht erstattete. Doch was konnte er Daniel schon sagen? Dass die Fotografin übergeschnappt war, weil sie zuerst im strömenden Regen einen Spaziergang gemacht und dann angeblich ein Stromkabel in ihrem Bad entdeckt hatte?

Stumm servierte William später erst den Lunch, dann den Tee; dabei blieb seine Miene unbeweglich, und er machte keinerlei Anstalten, Catherine nach ihrem Befinden zu fragen, was sie noch mehr verunsicherte.

Am liebsten hätte sie auch das Dinner in ihrem Zimmer eingenommen, so groß war ihre Angst vor einem neuen Anschlag. Doch dann zog sie ihr schwarzes Kleid an, peppte es mit etwas Modeschmuck auf und machte sich auf den inzwischen vertrauten Weg in den Speisesaal.

Es war alles wie bei den vorausgegangenen Abendessen. Für Catherine war wieder in der Mitte der Tafel gedeckt, an einem Ende thronte der Lord, am anderen die Herzogin, die Catherine schöner als je zuvor erschien.

Giselle hatte ihre goldene Haarpracht kunstvoll in Flechten hochgesteckt und mit winzigen Perlen geschmückt. Das bodenlange Seidenkleid schien für einen königlichen Ball gemacht zu sein, mit seinem tiefen Ausschnitt, der ein makelloses, üppiges Dekolletee preisgab.

Ihr Verhalten Catherine gegenüber war allerdings genauso feindselig wie bei den vorigen Begegnungen. Giselle überhörte Catherines Gruß und tat, als sei sie Luft, während auf Daniels vollen Lippen ein freundliches Lächeln erschien.

»Nun, wie ich sehe, ist Ihr Wagen immer noch nicht repariert«, sagte er leichthin und entfaltete seine Serviette. »Man müsste ein ernsthaftes Wort mit den Leuten von der Werkstatt reden.«

Catherine erwiderte nickend sein Lächeln, dachte jedoch:

›Scheinheiliger Kerl. Du hast sicher dafür gesorgt, dass ich mein Auto nicht zurückbekomme.‹

»Ich bedauere sehr, dass die ungünstigen Wetterumstände Ihre Abreise zusätzlich verhindern, aber seien Sie unbesorgt, meine Tür steht Ihnen jederzeit offen.«

Davon war Catherine überzeugt. Oh ja, er wollte sie in seiner Nähe haben, doch die kalte Herzogin schien seine Meinung nicht zu teilen, denn ihre Miene war bei Daniels Worten wie versteinert.

»Haben Sie sich von dem gestrigen Schrecken erholt?«

Seine Frage kam so unvorbereitet, dass Catherine sekundenlang nach den richtigen Worten suchen musste. Doch da sprach der Lord bereits weiter. »Das Personal hat inzwischen festgestellt, dass sich die Aufhängung infolge Altersschwäche von der Decke gelöst hat, und ich bin tief beschämt, dass ausgerechnet einem Gast der Lüster zu Füßen fiel.«

Catherine versuchte, Verlogenheit aus seiner Stimme herauszuhören, doch es klang, als sei er wirklich über den Vorfall betroffen.

Die Herzogin äußerste sich nicht, griff gelangweilt zu ihrem Weinglas und hob es in Daniels Richtung. Catherine dagegen strafte sie wie üblich mit Gleichgültigkeit.

Das kurze persönliche Gespräch mit dem Lord war somit beendet, jedoch unterhielten sich Daniel und Giselle wieder per Augenkontakt. Catherine hätte einiges darum gegeben, den Inhalt dieses telepathischen Gesprächs zu erfahren, tat jedoch so, als würde sie nichts auf der Welt mehr als das köstliche Mahl interessieren.

Höflich wünschte Daniel ihr später eine gute Nacht, während Giselle erhobenen Hauptes wortlos an Catherine vorüberrauschte. Catherine vermutete, dass sie auf dem Weg in die Bibliothek war, und so war sie mit Daniel einige Minuten alleine. Es lag ihr auf der Zunge, ihm von dem verhängnisvollen Stromkabel zu erzählen, doch der günstige Augenblick war schnell verflogen, als der Lord sich entschuldigte.

Bevor Catherine die breite Treppe hinaufstieg, warf sie einen skeptischen Blick zur gewölbten Hallendecke, bevor sie einen Fuß auf die unterste Stufe setzte. Der Ersatzleuchter nahm sich gegenüber dem prunkvollen Kristalllüster relativ bescheiden aus, doch es bestand kein Zweifel, dass auch er zur Mordwaffe werden konnte, wenn er von der Decke stürzte.

Catherine wollte eben die letzte Stufe erklimmen, als unvermittelt das Licht erlosch. Sie stieß einen erstickten Schrei aus, denn es wurde stockdunkel. Noch bevor sie einen klaren Gedanken fassen konnte, spürte sie instinktiv, dass sie nicht allein war.

Schon im nächsten Moment wurde die Vermutung zur Gewissheit, denn jemand versuchte, ihre Hand vom Geländer zu zerren.

»Wer ist da?«, hauchte Catherine in die Dunkelheit, doch sie erhielt keine Antwort. Im Gegenteil, die kalte Hand umklammerte Catherines Handgelenk und zog ungeduldig daran.

Vor Angst war Catherine wie gelähmt, doch sie dachte nicht daran, den Griff um das Treppengeländer zu lockern. Mutig unternahm sie einen weiteren Anlauf.

»Lord Daniel, sind Sie das?«

Das wütende Schnaufen erschreckte sie so sehr, dass sie unbewusst das Geländer losließ. Keine Sekunde später verspürte sie einen Stoß, sie verlor die Balance und fiel laut schreiend mehrere Stufen hinunter. Nur ihrer guten Kondition war es zu verdanken, dass sie ihren Körper trotz der Finsternis automatisch so drehte, ohne sich ernsthaft zu verletzen.

Noch immer schrie Catherine gellend, und wenige Sekunden später war der Spuk beendet, denn das Deckenlicht flammte wieder auf. Gleichzeitig mit dem Lord, der aus der Bibliothek gestürzt kam, erreichte Butler William die Halle; beide starrten

Catherine entsetzt an, die nun leise vor sich hin wimmerte, denn sie hatte sich den Fuß verstaucht.

»Meine Güte!« Der Lord eilte mit langen Schritten zur Treppe und ließ sich neben Catherine nieder. »Sie scheinen ja der reinste Pechvogel zu sein. Haben Sie sich verletzt?«

Wütende Blitze schossen aus ihren Augen, als sie sich den schmerzenden Fußknöchel rieb.

»Jemand hat das Licht ausgeschaltet«, stieß sie zwischen zusammengepressten Lippen hervor. »Das war kein Unfall!«

Daniel wich erschrocken vor ihr zurück, seine Verblüffung schien nicht gespielt zu sein. »Aber in so einem alten Gemäuer kann es immer mal passieren, dass für kurze Zeit der Strom ausfällt.«

Verbittert lachte Catherine auf, ihr Lachen klang gespenstisch hohl in der riesigen Halle. »Oh ja, und auch das Telefon funktioniert nur sporadisch, nicht wahr?«

»So ist es«, war die irritierte Antwort. »Lassen Sie mich Ihren Fuß anschauen, er muss bandagiert werden.«

Er machte Anstalten, Catherine aufzuhelfen, doch sie unterbrach ihn und sagte mit gedämpfter Stimme: »Ich muss unbedingt unter vier Augen mit Ihnen reden. Jemand hat mich im Dunkeln gestoßen, und ich habe einen Verdacht.«

Nein, Daniels Entsetzen war echt, und als er auf Catherines Frage dann auch noch erklärte, dass sich Giselle nicht wohlfühlte und sich zurückgezogen hatte, sah Catherine ihren Verdacht bestätigt.

Bereitwillig ließ sie sich von Daniel in die Bibliothek tragen und auf einen der beiden bequemen Sessel vor dem Kamin betten. Der Butler besorgte in der Zwischenzeit Tonerde und Verbandsmaterial.

Wie sich herausstellte, war Catherines Fußgelenk nicht arg geschwollen; sie würde sich lediglich einige Tage schonen müssen – aber da ihre Beweglichkeit ohnehin eingeschränkt war, solange es regnete, konnte Catherine diese Tatsache nicht weiter erschüttern.

Gekonnt verarztete Daniel den Knöchel und schob Catherine, nachdem er den Stützverband angelegt hatte, vorsorglich ein gepolstertes Fußbänkchen vor ihren Sessel.

Mit einem flüchtigen Blick erkannte Catherine, dass an diesem Abend nur ein Weinglas auf dem Tischchen stand; also musste der Lord die Wahrheit gesagt haben, als er erwähnte, dass Giselle nach dem Dinner nicht bei ihm gewesen war.

»Haben Sie große Schmerzen?« Daniels wie aus Marmor gemeißeltes Gesicht machte einen besorgten Eindruck, als er in dem anderen Sessel Platz nahm. »Sie sind wirklich ein Pechvogel, Cat.«

Catherine verlagerte vorsichtig den bandagierten Fuß und stellte erleichtert fest, dass er nicht sehr schmerzte. Sie zögerte einige Sekunden, bevor sie leise sagte: »Ich fürchte, es liegt nicht an mir.«

William brachte ein weiteres Weinglas, das der Lord mit edlem Bordeaux füllte und Catherine reichte. Er wartete, bis der Butler die Tür hinter sich geschlossen hatte, dann wandte er sich Catherine zu. »Ich glaube, ich verstehe Sie nicht.«

»Und ich glaube, dass das keine Zufälle sind. Als vorhin das Licht ausging, hat jemand versucht, mich die Treppe hinunterzustoßen. Ich sollte mir das Genick brechen, weil die Anschläge mit dem Kronleuchter und heute Vormittag mit dem Stromkabel nicht erfolgreich waren.« Sie beobachtete sein Mienenspiel genau, während sie sprach, und Daniels Verwirrung ließ darauf schließen, dass er wirklich keine Ahnung hatte.

Ungläubig schüttelte er den Kopf, als Catherine ihm detailliert schilderte, was sie gesehen hatte. »Es war deutlich zu erkennen, dass absichtlich an der Aufhängung des Leuchters manipuliert wurde. Und das Stromkabel hing über den Wannenrand, gut getarnt durch einen Stapel Handtücher – aber ich habe es dennoch entdeckt. Hätte ich es nicht bemerkt und mich in die Wanne gesetzt, wäre der Wasserspiegel etwas erhöht gewesen … und hätte das Kabel erreicht.«

Im Nachhinein wurde ihr schlecht, als sie daran dachte, wie knapp sie dem Tod entronnen war. Sie nahm einen großen Schluck Wein und spürte, wie allmählich die Anspannung von ihr abfiel.

Zunächst antwortete Daniel nicht; er starrte abwesend ins Kaminfeuer, sodass Catherine nur sein edles Profil sehen konnte. Er musste ein sehr guter Schauspieler sein, wenn er den Ahnungslosen mimte, und sie ließ ihn nicht aus den Augen, als er sich ihr wieder zudrehte.

»Sie haben recht. Wenn es sich wirklich so verhält, wie Sie behaupten, ist Ihr Leben in Gefahr. Ich habe einen Verdacht, über den ich aber noch nicht reden möchte.«

Erleichtert lehnte sich Catherine zurück und schloss für einen Moment die Augen. Daniel glaubte ihr, und sie war sich sicher, dass er denselben Verdacht wie sie hegte.

»Die Herzogin«, hauchte sie mit belegter Stimme. »Nur Sie kann dahinterstecken. Ich weiß, dass sie mich ablehnt, auch wenn mir nicht klar ist, was ich ihr getan haben sollte.«

Er lachte leise. Es war ein sympathisches, weiches Lachen. »Das alte Mädchen wird mit den Jahren immer wunderlicher.«

Alt? Giselle konnte höchstens Anfang dreißig sein – es sei denn …

»Entschuldigen Sie meine amüsierte Einlage«, bemerkte er schließlich verlegen. »Es gibt keinen Grund zur Heiterkeit, wenn es um Mordanschläge geht. Sie denken also, dass Giselle dafür verantwortlich ist?«

»Wer sonst? Den Butler kann man wohl ausschließen, und Sie …«

Abwehrend hob er die Hände. »Nie würde ich Ihnen ein Haar krümmen, kleine Cat. Sie sind bei mir in den besten Händen.«

Er sah sie offen an, und seine Augen zeigten eine Spur von Interesse, Bewunderung und etwas Geheimnisvollem, das Catherine nicht einzuordnen vermochte. In diesem Augenblick konnte sie sich nicht vorstellen, dass der Lord of Cameron ein Vampir sein sollte, denn er verhielt sich so menschlich wie jeder andere Mann.

»Ich werde mit Giselle ein ernstes Wort reden«, fuhr er fort. »Sie stehen unter meinem Schutz, und sollten sich derartige Vorfälle wiederholen, verweise ich die Herzogin für immer des Hauses.«

»Oh«, machte Catherine erstaunt. Jetzt, da sie erkannt hatte, dass Daniel sich ihr gegenüber wie ein Verehrer benahm, wurde sie mutiger und fühlte sich nicht mehr so eingeschüchtert wie zuvor, als sie ihn für einen unnahbaren Aristokraten gehalten hatte. »Ich dachte, dass Sie und die Herzogin ein Paar wären.«

Sein Schmunzeln ließ ihr Herz höher schlagen, denn es bedeutete, dass Giselle nichts als eine gute Bekannte war. Er bestätigte Catherines Vermutung mit wenigen Worten.

»Giselle und ich kennen uns schon lange. Ich will nicht leugnen, dass wir früher eine Liebesbeziehung hatten, aber im Grunde ist sie nicht der Typ Frau, den ich bevorzuge.« ›Natürlich nicht‹, dachte Catherine und verbarg ihre Gedanken hinter einer Maske aus verständnisvollem Lächeln. ›Wenn sie beide Vampire sind, werden sie Menschen als Opfer bevorzugen.‹

»Erzählen Sie mir doch bitte etwas über sich«, sagte Daniel überraschend und lehnte sich erwartungsvoll zurück. »Ich weiß überhaupt nichts von Ihnen außer dem wenigen, das Sie bei der abendlichen Tafel schilderten. Eigentlich weiß ich nur, dass Sie eine äußerst erfolgreiche Fotografin aus England sind und sich nur wegen dieser ärgerlicher Autopanne auf Camshron Castle aufhalten.«

Catherine warf ihm einen kritischen Blick zu; Daniel schien es nicht eilig zu haben wie sonst nach dem Abendessen. Sein schönes Gesicht war ihr zugewandt, und seine hellen Augen musterten sie. Catherine hatte das Gefühl, dass diese Augen sie streichelten, und erschauerte innerlich.

Sie richtete sich gerade auf und befühlte ihr Fußgelenk, um Zeit zu schinden.

»Möchten Sie nichts von sich preisgeben? Entschuldigen Sie, dass ich meine guten Manieren vergaß; es schickt sich als Lord nicht, Gäste mit seiner Neugier zu belästigen.«

Sie machte eine schnelle Abwehrbewegung. »Oh nein, das ist es nicht. Ich kann nur nicht glauben, dass Sie ernsthaft an meinem Leben interessiert sind, Lord …«

»Nennen Sie mich Daniel«, unterbrach er sie sanft. »Mich interessiert alles an Ihnen, Cat, weil *Sie* mich interessieren.«

Die letzten Worte hatte er so eindringlich gesprochen, dass sich Catherines Pulsschlag erhöhte. Sie schluckte. »In Ordnung. Fragen Sie, was Sie wissen möchten.«

»Wie kamen Sie darauf, Fotografin zu werden?«

Sie erklärte es ihm, und mit jedem Satz ließ ihre Verkrampfung nach.

Fast hatte sie das Gefühl, Lord Daniel schon ewig zu kennen, so vertraut war er ihr an diesem Abend geworden.

»Meine Eltern haben mich immer in meinem Berufswunsch unterstützt; leider haben Sie meine ersten Erfolge nicht mehr erleben dürfen.«

»Sie hatten sicherlich eine glückliche Kindheit«, fasste er nach. »Eine glückliche und unbeschwerte Kindheit.«

»Ja, wir lebten in der Grafschaft Kent.« Vor ihrem inneren Auge erschienen die endlosen grünen Wiesen, die kleinen urigen Dörfer und die ersten Motive, die sie mit elf Jahren mit einer Uraltkamera auf die Platte gebannt hatte.

Daniel schenkte galant Wein nach, denn ohne es zu merken, hatte Catherine ihr Glas leer getrunken und fühlte sich leicht beschwipst.

»Jetzt lebe ich in London bei einer netten alten Dame, aber die meiste Zeit des Jahres bin ich unterwegs«, antwortete sie auf Daniels Frage nach ihrem heutigen Wohnort. »Ich glaube nicht, dass ich jemals sesshaft werden kann.«

Sie lächelte.

»Oh, ich verstehe. Da ist es natürlich kein Wunder, dass Sie sich auf Camshron Castle wie ein Tiger im Käfig fühlen.«

Ihr Lächeln machte einer verlegenen Miene Platz. »Das wollte ich damit nicht sagen. Ich bin sehr froh, dass Sie mich aufgenommen haben, aber …«

»… aber es wird Zeit, dass Sie wieder etwas anderes sehen«, gab er zurück und zwinkerte Catherine zu. »Seien Sie versichert, auch das ärgste Unwetter in den schottischen Highlands zieht sich früher oder später zurück.«

Catherine lag die Frage nach Daniels Auto auf der Zunge, doch sie wollte die zauberhafte und vertrauliche Stimmung nicht zerstören.

»Gibt es eigentlich einen Mann in Ihrem Leben?« Anscheinend beiläufig gefragt, merkte Catherine jedoch, dass ihn ihr Liebesleben brennend interessierte.

Er sah ihr Zögern und lächelte ironisch. »Eigentlich müsste ich mich schon wieder wegen meiner Dreistigkeit entschuldigen, aber ich antwortete Ihnen auf Ihre Frage nach meiner Beziehung zu Giselle unumwunden.«

»Ja, das stimmt.« Catherine verlagerte wieder den verletzten Fuß und blickte sekundenlang nachdenklich in ihr Weinglas. »Im Augenblick gibt es keinen Mann in meinem Leben. Mein Beruf ist der reinste Beziehungskiller. Verstehen Sie?«

»Aber Sie hatten Beziehungen?«

»Selbstverständlich, immerhin werde ich bald dreißig.« Sie warf ihm einen verschmitzten Blick zu. »Doch keine der Beziehungen waren von langer Dauer, den Männern gefiel es nicht, dass sie mich nur sporadisch sahen. Ich habe allerdings keinem

Partner nachgeweint«, fügte sie nachdrücklich hinzu. »Ich sagte Ihnen ja bereits, dass ich zu oft unterwegs bin, und eine Fernbeziehung ist nicht jedermanns Sache.«

»Sicher nicht.« Daniels Ellbogen lagen auf den Sessellehnen, er legte die gespreizten Finger beider Hände gegeneinander, als stünde er unter großer Anspannung. »Kann es vielleicht sein, dass Sie nur noch nicht den richtigen Mann kennengelernt haben, Cat? Diesen einen Mann, für den Sie durchs Feuer gehen würden, wenn er es verlangte?«

Catherine machte sich nicht die Mühe, ihre Verwirrung zu verbergen.

»Ich bin mir nicht sicher, ob ich für einen Mann mein Leben komplett umkrempeln würde.«

Er deutete ein kleines Lächeln an. »Sie würden, da bin ich mir sicher.« Seine Miene wurde wieder geheimnisvoll und verschlossen.

»Wollen Sie mir nicht auch etwas über sich erzählen … Daniel?«, versuchte sie das Gespräch in Gang zu halten, doch seine Reaktion fiel anders aus, als sie erwartet hatte.

Er stand auf und beugte sich über sie. »Ein anderes Mal, Cat. Aber ich spüre, dass Sie ohnehin bereits mehr über mein Leben wissen, als Sie wahrhaben wollen.«

Bevor Catherine etwas entgegnen konnte, hob er sie hoch. »Ich trage Sie in Ihr Zimmer, keine Widerrede.«

Willenlos schlang sie ihre Arme um seinen muskulösen Hals, und während er langsam die Treppe hinaufstieg, suchte sein Blick den ihren. Er sah ihr tief in die Augen; so tief, als würde er in ihre Seele schauen.

Sanft legte er Catherine auf das Bett und versprach noch einmal, dass Giselle keine Gefahr mehr darstellte, dann hauchte er einen Kuss auf ihre Stirn und ließ sie allein.

Wie gelähmt lag Catherine da, ihr Herz schlug so laut, dass sie es deutlich hören konnte. Und noch etwas war sehr deutlich: Sie war auf dem besten Wege, sich in Daniel Lord of Cameron zu verlieben!

Mit einem gequälten Aufstöhnen wälzte sie sich im Bett herum und murmelte: »Bitte, Allmächtiger, lass Daniel kein Vampir sein, sondern ein normaler Mann, der sich nach der Liebe einer Frau sehnte, nicht nach ihrem Blut.«

7

An festes Auftreten war nicht zu denken, als Catherine es am nächsten Morgen probeweise versuchte. So war sie dazu verdammt, bis auf Weiteres zu humpeln oder sich gar nicht zu bewegen – doch diese Vorstellung gefiel ihr überhaupt nicht.

Während der endlos erscheinenden Nacht hatte sie sich den Kopf zermartert, wer oder was Daniel in Wirklichkeit war. Sicher, alles deutete darauf hin, dass er ein waschechter Vampir war, aber noch fehlten ihr entscheidende Beweise.

Instinktiv wusste Catherine, dass sie von Giselle nichts mehr zu befürchten hatte; trotzdem war sie auf der Hut, während sie durch die Gänge hinkte. Der Gedanke, den ganzen Tag über untätig in ihrem Zimmer verbringen zu müssen, schmeckte Catherine nicht, und nach einem vorsichtigen Blick hinunter in die Halle machte sie sich auf die Suche nach dem Schlossherrn. Dabei verspürte sie eine unbekannte Sehnsucht in ihrem Herzen, die sie erschreckte; aber sie konnte nicht anders. Sie musste Daniel sehen, wollte von ihm hören, dass nichts an ihm anders war.

Sie wurde jedoch enttäuscht. Seine Räumlichkeiten wirkten so unbewohnt und kühl wie bei ihrem ersten verbotenen Besuch. Verzweifelt suchte Catherine nach Anhaltspunkten, die auf Daniels Anwesenheit hinweisen könnten, aber es schien, als wären die Räume nur dazu da, um bei allzu neugierigen Gästen den Eindruck zu erwecken, dass der Lord ein Mensch aus Fleisch und Blut war.

Auch das Zimmer der Herzogin war unbewohnt, und Catherine hoffte, dass Daniel sie inzwischen zum Teufel gejagt hatte.

Vor ihrem eigenen Gästezimmer blieb Catherine unvermittelt stehen. Wenn sich Daniel und Giselle nicht in ihren Zimmern aufhielten … Wo waren sie dann?

Bevor sie es sich anders überlegen konnte, humpelte sie die Treppe hinunter; niemand hielt sie auf. Sie verdrängte den Gedanken, dass man sie möglicherweise trotzdem beobachtete, doch daran hatte sie sich bereits gewöhnt. Sie *musste* Daniels Aufenthaltsort herausbekommen, auch wenn sie sich nicht sicher war, wo genau sie danach suchen sollte.

Nacheinander öffnete Catherine alle Türen im Erdgeschoss mit Ausnahme jener Tür, die in den Wirtschaftstrakt führte, denn es war nicht anzunehmen, dass sich Daniel tagsüber in der Küche herumtrieb oder das Silber putzte.

Unter normalen Umständen hätte Catherine die vielen Salons und den Ballsaal bewundert, Räume, die sie zum ersten Mal zu Gesicht bekam. Alles wirkte gepflegt und schien darauf vorbereitet, Gäste zu empfangen – doch vom Lord fehlte jede Spur.

Unschlüssig trat Catherine schließlich vor das Portal, wo es wie üblich nichts zu sehen gab außer vor Nässe glänzendes Hofpflaster, das geschlossene Holztor gegenüber und die Nebengebäude zu beiden Seiten.

In Catherine tobten die widersprüchlichsten Gefühle, sie wollte noch immer nicht wahrhaben, dass Daniel ein Vampir war. Nun, da ihr Herz schneller schlug, wenn sie an ihn dachte, war ihr der Gedanke, dass er ein Wiedergänger sein könnte, unerträglich.

Ihr Blick fiel auf das geschlossene Remisentor, und einer plötzlichen Eingebung folgend, beschloss sie, sich noch einmal in der Remise umzuschauen – sofern William sie nicht dabei störte.

Während sie sich langsam durch den Schlosshof bewegte, sagte sie sich immer wieder, dass sie nach Anhaltspunkten suchen musste, die darauf schließen ließen, dass Daniel sehr wohl ein Auto hatte und tagsüber damit unterwegs war. Sie klammerte sich an diesen Strohhalm und merkte gar nicht, dass ihr Fußverband bereits nach wenigen Sekunden vollkommen durchnässt war.

In der Remise sah alles so aus wie beim ersten Mal. Die alte Kutsche stand dort, wo sie wohl seit hundert Jahren stand, alte Wagenräder und Achsen lehnten an den Wänden.

In der linken hinteren Ecke entdeckte Catherine einen Durchgang, den sie bei ihrer ersten Inspektion übersehen hatte. Sie vermutete, dass sich dahinter die alten Pferdeställe befanden und vielleicht sogar Spuren von Daniels Wagen.

Vorsichtig tastete sich Catherine durch die dämmerige Remise und lugte dann neugierig um die Ecke. Ihr verletzter Fußknöchel protestierte vor Empörung über die Belastung, doch das nahm sie kaum wahr.

Sie hatte sich nicht geirrt. Zu beiden Seiten befanden sich verstaubte Pferdeboxen mit verrosteten Gittern, und am hinteren Ende der Stallgasse fiel ihr ein großer, mit einer grauen Plane bedeckter Gegenstand auf, dessen Konturen auf ein Auto hinwiesen.

Bevor Catherine näher trat, blickte sie sich nach allen Seiten um und wäre nicht überrascht gewesen, den Butler hinter sich zu entdecken. Aber niemand hielt sich hier auf, nur das Fauchen des Sturmes war gedämpft zu hören.

Catherine fluchte unterdrückt, als sie versehentlich ihren Fuß zu fest aufsetzte, und biss die Zähne zusammen. Während sie Schritt für Schritt die steinerne Stallgasse entlanghumpelte, fragte sie sich, wieso Daniel seinen Wagen im hintersten Teil der Remise versteckte.

Mit einem Ruck riss sie die Plane herunter und stieß einen erstickten Schrei aus, als sie erkannte, was sie da gerade enthüllt hatte. Das leuchtende Rot ihres eigenen Sportwagens sprang ihr entgegen, und fassungslos war sie minutenlang nicht in der Lage, sich von der Stelle zu bewegen.

Fest hielt Catherine das Ende der Plane umklammert und starrte wie in Trance auf ihr Auto, das eigentlich in einer Werkstatt zwanzig Kilometer entfernt repariert werden sollte.

Die wildesten Gedanken fuhren Catherine in diesen Minuten durch den Kopf. Hatte man ihr verheimlicht, dass der Wagen zurückgebracht worden war, oder …?

Schließlich löste sich Catherines Erstarrung, und sie hinkte zur Fahrertür. Ihre schlimmste Vermutung wurde zur Gewissheit, als sie in den unberührten Innenraum sah – das Auto hatte die Gegend um Camshron Castle niemals verlassen!

Und nun fügten sich alle Puzzleteilchen zusammen: Man hätte ihr den reparierten Wagen gar nicht bringen können, denn der einzige Autoschlüssel, den Catherine besaß, hing an dem Schlüsselbund, den sie stets bei sich trug.

Plötzlich fühlte sie Schwindel in sich aufsteigen und lehnte sich erschöpft gegen eine Pferdebox. Alles, was William gesagt hatte, war gelogen. Es gab keine Werkstatt, und vermutlich existierte noch nicht einmal das Dorf, in dem sie sich angeblich befand.

Man hielt Catherine absichtlich im Schloss fest, davon war sie nun restlos überzeugt. Wahrscheinlich funktionierte sogar der Motor wieder, aber sie wagte nicht, ihn anzulassen. Ihre Hände zitterten, als sie die Plane anhob und den Wagen abdeckte.

»Es ist an der Zeit, mir die Wahrheit sagen, Mylord«, murmelte sie. »Oder noch besser, *ich* versuche auf eigene Faust die Wahrheit herauszufinden.«

Der Zauber des gestrigen Abends war endgültig verflogen. Und wenn Daniel wirklich ein Vampir war, dann gab es nur einen Platz, an dem er sich tagsüber aufhielt.

So schnell es Catherines verstauchter Knöchel erlaubte, ging sie zum Hauptgebäude zurück; niemand hielt sie auf. Wer auch, wenn es in diesem verdammten Gemäuer außer einem vertrockneten Butler nur noch ein Vampirpärchen gab?

Bevor sie sich auf die Suche nach der Gruft machte, wechselte sie ihre nasse Kleidung und den Verband. Das Zittern ihrer Hände beachtete sie kaum, ihr Herz überschlug sich fast – doch diesmal nicht vor Glückseligkeit, sondern aus purer Angst.

Dennoch musste sie sich vergewissern, ob ihre Befürchtung berechtigt war, bevor sie sich weitere Schritte überlegen konnte. Schwer atmend setzte sich Catherine und überlegte, wie sie in das Kellergewölbe gelangen konnte. Dass es eines auf Camshron Castle gab, war gewiss, denn jedes Schloss und jedes Burg besaß einen Keller.

Die Lösung schien im Wirtschaftstrakt zu liegen. Catherine erinnerte sich vage, dass Daniel einmal beim Dinner erwähnt hatte, über einen gut sortierten Weinkeller zu verfügen. Sie vermutete, dass man durch irgendeine Tür im Wirtschaftstrakt dorthin kam, und im Geiste ging sie noch einmal alle Räume durch, die sie vor einigen Tagen erkundet hatte.

Aber da war keine Tür gewesen, die in einen Keller führte! Catherine hatte keine Wahl – wenn sie Daniels Rückzugsort finden wollte, musste sie noch einmal die Wirtschaftsräume durchsuchen.

Vorsichtig erhob sie sich nach einer Weile und machte sich auf den Weg. Sollte William ihr in die Quere kommen, würde sie ihn mit ihrem Verdacht konfrontieren und auffordern, ihr alles über den geheimnisvollen Herrn von Camshron Castle zu verraten. Wenn sie schon eine Gefangene war, wollte sie schließlich auch wissen, was ihr im schlimmsten Fall bevorstand.

Unbemerkt gelangte sie in den Wirtschaftstrakt, in dem sie alles genauso vorfand wie beim ersten Mal. Es roch nach frisch gemangelter Wäsche und Bohnerwachs, aber es waren keine Dienstboten zu sehen, die diese Arbeiten ausgeführt haben könnten.

Catherine hielt sich nicht lange mit Gedanken über dieses Phänomen auf, dem würde sie später nachgehen, falls sie gezwungen wurde, noch länger im Schloss zu bleiben.

Auch in der Küche hatte sich nichts verändert. Es sah aus, als wäre seit Catherines Entdeckung kein Gegenstand berührt oder verschoben worden.

Nervös machte sie sich auf die Suche nach einer Kellertür, konnte jedoch keine finden. Blieb nur der kleine Flur, der zum Personalraum führte, denn nach Catherines Vermutung gab es keine weiteren Gänge im Wirtschaftstrakt.

Um ein Haar hätte sie gejubelt, als sie eine schmale einfache Holztür neben der zur Küche fand – allerdings war sie verschlossen. Unschlüssig blickte sich Catherine um; wenn William den Schlüssel bei sich trug, war die ganze Mühe umsonst.

Mit einem raschen Blick in den Personalraum überzeugte sich Catherine, dass sich niemand darin befand, aber sie hatte ohnehin nichts anderes erwartet als gähnende Leere. Lautlos schob sie sich in den Raum und sah sich um; ihr Blick blieb am Telefon hängen.

Ein weiterer Versuch konnte nicht schaden, sagte sie sich, und nahm den Hörer ab. Natürlich war die Leitung tot, aber Catherine glaubte inzwischen nicht mehr an eine Störung, die durch den Sturm hervorgerufen worden war, das wollte man ihr nur weismachen.

Doch sie war nicht mehr so ahnungslos wie bei ihrer Ankunft, und eigentlich war es für ein Spukschloss ganz normal, wenn nichts funktionierte, das einem Gefangenen eventuell zur Flucht verhelfen konnte.

Mit den Augen suchte Catherine die Wände ab, und als sie nichts fand, was ihr weiterhelfen konnte, öffnete sie leise nach und nach alle Schubladen. Und in der oberen rechten Schublade des Geschirrschranks wurde sie fündig.

Ein einzelner altmodischer, riesiger Eisenschlüssel lag dort zwischen einfachen Leinenservietten, die wohl für das geisterhafte Personal gedacht waren.

Behutsam nahm Catherine den Schlüssel an sich und war erstaunt, wie schwer er war. Kalt lag er in ihrer Hand, als sie zurück in den winzigen Flur schlich; sorgsam darauf bedacht, kein Geräusch zu verursachen.

Sie stieß einen erleichterten Seufzer aus, als sie feststellte, dass der Schlüssel passte. Er ließ sich mühelos im Schloss umdrehen. Die Tür knarrte dezent, und nachdem sich Catherine davon überzeugt hatte, dass sie noch immer allein war, tastete sie nach dem Lichtschalter.

Nun konnte sie erkennen, dass eine enge, steile Steintreppe nach unten führte, und ihr war, als stiege ihr leichter Weingeruch in die Nase.

Nach kurzem Überlegen zog Catherine den Schlüssel ab, ließ die Tür sanft zufallen und schloss von innen ab. Man konnte schließlich nie wissen, wann und wo das Faktotum William auftauchte, und Catherine wollte sich nur ungern bei ihrer verbotenen Herumschnüffelei erwischen lassen.

Wie erwartet, führte die Treppe direkt in den Weinkeller. Dicht an dicht standen Regale, gefüllt mit liegenden Flaschen, die mit einer dicken Staubschicht bedeckt waren. Am hinteren Ende konnte Catherine trotz der mageren Beleuchtung eine weitere Tür entdecken – sie war breit und mit einem Rundbogen versehen.

Vor Aufregung bildeten sich trotz der feuchten Kälte winzige Schweißperlen auf Catherines Stirn. Sie spürte, dass sie auf dem richtigen Weg war und bald finden würde, wonach sie suchte.

Diese Türe ließ sich bereitwillig öffnen und führte tatsächlich in eine Art Gruft. Hier gab es keinen Lichtschalter, aber Catherine erkannte dennoch ein Podest in der Mitte und presste beide Hände auf den Mund, um nicht aufzuschreien.

Auf dem Podest waren zwei Särge aufgebahrt – prächtige Särge, mit schwarz glänzendem Schleiflack veredelt. Die Seiten waren mit altertümlichen goldenen Postamenten garniert, auf beiden Sargdeckeln waren Wappen angebracht. Noch bevor Catherine das Podest erreicht hatte, wusste sie bereits, dass es sich um das Wappen der Camerons handelte.

Minutenlang stand Catherine da, spürte weder das Pochen in ihrem Fußgelenk noch die kalte, schwere ungesunde Luft um sich herum.

Zögernd näherte sich ihre Hand dem größeren der Särge, doch sie traute sich nicht, den Deckel zu öffnen. Was würde sie erwarten? Eine jahrhundertealte Mumie, die vielleicht Daniels Urgroßmutter gewesen sein mochte, oder ihn selbst?

Mehrmals atmete Catherine tief durch, dann zählte sie bis drei und schob den wuchtigen Deckel vorsichtig zur Seite. Er ließ sich mühelos öffnen, und in diesem Moment zerplatzten Catherines Hoffnungen wie eine Seifenblase.

Das Sarginnere war mit rotem Samt ausgeschlagen, auch das Kissen, auf dem Daniels Kopf ruhte, war rot. Sein bleiches Gesicht war entspannt, und seine Augen waren fest verschlossen, seine Brust hob und senkte sich nicht wie bei einem gewöhnlichen Schlafenden.

Catherine blinzelte die Tränen fort, die brennend heiß in ihre Augen schossen. Sie hatte doch so sehr gehofft, dass sie sich täuschte, dass es vielleicht sogar eine ernste Beziehung mit dem Lord of Cameron geben könnte.

»Oh Daniel, warum?« Ihre erstickte Stimme klang blechern in der gewölbten Gruft. »Warum kannst du nicht ein ganz normaler Mann sein?«

Die Erkenntnis, dass sich Daniels Interesse wirklich nur auf Catherines Blut beschränkte, war bitter und zugleich enttäuschend. Vorsichtig schob Catherine den Deckel wieder an seinen Platz; sie verzichtete darauf, in den anderen Sarg zu sehen, denn dort ruhte natürlich Giselle Duchess of Kellog.

Blind vor Tränen stolperte Catherine zurück, hinkte die Treppe hinauf und schloss die Tür hinter sich ab. Obwohl sie verwirrt über Daniels Anblick war, gab sie sich Mühe, den Schlüssel genau dorthin zu legen, wo sie ihn gefunden hatte.

Auf dem Rückweg zu ihrem Zimmer bemühte sie sich nicht, sich besonders leise zu verhalten. Noch immer kämpfte sie mit den Tränen, und die zarten Gefühle, die sie für Daniel entwickelt hatte, erloschen wie eine Kerze im Wind.

Um zu entkommen, gab es nur eine Möglichkeit: Die Flucht von Camshron Castle, diesem furchtbaren Schloss, in dem sie und der Butler wahrscheinlich die einzigen menschlichen Seelen waren.

Das Köfferchen war rasch gepackt, nur der verstauchte Knöchel wollte nicht in den Stiefel passen. Es verstrichen wertvolle Minuten, bis Catherine den Fuß unter Schmerzen in ihren Stiefel gestopft hatte. Sie unterdrückte einen Schrei, als sie auftrat.

Panisch schnappte sie ihre Siebensachen und humpelte aus dem Gästezimmer, ohne einen Blick zurückzuwerfen. Nun, da sie endgültige Gewissheit über den wahren Lord of Cameron hatte, konnte sie es kaum erwarten, seinem Schloss zu entkommen – auch wenn sie noch nicht wusste, wohin sie gehen sollte.

Bevor sie zu Fuß das Anwesen verließ, wollte Catherine versuchen, ihren versteckten Wagen anzulassen, auch wenn sie noch nicht wusste, wie sie das Auto aus dem engen Stall dirigieren sollte, falls es ansprang.

Als sie das Portal öffnete, sah sie, dass sich der Regen weiter verstärkt und der Wind aufgefrischt hatte. Flüchtig sah sie sich bereits mit ihrem Gepäck am Straßenrand entlanghinken, völlig durchnässt und vergeblich auf ein vorüberfahrendes Fahrzeug hoffend.

Keine schöne Aussichten, aber besser, als tatenlos zu warten, bis sie getötet wurde. Während sie zur Remise hinüberging, vermied sie es, zum Wirtschaftstrakt zu sehen; möglich, dass William hinter einem der Fenster lauerte und versuchen würde, sie am Gehen zu hindern.

Catherine schob das Remisentor auf und flüchtete ins Trockene, dabei sagte sie sich, dass es Wahnsinn sei, zu Fuß zu gehen.

Und wenn der Sportwagen ansprang, würde das einen Höllenlärm veranstalten, der sogar Tote – und Vampire – aufwecken würde. Bei dem Gedanken musste Catherine gequält grinsen.

Ihre Augen wurden groß, als sie feststellen musste, dass der Wagen fort war. Sie blinzelte ungläubig und vergewisserte sich, dass es keinen weiteren Pferdestall gab. Resigniert setzte sie ihr Gepäck ab und betrachtete die nun leere Stallgasse, als könne sie ihr Pech kaum glauben.

»Schleich dich nicht einfach fort von mir …«

Catherine schnellte herum. Dicht vor ihr stand Daniel und machte ein bekümmertes Gesicht. Er war so nahe, dass Catherine seinen Atem spüren konnte, aber sie fühlte sich außerstande, einen Ton von sich zu geben.

»Nun weißt du, wer und was ich bin«, fuhr er mit seiner samtenen Stimme fort. »Du hast es bereits geahnt, aber die Gewissheit lässt dich vor mir fliehen.« Er hob seine schlanken Hände. »Und dabei hast du nichts vor mir zu befürchten. Wenn ich es gewollt hätte, wärest du längst mein Opfer geworden.«

Sie war versucht, einen Schritt zurückzuweichen, doch das Flehen in seinen Augen lähmte sie.

»Du glaubst, ich hätte nicht bemerkt, wie du durch die Gänge geschlichen bist, um meinem Geheimnis auf die Spur zu kommen.« Er lächelte, dabei ließ er sein makelloses Gebiss sehen, das keinen Hinweis auf Fangzähne gab. »Du glaubst, dass ich mich tagsüber unten in der Gruft zur Ruhe lege und mich durch nichts stören lasse. Du irrst, kleine Cat. Ich beobachte dich seit dem Tag deiner Ankunft.«

Catherine bewegte sich und stieß dabei einen Schmerzenslaut aus.

Tadelnd schüttelte er den Kopf. »Du solltest deinen Fuß nicht zu sehr belasten. Komm, ich trage dich zurück.«

Er machte Anstalten, Catherine hochzuheben, doch da erwachte sie aus ihrer Starre. »Nein, ich will nicht zurück in dein düsteres Schloss. Ich will nach Hause, und es ist mir egal, wie!«

»Zu Fuß würdest du nicht weit kommen«, kam es gleichgültig zurück. »Ich werde dich natürlich nicht daran hindern zu gehen, denn du bist nicht meine Gefangene, aber ich wünschte mir, du würdest bleiben.«

Die letzten Worte klangen traurig, und Catherine spürte, wie ihre Abwehr schmolz.

»Wo ist mein Wagen geblieben?«, fragte sie mit unglücklicher Miene. »Was hast du mit meinem Auto gemacht?«

Er trat noch einen Schritt näher. »Willst du nicht erst einmal meine Geschichte hören? Wenn du dann immer noch gehen willst, sorge ich dafür, dass dein Auto auf dem Schlosshof steht.«

»Aber der Motor hat versagt.«

»Hat er nicht.« Daniel lächelte dünn, und als er ihr nochmals anbot, zurück ins Haus zu kommen, gab sie ihren Widerstand auf. Er nahm sie auf den Arm und trug sie mühelos, als sei sie eine Feder, über den Schlosshof.

Butler William durchquerte die Halle, als sie eintraten, doch er schien nicht im Mindesten überrascht zu sein, seinen Herrn mit der Engländerin auf den Armen zu sehen.

»Ich bringe dich in die Bibliothek, das ist mein Lieblingsplatz«, erklärte Daniel im Plauderton. »Dorthin ziehe ich mich auch zurück, wenn ich über meine Vergangenheit nachdenken will.«

Dienstbeflissen eilte der Butler voraus, um die Tür aufzuhalten. Als habe der Lord die Bibliothek erst vor wenigen Minuten verlassen, knisterte ein Feuer im Kamin, und auf dem Tischchen lag ein aufgeschlagenes Buch – und dabei hatte Catherine ihn vor weniger als einer Stunde mit eigenen Augen schlafend im Sarg gesehen!

»Wundere dich über nichts mehr, bevor ich dir alles erklärt habe«, sagte Daniel, nachdem er Catherines Blicken gefolgt war. »William wird dir eine heiße Schokolade bringen, damit du wieder Farbe ins Gesicht bekommst.«

Er ließ Catherine sanft in denselben Sessel gleiten, in dem sie bereits am Vorabend gesessen hatte. Sie musterte Daniel und musste sich eingestehen, dass sie ihn bei Tageslicht längst nicht so einschüchternd fand – das mochte eventuell daran liegen, dass der Lord of Cameron keinen maßgeschneiderten Abendanzug, sondern ganz gewöhnliche Jeans und ein Oberhemd mit aufgerollten Ärmeln trug. Darin sah er nicht mehr so steif-aristokratisch aus, sondern sogar recht … menschlich.

Gelassen setzte sich Daniel in den zweiten Sessel, dabei blieb sein Blick auf Catherine ruhen, die nicht so recht wusste, ob sie wachte oder träumte.

»Es ist nicht leicht für mich, mit einem Menschen über all dies hier zu reden«, begann er leise. »Du bist eine Ausnahme, denn das Schicksal hat dich in meine Arme gespielt, und der Zufall hat sein Übriges dazu getan.«

»Welcher Zufall?«, stammelte Catherine und nahm dankbar die heiße Schokolade entgegen, die der Butler ihr mit einer leichten Verbeugung reichte.

Daniel wies mit einer Kopfbewegung zu einem der Fenster. »Das Unwetter, es kam meinem Plan sehr entgegen.«

Catherine verbrühte sich die Lippen an der Schokolade. »Du hast mich hierhergelockt? Wie hast du das angestellt?«

Lachend warf er den Kopf in den Nacken. »Oh süße unschuldige Cat, du überschätzt meine Kompetenz. Nein, du selbst hast den Weg nach Camshron Castle gefunden, um deine Fotos zu machen. Ich sah dich bereits, als du deinen roten Flitzer an der Straße parktest, schon da hattest du mein Interesse erweckt. Als du dann auf dem Hof eifrig deine Aufnahmen machtest, war es um mich geschehen.«

Catherines Augen weiteten sich vor Schreck, und sie kroch tiefer in die Polster, was Daniel ein weiteres Lachen entlockte.

»Ich erwähnte bereits, dass du nichts zu befürchten hast.«

Sie fragte sich, ob man den Versicherungen eines Vampirs glauben durfte, und als könne er Gedanken lesen, fügte Daniel hinzu: »Vertraue mir. Ich wäre nie so dumm, dein Blut zu trinken und dich damit zu töten.«

Diese Erklärung leuchtete Catherine zwar ein, aber richtig überzeugt war sie noch immer nicht.

»Lass mich fortfahren«, unterbrach Daniel ihren Gedankengang. »Ich bin nicht nur das blutrünstige Monster, für das du mich hältst, und ich war sehr betrübt, als du dich auf den Rückweg machtest. Ich suchte fieberhaft nach einer Möglichkeit, dich hier zu behalten, und schließlich sah ich ein, dass der einzige Weg dazu dein Wagen war.«

Sie richtete sich überrascht auf. »Dann hast *du* dafür gesorgt, dass der Motor versagte.«

»Nur ein kleiner Trick, den jeder Dorfjunge kennt«, gab er achselzuckend zurück. »Mach dir keine Sorgen, dein hübsches Autochen ist unbeschädigt.«

Damit hatte Catherine nicht gerechnet, und sie gab sich keine Mühe, ihre Verwunderung zu verbergen.

Daniel schmunzelte. »Sieh mich nicht so ungläubig an. Ja, ich weiß, ich bin ein ganz böser Bube, aber ich war so gefesselt von dir, dass ich dich nicht einfach gehen lassen konnte.« Er fuhr sich durch das lange dichte Haar, und Catherine ertappte sich bei dem Gedanken, sich vorzustellen, wie seine schönen Hände durch ihre Haare fuhren.

»Dann hältst du mich also doch gefangen, weil du nach meinem Blut lechzt?«

»Nicht doch.« Er machte eine wegwerfende Handbewegung.

»Ich wollte dich einfach in meiner Nähe haben, weil ich spürte, dass du etwas Besonderes bist … etwas ganz Besonderes.«

Mit jedem Wort, das der Lord sprach, nahm Catherines Verwirrung zu, doch sie wagte nicht zu fragen, was an ihr so besonders sein sollte.

»Ich wusste an diesem Tag natürlich, dass ein heftiges Gewitter aufzog – dass der Regen über Tage hinweg andauern würde, konnte ich allerdings nicht ahnen. Aber dadurch hatte ich dich länger in meiner Nähe, als ich erhoffte.«

Sie senkte nervös den Blick, als Daniel sie beinahe liebevoll musterte, und nestelte verlegen an ihrem verletzten Fuß, den sie inzwischen von dem engen Stiefel befreit hatte. »Und wieso liegst du nicht in der Gruft und schläfst? Es ist erst früher Vormittag.«

»Ich brauche keinen Schlaf«, entgegnete er und grinste sie offen an. »Du hast die Särge gefunden, sie werden allerdings nicht benutzt. Als ich merkte, dass du dabei bist, mein Geheimnis aufzudecken, legte ich mich in den Sarg, denn ich *wollte,* dass du selbst herausfindest, was ich bin.«

Sie kaute nachdenklich auf ihrer Unterlippe. Daniel hatte sie zum Narren gehalten, doch sie konnte ihm deshalb nicht richtig böse sein. Sie hatte ja ohnehin bereits geahnt, dass er kein Mensch war.

»Was ist mit der Herzogin? Ist sie auch ein …?«

»Allerdings. Wir lernten uns 1745 kennen.«

»1745?«, echote sie zweifelnd. »Dann bist du schon so lange ein Vampir?«

Daniels Blick verklärte sich, als er bedächtig nickte. »Und ich werde ein Vampir bleiben, bis ans Ende aller Tage. Aber es dürfte dich inzwischen nicht mehr schockieren, dass ich unsterblich bin.«

»Genau wie Giselle«, hauchte Catherine, und über ihren Rücken kroch ein eisiger Schauer, als sie sich daran erinnerte, wem sie ihren verstauchten Fußknöchel zu verdanken hatte. »Sie ist nicht wie du, sie ist böse.«

Sein Seufzen war tief und schwer. »Sie ist eifersüchtig auf dich, das ist alles.«

»Das ist alles?« Empört reckte sich Catherine. »Sie hat dreimal versucht, mich umzubringen – und um ein Haar wäre es ihr gelungen!«

»Ich habe mit ihr geredet und ihr geschworen, sie zu vernichten, wenn sie noch einmal versucht, dir zu nahe zu kommen.« Er lächelte schief. »Das hat ihre Eifersucht zwar angestachelt, aber sie hat eingesehen, dass ich es vollkommen ernst meine.«

Catherine schluckte; es behagte ihr nicht, diese durch und durch böse Vampirin in ihrer Nähe zu wissen. »Wo ist sie jetzt? Schläft sie in dem anderen Sarg?«

»Nein, sie wandelt unruhig im Schloss herum, denn auch sie braucht keinen Schlaf. Sei unbesorgt, du stehst unter meinem persönlichen Schutz, dir wird nichts mehr geschehen.«

Catherine lagen noch so viele Fragen auf der Zunge, dass sie gar nicht wusste, welche sie zuerst stellen sollte. Geduldig wartete Daniel, denn dies war die Stunde der Wahrheit, und er wollte alle Ungereimtheiten, die seinem schönen Gast durch den Kopf gingen, an diesem Tag aus der Welt schaffen – nur so würde Catherine lernen, ihm zu vertrauen.

»Was ist mit dem Butler? Und wo steckt das übrige Personal?«

»William ist mein treuer Diener, aber er ist kein Wiedergänger, wie du vielleicht vermutest. Man könnte ihn als eine Art Magier bezeichnen, denn er sorgt dafür, dass Camshron Castle auf Außenstehende wie ein ganz normales Schloss wirkt.«

»Und die Köchin und die anderen Dienstboten?« Sie ahnte bereits die Antwort.

»Es gibt keine gewöhnlichen Dienstboten im Schloss.« Daniel lehnte sich zurück, schlug die Beine übereinander und faltete die Hände unter seiner Brust. »Sterbliche sehen nur das, wozu sie fähig sind, kleine Cat. Was möchtest du noch wissen, was geht in deinem hübschen Köpfchen vor?«

Oh, da gab es noch einiges, das sie wissen wollte. Sie trank den Rest der Schokolade und war nicht überrascht, den Butler plötzlich neben sich stehen zu sehen. William setzte wortlos das benutzte Geschirr auf das mitgebrachte Silbertablett und stellte eine neue Tasse heiße Schokolade neben Catherine.

»Er kann Gedanken lesen?«, fragte sie unsicher, nachdem William sich entfernt hatte.

»Nur jene, in denen es um deine persönlichen Wünsche und dein Wohlbefinden geht. Du kannst unbesorgt sein, er ist nicht fähig, deine geheimen Gedanken zu ergründen.«

»Dann war es kein Zufall, dass ich bei meinen Erkundungen nicht gestört wurde?«

Sein weiches Lachen ließ Catherines Haut prickeln, und sie spürte, dass sie Daniel verfallen würde, wenn sie nicht aufpasste.

»Natürlich nicht. Nichts wurde dem Zufall überlassen – außer dem Unwetter da draußen. Deine Neugierde war geweckt, und ich wollte, dass du schonend auf das vorbereitest wirst, was auf Camshron Castle vor sich geht.«

Sie lachte ebenfalls, hart und trocken. »Ich hätte mir die Mühe sparen können, wenn du mir am Anfang reinen Wein eingeschenkt hättest.«

»Aber das wollte ich nicht, Cat! Du selbst musstest es herausfinden. Mich schmerzte es, dass du danach fluchtartig das Schloss verlassen wolltest, aber ich verstehe dich. Ja, das tue ich, denn du begegnest sicher nicht jeden Tag einem Vampir.«

»Bisher ist mir noch nie einer über den Weg gelaufen«, versicherte sie mit spöttischem Unterton. »Es wäre mir bestimmt aufgefallen.«

Doch er winkte ab. »Du irrst schon wieder. Die Welt ist voller Vampire, und nicht alle besitzen so ein auffälliges Äußeres wie

Giselle und ich. Deshalb meiden wir öffentliche Gesellschaften, und ich bin sehr froh, dass sich mein Schloss fernab der Zivilisation befindet. Nur selten verirrt sich ein menschliches Wesen hierher.«

»So wie ich.«

»Ja, so wie du«, pflichtete er ihr bei und zwinkerte ihr schmunzelnd zu. »Es war ein Segen für mich, dass du ausgerechnet Camshron Castle für dein Buch ablichten wolltest.«

Bis zu diesem Moment hätte sich Catherine ohrfeigen können, weil sie so weit in die Highlands hinausgefahren war, um dieses einmalige Schloss in Bildern festzuhalten. Doch nun verspürte sie eine innere Ruhe – auch wenn sie nicht wusste, ob sie jemals wieder Daniels Anwesen verlassen konnte.

»Haben die Leute aus diesem Dorf in der Nähe sich nie Gedanken über dich gemacht?«, fragte sie schließlich mit gerunzelter Stirn. »Ich meine, es muss doch längst aufgefallen sein, wie gepflegt Camshron Castle ist, obwohl man nie eine Menschenseele sieht.«

Seine Antwort war überraschend. »Es gibt kein Dorf in der Nähe.«

»Aber ja!«, widersprach Catherine aufgebracht. »Auf der Fahrt hierher sah ich eine Ansammlung von Häusern zwischen den Hügeln.«

Bedauernd schüttelte Daniel den Kopf. »Was du gesehen hast, waren längst verlassene Steinkaten. Die Menschen, die einst dort gelebt haben, wurden vor langer Zeit von den Engländern vertrieben. Du hast nur einen verlassenen Ort gesehen.

Die nächste Ansiedlung liegt über hundert Kilometer von Camshron Castle entfernt.«

Nun glaubte sich Catherine zu erinnern, dass ihr auf der Fahrt kurz hinter Inverness ein kleines Dorf aufgefallen war, danach nur noch vereinzelte Häuschen in der Ferne, die vermutlich ebenfalls unbewohnt waren.

»Aber da gibt es jenes Dorf in entgegengesetzter Richtung«, begehrte Catherine auf. »Der Butler erwähnte einen seltsamen Namen, dort soll sich eine Autowerkstatt befinden und ...« Irritiert sah sie, wie Daniel wieder lachte.

»Das war gelogen, jenseits des Schlosses gibt es nichts als Hügel und Berge. William musste sich rasch einen Namen für das imaginäre Dorf ausdenken und nannte es daher Leàbag – Scholle. Etwas Besseres fiel ihm auf die Schnelle nicht ein. Du erinnerst dich, an diesem Abend gab es zum Dinner Scholle.«

Da hatte sie geglaubt, nichts könnte sie mehr schockieren, aber nun wurde sie von Daniel eines Besseren belehrt. Dieser William konnte lügen, ohne rot zu werden, und die ahnungslose Catherine war ihm auf den Leim gegangen. Wäre sie tatsächlich zu Fuß losmarschiert, hätte sie also über hundert Kilometer auf der Straße nach Inverness zurücklegen müssen, um auf Menschen zu treffen – und das bei strömendem Regen, mit einem lädierten Fuß und zwei Gepäckstücken! Sie brauchte nicht viel Fantasie, um sich auszumalen, dass sie dieses zweifelhafte Abenteuer kaum überstanden hätte.

In Gedanken versunken, saß Catherine da, während Daniel geduldig wartete, bis sie sich wieder gefasst hatte.

»William kann also Gedanken lesen«, nahm sie den Faden wieder auf. »Dann frage ich mich, wieso er die Herzogin nicht daran gehindert hat, mich aus dem Wege zu schaffen.« Ihre Stimme klang verbittert.

»Er kann menschliche Gedanken lesen«, korrigierte Daniel sie. »Aber nicht die von Vampiren. Du bist also völlig grundlos auf den alten Mann böse, er konnte genauso wenig ahnen wie ich, was Giselle vorhatte. Wir Vampire können nämlich nur die Gedanken des anderen lesen, wenn der es zulässt.«

Catherine trank einen Schluck der inzwischen nur noch lauwarmen Schokolade. »Ist sie deine Geliebte?«

»Sie war es, aber das ist lange vorbei, auch wenn sie und ich noch immer Gefährten sind. Wir Geschöpfe der Finsternis müssen zusammenhalten, weißt du.«

»Dann ist sie also dein … Geschöpf?«

Zu ihrem Erstaunen verneinte er. »Ich bin *ihr* Geschöpf. Giselle nahm mich nach meiner Wiederauferstehung unter ihre Fittiche und führte mich in die Welt der Vampire ein. Sie selbst wurde bereits 1618 zur Wiedergängerin.«

Tief beeindruckt musste Catherine zugeben, dass Giselle nicht wie eine Frau von fast vierhundert Jahren wirkte, weder was ihre unterkühlte Art anging, noch in Bezug auf ihren Geschmack, was Kleidung betraf.

»Möchtest du mir erzählen, wie du zum Vampir geworden bist?« Catherine zog ein Bein an und legte ihren Kopf entspannt auf das Knie. »Hat dich Giselle gebissen?«

»Ich werde dir alles von mir erzählen, Cat.« Seine unergründlichen Augen tasteten ihr Gesicht ab. »Es ist mir sogar sehr wichtig, dass du weißt, wieso ich so bin, wie ich bin. Möchtest du etwas Wein?« Er hob die Kristallkaraffe. »Er ist aus meinem eigenen Keller … Aber den hast du ja bereits besichtigt.« In seiner Stimme lag leiser Spott, und Catherine war klar, dass er sie auf diese Weise wissen lassen wollte, dass er über jeden ihrer Schritte informiert war.

Wortlos hielt sie ihm das Glas entgegen, das der Butler mit der heißen Schokolade gebracht hatte. Beide nippten an ihren Gläsern, und bevor Catherine eine weitere Frage stellen konnte, redete Daniel weiter.

»Ich wurde 1715 hier auf Camshron Castle geboren.« Sein Blick verklärte sich wieder. »Mein Vater war ein kluger Mann, er freundete sich mit dem damaligen englischen König George I. an, ohne jedoch seinen Treueid zu brechen, den er dem schottischen König James geleistet hatte. James lebte im Exil. Mein Vater war ein heimlicher Jakobit, ein Anhänger des Hauses Stuart, jedoch wussten die Engländer und ihr König nichts davon.

Glücklicherweise, denn sonst wäre Camshron Castle heute nur noch ein kläglicher Trümmerhaufen.«

Gebannt hing sie an seinen Lippen. Es war unglaublich, aus dem Mund dieses modernen jungen Mannes uralte Geschichten zu erfahren, die jedoch klangen, als hätten sie erst vor ein paar Tagen stattgefunden.

»Mein Vater ließ mich als Krieger ausbilden, als ich sechzehn war, denn es wurde gemunkelt, dass ein Aufstand geplant war.«

»Gegen wen?«

Er lächelte mild. »Gegen den englischen König, mein Kätzchen. Wir wollten unseren eigenen König zurückhaben und nicht von einem Mann regiert werden, der einer anderen Glaubensgemeinschaft angehörte und die Hochlandschotten als Wilde bezeichnete und deren Traditionen missachtete.«

»Oh ja, ich erinnere mich, dass mein Geschichtslehrer uns in der Schule davon erzählt hat«, warf Catherine schnell ein. Daniel sollte sie nicht für dumm und ungebildet halten.

»Tatsächlich kam es 1745 zum Aufstand, ich war bereits dreißig Jahre alt und ein guter Krieger. Offiziell hielt sich meine Familie aus der Sache heraus, und mein Vater weigerte sich sogar, König James' Sohn Charles Edward zu empfangen, als dieser alle Lords und Grundbesitzer aufsuchte, um sie zu überreden, an diesem Aufstand teilzunehmen. Ich erwähnte bereits, dass mein Vater klug war, denn er wollte seine Familie schützen.«

»Und du bist mit in die Schlacht gezogen?«

Nachdenklich betrachtete er seine Hände. »Ja, denn sonst säße ich jetzt nicht hier, und meine sterblichen Überreste wären längst zu Staub zerfallen.«

Obwohl Daniel es nicht ausgesprochen hatte, ahnte Catherine, dass er auf dem Schlachtfeld zum Wiedergänger geworden war.

»Die Krieger meines Vaters trugen einfache Plaids mit verschiedenen Tartans, damit uns die Engländer nicht erkennen konnten.« Daniels Blick flackerte, als befände er sich in Gedanken mitten in diesem schrecklichen Geschehen. »Meine Eltern und die beiden Schwestern waren nach Edinburgh gereist, somit hatten sie ein Alibi.«

Bewegungslos kauerte Catherine in ihrem Sessel. Sie sah den Schmerz in Daniels Augen und wünschte sich, ihn trösten zu können.

»Die entscheidende Schlacht auf dem Culloden Moor dauerte ungefähr eine Stunde, dann waren die Schotten von den zahlenmäßig überlegenen Engländern geschlagen. Mich traf das Bajonett eines deutschen Söldners, daran erinnere ich mich sehr genau. Die Narbe kann man noch heute sehen.« Er knöpfte ohne Scham sein Hemd auf, zeigte Catherine seinen muskulösen unbehaarten Oberkörper und wies auf eine kleine, längliche rosafarbene Narbe direkt unter dem Herzen.

Erschüttert wendete sich Catherine ab und drehte sich erst wieder um, als sie sicher sein konnte, dass Daniel sein Hemd geschlossen hatte.

»Aber wie kommt es, dass du zum Vampir wurdest, obwohl du auf dem Schlachtfeld gefallen bist?«

Daniel nahm eine bequeme Haltung ein und füllte die Weingläser erneut. »Man nahm an, dass ich tot war, doch das stellte sich als Irrtum heraus. Nach der Schlacht sammelten die Überlebenden ihre gefallenen Krieger ein und vergruben sie in Windeseile im Wald, bevor sie selbst flüchteten, denn sie wollten nicht von den Engländern gefangen genommen werden. Denen, die sich nicht rechtzeitig in Sicherheit bringen konnten, drohte jahrelanger Kerker oder der Galgen.«

Die Kaminuhr schlug dezent zwölfmal, doch Catherine verspürte keinen Hunger. Und ob sie nach dieser Beichte überhaupt Appetit auf einen Lunch haben würde, bezweifelte sie ohnehin.

»Als ich erwachte, herrschte Totenstille und völlige Dunkelheit umgab mich«, fuhr Daniel leise fort. »Mein Körper schmerzte, und das Atmen fiel mir schwer. Es dauerte mehrere Minuten, bis ich begriff, dass sich über mir eine dicke Erdschicht befand. Ich versuchte, genug Kraft zu sammeln, um mich zu befreien, doch es gelang mir nicht.« Er hielt kurz inne. »Aber dann spürte ich, dass jemand nach mir grub, und allmählich wurde es heller, und ich bekam wieder Luft.«

Mittlerweile fühlte Catherine jeden Muskel ihres Körpers, da sie sich nicht entspannen konnte. Behutsam bat sie Daniel weiterzusprechen – sie würde die Bibliothek nicht verlassen, bevor sie nicht die ganze Geschichte kannte.

»Ein Gesicht erschien vor meinen Augen – ein wunderschönes Gesicht mit smaragdgrünen Augen und goldenem Haar.«

»Giselle …«

»Ja. Zuerst nahm ich an, ich befände mich im Jenseits und sie sei ein Engel, doch dann strich sie mir über das Gesicht, und ich wusste, dass sie ein irdisches Wesen war … zumindest dachte ich, dass sie eines war.«

Anscheinend erinnerte sich Daniel nicht gern an diesen Tag, denn sein Gesicht verzog sich schmerzlich. »Ich konnte mich kaum bewegen, glaubte, mein Körper würde brennen und gleichzeitig in tausend Stücke zerspringen wollen. Ich begriff nicht, was Giselle mir tröstend zuflüsterte – ich wollte nur noch sterben, um dieser Pein ein Ende zu setzen.« Er fixierte Catherine mit einem flüchtigen Blick. »Niemand kann sich die Höllenschmerzen vorstellen, die man erdulden muss, um sich von einem Menschen in einen Wiedergänger zu verwandeln.«

Unvermittelt erhob sich Daniel, es war ihm anzusehen, wie schwer es ihm fiel, über seine Vergangenheit zu reden. Er reichte Catherine die Hand, um ihr beim Aufstehen zu helfen.

»Für den Augenblick weißt du genug über mich«, sagte er, als er ihre enttäuschte Miene sah. »Nach dem Dinner werde ich gerne mehr erzählen, aber nun bin ich erschöpft, und ich denke, du musste das Gehörte erst einmal verarbeiten.«

Nur ungern trennte sie sich von Daniel, und die Berührung seiner Hand verursachte ihr weiche Knie; diesmal allerdings nicht vor Angst. Auch wenn sie gegen das leidenschaftliche Gefühl anzukämpfen versuchte, wusste sie doch, dass sie verloren war, wenn sie Camshron Castle nicht schleunigst verließ.

Das jedenfalls sagte Catherines Gewissen, aber im selben Moment ahnte sie, dass sie gar nicht anders konnte, als zu bleiben. Daniel hatte versprochen, sie gehen zu lassen, wann immer sie wollte, aber im Augenblick wollte sie nicht!

»Was wirst du jetzt tun, Daniel?«

Er begleitete sie zur Tür. »Ich möchte für eine Weile alleine sein; mir ist oft danach. Wenn ich hier vor dem Kamin sitze und mein Innerstes zu erforschen versuche, fühle ich mich danach etwas erleichtert.«

»Und wenn Giselle dich stört?«

»Das tut sie nicht, denn sie ist aus demselben Holz wie ich geschnitzt. Wir Vampire brauchen unseren Rückzugsort, dabei spielt Zeit keine Rolle.« Er grinste melancholisch. »Zeit spielt für uns nie eine Rolle, weil wir ewig leben.«

Zögernd setzte Catherine einen Fuß auf die Schwelle und lugte vorsichtig in die Halle. Dabei flüsterte sie: »Ich traue Giselle nicht über den Weg. Der nächste Mordanschlag würde ihr wahrscheinlich gelingen.«

Sie zuckte zusammen, als sie hinter sich Daniels Hände auf ihren Schultern spürte. »Das wird sie nicht wagen, Cat. Sie weiß, was passiert, wenn sie dir ein Härchen krümmt.«

Sein warmer Atem streifte ihren Hals, sodass sie sich beherrschen musste, um ihm nicht ihre Lippen anzubieten. Aber das war natürlich völlig ausgeschlossen, denn dies könnte ein Zeichen für ihn sein, dass sie ihm gehörte.

Butler William trat wie zufällig in die Halle und bat Catherine in das kleine Esszimmer, wo der Lunch bereitstand.

Zaghaft nahm sie eines der liebevoll verzierten Sandwiches in die Hand und betrachtete es skeptisch. Daniel hatte gesagt, sie würde nur das sehen, was er wollte. Vielleicht war dies gar kein Sandwich, sondern in Wahrheit eine tote Maus oder etwas noch Ekligeres.

Catherine legte es auf den Teller zurück und sah es minutenlang an, doch schließlich siegte der Hunger, und sie begann zu essen. Sie wollte sich jetzt keine Gedanken darüber machen, was sie möglicherweise gerade zu sich nahm, denn das würde ihr rasch den Appetit verderben.

8

Den Nachmittag verbrachte Catherine in ihrem Zimmer. Lang ausgestreckt lag sie auf dem Bett und versuchte, sich an jedes Wort zu erinnern, das Daniel in der Bibliothek gesprochen hatte.

Noch immer konnte sie sich kaum vorstellen, dass er tatsächlich ein Vampir war. Trotz seiner überirdischen Schönheit wirkte er sehr weltlich, wobei Catherine nie zuvor einen Vampir gesehen hatte und somit keine Vergleiche ziehen konnte.

Aber Daniel hatte ihr versichert, dass es auf der ganzen Welt von Wiedergängern wimmelte, sodass Catherine annahm, sie lebten unauffällig unter Menschen oder zurückgezogen wie der Lord of Cameron. Demnach war alles, was die Literatur über Vampire berichtete, ein Märchen.

Catherine war sich nicht sicher, ob Giselle ihre Mordpläne wirklich aufgegeben hatte, und nahm sich vor, weiterhin auf der Hut vor der Herzogin zu sein. Und sie hoffte, ihr beim Dinner nicht unter die Augen treten zu müssen.

Ihr Stoßgebet wurde erhört. Als sie abends in den Speisesaal kam, war nur für zwei Personen gedeckt, und William führte sie zu dem Platz am Ende der Tafel, an dem sie auch vor Giselles Ankunft gesessen hatte.

Diesmal war Daniels Lächeln nicht distanziert und höflich, sondern aufrichtig und offen.

»Hoffentlich hat dir meine Beichte nicht den Appetit genommen«, sagte er, während er Catherine musterte. »Habe ich dir eigentlich schon gesagt, dass dir dieses schwarze Kleid gut steht?«

Errötend verneinte Catherine und setzte sich. Daniel bemerkte ihren suchenden Blick und versicherte ihr, dass die Duchess of Kellog nicht mehr an den gemeinsamen Mahlzeiten teilnehmen würde.

»Weil ich weiß, wie unangenehm dir ihre Gesellschaft ist«, fügte er augenzwinkernd hinzu. Auf sein Nicken servierte der Butler schweigend, wobei er sich nicht anmerken ließ, ob er darüber Bescheid wusste, was sein Herr der Besucherin verraten hatte.

Als Vorspeise gab es Krabbencocktail. Normalerweise ließ Catherine dafür alles stehen, aber bevor sie einen Bissen davon nahm, wollte sie Genaueres über die Herkunft der Vorspeise wissen.

»Die Krabben sind frisch gefangen, und das Dressing wurde erst vor wenigen Minuten zubereitet«, erwiderte Daniel, der nun wieder einen seiner eleganten Abendanzüge trug und somit nicht mehr viel Ähnlichkeit mit dem Naturburschen in der Bibliothek hatte. »Hab keine Angst, ich will dich nicht vergiften.«

»Wieso nicht?«, platzte es aus ihr heraus. »Ist vergiftetes Blut für einen Vampir ungenießbar?«

Einen Augenblick lang schien der Lord verblüfft zu sein, doch dann brach er in schallendes Gelächter aus, das von den hohen Wänden widerhallte.

»Ach Cat, du bist wirklich reizend in deiner Naivität. Wann begreifst du endlich, dass ich nicht vorhabe, dein Blut zu trinken. Allerdings …«, er wurde wieder ernst, »… allerdings muss ich zugeben, dass ich anfangs etwas wankelmütig war. Menschliches Blut riecht unwiderstehlich für einen Vampir, sodass ich, während du schliefst, unruhig vor deiner Tür lauerte. Aber ich nahm mich zusammen, denn du bist für mich zu kostbar, um dich zu töten.«

»Ich habe deinen Schatten im Licht unter der Tür gesehen«,

gab sie trocken zurück und führte ihre Gabel zum Mund. Es war wirklich ein Krabbencocktail.

»Hm, ich habe dich erschreckt, das war nicht meine Absicht. Ich wollte, dass du bleibst und nicht aus Furcht vor mir flüchtest.«

Mit unbeteiligter Miene stand William neben der Tür beim Anrichtetisch, aber Catherine war sich sicher, dass er sehr aufmerksam dem Tischgespräch lauschte.

»Und wenn deine Herzogin anderer Meinung ist und mich beißt?«, warf Catherine über die Tafel ein. »Ich verriegele nachts zwar meine Tür, aber ich kann nicht sicher vor ihr sein.«

»Oh nein, das wird sie nicht tun, weil ich ihr strikt verboten habe, sich dir zu nähern – und zwar in allen Bereichen.«

Doch so schnell ließ sich Catherine nicht überzeugen. »Und wenn sie sich nicht an deine Verbote hält?«

»Dann werde ich sie vernichten.« Sein Gesicht wirkte bei diesen Worten so düster und hart, dass Catherine vor Schreck beinahe ihr Besteck fallen ließ. »Ich werde sie mit allen Mitteln vernichten, zu denen ich ermächtigt bin.« Er hatte seine Hände auf der Tischplatte zu Fäusten geballt, und seine Augen blitzten gefährlich.

Catherine blieb jedoch misstrauisch. Konnte man einem Vampir trauen, auch wenn er sich gastfreundlich und menschlich gab und seine tragische Geschichte verriet?

Der Hauptgang wurde aufgetragen, gleichzeitig breitete sich Schweigen im Speisesaal aus. Catherine wagte kaum, von ihrem Teller aufzusehen, denn Daniel saß fast unbeweglich da, ohne sein Essen anzurühren.

Beim Dessert schließlich hielt es Catherine nicht mehr aus und fragte Daniel, ob er niemals eine Mahlzeit zu sich nehmen würde.

»Nur mitunter«, gab er bereitwillig zurück, und seine Gesichtszüge entspannten sich endlich wieder. »Hunger verspüre ich nie, aber manchmal kommt der Wunsch in mir auf, so wie früher zu essen. Aber alles schmeckt nach nichts – und den roten Wein trinke ich nur, weil er mich an Blut erinnert.« Catherine, die gerade ihr Glas gehoben hatte, setzte es schnell wieder ab. Der Vergleich löste Übelkeit bei ihr aus.

»Ich kann dir auch einen sehr guten Weißwein anbieten«, schlug Daniel vor, als er Catherines abwehrende Reaktion sah. »Entschuldige, ich wollte dir nicht den Appetit verderben.«

Ohne besondere Anweisung verließ der Butler den Raum und kehrte nur wenige Minuten später mit einer Karaffe Weißwein zurück. Catherine fragte sich, ob er in den Keller geflogen war, aber dann erinnerte sie sich an Daniels Worte über William, der magische Fähigkeiten hatte.

Als sie später gemeinsam die Treppe hinunterschritten – Daniel hatte Catherine höflich seinen Arm angeboten, um ihr mehr Halt zu geben – wisperte sie ihm zu: »Wo ist Giselle in diesem Moment?«

»Sei beruhigt, sie ist nicht im Schloss.«

»Ach, wo ist sie dann?«

Er hob die Schultern. »Keine Ahnung, wahrscheinlich geistert sie in ihrem Familienschloss herum oder hat einen Abstecher nach Frankreich gemacht. Dorthin zieht sie sich oft zurück, um ihre Wunden zu lecken, denn sie hat in Paris viele Freunde, die sie trösten, wenn sie sich von mir beleidigt fühlt.«

Unvermittelt blieb Catherine stehen, sie hatten eben den unteren Treppenabsatz erreicht. »Wie kann sie so schnell nach Frankreich gelangen?«

»Vampire reisen anders als ihr Menschen«, gab er mit einem schiefen Lächeln zurück. Und als er Catherines Entsetzen gewahr wurde, fuhr er fort: »Oh nein, wir verwandeln uns nicht in Fledermäuse oder Raben, wie man es aus einschlägigen Filmen kennt. Das haben wir glücklicherweise nicht nötig.«

»Aber mit menschlichen Verkehrsmitteln bewegt ihr euch auch nicht vorwärts, ich habe keinen fahrbaren Untersatz in der Remise gefunden – außer einer alten Kutsche.«

Langsam gingen sie weiter in Richtung Bibliothek, während Daniel sagte: »Die Kutsche gehörte meiner Familie, ich hebe sie als Andenken an eine unruhige, jedoch sehr schöne Zeit auf.«

William hielt feierlich die Tür zur Bibliothek auf, und nachdem Catherine es sich bequem gemacht hatte, erfuhr sie, auf welche ungewöhnliche Weise Vampire auf Reisen gingen.

»Wir schließen die Augen, konzentrieren uns und wünschen uns an den Ort unseres Begehrens«, sagte Daniel so gleichgültig, als ginge es um eine banale Flugreise. »Und wenige Sekunden darauf sind wir dort, mit Geist und Körper.«

»Beam me up, Scotty«, murmelte Catherine gedankenverloren und versuchte, sich vorzustellen, sich binnen kürzester Zeit an irgendeinem Ort auf dieser Welt zu befinden. »Das muss sehr aufregend sein.«

Er hob vage die Schultern. »Wie man es nimmt. Im Laufe der Jahrhunderte nimmt der Reiz ab.«

»Jetzt begreife ich auch, dass du kein Auto brauchst und Giselle im Schloss auftauchen konnte, ohne dass ich etwas davon bemerkte.« Sie schnellte hoch. »Aber sie kann jederzeit zurückkehren und versuchen, mich zu töten!«

Energisch schüttelte er den Kopf. »Du stehst unter meinem Schutz, Cat. Selbst wenn Giselle es versuchen würde, könnte sie dir nichts anhaben.«

»Wie soll ich das verstehen?«

Er erwidertes nichts, lächelte nur geheimnisvoll und wechselte das Thema, indem er seine Auferstehung zum Vampir weiterschilderte.

Mit abwesendem Blick sagte er leise: »Ich sah nun dieses engelsgleiche Gesicht vor mir, und trotz meiner unerträglichen Schmerzen hörte ich, dass sie zu mir sprach. Jedoch bewegte sie dabei kaum ihre Lippen. Obwohl bereits die Dämmerung hereingebrochen war, schmerzte das Licht meine Augen, und ich wand mich stöhnend wie ein Wurm.«

Zitternd vor innerer Anspannung, nahm Catherine ihr Glas, in dem sich vorsorglich Weißwein befand. »Wie lange dauerten die Schmerzen?«

»Ich erinnere mich nicht genau, Cat. Es können Tage oder auch Wochen gewesen sein. Dass Giselle mich ausgrub und fortschaffte, spürte ich nur im Unterbewusstsein. Sie brachte mich in eine Hütte im Wald und versorgte mich dort mit einem furchtbar schmeckenden Gebräu, das mir allerdings etwas von den Schmerzen nahm. Erst als ich mich langsam besser fühlte, verriet mir Giselle, dass ich nun ein Wesen zwischen Himmel und Hölle und unsterblich sei.«

»Aber wie konntest du zum Vampir werden, ohne von einem angefallen zu werden?«

Er prostete ihr zu, der Wein in seinem Glas sah tatsächlich aus wie dickes, dunkles Blut. »Es gibt viele Möglichkeiten, ein Vampir zu werden. In meinem Fall war es so, dass ich lebendig begraben wurde, meine Seele konnte nicht schnell genug entweichen. Aber man kann auch zu einem Wiedergänger werden, indem man den Glauben an Gott verliert.«

All dies war Neuland für Catherine, und sie brauchte einige Minuten, um das Gehörte zu verarbeiten. Demnach konnte es jeden erwischen, und dieser Gedanke machte ihr Angst.

»Die gängigste Methode ist allerdings, von einem Vampir … angezapft zu werden.« Er schmunzelte bei Catherines fassungslosem Gesicht. »Wenn man einen Menschen völlig aussaugt, ist er logischerweise mausetot. Trinkt man aber nur ein wenig von seinem Blut, kann er sich ebenfalls zu einem Vampir entwickeln.«

Obwohl das Kaminfeuer angenehme Wärme im Zimmer verbreitete, fröstelte Catherine. Daniel sprach von diesen Grausamkeiten, als wäre es völlig normal, seinen Durst mit Blut zu stillen.

Er beobachtete stirnrunzelnd ihre ablehnende Haltung und räusperte sich. »Vielleicht ist es besser, wenn du im Moment nicht mehr erfährst.«

Aber sie wollte alles wissen! Und so forderte sie ihn auf weiterzusprechen.

»Wie du willst. Nun, nach und nach ging es mir besser, doch ich wollte nicht glauben, was Giselle mir erzählt hatte. Aber ich merkte sehr schnell, dass sie nicht gelogen hatte, denn ich veränderte mich – nicht nur innerlich. Ich verspürte trotz des langen Nahrungsentzuges weder Hunger noch Durst; auch mein Bedürfnis nach Schlaf war verschwunden; dennoch fühlte ich mich kräftig. Als mir Giselle eines Tages ein totes, noch warmes Kaninchen brachte, biss ich herzhaft in seinen Hals und stellte nicht nur fest, dass mir Fangzähne gewachsen waren, sondern dass ich gierig nach dem Tierblut war wie in meinem früheren Leben etwa nach einem Becher Whisky. Zuvor hatte mir Giselle etwas von ihrem eigenen Blut zu trinken gegeben, und danach war ich wie berauscht.«

Um ihr Entsetzen zu verbergen, blickte Catherine zur Seite. Einerseits wollte sie mehr wissen, andererseits hätte sie sich am liebsten die Ohren zugehalten.

»Giselle war zu diesem Zeitpunkt bereits eine erfahrene Vampirin, und nachdem ich akzeptierte, wer ich nun war, erzählte sie mir ihre Geschichte. Sie war das einzige Kind ihrer aristokratischen Eltern. Als junge Frau erkrankte sie an den Blattern; auch sie wurde zu früh bestattet, da man Angst vor Ansteckung hatte.«

»Wieso konnte sie wissen, dass du lebendig begraben warst?«, warf Catherine ein. »War sie in der Nähe?«

Er nickte. »Sie war nicht der einzige Vampir, der sich neben dem Schlachtfeld auf die Suche nach Halbtoten machte. Es war also purer Zufall, dass ich an sie geriet.«

»Und dann?«

»Ich erholte mich langsam und fühlte mich von Tag zu Tag

besser. Ja, ich begann mein neues Leben zu genießen und mit Giselle auf Reisen zu gehen, war fantastisch. Sie brachte mir alles bei, was ich wissen musste, aber irgendwann bekam ich Sehnsucht nach meiner Familie. Giselle schlug vor, zu ihnen zu gehen, um ihnen zu erklären, was geschehen war.«

Catherine wurde unruhig. Daniel hatte doch wohl nicht auch seine Eltern zu Vampiren gemacht?

»Kurz bevor ich nach Camshron Castle ging, fiel ich zum ersten Mal einen Menschen an. Es war ein englischer Soldat, und er quiekte wie ein Schwein, als ich meine Zähne tief in seinen Hals schlug.« Er beobachtete Catherine ganz genau, und erst, als er sicher sein konnte, dass sie nicht vor Grauen aus der Bibliothek floh, sprach er weiter. »Ich hasste die Engländer, weil sie mein Volk unterdrückten, aber das Blut des Soldaten schmeckte köstlich. Giselle war sehr stolz auf mich und versicherte mir, dass ich nun ein vollwertiges Mitglied der Vampirgemeinde sei. Ich hatte meinen Blutdurst also fürs Erste gestillt und machte mich auf den Weg zu meinen Eltern.«

»Hattest du vor … ich meine, bevor du auf dem Schlachtfeld verletzt wurdest, eine Ehefrau?«

»Nein, ich ließ nur einige unbedeutende Gespielinnen zurück. Die Frau zum Heiraten war mir nie begegnet, auch wenn mir mein Vater ständig in den Ohren lag, dass ich das richtige Alter zum Heiraten hätte und er ungeduldig auf einen Erben wartete. Nun ja, jedenfalls vor meiner Wiederauferstehung.«

Das gespenstische Licht, das das Kaminfeuer und die Kerzen auf Daniels Gesicht warfen, ließen ihn wie einen Dämon aussehen; und das Heulen des Sturmes tat sein Übriges.

Für Catherine war es eine unwirkliche Szene, mit einem Vampir in dessen Bibliothek zu sitzen und ihm andächtig zu lauschen, anstatt schnellstens das Weite zu suchen.

»Lebten deine Eltern noch?«

»Ja, sie hatten sich von dem Schrecken des englischen Sieges erholt – nicht jedoch, dass sie ihren einzigen Sohn verloren zu haben glaubten. Es traf sie fast der Schlag, als ich vor ihnen stand, meine Mutter war der Ohnmacht nahe. Sie hatten Männer nach Culloden Moor geschickt, um meinen Leichnam zu suchen und bereits einen Sarg anfertigen lassen. Du hast ihn heute Vormittag in der Gruft gesehen.«

Sie nickte. »Für wen war der andere Sarg bestimmt?«

»Eigentlich für meine Mutter, doch sie bestand darauf, was nicht verwunderlich war, zu meinem Vater gebettet zu werden, der einige Jahre vor ihr starb.«

»Du hast deinen Eltern nicht gesagt, was in der Zwischenzeit geschehen war?«

»Oh doch, das tat ich!« Bei der Erinnerung musste Daniel schmunzeln. »Sie wunderten sich über meine makellose helle Haut und den fremden Glanz in meinen Augen, nachdem sie sich von ihrem ersten Schrecken erholt hatten. Aber sie verstießen mich nicht, als sie die Wahrheit erfuhren, sondern nahmen mich wieder in die Familie auf – allerdings musste meine Wiederkehr ein Geheimnis bleiben. Offiziell war ich auf dem Schlachtfeld gefallen, und so sollte es bleiben. Niemand außer meinen Eltern und Schwestern hat die Wahrheit je erfahren.«

»Und nachdem sie gestorben waren?«

Er öffnete seine Hände und machte eine ausladende Bewegung. »Seitdem lebe ich hier. Bereits zu Lebzeiten meiner Familie stellte ich einen Butler auf Camshron Castle ein, der magische Kräfte besaß und mir mein Dasein so angenehm wie nur möglich machte. Im Laufe der Jahrhunderte wechselten die Butler, sie entstammten alle derselben Magierdynastie wie William.«

Erschöpft lehnte sich Catherine zurück. »Dann bist du also der einzige Bewohner von Camshron Castle seit dem achtzehnten Jahrhundert?«

Daniel nickte zustimmend.

»Aber wie kommt es, dass niemand etwas von dir weiß? Bei

meiner Recherche über dein Schloss fand ich nur den winzigen Hinweis, dass es sich in Privatbesitz befindet.«

Er trank den letzten Rest Wein aus seinem Glas. »Und so soll es auch bleiben, Cat. Ich weiß nicht, was man über Camshron Castle munkelt, aber bisher hatte ich keine unliebsamen Besucher wie Reporter oder Fernsehleute. Du warst seit Langem die erste menschliche Person, die sich für meinen Besitz interessierte.«

»Ich sah aber ein Foto von Camshron Castle«, widersprach sie. »Erst dadurch bin ich darauf aufmerksam geworden.«

»Es handelte sich sicher um eine uralte Schwarz-Weiß-Aufnahme.«

Catherine dachte nach. »Stimmt, das Foto schien mir schon etwas älter zu sein.«

»Es ist achtzig Jahre alt. Damals kam ein Historiker in diese Gegend und fotografierte das Schloss; natürlich stellte er meinem damaligen Butler einige neugierige Fragen. Doch der wimmelte den Mann mit den Worten ab, dass Seine Lordschaft kein Interesse an einer Zusammenarbeit habe. Enttäuscht ging der Mann und wurde nie wieder gesehen.«

»Du bist nicht in Versuchung gekommen, ihn zu …«

Lächelnd erhob sich Daniel. »Nein, das wäre zu gefährlich gewesen. Vielleicht hatte der Mann eine Familie, die sich um ihn Sorgen gemacht und einen Suchtrupp zum Schloss geschickt hätte. Das Risiko konnte ich doch nicht eingehen.«

»Natürlich nicht«, gab Catherine grinsend zurück. »Aber um mich könnte sich auch jemand sorgen. Hast du schon einmal darüber nachgedacht?« Auch sie stand nun auf.

Doch er konterte. »Und ob ich das getan habe. Was glaubst du wohl, wieso das Telefon plötzlich funktionierte?«

Erneut hatte er es geschafft, Catherine zu verblüffen. »Dann war also auch die gestörte Leitung ein Schwindel?«

Sein Lachen war entwappnend. »Ich wollte dich nicht foppen,

kleine Cat. Aber die Apparate im Schloss sind nur Attrappen, es gibt keine funktionierende Telefonleitung hier oben.«

Verwirrt fuhr sich Catherine durch das Haar. »Aber ich habe doch mit Mr Carson, meiner Zimmerwirtin und dem Hotel in Inverness telefoniert … Oder habe ich mir das am Ende nur eingebildet?«

»Nein, hast du nicht.« Wieder bot er ihr seinen Arm an. »William hat dafür gesorgt, dass du telefonieren konntest. Damit sich niemand um dich Sorgen macht.«

»Raffiniert«, stieß sie hervor. »Dann ist alles Lug und Trug, was in diesem Hause vor sich geht?«

Er widersprach. »Was ich dir im Laufe des Tages erzählt habe, entspricht der Wahrheit.«

Langsam stiegen sie die Treppe hinauf.

»Was wirst du tun, während ich schlafe?«

»Ich mache mich auf die Suche nach Giselle, um ihr noch einmal ins Gewissen zu reden.«

Sie hatten die Galerie erreicht, und eine letzte Frage wollte Catherine an diesem ereignisreichen Tag beantwortet haben.

»Bist du glücklich mit deinem jetzigen Leben?«

Zu ihrem Erstaunen antwortete er sofort. »Ja, das bin ich, Cat. Es ist ein wundervolles Gefühl, unsterblich zu sein, zu sehen, wie sich die Welt und die Menschen verändern, und sich an jedem Ort aufhalten zu können, der einem gefällt. Was kann man sich mehr wünschen?«

Sie verzichtete darauf, ihm zu sagen, dass er keine Seele mehr hatte, denn die schien er nicht sonderlich zu vermissen.

Als Catherine dann im Bett lag und dem tobenden Sturm lauschte, ließ sie den vergangenen Tag noch einmal Revue passieren. Sie hatte so viel gehört, dass sie sich mit der Situation überfordert fühlte. Und dabei war es doch gar keine große Überraschung gewesen, dass der Lord of Cameron unumstößlich ein Wiedergänger war, der über das Blutaussaugen eines Mensches so lässig sprechen konnte, als wäre dies etwas völlig Normales. Doch dann rief sich Catherine ins Gedächtnis, dass es für Daniel etwas Normales *war,* und zwar bis in alle Ewigkeit.

Sie war hellwach, obwohl sie morgens beizeiten aufgestanden war. Die Frage, was Daniel von ihr wollte, konnte sie sich nicht beantworten. Und wenn er nicht log, dann hatte er wirklich nicht vor, sie zu töten, um ihr Blut zu trinken. Ja, er hatte ihr sogar versprochen, sie jederzeit gehen zu lassen, wenn sie das wollte, und ihr Wagen wäre dann fahrbereit. Aber wie viel war das Wort eines Vampirs wert?

Eine andere Frage beschäftigte Catherine ebenfalls, während die Sekunden zu Minuten und die Minuten zu Stunden verschmolzen. Wie gefährlich war Giselle? Catherine hatte nicht geahnt, wie groß die Macht der Herzogin war. Ob Daniel sie wirklich vor ihr schützen konnte?

Die beiden waren einst ein Liebespaar gewesen, behauptete er, und es hatte geklungen, als wäre die Beziehung durch ihn beendet worden. Verlassene Frauen konnten bösartig werden, wenn eine Rivalin auftauchte – vor allem, wenn sie weibliche Vampire waren.

Aber Catherine fühlte sich nicht als Rivalin, sie war doch nur eine unschuldige Fotografin, die während eines Gewitters Zuflucht gesucht hatte. Nun ja, wenn man Daniel glauben konnte, hatten er oder William dafür gesorgt, dass Catherine Camshron Castle nicht verließ, aber dafür konnte sie nun wirklich nichts. Ohne es zu wollen, fühlte sie sich geschmeichelt, und sie dachte an Daniels volle weiche Lippen, seine schönen Hände und die muskulöse Brust mit der unscheinbaren Narbe, die dafür verantwortlich war, dass er zu einem Vampir geworden war.

Auch wenn sich Catherine selbst verbot, in dem Lord einen Mann zu sehen, so konnte sie nicht anders. Ja, sie war auf dem besten Wege, sich in Daniel zu verlieben, obwohl ihr die Vernunft sagte, dass dies unmöglich war.

Noch bevor sie einschlief, schwor sie sich, das Schloss zu verlassen, bevor sie von Daniel vollkommen eingewickelt wurde und verloren war.

Schweigend servierte William am nächsten Morgen das Frühstück; Catherine suchte nach Zeichen seiner Fähigkeiten, konnte aber nur einen alten Mann mit vornehmer Miene entdecken.

Bevor sich der Butler aus dem Staub machen konnte, fing Catherine ein Gespräch mit ihm an.

»Der Lord verriet mir gestern, dass Sie kein gewöhnlicher Butler sind«, begann sie, wobei sie ihn aus dem Augenwinkel beobachtete. Doch wenn sie annahm, dass William erschrocken war, irrte sie sich.

Ein feines Lächeln spielte um seine Mundwinkel, als er bejahte. »Ich habe mein Leben Seiner Lordschaft gewidmet, Ms Page. Wie ich erfuhr, hat er gestern das Geheimnis um seine Person gelüftet.« Dabei sah er so stolz aus, als sei es eine Auszeichnung, einem Blutsauger dienen zu dürfen. »Sie verzeihen mir hoffentlich, wenn ich hier und da etwas geflunkert habe.«

»Na ja, ich war fassungslos, als ich erfuhr, dass es auf Camshron Castle gar keinen Telefonanschluss gibt. Und wie stellen Sie es an, dass tagtäglich die wundervollsten Speisen auf den Tisch kommen, ohne dass die Küche benutzt wird, und die Zimmer immer so aussehen, als wäre gerade eine Putzkolonne hindurchgetobt?«

William grinste schelmisch. »Ein bisschen Hokuspokus, mehr nicht. Aber seien Sie unbesorgt – das, was Sie zu sich nehmen, ist real, auch wenn die Lebensmittel nicht geliefert werden, sondern …«

»Herbeigezaubert?«

»So könnte man es nennen. Was werden Sie nun mit Ihrem Wissen anfangen?«

Hilflos hob Catherine die Schultern. »Ohne Sie und Lord Daniel verletzen zu wollen … Ich möchte nach Hause fahren.«

Williams Gesicht wurde länger und länger. »Schade. Ich hoffte, dass Seine Lordschaft eine neue Gefährtin gefunden hat.«

Ein eiskalter Schauer kroch ihr über den Rücken. Giselle sollte abserviert werden und Catherine den Platz der Herzogin einnehmen?

»Oh, ich verstehe.« Sie versuchte, die Überlegene zu spielen, dabei fühlte sie sich schwach und hilflos. »Deshalb hat Giselle diese Anschläge auf mich verübt. Umso wichtiger ist es, dass ich das Schloss verlasse – auch wenn es mir wegen Daniel leidtut.«

Ungerührt trat der Butler zur Tür. »Sie können jederzeit zurückkommen, Seine Lordschaft ist nämlich sehr einsam, müssen Sie wissen. Er hat ein Auge auf Sie geworfen. Haben Sie das denn nicht gemerkt?«

Natürlich hatte es Catherine gemerkt, doch sie wollte sich nicht überreden lassen. Ihr Platz war nicht hier, sondern im pulsierenden London, in exotischen Ländern, in denen sie ihrem geliebten Job nachkommen konnte.

»Wenn Sie wünschen, wird Ihr Wagen auf dem Hof bereitstehen. Ach ja, Ihr Mobiltelefon dürfte ebenfalls wieder funktionieren.« Er verneigte sich knapp und wollte gehen.

»Warten Sie einen Moment!«, rief Catherine aufgeregt. »Sagten Sie nicht, dass man hier oben keinen Empfang hat?«

»Ich sagte viel, Ms Page.«

Fieberhaft dachte sie nach, während sie das Frühstück verschlang. Das Handy schien durch die Feuchtigkeit seinen Geist aufgegeben zu haben, deshalb hatte Catherine es nicht mehr ausprobiert.

Wie sie nach dem Frühstück feststellte, hatte der Butler nicht gelogen. Catherine stellte das Handy an und stieß einen Schrei des Entzückens aus, als das blaue Licht auf dem Display aufleuchtete und einen ausgezeichneten Empfang ankündigte.

Catherines Augen glänzten vor freudiger Überraschung, und sie fühlte sich wie ein kleines Mädchen, das unter dem Weihnachtsbaum das ersehnte Spielzeug fand, obwohl es nicht damit gerechnet hatte, es zu bekommen.

Blitzschnell dachte sie nach. Sie war nahe daran, Carson anzurufen, um ihm mitzuteilen, dass der Wagen repariert war. Aber vielleicht hatten Daniel und sein Butler gelogen und der kleine Sportwagen blieb für immer in der dunklen Stallgasse stehen. Außerdem war es unhöflich, Camshron Castle zu verlassen, ohne sich von Daniel zu verabschieden.

Behutsam legte Catherine das Handy zurück auf das Nachttischchen und machte sich auf die Suche nach William, den sie in einem der unteren Salons antraf.

»Ist der Lord zu sprechen?«, fragte sie so beiläufig wie möglich. »Ich will nach Hause, aber vorher möchte ich ihn noch einmal sehen.«

Catherine traf ein resignierter Blick, dann wandte sich William lahm nickend um und erwiderte: »Ich werde es ihm ausrichten.«

Sie folgte ihm zögernd in die Halle und blieb abwartend in sicherer Entfernung zum Kronleuchter stehen, als der Butler in der Bibliothek verschwand. Nur wenige Sekunden später kam er zurück.

»Seine Lordschaft ist bereit, Sie zu empfangen.« Unter normalen Umständen hätte Catherine über die verschnörkelten Worte gelacht, doch die Umstände waren alles andere als normal.

Sie ging langsam zur Bibliothek hinüber. In ihre Erleichterung über die Abreise mischten sich eine leise Wehmut und die Anzeichen von Trennungsschmerz, den sie nicht recht einzuordnen vermochte.

Daniel lehnte am Kaminsims, er blickte Catherine freundlich lächelnd entgegen. Also schien es ihm nicht viel auszumachen, seinen attraktiven Gast gehen zu lassen.

»Ist es wahr, dass du mich als deine Gefährtin ausgewählt hast?«, sprudelte es aus ihr hervor. »William erwähnte vorhin so etwas.«

Lässig winkte er ab. »William ist ein alter Mann, hör nicht auf ihn. Du willst Camshron Castle also wirklich verlassen?«

»Ja«, gab sie mit fester Stimme zurück. »Ich habe Angst vor

Giselle und fühle mich nicht mehr sicher. Das verstehst du doch, oder?«

»Selbstverständlich. Ich habe dir versprochen, dass ich dich gehen lasse, und ich stehe zu meinem Wort. Wenn du in dein Zimmer kommst, werden deine Sachen gepackt sein, und das Auto ist vor der Remise geparkt.«

Misstrauisch lauschte sie seinen Worten. Das klang einfach zu gut, um wahr zu sein, deshalb sagte sie mit ironischem Unterton: »Das glaube ich erst, wenn ich wieder in Inverness bin.«

Wieso versuchte er nicht, sie aufzuhalten, wenn er angeblich so sehr an ihr interessiert war?

»Du wirst es gleich sehen.«

Verlegen senkte sie den Blick, als sie fragte: »Tut es dir gar nicht leid, dass ich gehe?«

Sie zuckte leicht zusammen, als er sanft ihr Kinn umfasste und mit weicher Stimme flüsterte: »Ich bedauere es sehr, dich zu verlieren, aber ich kann dich verstehen.« Und ehe Catherine es sich versah, senkte er seine Lippen auf ihren Mund.

Er küsste sie sanft und gleichzeitig leidenschaftlich, sodass Catherine einer Ohnmacht nahe war. Unvermittelt löste sich Daniel von ihr und trat einen Schritt zurück.

»Hoffentlich vergisst du mich nicht so schnell«, sagte er mit einem betrübten Lächeln, dann drehte er sich auf dem Absatz um und ließ Catherine allein in der Bibliothek zurück. Verloren stand sie inmitten der hohen Regale; es hätte nicht viel gefehlt und sie wäre Daniel nachgerannt.

Noch immer brannte sein Kuss auf ihren Lippen, und sanft strich sie sich darüber, als könnte sie mit dieser Geste den Zauber länger halten. Dieser innige Zuneigungsbeweis hatte Catherine völlig verwirrt, und obwohl niemand außer ihr im Raum war, glaubte sie, die Anwesenheit des Lords noch immer zu spüren.

Widerstrebend verließ auch Catherine schließlich die Bibliothek. Die winzige Hoffnung, Daniel noch einmal zu sehen, zerstob, als sie die Halle leer vorfand. Gemächlich stieg sie zum letzten Mal die schöne breite Treppe hinauf, dabei fragte sie sich, was plötzlich in sie gefahren war. Sie sollte jubeln und einen Luftsprung vor Freude machen, weil sie Camshron Castle endlich verlassen konnte – dabei war ihr eher zum Heulen zumute. Und diese Wandlung hatte allein Daniels Kuss bewirkt!

Wie er vorhergesagt hatte, stand ihr Gepäck neben der Zimmertür, der kleine Reisekoffer sowie der Aluminiumkoffer mit der Kameraausrüstung, darüber lag ordentlich die Lederjacke. Catherine ersparte sich das Nachprüfen, denn sie wusste auch so, dass nichts fehlte.

Noch einmal blickte sie sich in dem Gästezimmer um, das ihr mehr als eine Woche eine behagliche Bleibe gewesen war. Dann holte Catherine tief Luft, streifte die Jacke über und schnappte sich die Koffer.

Glücklicherweise machte der verstauchte Knöchel keine großen Schwierigkeiten, das hätte beim Autofahren problematisch werden können. Es war ein merkwürdiges Gefühl, den Autoschlüssel aus der Jackentasche zu klauben und ihn durch die Finger gleiten zu lassen.

In der Halle stieß Catherine auf den Butler, der sie bat, die Koffer abzustellen. Zaghaft folgte sie ihm ins Freie. Und tatsächlich – neben der Remise stand der kleine rote Flitzer, startklar zum Abfahren, das Schlosstor war weit geöffnet.

Noch immer regnete es, jedoch nicht mehr so stark wie in den vergangenen Tagen; trotzdem spannte William den großen Regenschirm auf und hielt ihn über Catherine.

»Ich bringe Sie zu Ihrem Auto, danach verlade ich Ihr Gepäck«, sagte er mit neutraler Miene, und Catherine nahm das Angebot gerne an.

Sie öffnete die Fahrertür, dabei warf sie einen skeptischen Blick zu dem Riss im Dach. Aber der war verschwunden! Das Dach sah aus, als sei es nie beschädigt gewesen, das grenzte an Zauberei.

Ein Blick in Williams unschuldig wirkendes Gesicht verriet ihr alles. Es war nie ein Riss im Verdeck gewesen – es musste sich um einen Trick des Butlers gehandelt haben.

»Ich wünsche Ihnen eine angenehme Heimfahrt«, sagte er. »Es war sehr angenehm, nach langer Zeit wieder einen Gast auf Camshron Castle beherbergen zu dürfen.«

Catherine fragte sich, wer wohl Daniels andere Gäste gewesen waren. Opfer oder Vampire?

Sie lächelte den alten Mann freundlich an. »Ich danke Ihnen für alles, was Sie getan haben. Das war mehr, als ein normaler Butler machen könnte. Der Lord hat mir schließlich von Ihren unbeschreiblichen Fähigkeiten berichtet.«

Verlegen fummelte er am Schirm. »Ich tu, was ich kann und was Seine Lordschaft mir befiehlt. Wenn Sie bitte einsteigen würden, kann ich Ihr Gepäck auf den Beifahrersitz legen.«

»Natürlich.« Sie spürte sehr genau, dass William nicht gerne über seine Magiertätigkeit redete, denn immerhin hatte er Catherine damit an der Nase herumgeführt … Er und sein schöner Vampirherr.

Sie schwang sich in ihren Wagen und öffnete die Beifahrertür, dabei huschte ihr Blick über die Fensterreihen des Hauptgebäudes. Aber es war nicht zu erkennen, ob Daniel ihr beim Abfahren zuschaute oder er sich einsam in die Bibliothek zurückgezogen hatte, deren Fenster sich auf der Rückseite des Traktes befanden.

»Gute Reise, Ms Page.« Gebückt stand der Butler an der offenen Beifahrertür, denn der Sportwagen war wirklich sehr niedrig. »Ich hoffe, Sie vergessen Ihren Aufenthalt auf Camshron Castle nicht … Seine Lordschaft – und meine Wenigkeit – würden sich freuen, Sie bald wieder begrüßen zu dürfen.«

Sie nickte höflich. »Wenn ich in der Gegend zu tun habe, werde ich sicher vorbeikommen, William. Grüßen Sie bitte den Lord von mir.«

Er deutete ein Nicken an, schlug die Tür zu und huschte mit

seinem Schirm zum Wirtschaftgebäude, ohne sich noch einmal umzuschauen.

Der Motor sprang sofort an, was Catherine erleichtert aufstöhnen ließ. Langsam setzte sich der Wagen in Bewegung, so als hätte er niemals gestreikt. Gemächlich zuckelte Catherine über die Zugbrücke und betete, dass sie hielt.

Sie hielt. Bevor Catherine auf den Zufahrtsweg fuhr, sah sie ein letztes Mal über ihre Schulter, und ein unvermittelter Schmerz jagte durch ihren Körper. Jetzt war Daniel wieder allein – allein mit der boshaften Duchess of Kellog.

Dann gab sie vorsichtig Gas, um nicht auf der unbefestigten Straße stecken zu bleiben. Es war ein herrliches Gefühl, fahren zu können; Catherine hatte das nie so genossen wie in diesem Augenblick.

Rasch hatte sie die asphaltierte Straße erreicht, doch sie fuhr nur wenige Kilometer, bevor sie anhielt und nach ihrem Handy suchte.

Es steckte in der Seitentasche des Reisekoffers und ließ sich wieder problemlos anstellen. Catherine schmunzelte bei dem Gedanken, wie oft sie dem Butler auf den Leim gegangen war, und wählte die Nummer ihres Verlegers in London.

9

In der ersten Nacht in London träumte Catherine wirres Zeug. Einmal sah sie Giselles schönes Gesicht, verzerrt zu einer teuflischen Fratze, über sich gebeugt. Im selben Moment, als sie ihre langen Fangzähne in Catherines Hals schlagen wollte, erwachte diese mit einem unterdrückten Aufschrei. Es dauerte lange, bis sie weiterschlafen konnte.

Der Traum war sehr authentisch gewesen, sie hatte sogar Giselles schweres Parfüm zu riechen geglaubt. Aber vielleicht war es gar kein Traum gewesen?

Ruhelos wälzte sich Catherine in ihrem Bett herum, das sie nach dem Aufenthalt auf Camshron Castle als schmaler und unbequemer empfand.

Und da waren wieder die Gedanken an Daniel, obwohl sie sich selbst verboten hatte, nur noch eine Sekunde an ihn zu verschwenden.

Aber was sollte man machen, wenn man stets sein wie in Marmor gemeißeltes Gesicht vor sich sah und dabei das Herz unvernünftig heftig schlug?

Natürlich würde Catherine *nicht* in die Highlands zurückkehren, denn sie wusste, dass sie dann verloren war. Wann immer sie sich in den vergangenen zwei Tagen an Daniel erinnert hatte, spürte sie seine wunderbaren Lippen auf ihrem Mund, und ihr wurden die Knie weich.

Catherine hatte gehofft, den Lord of Cameron schnell zu vergessen, aber das war reines Wunschdenken gewesen. Je weiter sie sich räumlich von ihm entfernt hatte, desto hartnäckiger musste sie dummerweise an ihn denken.

Am vorigen Abend war Catherine erst spät heimgekehrt und nach einem kurzen Schwätzchen mit Mrs Persson schlafen gegangen. Die alte Dame wollte alles genau wissen, aber Catherine hatte ihr versprochen, ihr erst am nächsten Morgen von ihrer Reise zu erzählen.

Schon die Fahrt nach Inverness war ihr eigenartig erschienen, die trostlose Hügellandschaft wollte einfach kein Ende nehmen. Catherine hatte sich an Daniels Worte erinnert – und tatsächlich, als sie genauer hinsah, konnte sie die einzeln verstreuten Katen als unbewohnt ausmachen. Mit Grausen hatte sie sich ausgemalt, in welchem Zustand sie sich wohl befände, wenn sie ihr Vorhaben, zu Fuß zu gehen, in die Tat umgesetzt hätte. Wahrscheinlich hätte sie Inverness in einem erbärmlichen Zustand erreicht – falls überhaupt.

Nun war ein neuer Tag angebrochen, und Clara Persson hatte feierlich den Frühstückstisch mit all den Leckereien gedeckt, die ihre Mitbewohnerin liebte.

Catherine sah es mit einem unterdrückten Schmunzeln, denn natürlich hatte sich ihre Zimmerwirtin nicht ohne Grund die Mühe gemacht. Sie wollte endlich mehr über Catherines Irrfahrt durch die Highlands erfahren.

»Mr Carson vom Verlag hat in aller Herrgottfrühe angerufen«, sagte Clara und bat Catherine an den Tisch. »Ich sagte ihm, dass Sie noch schliefen. Er lässt ausrichten, dass die genaue Wegbeschreibung nach Camshron Castle fehlt. Die braucht er für die Beschreibung des Schlosses. Und er schwärmte von Ihren Aufnahmen, Cat. Der Scheck wird Ihnen mit der Post geschickt.«

Betont gleichgültig erwiderte Catherine: »Ich habe dem Besitzer versprochen, die genaue Lage nicht weiterzugeben. Er befürchtet, dass es sonst einen Ansturm von Touristen auf sein friedliches Anwesen geben könnte.« Sie log, ohne sich zu schämen. Dabei hatte Daniel etwas Derartiges mit keinem Wort erwähnt, doch Catherine wollte ihn schützen – auch wenn ihr nicht ganz klar war, wovor.

»Die Beschreibung soll lauten ›Irgendwo in den schottischen Highlands‹«, fügte sie hinzu und goss Tee in ihre Tasse und die der Zimmerwirtin.

Clara kräuselte die Lippen. »Das ist aber eine karge Beschreibung. Wie gut, dass Sie dort unterkommen konnten bei dem entsetzlichen Unwetter.«

»Dafür werde ich dem Lord ewig dankbar sein.«

»Aber jetzt erzählen Sie doch mal, wie es in diesem Schloss war. Als ich tagelang nichts von Ihnen hörte, befürchtete ich bereits das Schlimmste.«

Catherine tat ahnungslos. »Was meinen Sie?«

»Das wissen Sie sehr wohl. Sie können von Glück sagen, dass sie nicht in die Klauen eines Vampirs geraten sind.«

»Ich bin keinem begegnet.« Catherine schwor sich, keiner Menschenseele etwas über den wahren Lord of Cameron zu verraten. Er sollte sein ruhiges Leben weiterführen, wie er es seit Hunderten von Jahren getan hatte.

Clara rückte etwas näher. »Wie lebt es sich denn in so einem Schloss?«

»Herrlich!« Diesmal musste Catherine nicht lügen und beschrieb ausführlich die Räumlichkeiten. »Es gibt einen richtigen englischen Butler und einen ganzen Stab von Bediensteten.« Gut, das war ein wenig geflunkert. »Und die Küche ist ausgezeichnet.«

Mit genüsslichem Gesichtsausdruck zählte sie alle Speisen auf, die ihr auf Camshron Castle serviert worden waren.

»Wie in einem Luxushotel«, murmelte Clara andächtig.

»Viel besser!«

»Und der Schlossherr? Ist er ein Gentleman?« Die alte Dame kam noch näher. »Sieht er gut aus?«

»Himmlisch. Er ist ein Bild von einem Mann und verfügt über ausgezeichnete Manieren. Leider sah ich ihn meistens nur beim Dinner.«

»Ist er verheiratet?«

»Nein.« Catherine zögerte, bevor sie weitersprach. »Er ist mit einer Duchess of Kellog befreundet, sie besuchte Daniel … den Lord während meines Aufenthaltes im Schloss. Auch sie ist wunderschön.«

»Tja, die Schönen und Reichen gehören zusammen wie die Armen und Unansehnlichen«, erwiderte Clara nickend und wischte ein paar nicht vorhandene Krümel von der Tischdecke. »Die beiden werden heiraten, früher oder später.«

Eher nicht, dachte Catherine. *Daniel wäre es wohl lieber, er könnte Giselle für alle Ewigkeit loswerden.*

Laut sagte sie: »Möglich, aber ich habe das Gefühl, dass sie nur befreundet sind. Reichen Sie mir bitte die Zuckerdose?«

Eindringlich wurde sie von Clara beobachtet. »Sie haben doch nicht selbst ein Auge auf den schönen Lord geworfen? Kindchen, lassen Sie die Finger davon, für diese Sorte Mann wären Sie nur ein Spielzeug.«

Um ein Haar hätte sich Catherine verschluckt. Clara tat, als hätte sie in ihrem Leben jede Menge Erfahrungen mit aristokratischen Männern gemacht.

»Ich habe nicht vor, mich in den Lord zu verlieben.«

Gleichgültig hob Catherine die Schultern, dabei war sie sich nicht sicher, ob es für solche Vorsätze nicht schon zu spät war. »Übrigens habe ich nicht vor, mich in irgendjemanden zu verlieben, denn meine einzige Liebe ist mein Beruf.«

Clara verdrehte die Augen. »Warten Sie nur, bis der Richtige kommt. Wollen Sie mit dem Lord weiterhin Kontakt haben?«

»Kontakt?«, echote Catherine irritiert.

»Ja, zum Beispiel telefonischen Kontakt.«

Vampire sind telefonisch nicht zu erreichen, dachte Catherine zynisch und war sich nicht sicher, ob sie darüber schmunzeln oder sich ärgern sollte.

Sie schüttelte den Kopf und versicherte Clara, dass sie keinesfalls vorhabe, Daniel anzurufen. Wie auch, ohne Nummer und Telefonleitung?

»Haben Sie ein Foto von dem Lord?«, bohrte die Zimmerwirtin ungeniert weiter. »Ich hätte den Mann – wie alt ist er eigentlich? – gerne mal gesehen.«

»Es gibt keine Fotos von ihm, ich habe nicht um Erlaubnis gefragt und fand es schon sehr großzügig, dass ich von den Innenräumen Bilder machen durfte. Nach dem Frühstück zeige ich Ihnen die Fotos auf dem Notebook.«

»Wissen Sie denn nicht, wie alt er ist?« So schnell gab Clara nicht auf. Vorsichtig biss sie in ihr Marmeladentoast und nahm sich wohl zum hundertsten Mal vor, sich ein neues Gebiss anfertigen zu lassen, bevor das alte ganz auseinanderfiel.

Wieder zögerte Catherine. »Er ist ungefähr … ähm … dreißig oder so.«

»Oder so?«

»Ich hab ihn natürlich nicht nach seinem Alter gefragt.« Catherine versuchte, sich Claras Miene vorzustellen, wenn sie erführe, dass Daniel exakt zweihundertfünfundfünfzig Jahre alt war.

Mit dieser Antwort gab sich Clara zufrieden, doch dann fiel ihr vor Überraschung fast das schlecht sitzende Gebiss aus dem Mund.

»Vielleicht werde ich den Lord bald wieder besuchen«, hörte sich Catherine sagen, und war über diese Aussage nicht minder überrascht als ihre Zimmerwirtin.

»Aha, also doch!«, triumphierte Clara. »Ich ahnte es, denn Ihre Augen leuchten, wenn Sie von diesem Mann sprechen, Cat!«

Waren ihre Empfindungen tatsächlich so offensichtlich? Catherine errötete wie ein Teenager, konnte sich jedoch nicht dagegen wehren. Hoffentlich bemerkte Mrs Persson nicht das leichte Zittern ihrer Hände, als sie aus Verlegenheit die Tasse aufnahm.

»Sie sollten den Lord vergessen. Denken Sie daran, was ich Ihnen vorhin sagte. Dieser Mann würde Sie nur enttäuschen.«

Im Stillen musste Catherine der alten Frau recht geben. Was erwartete sie, wenn sie Daniel wiedersah? Er schien sich für sie zu interessieren, aber er war kein gewöhnlicher Mann – und er hatte sie gehen lassen, obwohl es ihm ein Leichtes gewesen wäre, seinem hübschen Opfer das Blut bis auf den letzten Tropfen aus dem Körper zu saugen.

Sie hörte kaum, was Clara noch sagte. In ihrem Kopf überschlugen sich die Gedanken, sie war hin- und hergerissen zwischen Wiedersehensfreude und der Frage, ob sie noch alle Tassen im Schrank hatte. Kein normaler Mensch würde sich freiwillig ein zweites Mal in die Höhle des Löwen begeben!

»Cat!« Claras schrille Stimme drang schließlich zu ihr durch. »Sie wollen doch nicht wirklich ein Techtelmechtel mit dem Lord anfangen?«

Mechanisch erhob sich Catherine. Noch immer war sie wie betäubt von dem plötzlichen Drang, noch einmal nach Camshron Castle zu fahren.

»Von einem Techtelmechtel kann keine Rede sein«, erwiderte sie mit belegter Stimme. »Aber vielleicht ist es tatsächlich das Beste, wenn ich mir die Reise spare.« Dabei wusste sie ganz genau, dass sie inzwischen davon besessen war, Daniel wiederzusehen – auch wenn dort möglicherweise die eifersüchtige Herzogin lauerte. Catherine war überzeugt, dass Giselle ihr nicht gefährlich werden konnte, solange ihre vermeintliche Rivalin in London blieb und sie Daniel für sich alleine hatte.

Wie sie sich vorgenommen hatte, war Catherine nach ihrer Rückkehr in Inverness hinaus nach Culloden Moor gefahren, um sich das alte Schlachtfeld anzuschauen. Andächtig hatte sie dagestanden und die Gedenksteine angeschaut, die von blühendem Heidekraut umgeben waren.

Natürlich hatte sie keinen Stein mit Daniels Namen gefunden, aber das war nicht verwunderlich, denn nach seinen eigenen Angaben war er anonym in die Schlacht gezogen. Schauernd hatte sich Catherine das Gemetzel vorgestellt und inmitten der gegnerischen Soldaten vor ihrem inneren Auge Daniel gesehen, wie er von einem Bajonett getroffen zu Boden sank.

Einen Wald gab es in unmittelbarer Nähe nicht. Also hatten die überlebenden schottischen Krieger ihre toten Gefährten ziemlich weit tragen müssen. Dort irgendwo hatten sie Daniel notdürftig verscharrt – bis die schöne Giselle ihn wieder ausgegraben hatte.

Während Catherine sich über ihr Notebook beugte, dachte sie an dieses schauerliche Ereignis, das den Lord of Cameron zu einem Untoten gemacht hatte. Sie fragte sich, was er in all den Jahrhunderten getrieben hatte, außer seinen Opfern aufzulauern. Er war ein Monster, ein elender Mörder, aber zu ihrem Erstaunen entsetzte Catherine diese Erkenntnis nicht. Im Gegenteil, je länger sie von Daniel entfernt war, umso natürlicher fand sie sein Tun.

»Komm auf den Boden der Tatsachen zurück, Cat«, sagte sie zu sich selbst und klappte ärgerlich das Notebook zu, denn an vernünftige Arbeit war nicht mehr zu denken, wenn sie erst einmal anfing, von Daniel zu träumen.

Ja, sie träumte von ihm, stellte sich vor, wie er sie wieder küsste, und nahm sein grausames Handeln an seinen wahrscheinlich unzähligen Opfern in Schutz.

Kopfschüttelnd rieb sich Catherine die Stirn. Was hatte dieser Mann nur mit ihr angestellt? Steckte vielleicht Butler William dahinter, der ihr unbemerkt einen Zaubertrank verabreicht hatte? Oder war es wirklich nur Daniels zärtlicher Abschiedskuss, der sie immer wieder an ihren Zwangsaufenthalt auf Camshron Castle erinnerte?

Wie auch immer, es wurde Zeit für einen neuen Auftrag – am besten am anderen Ende der Welt, wo sie abgelenkt war und den Lord schneller vergessen konnte. Aber sie wusste instinktiv, dass dies nur ein Ablenkungsmanöver und er für immer in ihren Gedanken sein würde.

Schließlich glaubte Catherine, keine Luft mehr in ihrem kleinen Zimmer zu bekommen, schnappte sich ihre Jacke und rief Clara im Vorbeigehen zu, dass sie sich die Füße vertreten wolle.

Auch in London war es kühl geworden, die feuchte, ungesunde Stadtluft verlockte nicht unbedingt zu einem Spaziergang durch das Viertel. Aber Catherine hätte es im Moment sogar vorgezogen, durch die Sahara zu wandern, so wenig hielt sie es in ihrem Zimmer aus.

Die wenigen Menschen, denen sie begegnete, hasteten mit gesenkten Köpfen und mürrischen Gesichtern an ihr vorüber. Jeder war mit seinen eigenen Gedanken beschäftigt und wollte so schnell wie möglich ins Warme. Nur Catherine hatte alle Zeit der Welt; dick vermummt in eine warme Jacke, um den Hals einen Schal gewunden, schlenderte sie durch die nebeligen Straßen.

Hatte sie wirklich vor, Daniel einen weiteren Besuch abzustatten? Wollte sie sich tatsächlich freiwillig in Gefahr begeben? Catherine glaubte zwar, dem unwiderstehlichen Lord vertrauen zu können, aber sicher war sie sich nicht.

So dumm kann man doch eigentlich gar nicht sein, dachte sie und vergrub ihre kalten Hände tiefer in den Jackentaschen. *Wenn Daniel mich nicht tötet, wird es Giselle tun.*

Bei der Erinnerung an die Mordanschläge fror Catherine noch mehr. Die Herzogin würde wieder versuchen, Catherine aus dem Weg zu schaffen, wenn sie es wagte, dem Schloss und seinem Herrn zu nahe zu treten.

* * *

Zu Hause öffnete Catherine erneut das Notebook und betrachtete die Fotos von Camshron Castle. Unvermittelt stutzte sie – auf einer der Außenaufnahmen glaubte sie, einen Schatten hinter einem Fenster im oberen Stockwerk zu erkennen. Als sie das Foto vergrößerte, hielt sie den Atem an. Eine verschwommene Gestalt mit breiten Schultern war zu erkennen, und wenn sich Catherine nicht irrte, gehörte das Fenster zu Daniels privaten Räumen.

Schwer atmend lehnte sie sich zurück. Dies war der endgültige Beweis, dass der Lord sie tatsächlich beobachtet hatte … Genau, wie er Catherine gebeichtet hatte!

Die Gestalt hinter dem Fenster war undeutlich zu sehen, aber es konnte sich nur um Daniel handeln. Ob ihm in jenem Moment der Gedanke gekommen war, Catherine an der Abfahrt zu hindern? Zumindest war das einsetzende Gewitter eine gute Gelegenheit gewesen – aber auch wenn es trocken gewesen wäre, hätte es Catherine zu Fuß kaum nach Inverness geschafft, denn wie sie auf der Rückfahrt bemerkt hatte, war ihr kein einziges Fahrzeug begegnet, das sie im Ernstfall hätte mitnehmen können.

Der Wunsch, Daniel zu vergessen, erfüllte sich nicht. Bereits mehr als drei Wochen war sie nun wieder in London, und noch immer erschien sein Bild vor ihrem geistigen Auge; auch glaubte sie noch immer seine Lippen auf ihren zu spüren.

Rastlos wanderte Catherine stundenlang in ihrem Zimmer herum, um auf diese Weise ihre Anspannung abzubauen, damit erreichte sie allerdings genau das Gegenteil. Denn es erinnerte sie an Camshron Castle und ihren Wunsch, ihm entfliehen zu können.

»Sie sollten sich um einen neuen Auftrag bemühen«, schlug Mrs Persson besorgt vor, denn natürlich war ihr Catherines Unruhe nicht entgangen. »Auch wenn Sie im Augenblick vielleicht finanziell nicht darauf angewiesen sind, täte Ihnen eine sinnvolle Beschäftigung gut.«

»Ich weiß, Clara.« Catherine verschwieg ihr allerdings, dass sie nur noch von einem Wunsch beseelt war – dem Wiedersehen mit Daniel.

»Früher haben Sie sich Ihre freie Zeit vertrieben, indem Sie durch die Gegend gefahren sind und schöne Sachen fotografiert haben.«

Catherine nickte und redete sich damit heraus, dass das Londoner Herbstwetter alles in ein Einheitsgrau tauchte und somit nichts besonders attraktiv war.

»Dann sehen Sie sich nach einem netten Mann um«, meinte die alte Dame ernsthaft. »Es muss ja nichts Festes sein.«

»Clara!«

»Nun, ich weiß doch, wie die jungen Dinger heute denken. Früher heiratete man den Mann, der einem den Hof machte – heutzutage wollen die Frauen nur ihr Vergnügen.«

»Die meisten Männer auch«, warf Catherine trocken ein und musste gleich wieder an Daniel denken. Spürte er beim Sex dasselbe wie ein Sterblicher? Wie viele Frauen hatte er neben Giselle in all den Jahren seit der Umwandlung besessen?

Inzwischen war es für Catherine unvorstellbar, an einen anderen Mann als den Lord of Cameron zu denken. Fast jede Minute des Tages war er ihr so gegenwärtig, als würde er sie auf Schritt und Tritt begleiten.

Manchmal ertappte sich Catherine bei dem Gedanken, dass Daniel sie in London besuchen könnte. Hatte er nicht behauptet, mühelos an jeden Platz der Welt reisen zu können? Aber wenn er sich ebenso nach Catherine sehnte wie sie nach ihm, hätte er sie doch längst aufgesucht, oder?

Unbekümmert ereiferte sich Clara weiter über die modernen Unsitten, während Catherine gelangweilt aus dem Küchenfenster blickte, das auf die Straße ging.

»Als Elizabeth die Zweite zur Königin gekrönt wurde, war ich noch ein junges Mädchen und hatte meinen ersten Verehrer, und er wurde später mein Ehemann. Das war damals ganz normal und …« Clara unterbrach sich, denn Catherine starrte aus dem Fenster, als sähe sie ein Gespenst.

Im nächsten Moment schoss Catherine hoch und stürzte aus der Küche. Da draußen auf dem Gehweg hatte sie Daniel entdeckt, wie er mit langen Schritten, den Blick geradeaus gerichtet, am Fenster vorbeigegangen war.

Catherines Herz überschlug sich fast, als sie die drei ausgetretenen Steinstufen vor der Haustür hinunterstolperte und dem Mann nacheilte, der sich bereits ein Stück entfernt hatte.

Sein schwarzes mittellanges Haar glänzte, seine gerade Haltung konnte man nur als aristokratisch bezeichnen. Mit wenigen Schritten hatte Catherine ihn eingeholt und hielt ihn am Ärmel fest.

»Daniel!« Ihre Freude verwandelte sich in Enttäuschung, als sich der Mann verwundert umdrehte.

»Bitte?« Catherine starrte in das Gesicht eines Fremden, und sie murmelte eine Entschuldigung.

»Verzeihen Sie, ich habe Sie mit jemandem verwechselt.«

Der Mann lächelte ihr freundlich zu und setzte seinen Weg fort, während ihm Catherine mit hängenden Schultern nachsah.

Verdammt, jetzt sah sie schon Gespenster! Wenn das häufiger geschah, würde sie sich selbst in die Klapsmühle einliefern … Oder sie fuhr noch einmal in die Highlands, um sich von Daniels Zauber zu befreien.

Eine erstaunte Clara stand in der sperrangelweit offenen Haustür, als Catherine mit ernstem Gesichtsausdruck zurückkam.

»Was ist nur los mit Ihnen?«, fragte sie fürsorglich. »Mir scheint, Sie träumen in letzter Zeit nur noch in den Tag hinein.«

Catherine ersparte sich einen Protest, denn ihre Zimmerwirtin hatte den Nagel auf den Kopf getroffen. Daniel beherrschte ihr gesamtes Dasein – egal, was sie tat. Die Sehnsucht nach ihm schmerzte sie fast körperlich, so stark, dass es kaum auszuhalten war.

Von all dem durfte Clara natürlich nichts wissen, und so nahm Catherine sie sanft bei den Schultern, setzte ein gleichmütiges Lächeln auf und schob sie ins Haus zurück. »Das Nichtstun bekommt mir eben nicht«, sagte sie. »Vielleicht sollte ich mal Urlaub machen.«

Das waren ganz neue Töne für Clara, und dementsprechend entgeistert zeigte sie sich. »Sie wollen mich wieder alleine lassen?«

»Nicht sehr lange«, entgegnete Catherine lahm, obwohl sie nicht wusste, ob sie ihre Zimmerwirtin jemals wiedersehen würde, denn ihre Reise nach Schottland – zu der sie sich just in diesem Augenblick entschlossen hatte – war möglicherweise eine Reise ohne Wiederkehr.

»Wohin wollen Sie denn überhaupt?«

»Keine Ahnung«, log Catherine, dabei wich sie dem misstrauischen Blick der alten Frau aus. »Vielleicht auf die Kanaren.«

»Allein? Ich würde Sie gerne begleiten, hab ein bisschen Geld auf der hohen Kante liegen.« Claras Augen begannen, freudig zu glänzen. »Mit ins Jenseits kann ich es schließlich nicht nehmen, nicht wahr?«

Catherine sah ihren Plan platzen, bevor er überhaupt genauere Formen angenommen hatte.

»Neulich las ich einen Bericht über Lanzarote, der Strand besteht aus dunklem Lavasand. Wussten Sie das?« Ungehindert geriet Clara ins Schwärmen, und Catherine überlegte sich fieberhaft, wie sie sich herauswinden konnte, ohne ihre Zimmerwirtin zu enttäuschen.

»Ich überlege es mir noch einmal.« Catherine täuschte ein Gähnen vor und streckte sich. »Jetzt werde ich ein Nickerchen machen, dieser Nebel macht mich immer so schläfrig.«

Doch sie hatte keinesfalls vor zu schlafen, sondern öffnete ihr Notebook und betrachtete wieder die Fotos von Camshron Castle – denn wenn sie das tat, schien es, als sei Daniel ihr am nächsten.

Bei der Betrachtung des riesigen Kristalllüsters wich sie allerdings unwillkürlich zurück. Das Klirren und danach das furchtbare Geräusch des herabgestürzten Leuchters waren gegenwärtig und dröhnten noch immer entsetzlich laut in Catherines Ohren. Sie hätte nicht den Hauch einer Überlebenschance gehabt, wenn der Lüster sie getroffen hätte.

Auch wenn sie in ihrem Londoner Stübchen sicher vor Giselle war, so fürchtete sie sich doch vor der Vampirin, die Daniel für sich alleine haben wollte.

Und sie würde wieder auftauchen, falls Catherine es wagte, Camshron Castle zu betreten.

Rasch wechselte sie zu einem anderen Foto, das das prächtige Eingangsportal zeigte. Es bestand kein Zweifel, dass nicht nur dieses Portal, sondern alle Fußböden, Einrichtungsgegenstände und Teppiche Originale aus dem achtzehnten Jahrhundert waren, die allerdings dank des magischen Butlers aussahen wie neu angefertigt.

Ein wehmütiges Lächeln zeigte sich auf Catherines Gesicht, als sie die Bilder ihres Gästezimmers betrachtete, auch wenn sie die Fotos, die sie im Bad gemacht hatte, mied, denn die hätten sie unweigerlich an das Stromkabel am Wannenrand erinnert.

Hatte sie tatsächlich nur wenige Tage im Schloss verbracht? Im Nachhinein erschien ihr die Zeit viel länger, aber das mochte an der unfreiwilligen Beschäftigungslosigkeit gelegen haben.

Zum wiederholten Male fragte sie sich, wieso Daniel sie zuerst gefangen gehalten hatte und dann gehen ließ? Um sie vor Giselle zu schützen, oder war er ihrer überdrüssig geworden?

Aber er hatte sie zum Abschied so zärtlich geküsst, als wären sie ein Liebespaar, das für lange Zeit getrennt sein würde.

Ja, sie wollte noch einmal Camshron Castle aufsuchen, selbst wenn es gefährlich für sie werden konnte. Gefährlich in doppelter Hinsicht – nicht nur wegen der Herzogin, sondern auch, weil sie dort Gefahr lief, sich unsterblich in Daniel zu verlieben, um sich dann von ihm töten zu lassen. Der Lord gehörte inzwischen zu Catherines Leben, und es erschreckte sie nicht mehr, sich seinem Blutdurst hinzugeben, so verrückt das auch klang.

Erst als es dämmerte, schaltete Catherine das Notebook aus. Ihr Entschluss stand fest: Sie würde Clara eine Lügengeschichte auftischen müssen, um sie von ihren Plänen abzubringen, obwohl sich die alte Dame bereits auf die Kanarischen Inseln freute. Außerdem hatte sich Catherine vorgenommen, Daniel ihren Besuch zu erklären: Er sollte ihr von Angesicht zu Angesicht erklären, wieso er sie hatte gehen lassen.

Natürlich war Clara enttäuscht, als Catherine ihr gestand, allein fahren zu wollen.

»Haben Sie Angst, ich würde Ihnen die Männer ausspannen?«, fragte sie beleidigt und vergaß dabei, den Abendbrottisch weiter zu decken. »Ich war noch nie im Süden. Mein Seliger vertrug die südliche Sonne nicht, deshalb sind wir immer nur nach Bath gefahren, da war nämlich meistens schlechtes Wetter.«

Geduldig lauschte Catherine der alten Dame, nahm ihr die Teller ab und sagte dann betont beiläufig: »Ich habe mich entschlossen, eine Fahrt ins Blaue zu machen – hier auf der Insel, und ich denke, es wäre nichts für Sie, stundenlang im Auto zu sitzen.«

»Was denn für eine Fahrt ins Blaue, Cat? In dieser Jahreszeit ist es überall hier trostlos, da können Sie ebenso gut zu Hause bleiben.«

»Da mögen Sie recht haben«, gab Catherine gedehnt zurück und stellte die Teller besonders sorgfältig auf ihre Plätze, um Zeit zu gewinnen. »Aber Sie kennen mich doch, es zieht mich immer in fremde Gegenden, hier halte ich es nie lange aus.«

Das konnte Clara nicht bestreiten, dennoch begriff sie nicht, dass ihre Untermieterin dem englischen Regen den Vorzug gegenüber der spanischen Sonne gab. Allerdings wusste sie, dass man Catherine nicht überreden konnte, wenn diese sich etwas in den Kopf gesetzt hatte.

»Wie lange werden Sie fortbleiben?«

»Hm, ich habe keine Ahnung.« Bei diesen Worten wandte sich Catherine ab, denn das schlechte Gewissen stand ihr ins Gesicht geschrieben. Höchstwahrscheinlich würde sie nie zurückkehren, wenn es Daniel gefiel.

»Dann werde ich wieder wochenlang keinen Gesprächpartner haben«, jammerte Clara unterdessen.

»Aber das sind Sie doch von mir schon gewohnt. Die meiste Zeit des Jahres bin ich unterwegs. Hören Sie, warum besuchen Sie nicht mal eines dieser Seniorentreffen, da hätten Sie genug Leute zum Plaudern.«

»Was soll ich denn bei diesen alten Tanten?«, fragte Clara pikiert und warf Catherine einen vorwurfsvollen Blick zu. »Die reden doch nur von ihren Krankheiten und neuen Strickmustern. Nein, nein. Da wird man ja selbst zum Mummelgreis.«

Catherine verkniff sich ein Grinsen, denn Clara tat, als sei sie eine junge Frau; dabei wäre sie bei diesen Seniorentreffen vermutlich eine der älteren Teilnehmerinnen.

»Sie können es sich ja überlegen«, gab Catherine fröhlich zurück. »Ich werde erst in einigen Tagen fahren und kann Sie gerne vorher zu einem dieser Treffen begleiten.«

Doch davon wollte Clara nichts wissen, sie schmollte den Rest des Abends, sodass Catherine froh war, als es Zeit zum Schlafengehen war.

Tags darauf bereute sie allerdings ihren Entschluss bereits. Es war der reinste Wahnsinn, freiwillig zu Daniel zurückzukehren. Aber ohne ihn – das wusste Catherine – konnte sie auch nicht mehr leben. Welche Möglichkeit gab es noch, dem schönen Lord zu begegnen? Vielleicht hatte er sie längst vergessen und ein anderes weibliches Opfer daran gehindert, sein Schloss zu verlassen. Leise

Eifersucht keimte in Catherine auf, und kleinlaut gestand sie sich ein, dass sie nicht besser als Giselle war – wenn auch weniger gefährlich.

Den ganzen Tag grübelte Catherine darüber nach, wie sie sich verhalten sollte. Da kein neuer Fotoauftrag in Sicht war, gab es nichts, das sie ablenken konnte. Bevor sie Daniel kennengelernt hatte, hätte sie sich ihre Kamera geschnappt und sich ein paar nette Plätzchen als Hobbyobjekte ausgesucht, doch das konnte sie nun nicht mehr reizen. Sie kam zu dem Schluss, dass ihr nichts anderes übrig blieb, als nach Schottland zu fahren.

Was sie dort erwartete, wusste sie nicht. Aber sie war sich sicher, dass Daniel sie diesmal nicht gehen lassen würde. Und weil sie freiwillig zu ihm ging, musste sie damit rechnen, nicht mehr lange zu leben … So einfach war das!

10

Es dauerte dann doch noch geschlagene zwei wankelmütige Wochen, bis Catherine ihr Köfferchen packte. Vorher hatte sie Clara zu einem Seniorenclub geschleppt, wo die alte Dame eine Frau traf, die im selben Dorf wie Clara geboren war. Somit hatte sich dieses Problem erledigt, denn die beiden Frauen besuchten sich nun täglich gegenseitig.

Diesmal nahm Catherine ihren Kamerakoffer nicht mit, denn sie hatte nicht vor, weitere Aufnahmen vom Schloss zu machen. Sie wollte sich einzig mit dem Lord of Cameron beschäftigen, wenn der es zuließ.

Erfreut war Clara trotz der neuen Bekanntschaft nicht; gut, dass sie nicht ahnte, was ihre Untermieterin vorhatte. Mit einem ganzen Haufen Ratschläge verabschiedete sich die alte Dame.

»Rufen Sie mich bitte regelmäßig an«, bat sie eindringlich. »Sonst werde ich ernsthaft böse.«

»Ich versuche es, aber wie Sie wissen, gibt es viele Funklöcher und …«

Clara zupfte sie ungeduldig am Ärmel. »Es gibt eine Menge Telefonzellen im Land. Und«, sie machte eine bedeutungsvolle Pause, »kommen Sie nicht auf die Idee, nach Schottland zu fahren. Sie wissen schon, warum.«

»Haben Sie Angst, dass mir der Lord meine Unschuld raubt?« Catherine grinste, obwohl ihr immer noch nicht ganz wohl bei dem Gedanken war, Camshron Castle ein zweites Mal zu besuchen.

»Darüber macht man keine Scherze. Diese hohen Herren sind doch mit allen Wassern gewaschen.«

Catherine verzichtete auf weitere Kommentare, umarmte die um einen Kopf kleinere Clara herzlich und ging dann mit festen Schritten zu ihrem Wagen, bevor sie es sich anders überlegen konnte.

Ausnahmsweise regnete es nicht, und durch die dicken Wolken stahlen sich sogar dann und wann ein paar schüchterne Sonnenstrahlen. Während der Fahrt über Land hatte Catherine Gelegenheit, um über ihre verrückte Idee nachzudenken. Ihre Vernunft schien Urlaub zu machen, anders war es nicht zu erklären, dass sie so leichtsinnig mit ihrem Leben umging. Aber da war dieser Zwang, von Daniel in die Arme genommen zu werden, auch wenn sie keine Ahnung hatte, ob für Vampire der Begriff Leidenschaft dieselbe Bedeutung hatte wie für normale Männer.

Mechanisch fuhr sie dieselbe Strecke wie beim ersten Mal. Sie übernachtete in denselben Gasthäusern und blieb einen geschlagenen Tag in Inverness, um nüchtern das Für und Wider ihres Planes abzuwägen. Doch so sehr sie sich auch den Kopf zermarterte, sie kam zu dem Ergebnis, dass sie nicht anders konnte.

Je weiter sich Catherine von Inverness entfernte, je einsamer die Gegend wurde, umso schneller schlug ihr Herz. Zwar sagte sie sich gelegentlich, dass es noch nicht zu spät zum Umkehren war, doch ihr war klar, dass sie dies niemals tun würde.

Als sie sich bis auf schätzungsweise zwei Kilometer von Camshron Castle genähert hatte, hielt Catherine am Straßenrand, stieg aus und betrachtete die Umgebung, als sähe sie sie zum ersten Mal.

Himmel, hatte sie diese eintönigen Hügel, die sich bis zum Horizont hinzogen, gehasst, während sie auf dem Schloss »eingesperrt« gewesen war – aber nun fürchtete sie sich nicht mehr vor der Wildnis. Sie konnte sogar bis zu einem gewissen Grad nachvollziehen, wie sehr Daniel seine Heimat liebte und wie wichtig es ihm gewesen war, für ein freies Schottland zu kämpfen.

Nun, Schottland war noch immer nicht frei, und der Krieg hatte ihn unglücklicherweise zum Wiedergänger gemacht, anstatt ihm seinen ewigen Frieden zu gönnen. Ob er wohl überlebt hätte, wenn Giselle nicht aufgekreuzt wäre? Oder hätte er es am Ende sogar aus eigener Kraft geschafft, sich aus seinem Erdgrab zu befreien?

Das waren Fragen, die wahrscheinlich noch nicht einmal Daniel beantworten konnte. Er liebte das Dasein zwischen Leben und Tod, so hatte er jedenfalls behauptet.

Es war trocken, aber kühl. Der heftige Wind, der sich in den Highlands wohl niemals legte, zerzauste Catherines Haare und ließ sie frösteln, sodass sie schnell wieder in ihren kleinen Flitzer sprang und den Motor anließ.

Sie drosselte das Tempo, als das Schloss sichtbar wurde. Majestätisch lag Camshron Castle da, wie schon seit Jahrhunderten. Im hellen Licht wirkte es einladend und freundlich, und kein Mensch käme auf den Gedanken, dass in seinen Mauern seit Ewigkeiten ein Vampir mit seinem Faktotum hauste.

Inzwischen schlug Catherine das Herz bis zum Hals. Sie zitterte am ganzen Körper, als sie direkt vor dem Zufahrtsweg zum Schloss parkte.

Zaghaft warf sie einen Blick zur Fassade, dann holte sie tief Luft, nahm entschlossen ihren Koffer vom Beifahrersitz und schritt energisch über die Zugbrücke. Sie verscheuchte die innere Stimme, die ihr zuraunte, dass es nicht zu spät sei, und schlug den Klopfer hart gegen das Holz des Schlosstores.

Da sich nichts regte, fragte sich Catherine bange, ob vielleicht niemand zu Hause war. Blödsinn, William war immer zu Hause. Wohin sollte er auch gehen?

Knarrend wurde das Tor einen Spalt geöffnet, dahinter wurde

das Gesicht des Butlers sichtbar. Er erkannte Catherine, und seine Mine wurde freundlich.

»Sie sind zurückgekommen.«

Verlegen scharrte sie mit den Füßen. »Ja … äh … Ich wollte den Lord besuchen.«

Williams Augen lachten, auch wenn sein Gesicht ernst blieb. Er nahm Catherine den Koffer ab und machte eine einladende Handbewegung.

»Seine Lordschaft erwartet Sie bereits, Ms Page.«

»Aber wieso? Er konnte doch gar nicht wissen, dass ich ihn besuchen will.«

Der Butler entgegnete nichts, sodass Catherine ihm achselzuckend über den Schlosshof zum Hauptgebäude folgte. Ihr fiel auf, dass die sommerlich bepflanzten Blumenkübel verschwunden waren, ansonsten sah alles so aus, wie Catherine es in Erinnerung hatte.

In der Halle bemerkte William: »Ich bringe Ihr Gepäck in Ihr Zimmer, wenn es Ihnen recht ist. Ober wünschen Sie diesmal ein anderes Gästezimmer?«

»Oh nein, aber ich werde nicht lange bleiben, denn …«

Der alte Mann grinste. »Seine Lordschaft befindet sich in der Bibliothek. Den Weg kennen Sie gewiss noch.«

Mit angehaltenem Atem nickte Catherine, und während der Butler die Treppe hochschlurfte, ging sie mit wackeligen Beinen zur Bibliothek. Noch bevor sie anklopfen konnte, wurde die Tür aufgerissen – und da stand ihr Traummann! Er sah noch schöner und edler aus, als Catherine ihn in Erinnerung hatte.

Schweigend standen sie sich gegenüber, blickten sich tief in die Augen und waren wie verzaubert.

»Du bist wieder da.« Mit diesen Worten brach Daniel das Schweigen, nahm Catherine bei den Händen und zog sie sanft in den Raum. »Ich wusste, dass du wiederkommst.«

Auch Catherine fand allmählich ihre Sprache wieder. Sie fuhr mit der Zunge über ihre ausgetrockneten Lippen und sagte mit fremder Stimme: »Ich weiß selbst nicht, warum.«

»Du konntest nicht anders, Cat.« Er zog sie behutsam an sich, sodass sie deutlich seine harten Brustmuskeln spüren konnte. Zärtlich strich er ihr über das Gesicht, dann über das Haar und schließlich ihren schlanken Hals entlang.

Catherine schloss die Augen. Entweder würde Daniel sie gleich küssen oder beißen, und als sie dann seine Lippen auf ihren spürte, war sie nicht nur erleichtert, sondern auch überrascht.

Sie vergaß Zeit und Raum; vergaß, dass sie sich von einem Vampir küssen ließ und dass nichts und niemand sie davon abhalten könnte.

Nach einer kleinen Ewigkeit löste er sich von ihr. Noch immer benommen von Daniels Zärtlichkeiten hörte sie ihn fragen: »Wie geht es deinem Knöchel?«

Sie räusperte sich. »Er hat sich schnell erholt, danke.« Lächelnd setzte sie sich in »ihren« Sessel links neben dem Kamin und fand es überhaupt nicht mehr ungewöhnlich, auf dem Beistelltischchen Teegeschirr für zwei Personen und Gebäck vorzufinden.

Auch Daniel nahm Platz, dabei ließ er Catherine nicht aus den Augen. »Warum hast du dein Auto vor dem Tor geparkt? Hast du Angst, ich könnte wieder am Motor fummeln? Sei unbesorgt, das ist nicht mehr nötig, weil ich weiß, dass du immer wieder zu mir kommen wirst.«

Die Worte waren ohne jegliche Arroganz gesprochen, sie klangen lediglich wie eine Tatsache. Trotzdem konnte sich Catherine nicht verkneifen zu fragen, was ihn so sicher machte.

Er lächelte geheimnisvoll, antwortete jedoch nicht.

»Eigentlich bin ich nur hier, um dich zu fragen, wieso du mich erst gefangen gehalten und mir dann die Freiheit geschenkt hast.«

»Die Freiheit geschenkt?« Er lachte weich. »Also gut, ich werde dir alles erzählen. Du weißt bereits, dass dein tagelanger Aufenthalt im Schloss kein Zufall war.«

»Ja, du hast es erwähnt.«

Er legte die Unterarme auf die Sessellehne und beugte sich leicht zu Catherine hinüber. »Schon als ich sah, wie hingebungsvoll du da draußen deine Fotos geschossen hast, war mir klar, dass ich dich haben will.«

»Aber du hast mich nicht getötet. Warum nicht?«

Abwehrend hob Daniel die Hände. »Ich hatte niemals vor, dich zu töten.« Er bemerkte ihren ratlosen Blick. »Wenn ich dich töte, habe ich nichts mehr von dir. Richtig?«

Zögernd nickte sie.

»Vielleicht klingen die folgenden Worte albern aus dem Mund eines Vampirs … aber ich habe mich in dich verliebt. Von der ersten Sekunde an spürte ich, dass du meine Auserwählte bist. Also musste ich dich hier festhalten, und erst, als ich sicher sein konnte, dass auch du mir verfallen bist, ließ ich dich gehen – weil ich wusste, dass du wiederkommst.«

Wie betäubt lauschte Catherine.

Es war der Abschiedskuss!

»Giselle merkte natürlich sofort, wieso ich dich am Abreisen hinderte. Wie sie darauf reagierte, hast du schließlich am eigenen Leib erfahren. Ich fühlte mich schuldig und hatte schreckliche Angst um dich.«

Bei der Erwähnung dieses Namens versteifte sich Catherine. »Ist sie im Schloss?«

»William hat Camshron Castle mit einem Zauber belegt. Sie hat keine Möglichkeit, ins Schloss zu gelangen, also bist du nur hier sicher vor ihr.«

Catherine umklammerte die Lehnen so fest, dass ihre Knöchel weiß hervortraten. »Soll das heißen, dass sie mich überall aufspüren könnte?«

»Allerdings. Doch solange du in London warst, gab es für sie keinen Grund, dich unschädlich machen zu wollen. Hab keine Angst; wenn du das nächste Mal durch das Schlosstor schreitest, wirst du eine andere sein, und Giselle wird dir nie wieder etwas anhaben können.«

Langsam dämmerte es Catherine, und sie sah sich in ihrem anfänglichen Verdacht bestätigt. Ihre Stimme war nicht mehr als ein Hauch, als sie fragte: »Du willst, dass ich Giselles Nachfolgerin werde?«

Ernsthaft nickte er, bemerkte Catherines Ungläubigkeit und streckte einen Arm nach ihr aus. »Ich schenke dir ewiges Leben und Schönheit, die nie verwelken wird. Du wirst immer so aussehen wie jetzt. Und stell dir vor, wir können gemeinsam auf Reisen gehen, ich werde dir die ganze Welt zu Füßen legen.«

Mechanisch ergriff Catherine seine kühle Hand. »Aber ich kann doch mein Leben nicht einfach wegwerfen!«

»Was ist ein armseliges Menschenleben gegen das Leben, das ich dir biete? Cat, ich liebe dich, aber wir können kein richtiges Liebespaar sein, solange du sterblich bist. Oder liebst du mich etwa nicht stark genug?«

»Oh doch.« Sie ließ Daniels Hand los und sprang auf. Mit verschränkten Armen begann sie, in der Bibliothek auf und ab zu gehen. »Aber mir gefällt das Leben, das ich führe. Ich mag meinen Beruf und die Menschen, mit denen ich zu tun habe.«

Nachsichtig lächelte er. »Du kannst dein Leben auch als Vampir so fortführen, wie du es gewohnt bist.«

Sie blieb unvermittelt stehen und schaute ihn fragend an.

»Ja, du hast richtig gehört, Cat. Fotografiere alles, was dir vor die Linse kommt, triff deine menschlichen Freunde und Verleger. Jeder wird dich um dein blühendes Aussehen beneiden, ohne etwas zu merken – allerdings musst du vorher lernen, deinen Blutdurst zu beherrschen.«

Der Gedanke, Blut trinken zu müssen, ließ Catherine erschauern, und sie murmelte: »Ich kann Blut noch nicht einmal sehen, geschweige denn trinken.«

»Du vergisst, dass sich dein Wesen wandeln wird und somit

deine Bedürfnisse. Oh Cat, wir könnten ein wundervolles Leben führen.« Auch Daniel stand auf, trat zu ihr und suchte ihren Blick. »Begreifst du denn nicht, dass du als mein Geschöpf niemals krank und schwach sein wirst?«

Erschöpft lehnte sie sich an ihn. »Ach Daniel, ich kann mir das alles nicht vorstellen. Meine Zimmerwirtin würde gewiss etwas merken … Und ich habe ihr versprochen, nicht zu lange fortzubleiben.«

Beruhigend strich er ihr über das Haar. »Ich verstehe deine Ängste, aber du wirst dich schnell an das Dasein als Vampir gewöhnen und es lieben.«

Zart berührte er ihr Gesicht, und sie schmiegte ihre Wange in seine Hand.

»Es war der Kuss, nicht wahr? Mit dem Abschiedskuss hast du mich in deinen Bann gezogen«, hauchte sie. »Denn erst danach wurde mir bewusst, wie viel du mir bedeutest.«

»Nicht ganz. Ich wollte dir nur zeigen, dass ich dich liebe.«

Widerstrebend löste sie sich von ihm und drehte sich um, weil sie fürchtete, seiner betörenden Gegenwart nicht länger widerstehen zu können. »Das verstehe ich nicht. Du sagtest doch, du wusstest, dass ich zurückkäme.«

»Ja, aber ich habe dich mit keinem Zauber belegt, falls du darauf anspielen willst. Wir beide gehören zusammen, das war mir von Anfang an klar, aber ich musste warten, bis du derselben Meinung warst.«

Mit einer nervösen Geste strich Catherine ihr Haar aus der Stirn. »Du behauptest, dass du mich liebst – aber können wir nicht auch ein Liebespaar sein, ohne dass ich zum Vampir werde?«

»Keine Ahnung, ob das funktionieren würde. Ich denke, eher nicht, denn wir wären zu verschieden. Gäbe es eine Möglichkeit, mich wieder menschlich zu machen, würde ich es tun, aber das ist ausgeschlossen.«

Sie lächelte schief. »Ich verstehe. Also versuchst du nun, mir deinen ›Lebensstil‹ schmackhaft zu machen.«

»Was bleibt mir anderes übrig?« Daniel erwiderte ihr Lächeln. »Ich kann dir versichern, dass du nach der Umwandlungsphase über dein Zaudern lachen wirst. Und höre bitte damit auf zu denken, Vampire wären ausschließlich Geschöpfe der Nacht, die sich nicht ins Tageslicht trauen. Wir unterscheiden uns nur von den Menschen, weil wir unermesslich stark und unsterblich sind … und weil wir über telepathische Fähigkeiten verfügen.«

»… und Blut trinken, anstatt normale Nahrung zu uns zu nehmen«, fügte Catherine zu. »Ach, Daniel, einerseits ist dein Angebot verlockend, aber ich bin mir nicht sicher, ob es mir wirklich gefällt, als Wiedergänger bis in alle Ewigkeiten zu existieren.«

Mit einem liebevollen Blick aus seinen unbeschreiblichen Augen brachte er Catherines Widerstand zum Schmelzen. »Ich werde immer an deiner Seite sein, Cat.«

»Aber es ist nicht fair, dass du mich in eine Falle gelockt hast«, begehrte sie schwach auf. »Das ist einfach nicht fair!«

»Sagt nicht ein kluges Sprichwort, dass in der Liebe alles erlaubt ist?«

»Schon, aber damit sind sicherlich keine faulen Tricks gemeint.«

Daniel zog sie wieder an sich und bettete ihren Kopf an seine Brust. »Was hätte ich denn sonst tun sollen, damit du nicht für immer aus meinem Leben verschwindest? Ich *musste* dich daran hindern, Camshron Castle zu verlassen, bevor du auf eigene Faust erfahren hast, dass ich kein gewöhnlicher Mann bin … und bis ich mir sicher sein konnte, dass du meine Gefühle erwiderst.«

Er seufzte tief. »Die Gefahr, dass du mich nach deiner Entdeckung abstoßend finden könntest, musste ich eingehen. Nachdem ich dir später alles erklärt hatte, sah ich, dass du positiv reagiertest – deshalb der Kuss, der dir zeigen sollte, wie viel du mir bedeutest.«

Irritiert hob Catherine den Kopf und schaute zu Daniel auf. »Selbst wenn ich mich auf dein Angebot einlassen würde … Was wird aus Giselle?«

»Sie kann dir nur etwas anhaben, solange du ein Mensch bist. Bist du eine Vampirin, hat sie keine Chance gegen dich, denn du wirst so stark und mächtig sein wie sie.«

Gedankenverloren nickte Catherine, dieses Argument leuchtete ihr ein. »Aber du hast Giselle doch gedroht, sie zu vernichten. Wie willst du das anstellen, wenn sie genauso mächtig ist wie du?«

Daniel führte sie zum Kamin und drückte sie sanft in das Polster des Sessels. »Ich werde sie austricksen, nur so kann ich sie unschädlich machen. Und du wirst mir dabei helfen, noch bevor ich dich zu meinem Geschöpf mache.«

»Ich verstehe nicht …«

»Solange Giselle noch existiert, bin ich ihr Geschöpf und somit unfrei. Ich kann meine Freiheit nur erlangen, wenn ich sie vernichte.«

Catherine wagte kaum zu atmen, während sie Daniels Plan lauschte.

»Du musst sie anlocken, dazu wird William den Zauber zurücknehmen.«

Entsetzt sprang sie auf. »Oh nein, da spiele ich nicht mit! Wenn sich Giselle wieder im Schloss aufhalten kann, wird sie nichts Besseres zu tun haben, als mich umzubringen.«

Beschwichtigend hob er die Hände. »Ich werde stets in deiner Nähe sein. Du weißt, wie man einen Vampir unschädlich macht?«

»Nur das, was ich gehört habe. Zum Beispiel muss man einen Vampir dem Sonnenschein aussetzen, damit er zu Staub zerfällt.«

Nachsichtig schüttelte er den Kopf. »Das ist blanker Unfug, Cat. Es stimmt, dass wir das Sonnenlicht nicht unbedingt lieben, doch es schadet uns nicht. Aber es gibt eine Methode, vor der sich jeder Vampir fürchtet.«

Unruhig rutschte Catherine auf ihrem Platz hin und her, dabei überlegte sie fieberhaft. Daniel meinte doch nicht etwa …?

Als hätte er ihre Gedanken gelesen, nickte er bedächtig. »Ja, der berühmte Holzpflock, der mitten ins Herz gestoßen wird.«

Sie schluckte trocken, entgegnete jedoch nichts.

»Allerdings gibt es da etwas, was du wissen solltest, mein Kätzchen: Das kann nur ein Mensch ausführen, sonst funktioniert es nicht.«

»Du meinst …?«

Noch wagte sich Catherine nicht auszumalen, was Daniel von ihr erwartete.

Sein Blick jedoch bewies, dass er genau das plante.

»Aber vielleicht geht sie von selbst, wenn sie merkt, dass wir beide zusammen sind«, versuchte Catherine zu kontern. »Daniel, du weißt nicht, was du von mir verlangst.«

»Oh doch, das weiß ich sehr gut, aber eine andere Möglichkeit gibt es nicht. Ich kann mich nur von Giselle befreien, wenn sie nicht mehr existiert. Wenn du das für mich tätest, wäre das der größte Liebesbeweis.«

»Was ist mit dem Butler? Er ist doch auch ein Mensch.«

»Aber kein gewöhnlicher Mensch.«

In Catherines Kopf überschlugen sich die Gedanken. Nur zu gern würde sie Daniel zu seiner Freiheit verhelfen, denn sie sah, wie sehr er darunter litt, das Geschöpf der herrischen Duchess of Kellog zu sein. Und sie, Catherine, hatte er auserwählt, ihm behilflich zu sein! Dabei empfand sie allerdings keinen Stolz, sondern nacktes Grauen.

»Ich hatte damals keine Wahl, als mich Giselle ausgrub«, sagte Daniel mit nachdenklich gerunzelter Stirn. »Sie machte mich zu ihrem Wesen, ob es mir gefiel oder nicht. Dabei muss ich allerdings zugeben, dass es mir schmeichelte, der Gefährte dieser wunderschönen Frau zu sein. Aber ich bin ihrer schon längst überdrüssig.«

»Dann hast du also ganz gezielt eine Nachfolgerin für sie gesucht?«

Er verneinte entrüstet. »Erst als ich dich sah, kam mir der Gedanke, wie schön es wäre, dich anstatt Giselle an meiner Seite zu haben. Im selben Moment war es um mich geschehen, und ich war wie besessen davon, dich zu bekommen.«

Das war alles zu viel für Catherine, und sie rieb sich zerzweifelt die Stirn. »Ich muss darüber nachdenken.«

»Du hast so viel Zeit, wie du brauchst«, kam es sanft zurück. »Niemals würde ich dich zu etwas zwingen; ich bitte dich nur darum.«

Langsam stand Catherine auf. »Gestattest du, dass ich meinen Wagen in den Schlosshof fahre?«

»Aber natürlich, das ist sogar sinnvoll.« Auf ihren fragenden Blick fügte er schmunzelnd hinzu: »Giselle könnte sich an deinem Auto zu schaffen machen, denn der Zauber reicht nur bis zum Schlosstor.«

Erschrocken wirbelte Catherine herum, stürzte aus der Bibliothek, eilte durch die Halle und riss das Portal auf. Das große Tor war geschlossen, aber dann sah Catherine den alten Butler aus dem Wirtschaftstrakt huschen und es wieder öffnen. Dabei nickte er Catherine auffordernd zu.

Eilig überquerte sie den Hof und atmete erleichtert auf, als sie ihren auffälligen roten Wagen unversehrt am Straßenrand entdeckte.

Mit fahrigen Bewegungen zog Catherine den Autoschlüssel aus der Jeanstasche, dabei blickte sie sich gehetzt um. Es gab zwar keine Möglichkeit für Giselle, sich in unmittelbarer Umgebung aufzuhalten, aber es hätte Catherine nicht verwundert, wenn sich die Vampirin unsichtbar machen könnte.

Mit einem Stoßseufzer glitt Catherine auf den Fahrersitz und ließ den Motor an, um gleich darauf im Schritttempo den Zufahrtsweg zum Schlosstor anzusteuern. Sie war etwa hundert Meter von der Zugbrücke entfernt, als sich das Tempo erhöhte, ohne dass sie Gas gab.

Verzweifelt trat sie auf die Bremse, doch es tat sich nichts. Im Gegenteil, der Motor heulte auf, und das Lenkrad drehte sich stark nach links, obwohl Catherine mit aller Macht dagegen ankämpfte.

Mit weit aufgerissenen Augen sah sie den Burggraben in hoher Geschwindigkeit auf sich zurasen. Ihr Mund öffnete sich zu einem lautlosen Schrei, der Wagen schoss direkt auf den zwei Meter tiefen Graben zu.

In letzter Sekunde gelang es Catherine, die Fahrertür zu öffnen und sich aus dem Wagen zu rollen. Hart kam sie auf dem Boden auf und musste hilflos zusehen, wie ihr kleiner geliebter Flitzer krachend in den Burggraben stürzte. Dann wurde ihr schwarz vor den Augen.

Als Catherine erwachte, lag sie in einem fremden Zimmer. Benommen versuchte sie sich zu erinnern, was geschehen war und wieso sie jeden Knochen im Leib spürte.

Die Erinnerung kam jäh zurück, und sie stöhnte leise auf. Ein besorgtes Gesicht beugte sich über sie und strich ihr über die kalte Stirn, auf der sich Schweißperlen gebildet hatten.

»Daniel«, wisperte sie mit kläglicher Stimme. »Was ist passiert?« Erst jetzt begriff sie, dass sie sich in seinem Schlafzimmer befand.

»Du hast einen Schock, Liebes. William bereitet dir gerade einen Trank zu, der dich wieder zu Kräften bringen wird.«

Mühsam versuchte Catherine, sich aufzurichten, wurde von Daniel jedoch sofort wieder sanft in die Kissen gedrückt. Haltsuchend griff sie nach seiner Hand.

»Mein Auto … Die Bremsen haben versagt.«

Sein Gesicht näherte sich ihrem, und dann küsste er behutsam ihre Hand. »Ich weiß, mein Liebling. Es war meine Schuld, ich hätte dich nicht alleine vor das Tor gehen lassen dürfen.«

Wieder richtete sich Catherine auf. »Aber du konntest doch nichts dafür.«

»Oh doch.« Scharf zog er die Luft sein, seine schönen Gesichtszüge verhärteten sich, und in seine grauen Augen trat ein harter Glanz. »Ich hätte mir denken können, dass Giselle sich da draußen herumtreibt, denn natürlich ist ihr nicht entgangen, dass du wieder hier bist.«

William servierte einen Becher mit undefinierbarem Inhalt und beschwor Catherine, ihn auszutrinken. Die dampfende Flüssigkeit roch genauso fragwürdig, wie sie aussah. Nur zögernd gehorchte Catherine, setzte den Becher an den Mund und schloss die Augen. Überrascht stellte sie fest, dass das heiße Gebräu ein wenig nach Minze und Fenchel schmeckte und trank es in einem Zug.

Sie sank zurück und spürte mit jedem Atemzug, wie sich ihr lädierter Körper erholte. Schon nach wenigen Minuten war sie schmerzfrei, und der Butler entfernte sich mit einem zufriedenen Nicken.

»Was hat William mir da gegeben?«, fragte sie, als sie die Augen wieder öffnete. »Das war ein Zaubertrank, nicht wahr?«

»Nenn es, wie du willst.« Daniel setzte sich auf die Bettkante. »Wäre ich ein Mensch, würde ich auf diese Medizin schwören.«

»Würde sie dir nicht die Schmerzen nehmen?«

Auf sein Gesicht trat ein amüsiertes Lächeln. »Cat, darf ich dich daran erinnern, dass ein Vampir keine Schmerzen empfindet?«

Wieder senkte Catherine die Lider und murmelte: »Ein Pluspunkt für dich. Wo waren wir vorhin stehengeblieben?«

»Wir sprachen über Giselle. Sie war es, die dein Auto in den Burggraben rasen ließ.«

Catherine riss die Augen auf. »Aber ich habe sie nicht gesehen. Sag nicht, sie kann sich unsichtbar machen.«

»Nein, das kann sie zum Glück nicht.« Er hob den Zeigefinger.

»Aber sie kann dank ihrer Willenskraft dafür sorgen, dass Bremsen versagen oder Kristalllüster von der Decke fallen. Dafür muss sie sich nicht in unmittelbarer Nähe befinden.«

Nachträglich erschauerte Catherine. »Und du? Verfügst auch du über solche Willenskraft?«

Er nickte ernsthaft. »Allerdings nicht ganz so stark wie Giselle. Diese Fähigkeit entwickelt sich mit den Jahrhunderten – erinnere dich, ich bin über hundert Jahre jünger als die Herzogin. Aber ich habe dieses Mittel noch nie angewandt«, fügte er rasch hinzu, als er Catherines skeptische Miene bemerkte. »Ich hätte wissen müssen, dass diese Teufelin etwas im Schilde führt … Aber ich war so glücklich, dich wiederzusehen, dass ich nicht an die Gefahr dachte, als du dein Auto in den Hof fahren wolltest. Giselle ist unberechenbar; ehe sie nicht vernichtet ist, werden wir keine Ruhe vor ihr haben.«

Bei diesem Stichwort fiel Catherine wieder ein, worüber sie in der Bibliothek gesprochen hatten. Sie sollte der unheimlichen Duchess einen Holzpflock in ihr böses Herz treiben. Keine Ahnung, wie sie das anstellen sollte.

»Mein schöner Wagen«, begann sie zu jammern. »Er ist nach dem Sturz bestimmt schrottreif.«

»William wird ihn wieder reparieren, sei unbesorgt. Sei froh, dass Giselle nicht daran gedacht hat, die Fahrertür zu verriegeln, sonst wärst du nicht mehr am Leben.« Seine Stimme klang traurig, und er nahm wieder ihre Hand. »Ich fühlte eine innere Unruhe, nachdem du die Bibliothek verlassen hattest, mein Liebling. Wäre ich mit dir gegangen, hätte ich den Wagen aufhalten können.«

Catherine erinnerte sich an einen Film, in dem ein Vampir seiner Freundin das Leben gerettet hatte, indem er einen heranrasenden Wagen mühelos aufgehalten hatte. Ob Daniel auch so stark war?

Sie fragte ihn, und er antwortete: »Ich glaube schon, aber ich hätte eher meine Willenskraft gegen Giselles eingesetzt.« Er schwieg einen Augenblick. »Du darfst Camshron Castle nicht mehr verlassen, hörst du? Dieses Miststück hält sich in der Nähe auf, sie wartet nur auf die nächste Gelegenheit.«

»Aber bei meinem Treppensturz habe ich ganz deutlich Giselles Hand gespürt«, sagte Catherine nachdenklich und begann, sich in Daniels Schlafzimmer umzuschauen. Im Gegensatz zu ihrem früheren Eindruck wirkte der Raum nun sehr wohl bewohnt – gerade so, als würde Daniel ihn regelmäßig benutzen.

»Du hast dich nicht geirrt«, gab er ihr recht. »Als ich Giselle nach den Anschlägen zur Rede stellte, gab sie mit einem eiskalten Lachen zu, dich persönlich die Treppe hinuntergestoßen zu haben. Es sei ihr eine Genugtuung gewesen, behauptete sie.«

Gequält seufzte Catherine. »Kann sie … Kann sie hören, worüber wir reden?«

»Nein, dazu ist sie nicht fähig, weil ich es nicht gestatte. Genauso verhält es sich mit den Gedanken; nur wenn ich es zulasse, kann sie meine Gedanken lesen – und umgekehrt.«

»Ich habe euch beim Dinner beobachtet. Ihr beide habt euch durch Telepathie unterhalten.«

Langsam fuhr er sich über sein rabenschwarzes Haar. »Gut, dass du nicht hören konntest, was Giselle sagte. Sie forderte mich auf, dich aus meinem Haus zu werfen, sonst würde etwas Entsetzliches mit dir geschehen. Leider nahm ich ihre Warnung nicht erst; erst nachdem du dich mir wegen deines Verdachtes wegen der Unglücksfälle anvertraut hattest, wurde ich stutzig und nahm mir Giselle vor. Ich war entsetzt, als sie mit stolzem Blick verriet, dass sie tatsächlich dahintersteckte. Daraufhin drohte ich ihr – und als sie dann auf Reisen ging, bat ich William, mein Anwesen mit einem Zauberbann zu belegen, der Giselles Rückkehr unmöglich machte.«

Catherine zweifelte nicht eine Sekunde an Daniels Worten.

Aber woher wollte sie wissen, dass er sie nicht nur als Werkzeug brauchte, um Giselle zu vernichten? Vielleicht log er unverschämt und würde Catherine nach der vollendeten Tat aussaugen?

Darüber wollte sie lieber nicht nachdenken. Sie schwang die Beine über die Bettkante und machte Anstalten aufzustehen. Williams Trank hatte ihr zwar die Schmerzen genommen, nicht aber den Schwindel, wie Catherine sogleich feststellte.

Daniel stützte sie fürsorglich. »Möchtest du in dein Zimmer und etwas schlafen?«

Sie nickte, weil sie in aller Ruhe über sein Anliegen nachdenken wollte, denn es war eine Entscheidung, die nicht rückgängig zu machen war. Als Daniel sie hochhob, schmiegte sie sich an seine Schulter, in seiner Nähe fühlte sie sich geborgen.

In Catherines Zimmer prasselte ein gemütliches Kaminfeuer, die Bettdecke war einladend zurückgeschlagen und der Koffer ausgepackt. Es sah alles genauso aus wie bei Catherines erstem Besuch – aber möglicherweise war dies nur wieder ein Zaubertrick, und der schöne Raum war in Wahrheit eine heruntergekommene Hütte.

Vorsichtig ließ der Lord Catherine auf das Bett gleiten, deckte sie zu wie ein kleines Kind und gab ihr einen Kuss auf die Stirn.

»Daniel!«

Er war schon auf dem Weg zur Tür und drehte sich sofort um. »Was gibt es, mein Engel? Hast du noch einen Wunsch?«

»Du sagtest, dass sich Giselle nicht unsichtbar machen kann? Aber ich habe sie vor dem Schloss nicht gesehen, auf den Hügeln gibt es kein Versteck.«

Er zuckte mit den Schultern. »Vermutlich hat sie sich hinter einer Mauer verborgen, sie ist mit allen Wassern gewaschen.«

»Dann kann ich Camshron Castle also nicht mehr gefahrlos verlassen, bis ich …«

Daniel kam langsam zurück. »Hör zu, Cat. Überlege dir in Ruhe meinen Vorschlag, ich werde dich nicht zwingen, Vampir zu werden, du sollst es aus freien Stücken wollen. Ich liebe dich und möchte dich glücklich sehen. Wenn du dich also gegen ein unendliches Leben mit mir entscheidest, werde ich zwar traurig sein, aber ich werde dafür sorgen, dass du heil zurück nach England kommst.« Er streckte ihr seine Hand entgegen. »Einverstanden?«

Nur zögernd ergriff Catherine die dargebotene Hand. Daniel sah sie offen an, es war keine Falschheit in seinem Blick. Aber was hatte das bei einem Vampir schon zu sagen?

11

Während der folgenden zwei Wochen dachte Catherine gründlich nach. Was gab sie auf, wenn sie ein Vampir wurde? Wenn es ihr beliebte, konnte sie weiter ihrem Beruf nachgehen und so weiterleben, wie sie es bisher getan hatte. Das jedenfalls behauptete Daniel.

Catherines Eltern lebten nicht mehr, und Geschwister hatte sie keine. Die einzige Person, die Catherine vermissen würde, war Clara Persson, wenn sie sich entschloss, nach der Umwandlung auf Camshron Castle zu wohnen.

Aber dafür erhielt sie so viel: ewige Jugend, unermessliche Macht und Fähigkeiten, von denen ein Sterblicher nur träumen konnte.

Die einzigen Feinde waren sogenannte Vampirjäger, doch Daniel hatte erklärt, dass bis zu seinem Schloss noch nie einer dieser Jäger vorgedrungen war, weil niemand wusste, dass der Schlossherr ein Wiedergänger war.

Und das Beste, was Catherine bekommen würde, war zweifellos Daniel! Sie spürte inzwischen, dass er sie aufrichtig liebte und sich nichts sehnlicher wünschte, als Catherine zu seiner Gefährtin der Finsternis zu machen.

Aber da war Giselle, die sich ihnen in den Weg stellte. Daniel vermutete, dass sie unter Zeitdruck stand, sie wollte Catherine vernichten, bevor sie auch ein Vampir war. Freiwillig würde die Herzogin Daniel niemals freigeben, und auch wenn es ihr nicht gelingen konnte, einen anderen Vampir zu vernichten, so würde sie immer zwischen dem Lord und seinem neuen Geschöpf stehen.

»Nachdem Giselle von mir erfuhr, dass ich einen Gast beherbergte, kam sie sofort nach Camshron Castle, denn sie witterte bereits Gefahr«, berichtete Daniel eines Abends. »Sie spürte wohl schon vorher, dass ich sehr von dir angetan war, und ließ kein gutes Haar an dir. Nach den Anschlägen, als ich sie zur Rede stellte, forderte sie von mir, dich gehen zu lassen … oder sie würde dich umbringen.«

»Aber warum diese Anschläge, sie hätte mich doch auch … aussaugen können?«

Er lächelte. »Giselle ist raffiniert. Wenn sie dich gebissen hätte, wäre mir das sofort aufgefallen; also sorgte sie dafür, dass sich der Hallenlüster löste, urplötzlich ein Stromkabel in der Badewanne lag und du die Treppe hinunterstürztest. Diese Anschläge sollten mich glauben lassen, dass es Unfälle waren. Hättest du dir nicht ein Herz genommen und deinen Verdacht geäußert, wäre ich wirklich in diesem Glauben geblieben. Also jagte ich Giselle aus dem Schloss, aber sie drohte mir, dich weiter zu attackieren, wenn du es wagen würdest, dich wieder Camshron Castle zu nähern.« Er runzelte die Stirn. »Sie muss dich gerochen haben, also scheint sie sich in der Nähe aufzuhalten.«

Empört fuhr Catherine auf. »Gerochen? Entschuldige bitte, ich dusche zweimal täglich!«

Zu ihrer Verwirrung lachte er schallend auf. »Verzeih mir, ich habe versäumt zu erwähnen, dass Vampire einen ausgeprägten Geruchssinn haben. Menschen riechen anders als wir, sie verströmen einen köstlichen Blutgeruch.« Als er Catherines Entsetzen sah, fügte er hinzu: »Das mag dir jetzt befremdlich erscheinen, aber du wirst bald feststellen, dass du diesen Geruch genießen wirst, wie ein Mensch den Duft von frisch gebackenem Kuchen genießen würde.«

Sie lehnte sich wieder zurück. »Ich bezweifle, dass mir jemals Blutgeruch das Wasser im Munde zusammenlaufen lassen kann.«

»Du wirst es erleben – sofern du bei mir bleiben willst.« Er betrachtete sie liebevoll von seinem Kaminsessel aus. Im Schein des Feuers wirkten seine grauen Augen noch heller und geheimnisvoller.

»Bitte erzähl weiter«, bat Catherine, denn sein Anblick machte sie schwach. Sie sehnte sich danach, von ihm geküsst zu werden und mit ihm zu schlafen. Das hatte Daniel bisher abgelehnt, weil er fürchtete, im Rausch Catherine zu beißen. Auch wenn sich beide nach Sex sehnten, mussten sie warten, bis Catherine bereit war, Giselle unschädlich zu machen, um dann auf die Seite der Finsternis zu wechseln.

»Nun, bevor Giselle Camshron Castle beleidigt verließ, lachte sie höhnisch und schrie mir ins Gesicht, dass es mir gar nichts nützen würde, dich zu einem Vampir zu machen, weil ich durch einen Bann für immer an sie gebunden sei. Zugegeben, daran hatte ich vorher nicht gedacht, aber Giselle sprach die Wahrheit: Sie und ich sind durch diesen Bann bis in alle Ewigkeiten verbunden, und ich werde immer ihr Geschöpf sein. Ich appellierte an ihre Vernunft und beschwor sie, mir die Freiheit zu schenken, doch ihr Gesicht verzerrte sich vor Wut, und sie zischte mir zu, dass ich lange darauf warten könnte. Ein Menschenleben würde dafür nicht ausreichen.«

Daniel beobachtete Catherines Reaktion. Er wollte sie nicht noch mehr erschrecken.

Als sie nichts entgegnete, sondern weiter gedankenverloren vor sich hin starrte, fuhr Daniel fort. »Erst da kam mir die Idee, Giselle mit deiner Hilfe zu töten.«

»Was würde geschehen, wenn es uns nicht gelänge und auch ich ein Vampir wäre?«

Traurig senkte Daniel den Kopf. »Wir hätten keine ruhige

Minute vor ihr, ständig wäre sie in unserer Nähe und würde hartnäckig ihren Platz beanspruchen. Du wärst Giselles Attacken ausgesetzt – denn als junge Vampirin hättest du noch nicht die Kraft und Macht, um dich gegen die Herzogin zu wehren. Auf Reisen würde sie uns ungefragt begleiten, weil sie auf ihrem Recht bestünde. Würden wir miteinander schlafen, würde sie sich zu uns legen ... und so weiter und so fort.«

Resigniert seufzte Catherine. Wie es schien, gab es keinen anderen Ausweg, um mit Daniel ungestört zusammen sein zu können.

»Was für ein geheimnisvoller Bann ist es, der dich und Giselle verbindet?«, wollte sie wissen.

Daniel erklärte es ihr geduldig. »Auch bei Vampiren gibt es ungeschriebene Gesetze, denen sich niemand widersetzen kann. Hilft ein Vampir einem Neuling, sich in der für ihn fremden neuen Welt der Unsterblichkeit zurechtzufinden, gilt er als dessen Retter und Schöpfer; durch ein geheimnisvolles Band sind beide miteinander verbunden – es sei denn, der ältere Vampir gibt den jüngeren frei.«

»Hm, und das würde Giselle niemals tun, hast du gesagt.«

»So ist es. Ich kenne einige Vampire, die mit ihren herrischen Schöpfern unglücklich sind. Es gibt da eine junge spanische Vampirin namens Donna Isabella; sie wurde im 15. Jahrhundert von einem Vampir, der zu Lebzeiten ein griesgrämiger Großgrundbesitzer gewesen war, in letzter Sekunde vor dem Feuertod gerettet, denn man beschuldigte sie der Hexerei. Vor ungefähr zweihundert Jahren verliebte sich Donna Isabella in einen gut aussehenden Franzosen. Doch bevor sie ihn mit seiner Zustimmung beißen konnte, wurde der Mann von ihrem Schöpfer getötet, denn er war ebenso eifersüchtig wie Giselle und dachte nicht daran, seine schöne Gefährtin mit einem Neuling zu teilen. Seitdem hat man Donna Isabella nie mehr lachen gehört, und sie fristet traurig ihr Dasein mit dem alten Griesgram.«

Nervös knetete Catherine ihre Hände. »Sind alle … Schöpfer so egoistisch, und gibt es nur Vampir-Paare?«

»Es gibt viele Einzelgänger, die wenigsten Wiedergänger haben einen … nun ja, Lebenspartner.« Daniel grinste ironisch. »Aber Rach- und Eifersucht sind verbreitete Untugenden unter den Vampiren, und die damit zu tun haben, spielen all ihre Tricks und Macht aus.«

Catherine sah ein, dass es keine andere Möglichkeit gab, als die Herzogin aus dem Weg zu räumen – oder nach Hause ins sichere England zu fahren. Doch im gleichen Atemzug wusste sie, dass sie dann nie wieder glücklich sein könnte, denn ein Leben ohne Daniel erschien ihr nicht mehr lebenswert.

Sie räusperte sich, schlug ihre Beine übereinander und fragte betont beiläufig: »Hast du eine Vorstellung, wie wir Giselle überrumpeln können?«

»Ungefähr. Ich muss sie ins Schloss locken, dafür müsste William den Zauberbann aufheben. Giselle muss völlig arglos sein, sonst klappt der Plan nicht.«

»Ah, das dürfte schwierig werden«, warf Catherine mit skeptischer Miene ein. »Sie scheint nicht sehr vertrauensselig zu sein. Gab es in der Zukunft für dich eine ähnliche Situation? Ich meine, hast du dich schon einmal in eine Sterbliche verliebt?«

Bedächtig schüttelte Daniel den Kopf. »Ich hatte jedoch kaum Gelegenheit, Frauen zu begegnen, die mir gefielen. Wie du siehst, lebe ich hier sehr zurückgezogen, und auf meinen Reisen meide ich Menschen … Es sei denn, ich habe Durst.« Er warf einen raschen Blick zu Catherine, um zu sehen, wie sie reagierte. Immerhin musste sie sich daran gewöhnen, dass Blut das Einzige war, was sie bald zu sich nehmen konnte … und wollte.

Äußerlich sah man ihr nichts an, aber die Gefühle tobten in ihr. Einen wildfremden Menschen anzufallen und sein Blut zu trinken, das erschien ihr so makaber, dass sie besser nicht genauer darüber nachdenken wollte.

»Gut«, sagte sie nach einer Weile gedehnt. »Du lockst Giselle ins Schloss – wie geht es dann weiter?«

Daniel dachte angestrengt nach. Auch wenn er sich längst einen Plan zurechtgelegt hatte, hieß das nicht, dass er funktionierte.

»Ich muss sie dazu bringen, mir in den Keller zu folgen. Dann muss alles ganz schnell gehen, denn wenn sie erst einmal merkt, dass sie in eine Falle gelockt worden ist, kann sie sich blitzschnell an einen anderen Ort wünschen. Also müssen wir das Überraschungsmoment nützen; Ich werfe Giselle zu Boden und halte sie fest, und dann …«

»… dann soll ich ihr einen Holzpflock ins Herz stoßen«, beendete Catherine tonlos den Satz. »Was du da von mir verlangst, ist unmöglich.«

Er stand auf, kniete vor ihrem Sessel nieder und legte seinen Kopf auf ihren Schoß. »Es ist möglich, Cat. Und es ist die einzige Möglichkeit, um für dich frei zu sein. Außerdem verlange ich es nicht von dir, ich bitte dich darum.«

Mechanisch streichelte sie über sein wundervolles, weiches Haar. Verdammt, sie wollte Daniel – und zwar für sich allein!

Er umfasste ihre Beine und hauchte winzige Küsse auf ihre Oberschenkel, die wie Blitze ihren gesamten Körper durchzuckten.

Daniels Verzweiflung war nicht gespielt. Auch ein Vampir konnte sich nicht so sehr verstellen … zumindest redete sich Catherine das ein.

»Wenn der Plan missglückt«, sagte sie leise, während sie weiter zärtlich durch sein Haar fuhr, »wird sich Giselle an uns beiden rächen.«

»Es *muss* einfach klappen.« Daniel hob den Kopf, und ihre Blicke trafen sich. »Mir kann sie nicht viel anhaben außer ewiger Unfreiheit, aber dir umso mehr. Darum ist es wichtig, dass der erste Anlauf auch der letzte ist.«

»Was … was passiert mit Giselles Körper, wenn ich es schaffe, sie zu töten?«

Daniel löste sich von Catherine, neigte sich vor und küsste ihre Lippen. »Ich weiß, wie grausam das alles für dich klingt und wie egoistisch ich bin.« Langsam stand er auf, ging zurück zu seinem Sessel und vergrub das Gesicht in den Händen. »Manchmal frage ich mich, was ich dir angetan habe. Aber die Liebe zu dir verändert mein ganzes Denken.«

Und alles nur, weil ich mir in den Kopf gesetzt habe, ins tiefste Hinterland zu fahren, um Camshron Castle abzulichten, ging es Catherine durch den Kopf. Auch wenn sie nicht mit den Folgen rechnen konnte, gab sie sich doch eine Mitschuld an dem Dilemma, das daraus entstanden war. Und trotzdem war sie glücklich, Daniel kennengelernt zu haben, und wollte mit keinem Menschen auf der Welt tauschen.

Catherine reckte sich. Was auch kommen mochte, sie wollte keinen anderen Mann als den Lord of Cameron, auch wenn sie dafür eine Vampirin töten musste.

Ein beklemmendes Schweigen war entstanden, das Catherine brach, indem sie ihre Frage wiederholte.

»Genau weiß ich es nicht«, antwortete Daniel beklommen. »Doch ich habe gehört, dass ein Vampir, dessen Herz von einem Holzpflock durchbohrt wird, zusammenschrumpft und wenige Sekunden so aussieht, wie er aussehen würde, wenn er ein paar hundert Jahre im Sarg gelegen hätte. Und dann zerfällt er zu Staub, der für niemanden mehr gefährlich ist.«

»Aber nur ein menschliches Wesen kann dies tun?«, vergewisserte sich Catherine noch einmal, um sicherzugehen.

»Ja, und noch dazu muss es ein menschliches Wesen sein, das getauft wurde.«

Trotz der ernsten Lage musste Catherine lachen. »Da hast du aber Glück, dass meine Eltern keine Heiden waren.«

»Deshalb kann William mir diesen Dienst nicht erweisen«,

fuhr Daniel ungerührt fort. »Als Magier hat er nie das Sakrament der Taufe empfangen.«

»Ich verstehe. Hast du dir schon Gedanken darüber gemacht, unter welchem Vorwand du Giselle ins Schloss locken willst?«

Das hatte er tatsachlich getan. Das Unterfangen war nicht ganz ungefährlich, da Giselle riechen würde, dass sich Catherine noch auf Camshron Castle befand.

»Auch wenn ich es ungern tue, ich werde Giselle sagen, dass sie mir fehlt und ich unsere sexuelle Beziehung wieder aufnehmen möchte. Ich werde ihr erklären, dass du nichts taugst und dich weigerst, meine Gefährtin zu werden, und ich dich deshalb ins Jenseits befördert habe. Verstehst du? Giselle muss den Eindruck gewinnen, dass du uninteressant für mich geworden bist und dass ich mich nach ihr sehne – wünscht sie sich übrigens seit mehr als hundert Jahren.«

»Wird sie dir glauben?«

Ein tiefer Stoßseufzer war die Antwort. Daniel warf den Kopf in den Nacken und musterte angestrengt die Zimmerdecke. »Ich weiß, dass sie besessen von mir ist, aber ob sie mich durchschaut, steht auf einem anderen Blatt. Ich muss es einfach riskieren.«

Bis spät in die Nacht feilten sie an ihrem Plan, der so bald als möglich ausgeführt werden sollte. Catherine hatte ein mulmiges Gefühl, da sie die entscheidende Rolle zu spielen hatte.

Auf Daniels Geheiß hatte Butler William einen zugespitzten Holzpflock und einen Hammer in die Bibliothek gebracht, die von Catherine misstrauisch beäugt wurden. Schließlich handelte es sich um Mordwerkzeuge, auch wenn Daniel sie davon zu überzeugen versuchte, dass an einem Vampir nichts Menschliches war und er eigentlich schon längst tot war.

»Daher wirkt es nur, wenn ein Sterblicher das Ritual vornimmt«, erklärte Daniel sachlich. »Könnte ich es selbst tun, hätte ich Giselle schon lange vernichtet.«

Vorsichtig nahm Catherine schließlich den Pflock vom Tisch

und drehte ihn in den Händen. Er roch nach frisch geschlagenem Holz, und Daniel bestätigte ihr, dass William diesen Pflock eigens für Giselle angefertigt hatte.

»Er mag die Herzogin nicht sonderlich, nicht wahr?«, fragte Catherine, nachdem sie den Pflock schaudernd weggelegt hatte.

»Nein, denn sie hat William und seine Vorgänger stets wie gewöhnliche Dienstboten behandelt. Außerdem missfällt ihm, wie Giselle mit mir herumzuspringen versucht. Egal, was geschieht, der treue alte Mann wird immer auf meiner Seite stehen, da können wir uns absolut sicher sein.«

Inzwischen hatte Catherine den urigen Butler ebenfalls lieb gewonnen. Sicher, er hatte sie während ihres ersten Aufenthaltes auf Camshron Castle Dutzende Male angeschwindelt, aber dies war im Auftrag seines Herrn geschehen. Und dass William auch Gutes tun konnte, hatte sein Gebräu bewiesen, durch das Catherine nach dem Sturz aus dem Auto in Windelseile wieder gesund geworden war.

»Ich habe Angst vor Giselles Zorn, wenn etwas schiefgeht«, sagte Catherine, als sie sich später auf der Galerie trennten. »Vielleicht heuert auch sie einen Sterblichen an, der dich …«

Daniel nahm ihr Gesicht in seine Hände und zwang sie sanft, ihn anzusehen. »He, ich habe dich nicht angeheuert, mein Kätzchen. Bevor es dich gab, war es mir relativ gleichgültig, ob ich Giselles Geschöpf bin oder nicht. Erst dein Auftauchen machte mir klar, dass ich nicht so weiterexistieren will wie bisher. Du hast Saiten in mir anklingen lassen, die mich an mein früheres Leben erinnern. Die Sehnsucht nach Zärtlichkeit, der Wunsch, geliebt zu werden und mit der geliebten Frau gemeinsam durchs Leben zu gehen.«

Seine langen dichten Wimpern warfen Schatten auf seine Augen, und in diesem Moment wirkte er menschlicher als jeder sterbliche Mann.

»Mir ist klar, wie ungewöhnlich diese ganze Situation für dich ist, Liebling. Bei deinem ersten Aufenthalt im Schloss hatte ich schreckliche Angst, dich zu Tode zu erschrecken, weil ich ein Geschöpf der Finsternis bin. Deshalb solltest du nach und nach selbst herausfinden, wer dein Gastgeber war.«

»Ich war trotzdem völlig verwirrt und ängstlich, als ich meine Vermutung bestätigt sah.« Sie schloss die Augen und genoss hingebungsvoll Daniels Zärtlichkeiten. Wie sehr sie sich nach mehr sehnte!

Aber solange die böse Herzogin noch existierte, würden sich diese Zärtlichkeiten auf Küsse und Streicheln beschränken. Daniel litt unter dem selbst auferlegten Verbot genauso sehr wie Catherine – und nur an ihr lag es, diesem unerträglichen Zustand ein Ende zu setzen.

»Morgen«, raunte er ganz nah an ihrem Ohr, »morgen werde ich Giselle ins Schloss bitten. In der Gruft wird es dann endlich geschehen.«

Wieder kamen Catherine Bedenken. »Sie wird mich riechen und ahnen, dass sie in eine Falle gelockt wurde.«

»William bereitet einen Tee, den du vorher trinken wirst. Der alte Mann behauptet, damit kann der Blutgeruch unterdrückt werden. Wie abgesprochen, versteckst du dich in der dunklen Nische. Damit du verstehst, worüber ich mit Giselle rede, werde ich laut mit ihr sprechen – das wird ihr nicht weiter auffallen, denn wir unterhalten uns nicht ausschließlich mithilfe unserer Gedanken. Ihre spezielle Leidenschaft kommt uns zugute, sie wird sich freiwillig auf den Sarg legen und fesseln lassen.«

»Und dann kommt mein Einsatz«, murmelte Catherine mit bebender Stimme und fragte sich, von welcher Leidenschaft er sprach.

»Ja, davon hängt alles ab.« Daniel brachte sie bis zu ihrer Tür und verabschiedete sich mit einem Gutenachtkuss, bevor er sich zu seinen Räumen begab.

Obwohl es schon recht spät war, verspürte Catherine noch keine Lust, zu Bett zu gehen. Morgen um dieselbe Zeit war alles vorbei, beruhigte sie sich selbst. Schon morgen Nacht konnte sie das Bett mit Daniel teilen – wenn alles gutging. Andernfalls würde er für immer und ewig unter Giselles Fuchtel stehen, und Catherine selbst müsste unter Todesgefahr die Highlands verlassen.

12

Der nächste Tag begann wie jeder andere Tag auf Camshron Castle. Der Frühstückstisch war gedeckt, doch Catherine bekam kaum einen Bissen herunter. Statt Kaffee gab es an diesem Morgen jedoch eine große Kanne grünlichen Tee, der nach nichts schmeckte.

»Trinken Sie alles, Ms Page«, bat William eindringlich. »Die Wirkung verfliegt sonst zu schnell.«

Skeptisch betrachtete sie den Inhalt ihrer Tasse, die der Butler gerade nachgefüllt hatte. »Und das soll den Geruch meines Blutes neutralisieren?«

»In der Tat. Dieser Tee enthält Wirkstoffe, durch die Sie … für einen Vampir anders riechen.«

»Wie anders?«

»Nun, Ihr Körper wird den Geruch nach Erde und Fäulnis ausströmen.«

Entsetzt wich sie zurück.

»Seien Sie unbesorgt, die Wirkstoffe verfliegen innerhalb eines Tages, und Sie selbst werden keine Veränderung feststellen. Da Seine Lordschaft die Duchess of Kellog im Kellergewölbe … zu empfangen gedenkt, habe ich den Tee nach dessen Gerüchen gebraut. So wird der Herzogin nicht auffallen, dass sich ein menschliches Wesen in ihrer Nähe befindet.«

Beruhigt war Catherine dennoch nicht. »Könnten Sie … ich meine, wenn etwas schiefgehen sollte, könnten Sie dann eingreifen?«

»Ich bedauere zutiefst, Ms Page«, gab der Butler traurig zurück. »So stark sind meine Zauberkräfte nicht, dass ich in einen Kampf zwischen zwei Vampiren eingreifen könnte. Bitte trinken Sie den Tee.«

Sie tat es gehorsam und ging in Gedanken noch einmal Daniels Plan durch. Sowie sicher war, dass Catherine keinen menschlichen Geruch mehr ausströmte, würde William den unsichtbaren Cordon um Camshron Castle zurücknehmen; Catherine selbst würde sich zu diesem Zeitpunkt schon in ihrem Versteck in der Gruft befinden.

Daniel hatte vor, Giselle danach zu erlauben, sich in seine Gedanken einzunisten. Er musste sich dabei sehr konzentrieren, denn er musste ausschließlich an Giselle denken und daran, wie sehr er sich nach ihr sehnte. Wenn sie das Spiel nicht durchschaute, würde sie schnellstens eintreffen – Daniel hatte behauptet, die Herzogin so gut zu kennen, um zu wissen, dass sie nur auf ein Zeichen von ihm wartete, um die alte Beziehung wieder aufzunehmen. Über den weiteren Verlauf hatte er Catherine weitgehend im Unklaren gelassen; sie wusste nur, dass er Giselle in die Gruft mit den Särgen locken und sie fesseln wollte.

Eine halbe Stunde später war der Butler sicher, dass sich Catherines Geruch neutralisiert und den der Gruft angenommen hatte – sie selbst stellte keine Veränderung an sich fest.

»Es ist an der Zeit, Ms Page«, sagte William mit feierlicher Miene. »Bitte begeben Sie sich in den Keller, das … Werkzeug liegt dort bereit.«

Noch immer konnte Catherine kaum glauben, worauf sie sich eingelassen hatte, und schwerfällig erhob sie sich, als führe sie ihr Weg zum Schafott. William würde sie nicht retten können, wenn das Vorhaben misslang; daher war der Vergleich mit dem Schafott nicht von der Hand zu weisen.

Während sich Catherine in die Gruft schlich, sagte sie sich, wie gut es war, noch einmal Clara angerufen zu haben, um ihr zu versichern, dass sie sich in der rauen Gegend von Yorkshire aufhielt und die Natur genoss. Niemals durfte die alte Mrs Persson erfahren, wo sie sich tatsächlich befand, denn wenn sie nicht mehr auftauchte, würde ihre Spur nach Yorkshire führen und dann im Sande verlaufen.

Oh ja, Catherine hatte an alles gedacht, sie wollte Daniel nicht in Gefahr bringen. Wenn sie verschwand, sollte niemand erfahren, wo und warum, obwohl ein letzter Zweifel blieb. Liebte der Lord sie wirklich, oder brauchte er nur eine Sterbliche, um sich seiner Schöpferin zu entledigen? Catherine wusste nicht genug über Vampire, allerdings hatte sie irgendwo gelesen, dass Wiedergänger ihre Opfer durch glaubwürdige Schmeicheleien gefügig zu machen wussten.

Aber nun war es zu spät zum Umkehren. Ängstlich kauerte sie sich in die modrig riechende Nische, dabei stieß ihr Fuß gegen den Holzpflock. Ihre Hand bebte, als sie das scharf zugespitzte Instrument aufhob, und sie war sich nicht sicher, ob sie in der Lage war, den Pflock in Giselles Herz zu stoßen. Sie versuchte, sich zu konzentrieren und an die Mordanschläge zu denken – nur so war es ihr möglich, den nötigen Hass auf die schöne Herzogin aufzubringen.

Sie fror erbärmlich, denn inzwischen hockte sie seit Stunden in der Gruft, ohne dass sich etwas ereignete. Vielleicht war etwas schiefgegangen, aber dann hätte man Catherine doch sicherlich informiert.

Noch während sie darüber nachsann, ihr Versteck zu verlassen, hörte sie unvermittelt ein Geräusch. Und wirklich, gedämpft war das Öffnen der Kellertür zu vernehmen sowie leise Stimmen – Daniel und Giselle.

Catherine duckte sich noch tiefer in die Nische, obwohl diese in völliger Dunkelheit lag, selbst wenn Licht in der Gruft angeschaltet wäre. Mit angehaltenem Atem lauschte Catherine den

Stimmen, die sich allmählich näherten. Als plötzlich das Licht mehrerer Kerzen aufflammte, zuckte sie unwillkürlich zusammen, auch wenn sie wusste, dass Giselle sie nicht entdecken konnte – es sei denn, ein Geräusch aus der Nische ließ sie aufmerksam werden.

»Wieso hast du mich hierher geführt, Liebster?«, gurrte Giselle mit verheißungsvollem Lächeln. »Und warum sprechen wir wie gewöhnliche Sterbliche?«

Von ihrer dunklen Ecke aus konnte Catherine erkennen, wie sich Daniel der Herzogin näherte; sein Blick war voller Faszination auf Giselle gerichtet, die ihm mit erhobenem Haupt kokettierend entgegenblickte.

»Weil ich den Klang deiner Stimme liebe, wenn sie hier unten ertönt«, sagte er sanft. »Dann hat sie etwas so Begehrenswertes, dem ich mich nicht entziehen kann.«

Giselle warf mit einer gekonnten Bewegung ihr wallendes Haar zurück, das im Kerzenschein die Farbe von Altgold angenommen hatte. »Hört, hört! Und dabei hast du mich noch vor Kurzem aus deinem Haus geworfen – wegen dieser englischen Schlampe, die du sogar zu deiner Gefährtin machen wolltest. Lachhaft!«

»Bitte verzeih mir.« Er machte eine zerknirschte Miene, die Catherine ihm auf der Stelle abgenommen hätte. Giselle jedoch war nicht so leicht zu überzeugen.

»Es war dumm, mir einzubilden, dass sie dich jemals ersetzen könnte«, fuhr er mit beschämtem Blick fort. »Sie taugte nichts, und als sie es wagte zurückzukommen, nahm ich mir vor, sie auszusaugen, um sie loszuwerden.«

»Hätte sich dieses unverschämte Weib nicht in letzter Sekunde aus dem fahrenden Auto geworfen, wäre sie nicht mehr am Leben.«

Mit einem frechen Grinsen trat er einen Schritt auf Giselle zu. »Sie ist nicht mehr am Leben, meine Liebste.«

Ihre Augen wurden groß. »Du hast sie …?«

»Mir blieb doch nichts anderes übrig.« Hilflos hob Daniel die Hände. »Unaufgefordert kam Catherine zurück, und nachdem sie um ein Haar in den Graben gefahren war, wollte sie sofort Camshron Castle verlassen, weil sie glaubte, dass jemand an ihrem Wagen manipuliert hatte. Ich konnte doch nicht zulassen, dass sie zur Polizei rennt und mein Geheimnis preisgibt; deshalb ließ ich sie nicht gehen.«

»Wann hast du es getan?«

»Vergangene Nacht, meine Schöne. Erst danach erlaubte ich William, den Bann aufzuheben.«

Giselle trug ein bodenlanges, hautenges weißes Kleid mit großzügigem Ausschnitt, der einen tiefen Einblick auf ihr marmor-weißes Dekolletee zuließ. Noch immer stand sie direkt in der Nähe des Türbogens und machte keine Anstalten, ihren Standort zu verändern. Ihre Hände lagen fest über den schmalen Hüften auf, und in diesem Augenblick war die Herzogin so unbeschreiblich schön, dass es sogar Catherine den Atem verschlug.

»Wo hast du ihren Leichnam gelassen?«, fragte sie in einem Ton, in dem Sterbliche sich vielleicht über den Tagespreis von Kartoffeln unterhalten hätten.

Wieder erschien auf Daniels Gesicht ein dämonisches Grinsen. »William hat sie in den Brunnen geworfen. Niemals wird ihre Leiche entdeckt werden.«

Giselles angespannte Miene milderte sich etwas; doch sie schien misstrauisch zu bleiben. »Hat dir ihr Blut geschmeckt?« Bei diesen Worten zitterte ihre Stimme leicht, und ihre schmalen Nasenflügel bebten vor Aufregung. »Bitte, sag mir, wie diese Engländerin geschmeckt hat.«

Daniel machte einen weiteren Schritt auf sie zu, sodass sie nur noch ein guter Meter trennte. »Du hast beileibe nichts verpasst, meine Königin. Catherines Blut schmeckte ziemlich fad, es war keine der Delikatessen, die wir beide gewohnt sind.«

»Oh, ich hätte es trotzdem gern für dich erledigt, Geliebter. Seit Monaten habe ich keinen Sterblichen mehr erwischt, ich bin völlig ausgehungert nach Menschenblut.« Giselle schloss mit genießerischer Miene kurz die Augen. »Ich kann kaum glauben, wie du diese Engländerin so lange in deinem Haus beherbergen konntest, ohne sie zu beißen.«

Noch zwei weitere Schritte, und Daniel stand dicht vor ihr. »Disziplin, meine Liebe, reine Disziplin.«

Sie sah zweifelnd zu ihm auf, ihre Augen waren zu Schlitzen verengt. »Eigentlich müsste ich immer noch wütend auf dich sein, weil du mich wegen dieser Person vor die Tür gesetzt hast.«

»Ach, Giselle, sei nicht so nachtragend. Ich habe mich doch entschuldigt – Catherine schien mir begehrenswert zu sein, sie hat mir den Kopf verdreht, und ich habe mich benommen wie ein dummer Junge. Siehst du, ich habe dich zurückgeholt, weil ich dich liebe und meinen Fehler eingesehen habe. Catherine wird uns nie wieder stören.«

»Diese Hure hat mich wegen meiner Bemühungen bei dir angeschwärzt«, giftete Giselle plötzlich. »Ihr habe ich es zu verdanken, dass du mich wie eine Bettlerin davongejagt hast! Dieses raffinierte Ding hat meine Pläne durchschaut, deshalb wollte ich mich an ihr rächen, als ich ihr Auto in den Burggraben lenkte.«

Es gab Catherine einen feinen Stich, als sie sah, dass Daniel hämisch lachte. Was war, wenn er gerade eben sein wahres Gesicht zeigte, und alles, was er ihr gesagt hatte, eine große Lüge gewesen war?

»Du hast mir damit viel Arbeit abgenommen«, hörte sie Daniel sagen. »Während Catherine ihren Wagen holte, zermarterte ich mir das Hirn, wie ich sie loswerden konnte. Nun, durch den Unfall war sie verletzt und wütend. Sie drohte mir, sich ein Taxi zu bestellen, um bei der Polizei von Inverness Strafanzeige gegen mich zu erstatten. Dummerweise hatte ich Catherine bereits gebeichtet, dass es hier oben einen hervorragenden Handyempfang gibt.«

Giselles Blick war weiterhin skeptisch auf ihren ehemaligen Geliebten geheftet. Sie selbst wusste schließlich am besten, wie glaubhaft Vampire lügen konnten.

Nachdem sich die beiden sekundenlang schweigend gegenübergestanden hatten, deutete Giselle mit dem Daumen über die Schulter. »Du hast mir noch immer nicht verraten, wieso du mich in die Gruft geschleppt hast.«

Als sie sah, dass Daniel geheimnisvoll schmunzelnd die Arme verschränkte, leuchteten Giselles Augen auf. Sie klatschte vor Begeisterung in die Hände und rief: »Oh, du hast eine Überraschung für mich – ich liebe Überraschungen! Sag mir, was es ist? Hast du mich etwa die ganze Zeit zum Narren gehalten und die Engländerin gar nicht getötet, um sie mir zum Geschenk zu machen?« Sie drehte sich flink im Kreis. »Wo ist sie? Sag schon, wo hast du sie versteckt? Du kannst dir nicht vorstellen, wie sehr ich davon beeindruckt bin, dass du mir diese unwürdige Frau opferst!«

In ihrer Begeisterung sah Giselle nicht die Bestürzung in Daniels Augen, denn die Herzogin begann die Gruft zu durchsuchen; dabei hob sie ihr Näschen, damit sie Catherine besser wittern konnte.

Mit wenigen Schritten hatte Daniel sie erreicht und zog sie eine Spur zu heftig an sich. »Du irrst dich, Geliebte. Catherines Kadaver liegt zerschmettert auf dem Grund des Hofbrunnens und verrottet.«

Giselle begann, sich in seinen Armen zu entspannen, sie drängte ihren geschmeidigen Raubtierkörper an Daniels Körper und rieb ihr Becken gegen seinem Unterleib. Sie gurrte wie eine Taube und warf ihren Kopf verführerisch in den Nacken; dabei funkelten die Smaragde an ihren Ohrläppchen wie grünes Feuer. Allmählich schien Giselle zu dämmern, was Daniel vorhatte, denn sie zog ihn plötzlich zum Podest.

»Du Genießer. Jetzt weiß ich, womit du mich überraschen willst … Also hast du unsere heiße Umarmung in den Pariser Katakomben nicht vergessen!« Ihre vollen Lippen näherten sich seinem Gesicht, und mit Entsetzen konnte Catherine in ihrer Nische erkennen, dass Daniel die Herzogin genauso schmachtend betrachtete, wie er sie stets ansah.

Wilde Eifersucht loderte in Catherine auf, ihr Griff um den Holzpflock wurde fester. Vielleicht sollte sie beide töten, schoss es ihr durch den Kopf, doch dann besann sie sich auf Daniels Worte, dass sie nichts ernst nehmen sollte, was er zu Giselle sagte oder mit ihr anstellte.

Sein kehliges Lachen klang schauerlich hohl, als er seinen Mund auf ihre sehnsüchtig geöffneten Lippen senkte. Giselle ließ ein verzücktes Stöhnen hören, mit ihren langen rot lackierten Fingernägeln, die den ausgefahrenen Krallen einer Katze glichen, fuhr sie über Daniels muskulösen Oberarm.

»Ah, das tut gut«, schnurrte sie und ließ sich bereitwillig von Daniel weiter zum Podest drängen. »Niemals werde ich vergessen, wie wir es auf den Särgen getrieben haben. Wie lange habe ich gehofft, dass du mir noch einmal diesen Wunsch erfüllst.«

Nur wenige Schritte trennte das Paar von den Särgen. Catherine ahnte inzwischen, was Daniel vorhatte – obwohl es ihre Vorstellungskraft übertraf, wie man Spaß an Sex haben konnte, der auf einem Sargdeckel stattfand.

»Sieh, was ich für dich getan habe, meine Schönheitskönigin.« Daniel beugte sich vor und wies auf Lederschnüre, die an allen vier Ecken seines Sarges befestigt waren. »Ich weiß doch, wie sehr du es genießt, mir beim Liebesspiel hilflos ausgeliefert zu sein.«

Giselle setzte sich auf den Sargdeckel. »Das ist der größte Liebesbeweis. Jetzt weiß ich, dass es keine andere Frau in deinem Leben gibt und wir bis zum jüngsten Tag das schillerndste Paar der Unterwelt sein werden.«

»Leg dich hin, damit ich dich fesseln kann.« Daniels Stimme

bebte leicht vor offensichtlicher Erregung. »Und dann bin ich für eine gewisse Zeit dein Herr und du musst alles erdulden, was ich mit dir mache.«

Sie lachte geziert auf und legte sich gehorsam auf den Sargdeckel. Ihre auffällige Mähne umrahmte sie dabei wie ein goldener Heiligenschein, und fast tat es Catherine leid, dass diese schöne Frau sterben musste – zu allem Überfluss auch noch durch ihre Hand.

Geschickt verknotete Daniel die Lederbänder, dann machte er Anstalten, sich seiner Kleidung zu entledigen. Gierig starrte Giselle auf den Mann, der sie gleich besitzen würde wie in alten Zeiten.

»Nimm mich endlich«, stöhnte Giselle, als sich Daniels Hand unter ihrem Kleid zu schaffen machte, dessen Saum inzwischen bis zu den makellosen Oberschenkeln hochgeschoben war.

»Oh nein, noch nicht«, antwortete er leise. »Zuerst sollst du noch etwas leiden, meine zauberhafte Geliebte.« Er schlenderte zum Kopfende und begann, in Giselles Haarpracht zu wühlen, was ihr besonders zu gefallen schien, denn ihr Stöhnen wurde intensiver.

Catherine machte sich bereit, denn gleich würde sie von Daniel ein heimliches Zeichen erhalten. Sie achtete nicht auf ihren protestierenden Körper, der sich zu lange in dieser ungewohnten Haltung befunden hatte, und presste die Lippen aufeinander, denn schon der kleinste Laut konnte sie verraten und Giselle warnen, sodass diese sich dank ihrer übernatürlichen Kräfte zur Wehr setzen könnte.

Daniel spielte mit Giselles Locken, und als er zur Nische nickte, trat Catherine aus der Dunkelheit hervor. In ihrer jetzigen Lage konnte Giselle sie nicht sehen, die immer lauter stöhnte und sich im Liebesrausch wand.

Unvermittelt umfasste Daniel Giselles Kopf so fest, dass sie nicht in der Lage war, ihn zu bewegen.

»Was machst du da, Geliebter?«, fragte sie atemlos. »Ist das ein neues Spiel, das du dir für mich ausgedacht hast?«

»Oh ja, ich habe nächtelang darüber nachgedacht, was ich tun kann, um dich nicht zu langweilen.«

Giselle lachte, noch immer war sie ahnungslos. Doch dann sah sie Catherine und merkte, dass sie in der Falle saß.

Fest hielt Catherine Pflock und Hammer in den Händen. Nun musste alles ganz schnell gehen. Sie achtete kaum auf die schöne Vampirin, die sich wand, denn nun wusste sie genau, was auf sie zukam.

»Du Hurensohn!«, keifte sie, und ihr Gesicht glich plötzlich einer dämonischen Maske. Sie fauchte und knurrte, ihre Fangzähne fuhren aus. Das intensive Grün ihrer Augen verwandelte sich blitzschnell in ein feuriges Rot, das Funken zu sprühen schien.

Fest richtete Catherine ihren Blick auf Giselles Oberkörper, während Daniel ihr hektisch zurief: »Los, tu es endlich!«

Und Catherine tat es. Sie setzte die Spitze des Pflocks auf Giselles Herzgegend, was recht schwierig war, da sich Giselle aufbäumte. Ein kurzer Blick sagte Catherine, dass das Gesicht der Herzogin nichts Menschliches mehr an sich hatte; es war eine teuflische Fratze, umgeben von einer Flut goldenen Haares. Die Laute, die Giselle ausstieß, erinnerten an die eines wilden Tieres in Todesangst und an die wahnsinnigen Schreie einer Ausgeburt des Teufels.

Noch einmal trieb Daniel Catherine an, und nach einem langem Atemzug schlug Catherine mit aller Kraft den Hammer auf das abgeflachte Ende des Holzpflocks.

Nicht nur Giselle schrie, sondern auch Catherine, denn sie war nicht auf die Blutfontäne vorbereitet, die aus Giselles Körper schoss. Innerhalb weniger Sekunden war das einstmals weiße Seidenkleid voller Blut. Entsetzt trat Catherine zurück, dabei ließ sie Pflock und Hammer auf den Boden fallen.

Noch immer wand sich Giselle, doch nach wenigen Sekunden wurden ihre Schreie schwächer, ihr Körper begann zu zucken und sich zu verändern. Nicht nur ihr Gesicht, sondern ihr ganzer Körper schien zu schrumpfen, der Oberkörper fiel in sich zusammen; die einstige Schönheit nahm die Gestalt einer Mumie an; ihr Haar bestand nun aus nichts weiter als wenigen unansehnlichen grauen Strähnen; dort, wo einst die Augen gewesen waren, bildeten sich dunkle Höhlen.

Längst hatte Daniel Giselle losgelassen, denn nun konnte sie nicht mehr gefährlich werden. Er trat zu der zitternden Catherine, die angstvoll auf die kläglichen Überreste der Herzogin starrte.

»Gleich ist es überstanden«, raunte ihr Daniel zu und umarmte Catherine. »Du musst nicht hinsehen, Cat.«

Doch wie in Trance starrte sie weiterhin auf den Sarg; inzwischen bewegte sich Giselle nicht mehr, nur noch ein einziger fauchender Laut entrang sich ihrem lippenlosen Mund, sie bestand mittlerweile lediglich aus einem bleichen Skelett.

Hin- und hergerissen zwischen Widerwillen und Faszination sah Catherine, wie Giselles Knochen zerbröselten. Im gleichen Moment stieg von dem Skelett beißender Schwefelrauch auf, und das, was einmal die hinreißende Duchess of Kellog gewesen war, wurde zu einem Häufchen Staub, der von den verbliebenen Stofffetzen des ehemals weißen Kleides notdürftig bedeckt wurde.

Urplötzlich gab es einen Knall, bei dem Catherine unwillkürlich aufschrie und sich an Daniel klammerte. Eine Stichflamme schoss empor, und dann war der Spuk beendet. Man konnte nur noch an den nun leeren Lederschlaufen und einem Häufchen Asche erkennen, was sich in den vergangenen Minuten auf dem Sargdeckel abgespielt hatte.

Widerlicher Pestgestank breitete sich in der Gruft aus, die Catherines Atemwege reizten, sodass Daniel sie bei der Hand nahm und rasch aus der Gruft führte.

Oben an der Kellertür stand William, der fast so bleich wie sein Herr war. Panisch schlug er die Tür zu, nachdem Catherine und Daniel den Flur erreicht hatten.

»Das ganze Schloss bebte«, sagte der Butler. »So etwas habe ich noch nie erlebt.«

Beruhigend klopfte Daniel seinem Faktotum auf die Schulter. »Es ist vollbracht. Duchess Giselle of Kellog wird niemals wieder Unheil über Camshron Castle bringen.« Obwohl er mit fester Stimme sprach, war ihm anzusehen, dass auch ihn die Ereignisse in der Gruft tief bewegten. »Dank Ms Page bin ich frei.«

Dabei sah er Catherine liebevoll an, die wie im Schock am gesamten Körper bebte.

13

Sie hatte sich das alles ganz anders vorgestellt – viel einfacher. Gleich nach Giselles Vernichtung, hatte Catherine angenommen, würden sie und Daniel ein Liebespaar werden. Aber daran war noch nicht zu denken. Es lag an Catherine, die noch tagelang an nichts anderes als an Giselles Tod denken konnte.

Sie hörte die irren Schreie der Herzogin, ihr Toben und Fauchen, sah die Wut und Verzweiflung vor sich, mit der sie gegen das Unvermeidliche anzukämpfen versucht hatte. Der widerliche Geruch, der dem Leichnam entströmte und schließlich der unaufhaltsame Zerfall einer der schönsten Frauen, die Catherine jemals gesehen hatte ... All dies schien noch immer gegenwärtig zu sein.

Daniel drängte sie nicht. Er war für sie da, wenn sie seine Nähe brauchte, und zog sich zurück, wenn sie allein sein wollte. Er hatte ihr auf ihre ängstliche Frage versichert, dass sich keine anderen Vampire an ihr rächen würden, da in ihrer Welt nur sie selbst wichtig waren oder deren Gefährten, wenn sie welche hatten.

Manchmal wünschte sich Catherine, ihr Gedächtnis zu verlieren, denn sie fürchtete, dass das Geschehen in der Gruft sie eines Tages um den Verstand bringen würde.

Butler William kümmerte sich rührend um Catherine. Er erfüllte ihr jeden Wunsch – sogar der Sportwagen sah wieder aus wie frisch vom Hersteller.

»Sie können jederzeit Camshron Castle verlassen, Ms Page«, sagte er eine Woche nach Giselles Vernichtung. »Das ist der ausdrückliche Wunsch Seiner Lordschaft.«

»Es ist sein Wunsch, dass ich gehe?«, erkundigte sie sich fassungslos und vergaß weiterzufrühstücken.

William entgegnete verlegen: »Entschuldigen Sie meine missglückte Wortwahl. Es ist sein ausdrücklicher Wusch, dass Sie frei sind, wenn Sie es möchten.«

»Ach, William, ich werde nie wieder frei sein.« Sie lehnte sich zurück und blickte versonnen hinaus auf die kargen Hügel. »Seitdem ich Daniel kennengelernt habe, bin ich nicht mehr frei.«

Verständnisvoll nickte der Butler und reichte Catherine einen Teller mit Rührei und Speck. »Er wird immer gut zu Ihnen sein, ob in Ihrer Welt oder in seiner.«

»Aber ich kann nicht vergessen, was ich getan habe!«, begehrte sie plötzlich auf. »Ich habe einen Menschen getötet!«

»Die Duchess war kein Mensch – genauso wenig, wie es Seine Lordschaft ist.«

Catherine verzichtete lieber auf eine Antwort. William hatte gut Reden, er hatte nicht mit ansehen müssen, wie Giselles Körper zerfiel, und es war auch nicht seine Schuld, dass es dazu gekommen war.

Nächtelang hatte sie über dieses Thema mit Daniel diskutiert. Er hatte behauptet, dass Catherine spätestens nach der Transformation anders darüber denken würde: Dass Giselle schon seit Jahrhunderten tot war und in ihrer menschlichen Hülle ein Widergänger gesteckt hatte.

Diese Vorstellung machte Catherine auch nicht glücklicher. Sie rechnete es Daniel hoch an, dass er sie nicht bedrängte, seine Geliebte zu werden und somit ihre Tage als Sterbliche gezählt waren. Wie William angedeutet hatte, stand es Catherine frei, einen Rückzieher zu machen, auch wenn sie selbst nicht daran dachte. Zu tief war sie bereits in Daniels Welt eingetaucht, zu tief war ihre Liebe zu ihm, als dass sie sich ein Leben wie vor ihrer Reise in die Highlands vorstellen konnte.

Daniel hatte auf Catherines Frage nach seinem Umschmeicheln von Giselle geschworen, dass jedes Wort, das er zu seiner Schöpferin gesprochen hatte, gelogen war. Er hatte ihr glaubhaft versichert, dass er Giselle schon lange nicht mehr anziehend fand und er seine ganze schauspielerische Kunst anwenden musste, um sie gefügig zu machen – mit befriedigendem Ergebnis.

Das Klingeln des Handys auf dem Tisch klang für Catherine im ersten Augenblick wie aus einer anderen – beziehungsweise – normalen Welt. Erst nach mehrmaligem Läuten nahm Catherine ab, denn das Display zeigte Mrs Perssons Nummer an.

»Catherine, wo stecken Sie denn?«, drang Claras besorgte Stimme an ihr Ohr. »Eine Woche lang haben Sie sich nicht gemeldet, ich wollte schon die Polizei alarmieren!«

Catherine räusperte sich, bevor sie antwortete. Blitzschnell musste sie sich eine Ausrede einfallen lassen, damit die alte Dame nicht misstrauisch wurde.

»Ach, Clara, es tut mir so leid«, sagte sie schließlich mit bedauerndem Unterton. »Das Aufladegerät fürs Handy war kaputt, ich musste mir erst ein neues besorgen.«

»Soso. Und wo stecken Sie jetzt?«

Sorgfältig legte sich Catherine ihre nächsten Worte zurecht, sie durfte sich keinesfalls verplappern. »Ich sitze im Frühstücksraum einer kleinen Pension, am frühen Nachmittag will ich weiterfahren.«

»Heimwärts?«, fragte Clara hoffnungsvoll.

»Äh … noch nicht. Ich hab hier ein paar nette Leute getroffen, die sich in der Gegend auskennen und mir einige Tipps gegeben haben.«

Clara zog scharf die Luft ein. »Aber Sie sind schon über drei Wochen fort!«

»Na und? Gönnen Sie mir doch ein bisschen Urlaub, und wegen Ihnen muss ich ja kein schlechtes Gewissen haben, seitdem Sie sich regelmäßig mit Mrs Greyson treffen.«

»Schon, aber ich werde mir doch wohl noch Sorgen um Sie machen dürfen.«

Catherines Lachen fiel kläglich aus, doch sie hoffte, ihre Zimmerwirtin würde es nicht merken. »Ich bin alt genug, Clara. Werden Sie nicht unruhig, wenn Sie in Zukunft länger nichts von mir hören. In unserem Land geht niemand so schnell verloren.« In Gedanken fügte sie hinzu: »Es sei denn, man verliebt sich in einen Vampir und entschließt sich, ebenfalls einer zu werden.«

Nachdem sie Catherine mit dem neuesten Klatsch aus der Nachbarschaft versorgt hatte, legte Clara auf. Nachdenklich blickte Catherine auf ihr Handy. Wenn ihre Umwandlung zum Vampir misslang, hatte sie die Stimme der alten Dame zum letzten Mal gehört.

Noch bevor Catherine sich endgültig dazu entschlossen hatte, Daniels Geschöpf zu werden, hatte dieser ihr gestanden, dass die Transformation einige Risiken barg. Niemand konnte vorhersagen, was nach dem Biss passierte, sobald sich Daniels Gift mit Catherines Blut mischte.

Daniel wusste von einigen Fällen, bei denen das Opfer starb, obwohl der Vampir nur wenige Tropfen Blut gesaugt hatte. Und diese Tatsache machte nicht nur Catherine, sondern auch Daniel zu schaffen. Mehrmals schlug er sogar schweren Herzens vor, sie solle Camshron Castle verlassen, weil er sie liebte und nicht an ihrem Tod schuld sein wollte.

Aber dazu konnte sie sich nicht entschließen, denn sie liebte den Lord of Cameron ebenfalls, obwohl diese Liebe alles andere als normal war. Da half auch nicht, dass Daniel ihr schwor, sie bis zum Jüngsten Tag zu lieben – sie wollte unter allen Umständen bei ihm bleiben und ihr Leben mit ihm teilen, selbst auf die Gefahr hin, dass sie vielleicht etwas anders aussah nach der Transformation.

Auch das war ein Risiko. Im Allgemeinen waren Neuvampire von Anbeginn makellos schön, oftmals viel schöner, als sie aussahen, bevor sie zum Vampir wurden. Aber manchmal ging etwas schief, und der »junge« Vampir hatte auch äußerlich nur noch geringe Ähnlichkeit mit dem Sterblichen, der er zuvor gewesen war.

Und das ängstigte Catherine am meisten! Wenn sie nach der Umwandlung anders aussah, konnte sie sich bei ihren Freunden, Verlegern und Mrs Persson nie wieder blicken lassen, denn die würden den Unterschied sofort bemerken. Das bedeutete auch, den geliebten Beruf an den Nagel zu hängen und sich in Schottland verborgen zu halten.

»Deiner angestrengten Miene nach zu urteilen, zerbrichst du dir wieder einmal dein hübsches Köpfen.« Unbemerkt hatte Daniel das Frühstückszimmer betreten. »Woran denkst du? An Giselle oder die Umwandlung?«

»An beides«, gab Catherine ohne Umschweife zu. »Noch immer sehe ich ständig Giselles zu Staub zerfallenes Gesicht vor mir, den Anblick werde ich nie vergessen.«

Er kam an den Tisch, setzte sich neben Catherine und nahm ihre Hand, die fast so kalt war wie seine eigene. »Als Wiedergängerin wirst du diesen Anblick bald vergessen. Das, was neulich in der Gruft geschehen ist, wird dir dann als unwichtig erscheinen. Ich erwähnte ja bereits, dass sich dein Denken verändern wird.«

Sie seufzte laut, dabei streichelte sie Daniel mit dem Daumen über den Handrücken. »Und da wären wir beim zweiten Thema: Ich schwanke immer noch, dein Geschöpf zu werden … Das nimmst du mir hoffentlich nicht übel.«

»Selbstverständlich nicht, mein Liebling. Ich hätte Verständnis, wenn du dich dazu entschließen würdest, deine Sterblichkeit nicht aufzugeben.«

»Aber dann müsste ich auch *dich* aufgeben«, erwiderte sie niedergeschlagen. Sie musterte sein ebenmäßiges Gesicht, das weder

Fältchen noch Hautunreinheiten noch den Ansatz von Bartstoppeln aufwies. »Weil ich dich nicht aufgeben kann, muss ich bleiben – mit allen Konsequenzen.«

Seine Miene spiegelte Verständnis wider. Er neigte sich vor und küsste Catherine leicht auf die Stirn, als wäre sie ein Kind. »Überlege so lange, wie du willst. Ich verspreche dir, nicht ungeduldig zu werden.«

»Wir lieben uns und wollen endlich ganz zusammen sein, Daniel. Da gibt es eigentlich nichts zu überlegen. Selbst wenn ich dich verlassen würde, stünde ich in wenigen Tagen wieder vor dem Schlosstor, weil ohne dich mein Leben nie wieder so wäre wie vor unserem Kennenlernen. Manchmal habe ich das Gefühl, es kaum noch erwarten zu können, so zu werden wie du, aber dann werde ich wieder von Panik ergriffen. Panik darüber, dass die Transformation nicht so glatt verläuft wie bei dir und ich vielleicht ein Monster werde oder sterbe. Bitte Daniel«, sie umklammerte in plötzlicher Verzweiflung seine Hand, »versprich mir, mich zu töten, wenn ich mich zu einem Ungeheuer entwickeln sollte.«

Fassungslos sah sie, dass Daniel seine Hand zurückzog und sich abwand. Mit erstickter Stimme sagte er: »Das kann ich nicht. Erinnere dich, was ich dir über Giselle erzählt habe: Nur ein Sterblicher ist fähig, einen Wiedergänger zu vernichten. Selbst wenn ich es wollte, würde es mir nicht gelingen.«

Resigniert lehnte sich Catherine zurück. »Dann gibt es keine Garantie, mich zu erlösen, wenn etwas schiefgeht?«

»Nein. Cat, ich will ganz ehrlich zu dir sein. Wenn du die Umwandlung nicht überlebst oder zum Monster wirst, werde ich mein Dasein hassen und nach einer Möglichkeit suchen, auf dieselbe Art wie Giselle zu sterben. All diese Fähigkeiten, die ich seit Jahrhunderten genieße, wären mir nichts mehr wert ohne dich.«

Nun war es an ihr, ihn tröstend zu streicheln. Sie sah die Qual in seinem Gesicht und erinnerte sich an die Worte, die er bei ihrer Rückkehr gesprochen hatte: »Wir sind füreinander bestimmt, bis in alle Ewigkeit.«

In einer plötzlichen Eingebung sagte Catherine fest: »Und wir würden auch nicht voneinander loskommen, wenn ich jetzt aufstehen und gehen würde.«

»Nein, sicher nicht.«

»Dann lass uns heute Nacht zusammen sein.«

In seinem Blick lagen Überraschung, Freude und eine Spur von Furcht. »Bist du dir sicher?«

Sie bejahte.

»Du weißt, dass es danach kein Zurück mehr für dich gibt?«

Sie nickte bestimmt. »Darüber haben wir doch oft genug geredet.«

Doch Daniel wollte ganz sichergehen und zählte einige schwerwiegende Punkte auf. »Wir werden keine Kinder haben, denn Vampire sind unfruchtbar.«

»Damit habe ich mich bereits abgefunden.«

»Und du wirst mich niemals verlassen können, sofern ich dir nicht die Freiheit schenke.«

Sie lächelte spöttisch. »Auf diese Bitte würdest du lange warten, denn mich wirst du nicht mehr los.«

Nun musste auch er grinsen. »Gut zu wissen. Ach ja, da wäre noch etwas: Es kann viele Monate dauern, bis du dich nach der Transformation zu deiner Idealform entwickelt hast. Bis dahin wäre es ratsam, Camshron Castle nicht zu verlassen.«

Verdutzt zog sie die Brauen hoch, das war etwas Neues. »Bedeutet das, ich würde mich verdächtig machen, wenn mich Leute sähen, die ich kenne?«

»Allerdings. Giselle versteckte mich monatelang in der Hütte im Wald, bis sie mir die Erlaubnis gab, zu meinen Eltern zu gehen.«

Das begriff Catherine nicht. »Du meinst, du hast nach der Umwandlung zunächst anders ausgesehen?«

»Nein, aber ich musste erst lernen, mit meinen neu gewonnenen Kräften umzugehen, das sah manchmal ziemlich tölpelhaft aus – etwa so wie ein Mensch, der nach einem Unfall wieder lernen muss, seinen Körper zu kontrolliern. Willst du immer noch, dass es heute Nacht geschieht?«

Wie aus der Pistole geschossen sagte sie: »Ja, Daniel. Ich will, denn ich weiß, dass du alles dafür tun wirst, um mich in meinem neuen Leben zu unterstützen.«

Sie stand auf und trat zum Fenster. Würde sie den schottischen Hügeln als Vampir mehr Reiz abgewinnen können als bisher? Würde sie sich an alle Einzelheiten ihres sterblichen Lebens erinnern? Niemand konnte das voraussagen, noch nicht einmal Daniel.

Ein letztes Mal betrachtete sich Catherine im Badezimmerspiegel und betastete ihre gerade Nase, die leicht geschwungenen Lippen sowie das etwas vorspringende Kinn. Sie versuchte, sich ihr Gesicht einzuprägen, jede Linie und die haselnussbraunen Augen.

Heute also war die Nacht der Nächte. Entweder gelang es, aus Catherine ein unsterbliches Wesen zu machen, oder sie starb bei dem Versuch. Eines jedoch stand fest: Sie würde in dieser Nacht Daniels Geliebte werden und sich ihm somit ausliefern.

Obwohl er ihr seine Erfahrungen wieder und wieder geschildert hatte, war sich Catherine nicht sicher, ob bei ihr die Umwandlung ebenso ablaufen würde, denn anders als Daniel würde sie von einem Vampir gebissen werden.

Catherine hatte ausgiebig gebadet und ihren Körper sorgfältig eingecremt. Auch wenn Daniel kein gewöhnlicher Mann war, so war sie sicher, dass er auf angenehme Düfte ebenso reagierte wie ein Sterblicher.

Unter ihrem seidenen Kimono trug Catherine nichts als einen Hauch von roter Spitzenunterwäsche, die sie bereits in London gekauft hatte. Sie wusste, dass Daniel Rot bevorzugte und sie sehr attraktiv in dieser auffallenden Farbe aussah.

Daniel erwartete sie in seinem Schlafzimmer, doch Catherine konnte sich kaum von ihrem Spiegelbild lösen. Sie neigte sich über den Waschtisch und murmelte: »Cat, bist du sicher, dass du willst, was heute Nacht geschieht?«

Das Spiegelbild gab keine Antwort, doch Catherine bemerkte den verräterischen Glanz in ihren Augen. Ja, sie war erregt von dem Gedanken, in Daniels Armen zu liegen, und ein wohliger Schauer durchrieselte sie bei dem Gedanken an Daniels Zähne, die sich in ihren Hals bohrten.

Endlich wandte sich Catherine um, bürstete noch einmal das schwarze volle Haar und kehrte dem Bad den Rücken. Sie wusste bereits, dass sie ihr Zimmer so schnell nicht wiedersah, denn nach dem Biss würde sie tagelang elend im Bett liegen und von ihrer Umgebung kaum Notiz nehmen können.

Sie bebte am ganzen Körper, als sie das Gästezimmer verließ und sich zu den Räumlichkeiten des Lords aufmachte. Während des kurzen Weges fragte sich Catherine, ob der Sex mit einem Vampir anders war als mit einem gewöhnlichen Sterblichen; aber das würde sie sehr bald herausfinden.

Zaghaft klopfte Catherine an Daniels Schlafzimmertür und drehte den Türknauf, als er sie mit samtener Stimme hereinbat.

Er lag nackt auf dem Bett, und bei seinem Anblick verschlug es Catherine den Atem. Wie eine griechische Marmorstatue erschien er ihr, sein makelloser athletischer Körper war nahezu haarlos und hob sich auffallend vom Blutrot der Laken ab.

Überall standen Leuchter mit roten Kerzen und tauchten den Raum in ein unwirkliches Licht. Es schien Catherine, als würde sie in eine Fantasiewelt eintauchen.

»Komm zu mir.« Daniel breitete seine Arme aus, in seiner Stimme schwangen Sehnsucht und Liebe. »Ich will dich genauer anschauen.«

Zaghaft trat Catherine ans Bett; dabei zwang sie sich, ihren Blick von diesem wunderschönen männlichen Körper zu lassen.

Fast schüchtern ließ sie sich auf dem Bett nieder und fühlte sich sogleich von Daniels starken Armen umfangen.

»Du bist so schön«, sagte er leise, während er Catherine den Kimono abstreifte. »Wenn es einen Gott gäbe, würde ich ihm für dieses einmalige Geschöpf danken.«

Noch immer saß Catherine wie erstarrt auf der Kante. Sie spürte, wie Daniel ihren Rücken streichelte und am Verschluss des BHs nestelte. Mit geschlossenen Augen warf Catherine ihren Kopf in den Nacken und spürte, dass sie feucht wurde.

Daniel zog sie sanft neben sich, nachdem er sie von ihrem BH befreit hatte. Er beugte sich über sie und küsste ihre harten Brustwarzen, massierte behutsam ihre Brüste und begann, schwerer zu atmen. Seine samtene Haut duftete zart nach einem Aftershave, besaß jedoch, wie Catherine bereits wusste, keinen Eigengeruch.

Sie spürte seinen steinharten Penis an ihrem Schenkel und stöhnte leise auf. Während Daniels Zunge weiterhin spielerisch ihre Brustwarzen umkreiste, begann Catherine, seinen Körper mit den Händen zu erkunden. Niemals zuvor hatte sie einen Mann gestreichelt, dessen Haut so angenehm kühl und glatt war. Sie konnte fühlen, wie Daniels Muskeln unter der Haut spielten, und als seine Hand tiefer ging und den Hauch von Spitzenhöschen langsam herunterzog, öffnete Catherine ihre Beine leicht.

Daniels Atem wurde mit jeder Sekunde heftiger. Seine Finger tasteten sich weiter vor, bis sie Catherines dunkles Schamhaar erreicht hatten, das lediglich aus einem schmalen Streifen bestand. Er bedeckte ihr Gesicht mit zärtlichen Küssen, unterdessen berührte sein Zeigefinger leicht Catherines Lustknoten, was sie vor Erregung aufbäumen und ihren Körper vibrieren ließ. Endlich legte sie ihre letzten Hemmungen ab und strich sehnsüchtig erst über Daniels knackiges Hinterteil, dann über die Innenseiten seiner Oberschenkel, was wiederum bei ihm ein lautes Stöhnen auslöste.

Er rieb weiterhin ihre Klitoris, sein Finger bewegte sich schließlich zu dem schlüpfrigen Spalt und tauchte langsam in die köstliche Nässe ein.

Catherine war bereits fast wahnsinnig vor Lust, und ihre suchende Hand fand schließlich, wonach sie sich am meisten sehnte. Daniels Glied war größer und dicker als bei gewöhnlichen Männern. Catherine umfasste es fest. Sie spürte, wie es in ihrer Hand wie ein wildes Tier pulsierte, und hätte es am liebsten mit ihrem Mund liebkost, wenn Daniels Finger in ihr nicht so eine große Wonne ausgelöst hätte.

So blieb ihr nichts anderes, als Daniels glatte Schulter zu küssen und ihm mit ihrer Hand Freude zu bereiten. Er war beschnitten, seine feuchte Eichel fühlte sich prall und riesig an. Sanft fuhr sie über den Eichelkranz, bis Daniel vor Lust bebte.

Wieder bedeckte er Catherines Gesicht mit wilden Küssen, und zu ihrer Enttäuschung zog er seinen Finger aus ihr heraus, aber nur, um sich behutsam auf sie zu rollen.

Sekundenlang lagen sie still aufeinander, ihre zärtlichen Blicke trafen sich.

»Sag mir noch ein letztes Mal, ob du es willst«, raunte er mit vor Erregung heiserer Stimme an ihr Ohr. »Erst dann werde ich dich in Besitz nehmen.«

Sie nickte und flehte: »Ja, bitte nimm mich …« Verlangend drängte sie sich gegen ihn. Alles in ihr schrie danach, Daniel endlich in ihrem sehnsüchtig wartenden Körper zu spüren.

Mit letzter Kraftanstrengung hauchte er schließlich: »Du weißt, was gleich passieren wird?«

»Oh ja. Ich weiß es, und ich will es.« Ihr war bewusst, dass Daniel nicht Sex meinte, sondern seine Verwandlung zu einer Bestie während des Liebesspieles.

Noch einmal ließ er sich von Catherine versichern, dass sie wisse, worauf sie sich einließ, schwor ihr seine Liebe und drang dann mit einem tiefen Stöhnen in sie ein.

Es war Catherine, als würde sie ein heißer Pfahl durchbohren, und vor Lust warf sie ihren Kopf hin und her. Daniel war ein einzigartiger Liebhaber; er wusste, wie er sich bewegen musste, um Catherine höchste Glückseligkeit zu schenken.

Immer schneller bewegten sie sich im gleichen Rhythmus, der Schlafraum war erfüllt vom Keuchen des Paares, und schon bald spürte Catherine, dass sie sich dem Höhepunkt näherte.

Doch dann hörte sie Daniel plötzlich knurren, und als sie einen Blick auf sein Gesicht erhaschte, wusste sie, was ihr bevorstand.

Seine Augen waren nun rot unterlaufen, in seinem halb geöffneten Mund konnte Catherine scharfe, spitz zulaufende Eckzähne im Oberkiefer erkennen, die Daniel wie eine Raubkatze auf Beutefang aussehen ließen.

Er küsste erst Catherines Lippen, ihr Ohrläppchen und näherte sich dann langsam ihrem Hals. Unter normalen Umständen hätte sich Catherine nun gefürchtet, doch sie bog ihm ihren Hals voller Zuneigung entgegen. Selbst wenn sie es gewollt hätte – sie konnte nicht anders und drängte sich dichter an Daniels Mund.

Während er sich weiterhin in ihr bewegte, fuhr seine Zunge über den dargebotenen Hals. Er fand die richtige Stelle, ein Fauchen entrang sich seiner Brust, dann versenkte er langsam seine Zähne in das weiche nachgiebige Fleisch.

Im selben Augenblick, in dem Catherine den Kuss der Unsterblichkeit erhielt, wurde sie von einer Welle des Orgasmus hochgeschleudert, und auch Daniel wurde von einem heftigen Höhepunkt überrannt. Gleichzeitig kroch ein stechender Schmerz von Catherines Hals bis hinunter zu den Zehen, der sie zu lähmen schien.

Der Biss hatte wohl nur wenige Sekunden gedauert, und noch

während sich Daniel von ihr wälzte, spürte Catherine, wie sein Gift von ihrem Körper Besitz nahm. Ihre Arme und Beine fühlten sich taub an, und sie war unfähig zu sprechen. Noch bevor sie sich darüber wundern konnte, wurde es schwarz vor ihren Augen – das Letzte, was sie wahrnahm, was Daniels besorgtes Gesicht. Die langen Eckzähne waren nicht mehr zu sehen; einzig der Blutstropfen an seinem Mundwinkel wies darauf hin, was er soeben getan hatte.

14

Unsichtbare Hände schienen nach Catherines Körper zu greifen, die sie stachen, kniffen und schlugen. Ihre Eingeweide brannten, ihr Kopf dröhnte um ein Vielfaches schlimmer als nach einer durchzechten Nacht.

Catherine versuchte, die Augen zu öffnen, doch es gelang ihr nicht. Sie hörte sich schreien, war jedoch nicht in der Lage, sich auf andere Art zu verständigen. Jede Faser ihres Körpers schmerzte höllisch; mal schienen ihre Muskeln zu reißen, mal glaubte sie, ihr Herz müsste jeden Moment zerspringen.

Wimmernd warf sich Catherine im Bett herum, und in Gedanken flehte sie, dass diese Pein ein Ende nehmen solle. Aber die Schmerzen wurden stärker und stärker, bis sich ihr Unterbewusstsein nur noch zu sterben wünschte.

Sie nahm nicht wahr, dass Daniel an ihrem Bett saß, beruhigend auf sie einredete und ihr einen geheimnisvollen Trank einflößte, den Butler William angesetzt hatte, um Catherines Schmerzen zu lindern.

Gelegentlich versank sie in einer gnädigen Ohnmacht, doch wenn sie wieder zu sich kam, wurde sie sofort von einer neuen Schmerzwelle überrollt, die alles Vorherige übertraf. In den wenigen klaren Momenten erinnerte sich Catherine daran, was Daniel über die Transformation gesagt hatte: Der Biss sorgte dafür, dass die inneren Organe in eine Phase der Vertrocknung übergingen, bevor sie sich in eine Masse unsterblichen Fleisches verwandelten.

Als Catherine glaubte, nicht noch mehr Schmerzen ertragen zu können, schlief sie plötzlich ein. Wie lange sie geschlafen hatte, konnte sie später nicht sagen. Aber ihr Blick war klar, und verwundert blickte sie sich in Daniels abgedunkeltem Schlafzimmer um. Die Bettpfosten, die altmodische Tapete und das übrige Inventar waren gestochen scharf – Catherine konnte vom Bett aus sogar die winzigen Kratzer auf dem goldenen Türknauf erkennen.

Verwundert blinzelte sie, und die Erinnerung kam zurück. Sie zuckte leicht zusammen, als sie ein leises Geräusch neben sich hörte.

Daniel beugte sich zu ihr herunter, in seinem Gesicht standen Besorgnis und Erleichterung gleichermaßen. Seine Stimme war nicht mehr als ein Hauch, als er sagte: »Du hast es geschafft, mein Liebling.«

Sie nickte und fuhr sich mit der Zunge über ihre Lippen, die ihr voller und glatter erschienen. »Ist … ist die Umwandlung abgeschlossen?«

»Noch nicht ganz. Wie fühlst du dich?«

»Ich habe mich nie besser gefühlt, aber ich verspüre ein eigenartiges Gefühl in der Magengegend.«

»Magenknurren?«

Sie horchte in sich hinein. »Es fühlt sich wie Hunger und Durst gleichzeitig an.«

Daniel nickte zufrieden, langte zum Nachtschränkchen hinüber und hielt ihr einen Messingbecher mit einer dicken roten Flüssigkeit entgegen. Obwohl diese Bewegung kaum ein Geräusch verursachte, erschien sie in Catherines Ohren unerträglich laut.

»Was ist das?«

Er half ihr beim Aufsitzen. »Mein Blut. Du musst es trinken, das ist wichtig für den Sauerstoffaustausch. Danach ist die Umwandlung vollendet.«

In ihrem früheren Leben hätte sich Catharine angewidert abgewendet, doch nun griff sie nach dem Becher und trank ihn in einem Zug aus. Nichts schien köstlicher zu munden als die rote, metallisch riechende und schmeckende Flüssigkeit, die Catherines Kehle zäh hinunterrann.

Mit Genugtuung sah Daniel ihr zu. Es war sehr wichtig für einen jungen Vampir, als erste Mahlzeit nach der Transformation das Blut seines Schöpfers und Meisters zu trinken, denn nur so konnte das Band der ewigen Zusammengehörigkeit geknüpft werden.

»Es hat wunderbar geschmeckt.« Catherine stellte den leeren Becher ab und leckte die letzten Tropfen von der Lippe. Sie fühlte sich wie nach einem langen erholsamen Schlaf; kraftvoll und ausgeruht.

Daniel nahm ihre Hand.

»Spürst du schon eine Veränderung?«

»Die Farben in diesem Raum scheinen intensiver zu sein, und ich höre ständig Schritte und kann selbst in diesem Dämmerlicht jede winzige Einzelheit erkennen.«

Sein Gesicht verzog sich zu einem breiten Grinsen. »Du wirst es bald zu schätzen wissen, mit diesen neuen Erkenntnissen durchs Leben zu gehen.« Er hob sanft ihr Kinn. »Du solltest dich sehen, meine Göttin. Nie hast du schöner ausgesehen, und deine Augen sind faszinierend.«

Automatisch befühlte Catherine ihr Gesicht, es war so eben und makellos wie Daniels. Auch ihre Hände und Arme waren weiß und glatt wie Marmor.

Als sie um einen Spiegel bat, zögerte Daniel, dann sagte er: »Wie es aussieht, habe ich dir vor der Umwandlung eine Kleinigkeit verschwiegen: Vampire haben kein Spiegelbild.«

Im ersten Augenblick war Catherine entsetzt. »Aber wie soll ich mich schminken und frisieren, ohne in einen Spiegel zu sehen?«

»Liebling, du wirst dich nie wieder schminken müssen«, widersprach er sanft. »Du bist makellos schön, und um dein Haar wird sich eine Dienstbotin kümmern.«

Bevor sich Catherine genauer erkundigen konnte, erschien nahe der geschlossenen Tür eine durchsichtige Gestalt. Sie war eindeutig weiblich und trug ein dunkles, bodenlanges Kleid mit großem Ausschnitt, der mit einem Brusttuch halb bedeckt war, darüber eine Spitzenschürze und auf dem Kopf ein weißes Häubchen. Sie sah aus wie eine Zofe aus dem 18. Jahrhundert. Die Frau hatte abwartend die Hände vor dem Bauch gefaltet und schien auf eine Anweisung zu warten.

»Meine Güte«, stöhnte Catherine auf und warf Daniel einen verzweifelten Blick zu. »Kannst du sie auch sehen?«

»Aber sicher. Das ist Eileen; sie war die Zofe meiner Mutter und wird nun dir zur persönlichen Verfügung stehen.«

Vorsichtig wandte sich Catherine wieder der Tür zu in der Hoffnung, die Spukgestalt sei verschwunden. Doch die Frau stand immer noch stumm an derselben Stelle, ohne ihre Haltung verändert zu haben.

»Was meintest du mit der Bemerkung, sie war die Zofe deiner Mutter?« Catherines Stimme klang verunsichert. »Ich habe sie hier noch nie gesehen.«

»Sie war aber ständig in deiner Nähe. Erinnerst du dich nicht daran, dass stets ein neues Kaminfeuer in deinem Zimmer brannte, dass deine Kleidung gewaschen und gebügelt wurde und dass – wann immer du den Wunsch hattest – ein Bad für dich vorbereitet war?«

»Aber ich habe sie nie gesehen?«

Er zog sie mit einem nachsichtigen Lächeln an sich. »Das konntest du als Mensch nicht.« Er hob den Zeigefinger. »Hörst du die Geräusche um dich herum?«

»Ja, ich höre Scharren, wispernde Stimmen und Schritte auf dem Gang.«

»Das sind die Dienstboten, sie waren immer hier.« Er machte

eine Geste, und Eileens Gestalt löste sich in Nichts auf. »Siehst du, die Bediensteten sind immer da, wenn du sie brauchst.«

Ungläubig schüttelte Catherine den Kopf. »Ich begreife das nicht.«

»Dann will ich es dir erklären, Cat. Nicht nur Eileen, sondern auch Rosie, die Köchin, und all die anderen Leute, die dafür sorgen, dass der Betrieb auf Camshron Castle aufrechterhalten bleibt, waren Dienstboten meiner Familie. Damals war es üblich, dass Domestiken ihren Herren bis zum Tode dienten, sie wurden dann auf einem abgelegenen Friedhof begraben. Der Butler, den ich nach meiner Umwandlung auf Empfehlung eines anderen Vampirs einstellte, besaß die Fähigkeit, die Geister der Verstorbenen zu wecken, damit sie mir dienten. Wie du weißt, ist auch William einer dieser Magier, sodass uns Eileen und die anderen bis in alle Ewigkeit zur Verfügung stehen.«

Daniel erhob sich, trat zum Fenster und öffnete die Vorhänge einen Spalt. Sofort schrie Catherine auf und bedeckte ihre Augen mit den Händen.

»Es ist nur am Anfang unangenehm«, behauptete er und setzte sich wieder zu ihr. »Mit der Zeit gewöhnen sich deine Augen an das helle Licht. Ach, Cat, wenn du sie nur sehen könntest – sie haben die Farbe von Bernstein.«

Sie blinzelte. »Ich würde mich zu gerne sehen, nur ein einziges Mal!«

»Hm, hast du deine Kamera mitgenommen? Ich könnte eine Aufnahme von dir machen.«

Einen Moment lang überlegte sie, dann erwiderte sie: »Nein, meine Profiausrüstung habe ich in London gelassen, aber in meinem Handy ist eine Kamera. Kann man … Vampire auf Fotos erkennen?«

Zärtlich fuhr Daniel die Linien ihres Gesichts nach. »Ja, allerdings wirken sie auf Fotos immer etwas unscharf. Wie fühlst du dich?«

»Anders. Seit ich dein Blut getrunken habe, fühle ich mich leicht wie eine Feder; fast, als würde ich schweben. Aber ich denke noch genauso wie früher. Ist das normal?«

Er küsste ihre Nasenspitze. »Das ist der normale Umwandlungsprozess. Da du dich freiwillig von mir beißen ließest, wirst du einen Teil deiner menschlichen Gefühle behalten. Trotzdem musst du vorsichtig sein, wenn du dich außerhalb von Camshron Castle bewegst – vor allem bei deiner Londoner Zimmerwirtin.«

»Aber wieso? Du sagtest doch, niemandem fällt auf, dass ich zu einem Vampir geworden bin.« Sie sprach gedämpft, denn der Klang ihrer neuen hellen und reinen Stimme tat ihren Ohren weh. Nun begriff sie, weshalb Daniel stets leise und besonnen sprach.

Liebevoll umarmte er sie und bettete ihren Kopf an seine Schulter. »Schon, aber du musst aufpassen, dass kein Spiegel in der Nähe ist. Die alte Clara träfe der Schlag, wenn sie es bemerken würde.«

Catherine seufzte schwer. »Es ist nicht einfach, ein unauffälliger Vampir zu werden.«

»Aus diesem Grund verlasse ich mein Schloss nur sehr selten und meide größere Menschenansammlungen«, erklärte er, während er ihr Haar küsste. »Aber ich bin deswegen nicht traurig, denn Menschenblut riecht für mich nach wie vor sehr verführerisch.«

Von Sekunde zu Sekunde spürte Catherine neue Veränderungen in sich, so zum Beispiel die Vielzahl von Gerüchen, die ihr in die Nase stiegen.

Sie hob den Kopf und schnupperte. »Es riecht nach Wildgulasch.«

»Gut, dein neuer Geruchssinn ist vollkommen ausgebildet«, freute sich Daniel. »Du hast recht. Ich habe Rosie aufgetragen, für dich zu kochen.«

»Wie kann es sein, dass ich Gerüche aus dem Wirtschaftstrakt wahrnehmen kann?« Sie staunte. »Ich verspüre jedoch keinen Hunger.«

»Du solltest trotzdem essen, damit du merkst, dass dir menschliche Nahrung nichts mehr bedeutet.«

Tatsächlich spürte Catherine nicht den Hauch von Appetit trotz des leckeren Duftes, der ihr früher das Wasser im Munde hätte zusammenlaufen lassen. Erschrocken musste sie sich eingestehen, dass sie mit Wonne an den Geschmack von Daniels Blut dachte.

Vorsichtig fuhr sie mit der Lippenspitze über ihre Zähne. »Werde ich auch scharfe Eckzähne wie du bekommen?«

Leise lachte er. »Du hast sie schon. Während der Transformation waren sie deutlich zu sehen, aber sie werden nur im Blutrausch oder in akuter Gefahr ausgefahren.«

»Daniel.« Sie sah ihm fest in die Augen. »Werden wir gemeinsam auf die Jagd nach Opfern gehen? Mir ist nicht wohl bei dem Gedanken.«

»Nur, wenn es dich nach frischem Blut drängt, Cat. Anfangs wandelte ich ruhelos umher und versuchte, meinen Blutdurst zu unterdrücken, denn auch für mich schien es damals unmöglich zu sein, einen unschuldigen Menschen auszusaugen. Aber ich versichere dir, dass sich dieses Bedürfnis mit den Jahren abschwächt und du dann nur gelegentlich etwas Tierblut zu dir nehmen musst, um die nötigen ›Vitamine‹ zu bekommen.«

Nun hatte Catherine bereits so viel über ihr neues Leben erfahren, und trotzdem lagen ihr noch Dutzende von Fragen auf der Zunge.

»Wann darf ich aufstehen? Ich möchte duschen und mich anziehen.«

Wieder lachte Daniel amüsiert, als hätte sie einen besonders gelungenen Scherz gemacht. »Du brauchst nie wieder zu duschen oder zu baden, wir Vampire haben keinen Eigengeruch. Ebenso musst du niemals mehr eine Toilette aufsuchen. Ich halte es für das Beste, wenn du bis morgen früh im Bett bleibst, bis dahin dürfte sich deine volle Kraft entfaltet haben.«

Natürlich hatte ihr Daniel vor der Umwandlung erzählt, dass Vampire keine Körperhygiene betreiben mussten, doch das hatte Catherine kaum glauben können. Doch nun merkte sie selbst, dass sie weder eine volle Blase verspürte noch dass sie nach Schweiß oder ungeputzten Zähnen roch.

Bereitwillig lehnte sie sich nach vorn, als Daniel ihr Kissen aufschüttelte. »Wie viel Zeit ist nach deinem Biss vergangen?«

»Sechs Tage.«

»Sechs Tage?«, echote sie ehrfürchtig. »Bist du die ganze Zeit über bei mir gewesen?«

Sachte drückte er Catherine in die seidenen Kissen. »Nicht eine Sekunde bin ich von deiner Seite gewichen, mein Liebling.«

Es klopfte dezent an die Tür, und gleich darauf erschien Butler William mit einem Tablett. Zielstrebig trat er ans Bett und verneigte sich leicht. »Ich bringe Ihnen Ihr Essen, Mylady.«

Er hob die silberne Haube und stellte einen Teller mit dampfendem Gulasch auf das Nachtschränkchen. In den durchdringenden Geruch des Essens mischte sich ein widerlicher Gestank, der Catherine fast den Atem raubte.

»Verzeihen Sie, Mylady.« Wieder verneigte sich William. »Ich werde Sie nicht länger belästigen.« Er stakste aus dem Raum und mit ihm der unangenehme Geruch.

»Wieso stinkt William plötzlich wie ein Ziegenstall?«, wunderte sich Catherine, während sie zu dem Teller schielte. Das köstliche Gericht ließ sie ebenso kalt, als hätte der Butler ihr einen Stein serviert.

»Selbstschutz, Cat«, gab Daniel prompt zurück. »Er benutzt ein Pulver aus Eisenhut, damit wir sein Blut nicht riechen können und vielleicht auf dumme Gedanken kommen könnten.« Er wies auf den Teller. »Versuch, ein paar Bissen davon zu essen, und sag mir dann, was du schmeckst.«

Gehorsam nahm Catherine die Gabel und stocherte unsicher im Gulasch herum, bis sie einen Mundvoll aß. Verwundert stellte sie fest, dass es genauso schmeckte, wie es roch.

»Nun?«, fragte Daniel mit erwartungsvoller Miene. »Wie ist es?«

»Na ja, ich weiß nicht recht. Es scheint gelungen zu sein, doch es reizt mich nicht.«

Mit dieser Erklärung gab sich Daniel zufrieden. »Großartig! Wir Vampire machen uns nichts aus menschlicher Nahrung, weil sie für uns keine Nährstoffe enthält. Aber es ist ratsam, in menschlicher Gesellschaft etwas davon zu essen, um nicht aufzufallen.«

Catherine schob den Teller auf die Seite und reckte sich. Nie hatte sie sich wohler und gesünder gefühlt, und als ihr Blick auf Daniel fiel, erinnerte sie sich an die Nacht mit ihm, die so berauschend und anders als alles andere in Catherines bisherigem Leben gewesen war. Schon spürte sie ein Kribbeln zwischen den Beinen, versuchte es jedoch zu unterdrücken. Dafür blieb noch genug Zeit … unendlich viel Zeit.

Daniel hatte ihr bereits vor der Transformation ausführlich beschrieben, dass sich Catherines Sinne und Wahrnehmung nach dem Biss verfeinern und sich ihr Sexualtrieb steigern würde. Nun spürte sie am eigenen Leib, dass Daniel nicht gelogen hatte. Sie hätte Bäume ausreißen können, so prächtig fühlte sie sich – doch sie wollte Daniel nicht widersprechen, sondern brav das Bett hüten, bis er ihr aufzustehen erlaubte. Immerhin war er ein erfahrener Vampir, der wusste, was das Beste für seine neue Gefährtin war.

»Machst du ein Foto von mir?«, bat sie schließlich mit kokettem Lächeln. »Das Handy liegt in meinem Zimmer.«

Er nickte, und wie auf ein geheimes Kommando glitt eine weibliche Gestalt durch die geschlossene Tür, die ebenso durchsichtig wie Eileen war. Der Kleidung nach zu urteilen handelte es sich um ein Zimmermädchen, das am Fußende des Bettes stehen blieb und knickste. Daniel machte eine lautlose Geste, und das Mädchen verschwand, um wenige Sekunden später mit Catherines Handy zurückzukommen, das sie mit einem abermaligen Knicksen auf die Bettdecke legte. Die Dienstbotin war genauso schnell wieder verschwunden, wie sie erschienen war.

»Erstaunlich«, sagte Catherine. »An dieses Geisterpersonal werde ich mich wohl nicht so schnell gewöhnen. Warum habe ich Eileen und die Köchin als Mensch nicht sehen können?«

Daniel legte ihr das Handy in die Hand. »Weil Vampire Dinge sehen, die Sterbliche nicht wahrnehmen können. Ich gestehe allerdings, dass ich damals, als mein erster Magier-Butler die tote Dienerschaft zu neuem Leben erweckte, genauso fasziniert und ungläubig war wie du.«

Catherine fingerte an ihrem Handy herum, das sie vor der Umwandlung ausgestellt hatte. Es hatte mehrere Anrufe in der Zwischenzeit gegeben, einer kam von Rupert Carson, die anderen von Mrs Persson.

»Verdammt«, entfuhr es Catherine. »Hoffentlich macht sich Clara nicht zu viele Gedanken.«

»Ruf sie an, aber rede betont langsam und sanft mit ihr, damit sie die Veränderung deiner Stimme nicht bemerkt.«

Catherine versprach es, doch zunächst wollte sie ihr neues Aussehen begutachten. Es war wichtig für sie, auch wenn sie nie eitel gewesen war. Aber sie wusste, dass Vampire eitel waren, teilweise sogar arrogant, doch zu der hochnäsigen Gattung gehörte ihr Liebster glücklicherweise nicht.

»Gib her, ich mach ein paar Bilder.« Daniel wies zum Fenster. »Siehst du, deine Augen haben sich bereits an die Helligkeit gewöhnt. Aber du solltest trotzdem nicht in die Kamera schauen, das Blitzlicht könnte deinen noch empfindlichen Augen unerträgliche Schmerzen bereiten.«

Für einen Mann aus dem 18. Jahrhundert wusste Daniel erstaunlich gut mit einem Mobiltelefon umzugehen, und auf Catherines Frage antwortete er schmunzelnd, dass er zwar in den Highlands, jedoch nicht auf dem Mars lebe.

Bei jedem Blitz zuckte Catherine zusammen. Obwohl das Licht nicht direkt ihre Augen traf, stöhnte sie vor Schmerz auf und kniff sie zusammen.

»Das dürfte genügen.« Daniel gab ihr das Handy zurück. »Tut es sehr weh?«

Tapfer schüttelte Catherine den Kopf, denn immerhin hatte ihre neu gewonnene Eitelkeit sie dazu bewogen, ihr Konterfei auf Fotos zu bestaunen.

Als sie nun die Fotos anschaute, vergaß sie die Augenschmerzen, die sich allmählich verflüchtigten. Auf dem Display war ein märchenhaftes Wesen zu erkennen, das mit der früheren Catherine Page nur noch eine oberflächliche Ähnlichkeit hatte.

Das Haar der Frau war pechschwarz und dicker als je zuvor, die Augen hatten die Farbe von dunklem wildem Honig, und die vollen, leicht geöffneten Lippen waren blutrot, während die Haut so weiß und makellos wie Daniels und Giselles war.

»Daniel, bin das wirklich ich?«, fragte Catherine fassungslos. »Ich sehe so …«

»… vollkommen aus«, beendete Daniel den Satz. »Ja, du bist es, und du siehst nicht nur vollkommen aus, du *bist* vollkommen.«

Vom Flur her konnte Catherine die Schritte der Dienstboten hören und die Möbelpolitur riechen, die sie zweifellos bei sich trugen. Auch das Wispern und Kichern zweier Zimmermädchen vernahm Catherine überdeutlich, doch im Augenblick war sie von sich selbst so fasziniert, dass alles um sie herum in den Hintergrund trat.

Erst als Daniel sich neben sie setzte, ihren Arm streichelte und sagte: »Ich liebe dich, mein wunderschönes Geschöpf«, blickte sie auf. Und in diesem Moment wurde der letzte Zweifel an der Richtigkeit ihres Tuns ausgelöscht wie eine Kerze.

»Ich liebe dich auch«, gab sie leise zurück. »Ich möchte mit dir schlafen.«

Sehnsüchtig schaute sie in sein plötzlich bekümmertes Gesicht. »Noch nicht, Liebes. Erst musst du dich ganz an deine neuen Fähigkeiten gewöhnt haben, denn sonst könntest du einen Schock erleiden.«

Sie starrte ihn irritiert an.

»Vergiss den Sex der Sterblichen«, erklärte Daniel mit einem angedeuteten Lächeln. »Du wirst bald erfahren, wie einmalig das Liebesspiel von Vampiren ist, etwas nie zuvor Dagewesenes. Aber hab noch etwas Geduld.«

»In Ordnung, dann beantworte ich erst einmal meine Anrufe.« Während die Verbindung mit Clara zustande kam, versuchte sich Catherine vorzustellen, was Daniel meinte. Der Sex mit ihm war doch schon so überwältigend gewesen, dass er eigentlich nicht zu toppen war.

Claras brüchige Stimme riss Catherine aus ihren frivolen Gedanken. Sie räusperte sich und versuchte, so leise und undeutlich zu sprechen, wie es ihr möglich war.

»Cat, Kindchen!«, rief die alte Dame aufgelöst. »Warum ist seit Tagen Ihr Handy ausgestellt? Mr Carson will Sie dringend sprechen, und ich bin vor Sorgen fast gestorben!« Die letzten Worte klangen wie üblich vorwurfsvoll.

»Aber Clara, ich hatte Ihnen doch versichert, nicht verloren zu gehen. Mir war einige Tage nicht zum Telefonieren zumute.«

»Was ist mit Ihrer Stimme? Sie klingt so verändert.«

Mist, Clara hatte etwas gemerkt!

»Was soll mit meiner Stimme sein?«, erkundigte sich Catherine betont ahnungslos. »Ich … bin auf einer Wellnessfarm und habe seit Tagen nichts anderes getrunken als Kräutertees.«

»Ah, ich verstehe, deshalb klingt Ihre Stimme so klar und rein. Es war eine gute Idee, solch eine Kur zu machen.«

Nach einem schrägen Blick auf ihre marmorweißen Hände erwiderte Catherine: »Finde ich auch. Ich fühle mich wie neugeboren.«

»Dann sind Sie sicherlich bald wieder in London?«

»Ja«, gab Catherine gedehnt zurück, und während sie die nächsten Worte sprach, die sie sich just in diesem Moment zurechtgelegt hatte, beobachtete sie Daniel, der noch immer auf der Bettkante saß und voller Zärtlichkeit auf seine schöne Gefährtin blickte.

»Ja«, wiederholte sie. »Aber nur, um meine Sachen zu holen. Ich habe einen Mann kennengelernt, wir lieben uns und wollen zusammenbleiben.«

Diese Neuigkeit verschlug der alten Frau erst einmal die Sprache, und Daniels Reaktion fiel ähnlich aus. Catherine selbst war über ihren Entschluss verblüfft, doch sie wusste, dass es ihr vorbestimmter Weg war.

»Einen Mann?« Clara schnappte nach Luft. »Was für einen Mann?«

»Einen wundervollen Mann. Ich erzähle Ihnen alles Weitere, wenn ich in London bin.« Sie versicherte ihr, bald zu kommen, und verabschiedete sich von ihrer noch immer fassungslosen Zimmerwirtin.

Gleich darauf zog Daniel sie an sich. »Hast du dir das gut überlegt, Liebling? Du weißt, dass mir nichts lieber wäre, als dich ständig in meiner Nähe zu haben.«

»Ja, ich bin mir völlig sicher, dass auch ich das will. Jetzt muss ich noch den Verleger anrufen, wahrscheinlich hat er einen neuen Auftrag für mich … Obwohl ich mich überhaupt nicht darüber freuen kann.«

»Dann lass den Auftrag sausen«, schlug er fröhlich vor, was Catherine empört ablehnte.

»Wie stellst du dir das vor? Ich muss schließlich für meinen Lebensunterhalt Geld verdienen!«

Er lachte so schallend, dass Catherine befürchtete, ihr Trommelfell könne platzen.

»Wofür brauchst du Geld?« Er machte eine Geste. »Vampire brauchen kein Geld. Alles, was du hier siehst, gehört dir. Du wirst die schönsten Kleider und den edelsten Schmuck bekommen – alles, was dein Herz begehrt und dich nichts kostet.«

Natürlich, daran hatte Catherine nicht gedacht! In Zukunft musste sie weder Miete und Strom zahlen, und Nahrungsmittel waren unnötig geworden.

»Was ist mit meinem Wagen?«, erkundigte sich Catherine.

»Er ist wie neu, das hatte ich dir versprochen. Er steht in der Remise und du kannst ihn jederzeit nutzen.« Daniel grinste. »Obwohl deine zukünftige Reiseart wesentlich bequemer ist.«

Bei dem Gedanken, sich ohne Schwierigkeiten in Sekundenschnelle von einem Ort zum anderen zu bewegen, wurde Catherine ganz aufgeregt, doch als sie Daniel bat, mit ihr eine kurze Reise zu unternehmen, lehnte er ab.

»Alles zu seiner Zeit, Cat. Du musst noch viel lernen, und das Reisen ist eine der letzten Lektionen. Ruh dich jetzt etwas aus.«

»Aber ich bin überhaupt nicht müde!«, protestierte sie. »Ich war noch nie so munter wie jetzt.«

Wieder küsste er sie zärtlich. »Von nun an wirst du immer so munter sein, aber dein Körper muss sich an die Veränderungen gewöhnen, deshalb bleib bitte noch liegen.«

»Das, was du mir da alles rätst, weißt du von Giselle, oder?«

»Ja, sie hat mich zu einem vollkommenen Vampir gemacht. Ohne Giselle würde ich wahrscheinlich so verunsichert sein, dass ich mich nie mehr aus der Hütte im Wald gewagt hätte.« Mit einem verzückten Ausdruck sah er Catherine an. »Am liebsten würde ich nie wieder den Blick von dir wenden, Liebling. Ich war ja schon von dir hingerissen, als du noch eine Sterbliche warst, aber nun ist deine Schönheit atemberaubend, und ich bin sehr glücklich und stolz, dass du mein Geschöpf bist.«

Als er Anstalten machte, das Zimmer zu verlassen, fragte sie ängstlich: »Wo gehst du hin?«

»Ich will mir nur etwas die Beine vertreten, dann bin ich wieder bei dir. Ja, auch wir Vampire brauchen bisweilen etwas Bewegung«, fügte er augenzwinkernd hinzu, warf Catherine eine Kusshand zu und ging.

Es war das erste Mal, dass sie nach der Transformation allein war. Wie sollte sie sich verhalten, wenn Eileen plötzlich vor ihr stand? Konnte man mit einem Geist reden oder wusste er, welchen Wunsch man hatte?

Catherines Blick fiel auf das Handy, und sie betrachtete noch einmal entzückt die Fotos, die Daniel geschossen hatte. Sah sie wirklich so überirdisch schön aus, oder war dies nur wieder ein Trick des Butlers?

Schließlich wählte sie die Nummer von Rupert Carson, der erst nach dem vierten Klingeln abnahm. Er war freudig überrascht, als er Catherines Stimme hörte, auch wenn er bemerkte, dass sie anders als sonst klang.

Catherine benutzte dieselbe Ausrede wie bei Clara und erfuhr dann, dass tatsächlich ein neuer Auftrag auf sie wartete. Normalerweise hätte sie das gefreut, und in Gedanken wäre sie bereits die verschiedenen Linsen und die Reiseroute durchgegangen. Aber nun hatte sie das Interesse am Fotografieren verloren – genau, wie es Daniel vorausgesagt hatte.

»Warum sagen Sie denn nichts, Ms Page?«, wunderte sich Carson, denn er hatte einen Freudenschrei erwartet. »Das ist ein einmaliges Angebot, um das sich alle Fotografen reißen würden. Überlegen Sie nur: China, das Reich der Mitte! Die Spesen werden sehr großzügig berechnet. Kann ich auf Sie zählen?«

Sekundenlang schloss sie die Augen, dann atmete sie tief ein und erwiderte: »Es tut mit leid, Mr Carson. Im Augenblick kann ich keinen Auftrag annehmen …«

»Was?«, bellte der Verleger in den Hörer. »Sind Sie krank?«

»Nein, verliebt. Ich habe meinen Traummann kennengelernt und möchte ihn nicht so lange allein lassen.«

»Dann nehmen Sie ihn mit – auf Kosten des Verlages«, schlug Carson eifrig vor. »Hören Sie, ich will unbedingt, dass Sie diesen Auftrag übernehmen.«

Sie versuchte, sich auszumalen, gemeinsam mit Daniel nach China zu reisen – natürlich nicht mit dem Flugzeug, sondern nach Vampirmanier. Die Vorstellung ließ sie lautlos lachen.

»Reden Sie mit dem Knaben, Ms Page.«

»Wie viel Zeit habe ich zum Überlegen?«

Carson konnte nicht glauben, dass jemand bei diesem Angebot zögerte, und sagte trocken: »Andere hätten nicht eine Sekunde überlegt. Aber gut, ich gebe Ihnen eine Woche Bedenkzeit.«

Catherine versprach, sich bis dahin zu melden, obwohl sie bereits wusste, dass sie das Angebot ablehnen würde.

15

In den folgenden Wochen erfuhr Catherine alles, was man als Vampir wissen musste. Daniel war ein brillanter Lehrmeister und Catherine eine gelehrige Schülerin. Die Bisswunden an ihrem Hals waren längst verheilt, es waren nicht einmal Narben zurückgeblieben.

Sie lernte, ihre neu gewonnene Kraft sinnvoll anzuwenden. Anfangs kam es häufig vor, dass sie gegen die gegenüberliegende Wand prallte, weil sie sich zu rasch vorwärtsbewegt hatte. Doch schnell lernte Catherine, so geschmeidig zu schreiten wie Daniel und Giselle. Sie hatte das Gefühl, dass ihre Füße kaum den Boden berührten und sie darüber hinwegschwebte. Ihr Körper fühlte sich so leicht an wie eine Feder.

Catherine war begeistert zu erfahren, dass sie nur wenige lange Schritte benötigte, um einen Kilometer vorwärtszukommen, die Hügel rings um Camshron Castle waren ein ideales Übungsgelände.

Auch mit dem Blutdurst lernte Catherine umzugehen. Einmal hatte William ihr und Daniel einen Kelch Tierblut »serviert«, das prompt das nagende Hungergefühl tilgte. Alles wurde für Catherine zur Normalität außer der Vorstellung, einen Menschen anzufallen, um dessen warmes Blut zu trinken – direkt aus der Anzapfstelle sozusagen.

Sie hatte sich die Umstellung schwieriger vorgestellt, doch schon bald merkte sie, wie angenehm es war, sich nie mehr um Körperpflege kümmern zu müssen. Ja, sie hatte sich sogar an das

Geisterpersonal gewöhnt; Eileen wusste stets, wenn ihre Herrin sie benötigte, und zauberte die fantasievollsten Frisuren auf Catherines Kopf, die sich angewöhnt hatte, von jeder Frisur ein Handyfoto zu machen, um zu kontrollieren, ob die Zofe gute Arbeit geleistet hatte.

Daniel hatte nicht zu viel versprochen: In Catherines Kleiderschrank hing neben Dutzenden von kostbaren Ballroben ebenso viel Alltagsgarderobe und standen Schuhe namhafter Designer. Catherines bange Frage, ob diese Kleider einst Giselle gehört hatte, verneinte Daniel. Mit Giselles Vernichtung hatte sich all ihr Hab und Gut quasi in Luft aufgelöst.

Das Gedankenlesen freilich forderte am meisten Geschick und Konzentration. Stundenlang saßen Catherine und Daniel in der Bibliothek und übten. Als es ihr schließlich gelang, einen winzigen Gedankenfetzen von Daniel aufzuschnappen, jubelte sie. Daniel gestand ihr, dass es Jahre gedauert hatte, bis er die Telepathie vollständig beherrschte – und verschwieg auch nicht, dass das Lernen des schwerelosen Reisens mindestens genauso schwierig war, wenn nicht noch schwieriger.

Doch am angenehmsten empfand Catherine den Sex mit Daniel. Ihre Sinne hatten sich so weit verfeinert, dass sie bereits vor Verlangen bebte, wenn sie nur an Daniel dachte. Eine leichte Berührung vom ihm ließ sie in Ekstase erzittern, und die Höhepunkte waren so heftig, dass sie mit nichts Weltlichem zu vergleichen waren.

Inzwischen hatte Catherine dem Verleger abgesagt. Carson schmollte und murmelte, dass er es sich zweimal überlegen würde, bis er ihr einen neuen Auftrag anbot. Mit schlechtem Gewissen hoffte Catherine, dass ihre Liebe zur Fotografie eines Tages neu entflammte.

Clara musste mehrmals vertröstet werden. Erst als Daniel sicher war, dass sich seine Gefährtin an die Sterblichen so gut angepasst hatte, dass sie nicht mehr auffiel, gab er sein Einverständnis für Catherines letzte Fahrt nach London. Sie hatte sich eine Geschichte für die alte Zimmerwirtin zurechtgelegt, die durchaus glaubhaft klang und teilweise sogar der Wahrheit entsprach.

»Ich werde nur so lange wie nötig bleiben«, sagte Catherine zum Abschied, denn Daniel hatte es abgelehnt, sie zu begleiten. Er scheute die Menschen, so war es immer gewesen … bis zu dem Tag, als Catherine in sein Leben getreten war.

Sanft küsste er ihren Hals. »Willst du etwa in diesem leichten Kleidchen fahren?«

Erstaunt blickte sie an sich herunter. »Was gefällt dir nicht an meinem Kleid?«

»Liebling, es ist fast Winter. Die Leute werden dich für verrückt erklären, wenn du dich in diesem luftigen Fummel im Freien bewegst.«

Sie kicherte. »Du meine Güte, ich habe mich noch immer nicht daran gewöhnt, weder zu schwitzen noch zu frieren.« Sie eilte hinauf ins Gästezimmer, das sie nur noch zum Ankleiden benutzte. Da sie kein Schlafbedürfnis mehr spürte, saß sie nachts mit Daniel in der Bibliothek, um noch mehr über ihren neuen Körper zu lernen – oder sie wälzten sich nackt ekstatisch in den Laken von Daniels breitem Bett.

Catherine wählte eines der etwas unauffälligeren Kostüme, dazu kniehohe Stiefel mit hohen Absätzen. Wie jedes Mal, wenn sie sich umzog, versuchte sie, im Spiegel einen Hauch von Erkennen wahrzunehmen, doch es war zwecklos. Sie sah nur die Gegenstände, die sich hinter ihr befanden.

Sie schwebte die Treppe hinunter, an deren Fuß Daniel wartete. Sein Blick war voller Liebe auf Catherine gerichtet, jedoch ohne Abschiedsschmerz. Offiziell wollte er seine Liebste zwar nicht begleiten, doch er hatte ihr versprochen, sie nachts in ihrem Londoner Zimmerchen zu besuchen.

Catherine freute sich diebisch bei dem Gedanken, mit Daniel

unter Claras Dach zu schlafen, ohne dass diese ahnte, zwei Vampire zu beherbergen.

»Wann wird der Blutdurst zurückkommen?«, fragte sie plötzlich nüchtern. »Es ist mir eine grauenhafte Vorstellung, die alte Mrs Persson anfallen zu müssen, weil die Gier mir keine Wahl lässt.«

»Sei unbesorgt, Cat. Das Blut, das wir neulich zu uns genommen haben, wirkt ein paar Wochen. Und jetzt fahr los … Ach ja, wundere dich nicht, wenn du unterwegs eigenartige Leute siehst. Es sind Vampire, für Sterbliche nicht erkennbar.«

»Aber wie erkenne ich sie?«

Noch ein letztes Mal küsste er sie. »Das findest du bald selbst heraus.«

Und tatsächlich sah Catherine Dinge, die sie als Sterbliche nicht wahrgenommen hatte – nicht wahrnehmen *konnte*. Wenige Kilometer vor Inverness, als sich der Verkehr etwas belebte und die ersten Ansiedlungen sichtbar wurden, entdeckte Catherine einen Mann, der seinen Wagen am Straßenrand geparkt hatte, um offensichtlich eine Pause einzulegen, denn er lehnte mit verschränkten Armen an der Kühlerhaube. An und für sich war nichts außergewöhnlich an diesem Mann, außer vielleicht seinem bleichen Teint, aber er strahlte eine Aura von waberndem Nebel aus.

Als Catherine an ihm vorbeifuhr, nickte er ihr grinsend zu, und sie wusste, dass sie soeben dem ersten fremden Vampir begegnet war. Der Mann hatte erkannt, dass sie auch eine von ihnen war.

Während der tagelangen Fahrt durch die schottischen Lowlands und England hatte Catherine genug Gelegenheit, andere Vampire zu entdecken. Es gab junge und alte Männer und Frauen; alle benahmen sich unauffällig, waren nur an jener geisterhaften Aura zu erkennen – eine Aura, mit der nun auch Catherine behaftet war. Also hatte Daniel nicht übertrieben, als er behauptete, die Welt sei voller Vampire.

Catherine hatte befürchtet, sich zu unsicher in der Welt der Lebenden zu bewegen, aber nun merkte sie, dass sie nicht allein war. In den Pensionen, in denen sie während der weiten Reise abstieg, nahm kaum jemand von ihr Notiz; manche Männer freilich starrten sie verzückt an, aber aus anderen Beweggründen.

Claras Reihenhäuschen wirkte noch schmaler, als es Catherine in Erinnerung hatte. Überdeutlich sah sie die rissigen Ziegel, die abblätternde Farbe von Haustür und Fenstern und nahm bereits den Geruch von Schweinekoteletts wahr, bevor sie einen Fuß auf die erste Treppenstufe setzen konnte.

Mrs Persson riss die Tür auf, bevor ihre Untermieterin die Möglichkeit zum Läuten bekam.

»Cat, Kindchen! Endlich sind Sie wieder hier!«, rief Clara vor Freude überschäumend. »Und wie anders Sie aussehen nach der Wellnesskur.«

Catherine nahm die alte Frau in den Arm. »Ich fühle mich prächtig.«

»Ich habe Koteletts mit Bohnen gemacht.« Eifrig lief Clara voraus ins Wohnzimmer, wo sie bereits den Esstisch gedeckt hatte. »Setzen Sie sich, das Essen ist gleich fertig. Wie wäre es mit einem Sherry als Aperitif?«

Einen Augenblick lang zögerte Catherine. Daniel zuliebe trank sie zwar gelegentlich Wein, aber der Appetit auf Alkohol war ebenso verflogen wie der auf Speisen.

Clara bemerkte ihr Zaudern und winkte ab. »Sie müssen sich doch nicht zieren, Cat.« Ohne eine Antwort abzuwarten, watschelte sie zu ihrer altmodischen Vitrine und brachte zwei Sherrygläser sowie ein Flasche an den Tisch.

So blieb Catherine nichts anderes übrig, als das süße, klebrige Zeug hinunterzuschütten. Da sie dabei beobachtet wurde, mimte Catherine pures Entzücken, was nicht so einfach war.

Guter Dinge setzte sich Clara und betrachtete Catherine eingehend. »Meine Güte, was haben Sie mit Ihren Augen gemacht? Sie sind viel heller als früher, aber wunderschön.«

»Finden Sie?« Catherine hatte sich eine Geschichte zurechtgelegt, die halbwegs glaubhaft klang. Fremde würden an ihr nichts Außergewöhnliches feststellen außer vielleicht die makellose Schönheit, aber Clara kannte sie schon lange, ihr musste man mit Argumenten begegnen, wenn man sich nicht verdächtig machen wollte.

»Es sind Kontaktlinsen«, sagte Catherine beiläufig. »Die Kosmetikerin auf der Wellnessfarm riet mir dazu, und auch die helle Schminke soll angeblich gut mit meinem dunklen Haar harmonieren.«

Mit schalkhaftem Blick hob Clara den Zeigefinger. »Geben Sie zu, dass Sie diese Veränderungen für Ihren Liebsten gemacht haben.«

»Allerdings«, gab Catherine strahlend zurück. »Er hat sich zwar bereits vorher in mich verliebt, aber nun ist er völlig aus dem Häuschen.«

»Ah, da wären wir beim Thema.« Clara rückte näher, die Koteletts waren für den Moment vergessen. »Erzählen Sie mir von dem jungen Mann. Wer ist er, und wo haben Sie sich kennengelernt?«

Auf Catherines Lippen erschien ein zärtliches Lächeln, als sie erwiderte: »Ich habe Sie angelogen, als ich Ihnen versprach, nicht mehr nach Schottland zu fahren. Ja, Sie hören richtig, mein Auserwählter ist Daniel Lord of Cameron.«

»Ich hab's geahnt, ich habe es die ganze Zeit im Gefühl gehabt!«, triumphierte Clara. »Sind Sie sicher, dass er nicht mit Ihnen spielt?«

»Absolut. Wir werden zusammenbleiben … für immer.«

»Und wann wird geheiratet?«

Um ein Haar hätte Catherine geantwortet: »Wie sind bereits verheiratet – auf eine Art, die Sie nicht verstehen würden.«

Laut sagte sie jedoch, dass beide mit einer Hochzeit keine Eile hätten.

»Dann scheint dieser Edelmann wohl doch kein Tausendsassa zu sein.« Endlich erhob sich Clara, um nach dem Essen zu sehen. An der Tür bleib sie kurz stehen und bemerkte, dass Catherines Stimme einen klaren und reinen Klang bekommen hatte, führte dieses Phänomen jedoch auf das Glück ihrer Untermieterin zurück.

Erst spätabends entließ Clara sie in ihr Zimmer. Mit Überwindung hatte sie das liebevoll gekochte Mahl verzehrt, während sie Claras Fragen beantwortete. Nachmittags war dann deren neue Freundin Mrs Greyson erschienen, sodass Catherine keine Sekunde allein war. Dank ihrer neuen Kraft gingen ihr jedoch weder das Geplauder der beiden alten Damen auf die Nerven noch die bohrenden Fragen, mit denen sie überschüttet wurde.

Ihr Zimmer erschien ihr eng und muffig. Früher war es Catherine nie aufgefallen, dass der alte Teppich streng roch und auch das Bettzeug einen unangenehmen Geruch ausströmte. Überdeutlich sah Catherine die winzigen Schimmeltupfen und Flecken an der kitschigen Blümchentapete und dachte mit Wehmut an die prächtigen Räume von Camshron Castle.

Catherine zog sich aus, wählte eines ihrer roten Spitzennachthemden und legte sich wartend auf das knarrende Bett. Bald würde Daniel bei ihr sein, und vor Freude und Sehnsucht seufzte sie verhalten.

Eigentlich war es schade, dass sie kein Kind von Daniel bekommen konnte, aber sie wusste, dass ihre Gebärmutter durch die Transformation vertrocknet war und Daniel keine Spermien mehr produzieren konnte.

Lange musste Catherine nicht warten. Ein kurzer Luftzug, dann stand er vor ihr, nackt und begehrenswert. Verlangend reckte sie sich ihm entgegen und bot ihm ihre Brüste dar, als er sich über sie beugte.

»Lass mich bitte nie wieder so lange allein«, flüsterte er, schob die schmalen Träger ihres Nachthemds herunter und nahm eine ihrer Brustwarzen zwischen die Lippen.

Bereits fast wahnsinnig vor Sinnlichkeit umklammerte sie Daniels Hüften mit ihren Beinen und schwor ihm, in Zukunft stets in seiner Nähe zu bleiben.

Er bedeckte Catherine mit leidenschaftlichen Küssen, die auf ihrer Haut prickelten wie Ameisen.

Daniel war bereits hart, doch diesmal dachte Catherine gar nicht daran, sich von ihm verwöhnen zu lassen. Sie stemmte sich auf ihre Ellbogen, sodass Daniel gezwungen war, seine Haltung aufzugeben und sich neben seine Geliebte zu legen. In Vorahnung der Wonnen, die er gleich erleben würde, begannen seine Augen, fiebrig zu glänzen.

Schnurrend wälzte sich Catherine auf ihn, umfasste seinen Penis mit ihren Oberschenkeln fest wie eine Schraubzwinge und bewegte sich langsam auf und ab, bis er aufstöhnte. Er zog Catherines Kopf näher und versenkte seine Zunge in ihrem Mund, bis sie vor Erregung ächzte. Doch noch wollte sie ihm keine Erfüllung schenken, noch wollte sie die süße Qual für beide verlängern.

Mit katzenartigen Bewegungen glitt Catherine an seinem traumhaften Körper hinunter, liebkoste seine kleinen harten Brustwarzen, dann wanderte ihre Zunge weiter hinunter, machte halt an Daniels Waschbrettbauch, um gleich darauf seine Lenden mit ihren Lippen zu streicheln.

Er wand sich in Ekstase und flehte um Gnade, was Catherine noch wilder machte. Mit festem Griff nahm sie seinen Penis in die eine Hand, dessen mächtigen Schaft sie kaum zu umfassen vermochte. Wie eine Raubkatze spreizte Catherine ihre freie Hand und fuhr über Daniels Hoden, was ihn vor Lust aufbäumen ließ. Seit der Transformation waren Catherines Fingernägel lang und hart wie Stahl, und sie wusste, wie sehr es Daniel mochte, wenn sie ihre Fingernägel beim Sex geschickt einsetzte.

Und endlich fand ihr Mund zu seinem besten Stück, das durch die liebevolle Bearbeitung seines restlichen Körpers noch größer und härter geworden war. Steil ragte es auf, die dunkle Eichel glänzte feucht.

Daniel entrang sich ein tiefes Stöhnen, als Catherine ihre Lippen über seine Eichel stülpte und sanft zu saugen begann. Zwischendurch umkreiste sie mit ihrer Zunge den wulstigen Eichelkranz, bis Daniel glaubte, explodieren zu müssen. Erst jetzt richtete sich Catherine auf, schüttelte wild ihr Haar, spreizte ihre Beine und ließ sich auf Daniels Penis nieder, wobei sie das Gefühl hatte, von ihm gepfählt zu werden.

Noch dreimal liebten sie sich in dieser Nacht, mal war Daniel der Verführer, mal Catherine. Das alte Bett ächzte und knackte, als wolle es jeden Moment unter der ungewohnten Last zusammenbrechen.

In den wenigen klaren Augenblicken flehte Catherine, dass Clara einen festen Schlaf hatte. Nicht auszudenken, wenn die alte Dame plötzlich in der Tür stehen würde!

Aber sie wurden nicht gestört. Durch Catherine zuckte ein Orgasmus nach dem anderen, so intensiv, dass sie es kaum aushielt. Als Sterbliche wäre sie nach diesem Sex-Marathon erschöpft in die Kissen gesunken und hätte bis in den Vormittag hinein wie eine Tote geschlafen.

Doch körperliche Erschöpfung gab es in ihrem neuen Leben nicht mehr, und so sehr sie sich oftmals den Kopf darüber zerbrach – ihr fiel kein einziger Nachteil ein, den sie als Vampir hatte.

Erst im Morgengrauen erhob sich Daniel; auch ihm war die heiße Nacht nicht anzumerken. Sein weißer Körper war kühl und vollkommen; in Catherines Augen glich er mehr denn je einer griechischen Statue.

»Wirst du mich heute Nacht wieder besuchen?« Sie streckte

ihre Arme nach ihm aus, um sich noch ein einziges Mal von ihm küssen zu lassen. »Ich brauche dich so sehr.«

»Wenn es nach mir ginge, wäre ich Tag und Nacht hier«, versicherte er, während sein Blick verlangend über Catherines Nacktheit glitt. Seine Lenden reagierten prompt, was sie zum Kichern brachte. Doch dieses Mal durften sie ihrer Lust nicht nachgeben; es war zu riskant, denn Clara war eine Frühaufsteherin.

»Ich liebe dich.« Er riss Catherine an sich, und fast bedauerte sie, dass er nicht nach männlichem Schweiß und Sex roch. »Natürlich werde ich wiederkommen. Du solltest deine Angelegenheiten in London schnellstmöglich erledigen, denn das Blut, das du neulich getrunken hat, hält den Durst nicht ewig zurück.«

Sie versprach, spätestens am nächsten Tag abzureisen. Es war zu schade, dass sie noch nicht fähig war, wie ein Vampir auf Reisen zu gehen, auch wenn ihr die lange Autofahrt seit ihrer Wiedergeburt nichts mehr ausmachte.

Nach einem nicht enden wollenden Kuss lösten sie sich voneinander und sahen sich noch einmal tief in die Augen. Als nebenan eine Tür ging, fuhren sie erschrocken auseinander, Daniel trat einen Schritt zurück, und ganz langsam verblassten seine Umrisse.

Und schon vermisste Catherine ihren Schöpfer und Gefährten. Sie wartete, bis sie Clara aus dem Bad kommen hörte, dann zog sie sich an und schob die Vorhänge zurück. Ihr Blick suchte den grauen Himmel ab in der Hoffnung, Daniels Silhouette zu erspähen – was natürlich völliger Unsinn war, denn seine Materie setzte sich bereits auf Camshron Castle wieder zusammen.

Der Abschied war tränenreich, auf beiden Seiten. Catherine musste der alten Frau in die Hand versprechen, sich regelmäßig zu melden und sie gelegentlich zu besuchen.

»Cat, wenn Sie ein Baby bekommen, heiraten Sie aber, nicht wahr?«, fragte Clara schmunzelnd. »Oder soll das Kleine auf den Adelstitel verzichten?«

»Gewiss. Aber ich habe nicht vor, die Pille abzusetzen«, log Catherine augenzwinkernd. »Daniel und ich haben uns entschlossen, keine Kinder zu haben.«

Clara war enttäuscht, und sie lamentierte, dass zu »ihrer« Zeit alle jungen Paare Kinder haben wollten. Nun, sie konnte schließlich nicht ahnen, dass Catherine und der Lord of Cameron kein gewöhnliches Paar waren und noch immer leben würden, wenn alle in dieser Sekunde gezeugten Kinder längst zu Staub zerfallen waren.

Als Catherine London verließ, fühlte sie sich wie befreit. Es war gar nicht so schwer, sich als Vampir unter Sterblichen zu bewegen. Auch wenn sie noch immer keine Lust verspürte, einen neuen Fotoauftrag anzunehmen, sagte sie sich, dass die Freude am Fotografieren zurückkommen könnte – und wenn nicht, dann war das halb so schlimm, denn Daniel war ihr Mittelpunkt geworden. Sie war sein Geschöpf und stolz darauf.

Den Schock nach Giselles Vernichtung glaubte Catherine, inzwischen überwunden zu haben. Nach ihrer Umwandlung fand sie überhaupt nichts mehr dabei, einen Vampir getötet zu haben … Eine Fähigkeit, die sie allerdings durch die Transformation verloren hatte.

Wieder begegneten ihr andere Vampire, auch in London war es so gewesen. Es war erstaunlich, wie viele von ihnen in der Großstadt lebten und dass die Menschen sie nicht erkannten.

Kurz vor der Grenze zu Schottland fiel Catherine ein, dass Daniel von einem Ball gesprochen hatte, den er ihr zu Ehren im Schloss geben wollte. Doch es würde kein gewöhnlicher Ball werden – oh nein, die Gäste würden allesamt Vampire sein!

Sie fragte sich, ob die anderen Vampire sich ausschließlich über Telepathie unterhalten würden; dann wäre Catherine allerdings gehandicapt, da sie eine Anfängerin auf diesem Gebiet war. Und würden die anderen Widergänger sie überhaupt akzeptieren?

Mit diesen Fragen beschäftigte sie sich während der langen Fahrt, die sie trotz des Aufwands genoss. Es war wohl eine der letzten Reisen mit einem Auto, denn Daniel hatte ihr versprochen, sie nach dem Ball in die Geheimnisse des Reisens einzuweihen – darauf freute sie sich am meisten.

Als Camshron Castle – das sie insgeheim bereits »mein Zuhause« nannte – in Sicht kam, wurde sie von Sekunde zu Sekunde aufgeregter. Gleich würde Daniel sie in den Arm nehmen, ihre sehnsüchtig geöffneten Lippen küssen und ihr seine Liebe gestehen.

Noch bevor Catherine den Zufahrtsweg zum Schloss erreichte, wurde das Tor geöffnet, und Williams kauziges Gesicht lugte hervor. Seine ansonsten vornehme Miene erhellte sich, und sowie Catherine den Sportwagen auf dem Hof geparkt hatte, öffnete der Butler dienstbeflissen die Fahrertür.

»Ich hoffe, Sie hatten eine angenehme Fahrt, Mylady«, sagte er in seiner steifen Art.

Beschwingt stieg Catherine aus und drückte dem verdutzten Faktotum den Wagenschlüssel in die Hand. »Danke, es ist alles zu meiner Zufriedenheit verlaufen. Meine Zimmerwirtin hat keinen Verdacht geschöpft – das mag allerdings daran liegen, dass ihre Augen und Ohren nicht mehr ganz so gut sind. Nehmen Sie den Schlüssel an sich, ich werde ihn nicht mehr brauchen.«

»Sehr wohl, Mylady.« William schnipste mit den Fingern, und aus dem Wirtschaftgebäude trat ein junger Mann beziehungsweise sein Geist.

Catherine hatte sich inzwischen an die durchsichtigen Gestalten gewöhnt, von denen zwei gerade dabei waren, den Innenhof zu fegen, und so taten, als hätten sie die Ankunft ihrer Herrin nicht bemerkt.

Der junge Mann wurde beauftragt, den Sportwagen in die Remise zu fahren, und Catherine fragte sich, woher der Dienstbote wusste, wie man ein Auto fuhr.

»Seine Lordschaft erwartet Sie bereits sehnsüchtig«, vermeldete William unterdessen, nahm Catherines Habseligkeiten vom Beifahrersitz und versuchte, mit ihr Schritt zu halten, als sie voller Vorfreude drei lange Schritte tat und sich gleich darauf vor den Stufen des Hauptportals befand. In diesem Tempo hätte sie sogar London in wenigen Stunden erreicht, dachte sie amüsiert.

Sie wartete, bis der Butler ebenfalls die Stufen hinaufgeächzt kam, denn die Fähigkeit des schnellen Vorwärtskommens war ihm als Magier nicht gegeben.

Er öffnete das Portal und trat einen Schritt zurück, damit Catherine freien Zugang hatte. Mitten in der Halle stand Daniel, und er erschien Catherine schöner und begehrenswerter als je zuvor. Sie stürzte auf ihn zu und warf sich in seine ausgebreiteten Arme; er umfasste sie so fest, als wolle er sie nie wieder loslassen.

»In Zukunft werden wir nur noch gemeinsam reisen«, versprach er ihr nach einem stürmischen Begrüßungskuss. »Ich habe die Zeit deiner Abwesenheit benutzt, um eine Gästeliste zusammenzustellen. Du wirst staunen, wie viele Persönlichkeiten du kennenlernen wirst.«

Eng umschlungen durchquerten sie die Halle, während drei Dienstmädchen den Marmorboden schrubbten und mit ihren Staubwedeln über Möbel und Gemälde strichen.

»Endlich zu Hause!«, rief Catherine glücklich, als sie die Bibliothek erreicht hatten. »Jede Sekunde meiner Reise habe ich Camshron Castle vermisst.«

»Mich hoffentlich auch.« Daniel grinste. »Bist du sicher, dass Mrs Persson nichts ahnt?«

»Vollkommen sicher, Liebling.« Achtlos warf Catherine ihren Designermantel über eine Sessellehne. »Ich musste ihr lediglich versprechen, den Kontakt mit ihr aufrechtzuerhalten. Sie war allerdings sichtlich schockiert, als ich ihr mitteilte, dass wir nicht heiraten wollen.«

»Und dabei bist du längst meine Gemahlin, meine Schöne.

Habe ich dir heute eigentlich schon gesagt, wie sehr ich dich liebe?«

»Ja. Dreimal bei unserer Begrüßung eben«, erwiderte sie lachend. »Aber jetzt erzähle mir bitte alles über diesen Ball und wie ich mich verhalten soll.«

Sie setzten sich.

»Du musst nur du selbst sein«, sagte er zärtlich. »Ich denke, alle werden meiner Einladung folgen, denn in der Vampirwelt hat es sich bereits herumgesprochen, dass es Giselle nicht mehr gibt und du jetzt an meiner Seite bist.«

16

Lange überlegte Catherine, welche ihrer prächtigen Roben sie auf dem Ball tragen sollte. Daniel war dabei keine große Hilfe, aber er riet ihr, ein modernes Abendkleid anzuziehen, obwohl die Gäste einschließlich des Gastgebers historische Kostüme tragen würden.

»Jeder Vampir trägt die Kleidung der Zeit, in der er wiedergeboren wurde, das ist ein ungeschriebenes Gesetz«, erläuterte er. »Du wirst staunen, wie viele Stilepochen da zusammenkommen.«

Catherine war nicht nur gespannt, sondern auch aufgeregt. Würden die anderen sie akzeptieren oder missachten, weil sie noch ein ganz junger und unerfahrener Vampir war?

Erst einen Tag vor dem Ball entschied sie sich für ein zartes Gebilde aus rotem Gewebe, das so leicht war, dass es an ein Spinnennetz erinnerte. Das Oberteil, eine tief dekolletierte Korsage, brachte ihre weißen Brüste vorteilhaft zur Geltung. Der Rock war bis zu den Knien eng geschnitten, um darunter in großzügigen Kaskaden bis auf den Boden zu fallen.

Wie ihre gesamte neue Kleidung saß die Robe, als sei sie maßgeschneidert, und Catherine wagte nicht zu hinterfragen, woher das Kleid stammte und wer es beschafft hatte. Nur eines konnte sie auf den ersten Blick erkennen: Sterbliche mussten für solch eine Kreation sehr tief in die Tasche greifen.

Auch der Schmuck, der Catherine zur Verfügung stand, war wertvoll. Der Glanz der Juwelen tat Catherines Augen weh, und obwohl sie sich in ihrem früheren Leben nichts aus teurem Geschmeide gemacht hatte, war sie überwältig von der Vielfalt der Edelsteine und deren Verarbeitung.

Sie musste nicht lange nachdenken – der mit Rubinen besetzte Reif, der eng um ihren Hals lag, sowie das passende Armband und die schweren Ohrringe passten zu dem Abendkleid, als seien sie eigens dafür hergestellt worden. Aber vielleicht waren sie das ja auch, denn zu jeder Robe gab es auch passenden Schmuck und Schuhe.

Sorgfältig machte sich Catherine in ihrem früheren Zimmer zurecht; dabei bedauerte sie einmal mehr, sich nicht im Spiegel bewundern zu können.

Eileen erschien und steckte Catherines Haare kunstvoll mit goldenen, rubinbesetzten Spangen auf. Wie üblich redete sie nur, wenn Catherine sie ansprach, was sie äußerst selten tat, denn noch immer war ihr das Gespensterpersonal nicht ganz geheuer.

»Nun, wie sehe ich aus?«, fragte sie und drehte sich im Kreis. »Werde ich unter den Gästen bestehen?«

Das Mädchen knickste und erwiderte schüchtern mit blecherner Stimme: »Ihr seht aus wie eine Königin, Mylady. Habt Ihr noch einen Wunsch?«

Catherine verneinte und schickte die Zofe fort, die sich wie immer an der Tür in Luft aufzulösen schien. Unruhig schritt Catherine durch den Raum, sie musste noch üben, sich in dem engen Kleid richtig zu bewegen, wenn sie nicht unangenehm auffallen wollte. Daniel sollte stolz auf sie sein, und wenn sie ihn nicht blamieren wollte, musste sie lernen, wie eine feine Dame zu schreiten.

Plötzlich hob sie lauschend den Kopf. Die ersten Gäste schienen eingetroffen zu sein, denn von der Halle wehte Stimmengewirr ins Obergeschoss.

Nervös zupfte Catherine an ihrem Halsreif. Daniel konnte jeden Augenblick erscheinen, um sie abzuholen. Als er gleich darauf anklopfte, schloss sie für eine Sekunde die Augen, bevor sie ihn hereinbat.

Er sah so umwerfend aus, dass Catherine ihn nur wortlos anstarren konnte. Daniel trug die Abendkleidung seiner Vorväter, die aus einem knielangen Plaid aus feinem wollenem Tuch mit dem Tartan der Camerons bestand. Über dem weißen Seidenhemd mit Spitzenjabot und gerüschten Manschetten trug er eine Jacke aus dunkelblauem Stoff mit goldenen Tressen und Knöpfen und dem aufgestickten Familienwappen auf der linken Brustseite. Seine muskulösen Beine steckten in Kniestrümpfen, auf denen sich das Karomuster des Plaids wiederholte. Seine eleganten ledernen Halbschuhe waren poliert, und sein glänzend schwarzes Haar war der damaligen Mode entsprechend am Hinterkopf mit einem Samtband zusammengebunden.

Unsicher trat er auf Catherine zu, da sie ihn noch immer fasziniert anblickte. »So habe ich in meinem früheren Leben ausgesehen.«

Weder seine eleganten Anzüge noch seine Freizeitkleidung konnten ihn so verführerisch machen wie die Tracht eines schottischen Edelmannes aus dem 18. Jahrhundert.

»Du bist wunderschön«, hauchte Catherine schließlich ergriffen. »Ich bedauere fast, dir damals nicht begegnet zu sein.«

Er lachte geschmeichelt und betrachtete seine Geliebte eingehender. Dann trat er dicht an sie heran und erwiderte: »Nichts kann begehrenswerter und bezaubernder sein als du. Cat, ich liebe dich so sehr.« Er presste sie an sich, und sein Körper reagierte fast augenblicklich, was Catherine überdeutlich durch den dünnen Stoff ihres Kleides registrierte.

»Stimmt es tatsächlich, dass Schotten unter dem Kilt … nichts tragen?«, fragte sie, um die heiße Glut der Leidenschaft, die in ihrem Körper aufstieg, zu unterdrücken, denn für erotische Spielchen blieb nun keine Zeit mehr.

Frech grinsend schlug Daniel ihr vor, es eigenhändig zu überprüfen, doch darauf musste Catherine schweren Herzens verzichten, wenn sie nicht schuld sein wollte, dass die Gäste zu lange auf den Gastgeber warten mussten.

So griff sie ausgelassen nach seiner Hand, und lachend gingen sie zur Galerie, wo Catherine erstarrte. Unten in der Halle standen bereits mindestens fünfzig Gäste, die erwartungsvoll nach oben blickten.

Alle waren von diesem geheimnisvollen Nebel umgeben, den Catherine bereits von ihrer Reise nach England kannte. Sprachlos schaute sie hinunter und fühlte sich an einen Kostümball erinnert.

Daniel hatte nicht zu viel versprochen – viele der leichenblassen Gäste beiderlei Geschlechts trugen Rokokokostüme aus schweren Brokatstoffen und gepuderte Perücken, andere waren in edle Renaissance- oder Mittelaltergewänder gehüllt. Es gab Gäste in herrlichen Barockkostümen und auch in griechischer und römischer Kleidung, aber einige Damen trugen auch Kleider mit Turnüre oder Reifrock, fransige Charlestonkleider, die sie mit Spangenschuhen kombiniert hatten. Nachkriegsmode oder napoleonische Gewänder mit hoher Taille rundeten das Modepotpourri ab. Sogar einige Gäste in hochmoderner Kleidung konnte Catherine erkennen.

»Nun, wie gefallen dir unsere Gäste?«, hörte sie Daniel in ihrem Kopf, und sie antwortete, ebenfalls ohne die Lippen zu bewegen: »Ich bin überwältigt. Wer sind all diese Leute?«

»Nur Vampire der sogenannten besseren Gesellschaft, Liebes. Dies ist nur eine kleine Auswahl, im Laufe des Abends werden noch mehr erscheinen. Aber nun lass uns hinuntergehen, unsere Gäste brennen darauf, dich näher kennenzulernen.«

Daniel reichte ihr seinen Arm, und gemeinsam schritten sie langsam und würdevoll die Marmorstufen hinunter. Auf der untersten Treppenstufe blieb Daniel unvermittelt stehen, und Catherine konnte erkennen, dass inzwischen noch mehr Gäste eingetroffen waren. Sie kamen nicht zum Portal hereinspaziert – oh nein, sie waren so plötzlich da, wie Daniel in der Londoner Mansardenkammer.

»Meine hochverehrten Gäste!«, rief Daniel so laut, dass ihn jeder verstehen konnte. »Ich danke euch, dass ihr unsere Einladung angenommen habt, denn es ist sehr wichtig für mich, euch meine neue Gefährtin Cat vorzustellen. Sie wird mich von nun an begleiten, und obwohl sie ein noch sehr junger Vampir ist, kann ich bestätigen, dass sie sich von Tag zu Tag mehr etabliert.«

Alle klatschten und starrten mit ihren ungewöhnlich hellen Augen auf Daniels Begleiterin. Nachdem dieser erklärt hatte, dass sie durch seine Hand zum Wiedergänger und somit zu seinem Geschöpf geworden war, brandete tosender Applaus auf.

Catherine war der Wirbel um ihre Person peinlich, trotzdem lächelte sie strahlend. Sie entdeckte, dass keine der weiblichen Gäste geschminkt war, denn das war bei der alabasterartigen Haut, den von langen dunklen Wimpern umrandeten Augen und den blutroten Lippen nicht nötig.

Daniel beendete seine Einführungsrede und schlug vor, nun in den Ballsaal zu gehen. Er ging, mit Catherine am Arm, voraus, die anderen folgten ihm unter dezentem Gemurmel und nahezu lautlosen Schritten.

Den Ballsaal hatte Catherine bisher nur ein einziges Mal betreten, als sie sich von Neugier getrieben, auf die Suche nach Daniel gemacht hatte.

Sie mussten einen langen Gang durchqueren, an dessen Ende sich der Saal befand. Durch die noch geschlossenen Türen drang gedämpfte Musik; es klang, als würde ein Orchester seine Instrumente stimmen.

»Erschrick nicht«, tönte Daniels Stimme in Catherines Kopf. »Der Spiegelsaal stammt aus der Zeit Ende des 17. Jahrhunderts und war eine Idee meines Großvaters.«

»Wieso sollte ich mich davor erschrecken?«, antwortete sie ihm in der gleichen Weise.

Ohne das Gesicht zu bewegen, lachte er. »Nun, außer William wirst du in den Spiegeln niemanden sehen.« Er streifte sie mit einem schnellen Blick. »Ach, noch etwas solltest du beachten: Erlaube keinem der Gäste, deine Gedanken lesen zu können.«

»Bestimmt nicht!«

Zu beiden Seiten der hohen Tür standen Geisterdiener in Galauniformen, die lautlos die Flügel weit öffneten, als Schlossherr und Schlossherrin nahten.

Das Parkett glänzte wie neu verlegt, an der gegenüberliegenden Seite war ein mit smaragdgrünem Samt bezogenes Podest aufgestellt worden, auf dem die Mitglieder des Orchesters mit feierlichen Mienen saßen und den Eintretenden erwartungsvoll entgegenblickten. Sie trugen seidene Kniehosen, Hemden und Strümpfe, Spangenschuhe, golddurchwirkte Westen und weiße Perücken.

Natürlich handelte es sich nicht um ein echtes Orchester, sondern um die Geister der ehemaligen Musiker.

Die Wände bestanden aus deckenhohen Spiegeln, jeder war von einem verzierten goldenen Rahmen ummantelt. Catherine erinnerte sich an den Spiegelsaal von Versailles, den sie einmal abgelichtet hatte, obwohl ihr eigentlicher Auftrag das Fotografieren der prunkvollen Lustgärten hinter dem Schloss des Sonnenkönigs gewesen war.

Und nun sah sie es selbst: Die zahllosen Spiegel warfen lediglich Williams Bild zurück, der ebenfalls eine Galauniform trug und geschäftig in einem riesigen goldenen Gefäß rührte, das auf einer Anrichte an der Längsseite des Saales zu sehen war. Unzählige Gläser bedeckten die Tischplatte, und Catherine ahnte dunkel, was sich in dem Gefäß befand, denn ein köstlicher metallischer Geruch umschmeichelte ihre Nase.

Doch zunächst mussten sie und Daniel ununterbrochen Neuankömmlinge begrüßen, die es nicht geschafft hatten, rechtzeitig auf Camshron Castle zu erscheinen.

Dezent setzte schließlich die Musik ein, und Catherine fiel auf, dass sich die meisten der Gäste über Telepathie unterhielten. Sie bildeten einen großen Kreis um Catherine und Daniel; alles schien darauf zu warten, dass das Gastgeberpaar den Ball mit einem Tanz eröffnete.

Catherine war zu Lebzeiten nie eine besonders gute Tänzerin gewesen, doch nun fiel es ihr nicht schwer, sich in Daniels Armen zu den Klängen der altmodischen Musik zu bewegen. Nach und nach fielen die anderen Paare ein, sodass schließlich ein Gedränge auf dem Parkett entstand, aus dem Daniel seine Gefährtin schließlich herausführte.

Begeistert beobachtete Catherine das bunte Treiben auf der Tanzfläche; die Kostüme der Tänzer schillerten im Glanz der unzähligen Kerzen in den schönsten Farben.

Männliche Dienstboten schwärmten umher, in ihren Händen trugen sie Tabletts, auf denen sich hohe Gläser mit rotem Inhalt befanden, die den gerade nicht tanzenden Gästen angeboten wurden.

Auch vor Daniel und Catherine blieb ein livrierter Diener stehen und verneigte sich leicht. Noch immer fand es Catherine spaßig, durch die Dienstboten hindurchsehen zu können, und nahm neugierig eines der Gläser, das Daniel ihr reichte.

Sie schnupperte und zog die Nase kraus. »Es riecht appetitlich. Woher stammt es?«

Daniel legte ihr einen Zeigefinger auf den Mund und erwiderte belustigt: »Nicht fragen, nur genießen.«

Das ließ sich Catherine nicht zweimal sagen. Sie setzte das Glas an die Lippen und ließ das warme, dicke Blut durch ihre Kehle rinnen. Flüchtig dachte sie daran, dass dieses Blut noch vor Kurzem durch die Venen eines Menschen geflossen war, denn instinktiv erkannte sie, dass es diesmal kein Tierblut war. Der

Geschmack ihres Getränks erinnerte sie an Daniels Blut, und nachdem sie ihr Glas geleert hatte, fühlte sich Catherine, als hätte sie einen Energydrink zu sich genommen.

Oh ja, sie brauchte Blut für ihr Wohlbefinden, daran bestand kein Zweifel – und diese Tatsache vermochte sie nicht mehr im Geringsten zu schockieren. Lachend nahm sie ein neues Glas von Daniel an, der zufrieden zusah, wie sie auch dieses Glas in einem Zuge leerte.

Auch die anderen Gäste labten sich an dem für sie köstlichsten aller Getränke, und die Bediensteten hatten alle Hände voll zu tun, um das goldene Gefäß immer wieder aufzufüllen.

Im Laufe des Abends machte Daniel Catherine mit einigen Persönlichkeiten bekannt, deren Namen ihr geläufig waren. Und sie war nicht wenig erstaunt darüber, dass diese namhaften, längst verstorbenen Personen zu Wiedergängern geworden waren.

Ein französischer Graf wusste zu berichten, dass er zu Lebzeiten zu den Höflingen Louis XIV. gehört und den König sehr gut gekannt hatte.

»Vor allem seine Mätressen.« Der Graf verdrehte gekünstelt die Augen. »Die benahmen sich, als wären sie die Königin – und das nur, weil sie für Louis die Beine breit machten.«

Catherine erfuhr noch viel mehr pikante Einzelheiten über die geheimen Leidenschaften gekrönter Häupter; sogar ein enger Vertrauter Königin Elizabeth I. befand sich unter den Gästen.

Zu Catherines Freude entdeckte sie auch einige Männer, die ähnlich wie Daniel gekleidet waren. Die meisten von ihnen waren freilich nicht auf dem Schlachtfeld von Culloden getötet worden, sondern als Hochverräter, als Krieger verfeindeter Clans oder weil sie den Glauben an Gott verloren hatten. Nur zwei der Highlander gaben an, von einem Vampir gebissen worden zu sein.

Da sich Catherine Daniels Rat zu Herzen genommen hatte, erlaubte sie keinem der Gäste, sich durch Telepathie mit ihr zu unterhalten, und mehrmals konnte sie feststellen, welch klaren satten Klang ihre Stimmen hatten.

Eine junge Frau, bekleidet mit einem prächtigen lachsfarbenen Krinolinenkleid, drängte sich zu Catherine, der das allgemeine Interesse galt, vor. Sie trug ihr Haar gescheitelt, wie es die Mode zu ihrer Zeit vorschrieb, und wedelte sich geschickt mit einem Spitzenfächer Luft zu. Sie stellte sich als Mrs Audrey Cummingham vor, Gemahlin eines Generals der Konföderierten Staaten von Amerika.

»Ich habe schon so viel von Ihnen gehört, Lady Catherine«, sagte Audrey mit der hellen Stimme eines jungen Mädchens. »Sie haben einen starken Gefährten an Ihrer Seite.« Sie musterte Catherines figurbetontes Kleid und kicherte. »Hätte eine Dame zu meiner Zeit so ein aufreizendes Gewand wie Sie getragen – man hätte sie wohl in eines dieser Häuser verschleppt … Sie wissen schon, was ich meine. Feine Damen redeten nicht über jene gewisse Häuser, in denen leichte Mädchen den Männern schöne Augen machten.«

Lächelnd nickte Catherine. »Heutzutage schert sich niemand mehr darum, wie viel Haut eine Frau zeigt.« Die kleine zierliche Frau – offensichtlich ein Opfer des amerikanischen Bürgerkrieges, gefiel ihr. »Mögen Sie mir etwas über Ihre … Verwandlung erzählen?«

»Gewiss doch.« Audreys Augen glänzten, und sie sah sich suchend nach einigen freien Stühlen um. Anscheinend hatte sie gehofft, näher mit Catherine ins Gespräch zu kommen. »Dort drüben können wir ungestört plaudern.«

Catherine folgte ihr quer durch den Saal. Der voluminöse Rock von Audreys Kleid wippte dank des Reifrockes bei jedem Schritt, den sie tat. Wegen ihrer Abendrobe war sie genau wie Catherine gezwungen, sich nicht zu schnell vorwärtszubewegen.

Blitzschnell nahm Audrey, bevor sie sich setzte, einem vorübergehenden Diener zwei Gläser vom Tablett und reichte Catherine eines davon.

»Schon seit Ewigkeiten habe ich kein wohlschmeckenderes Blut mehr zu mir genommen«, gestand sie mit einem Anflug von Verlegenheit. »Setzen Sie sich doch bitte zu mir, meine Liebe.«

Audrey musste zu Lebzeiten eine gute Erziehung genossen haben, stellte Catherine fest. Sie verhielt sich wie eine feine Dame – einer der typischen Charakterzüge eines Vampirs war, dass sie sich gaben wie in ihrem früheren Leben. Wer also als Sterblicher ein Taugenichts gewesen war, blieb auch als Vampir einer.

»Haben Sie schon das Reisen erlernt?«, erkundigte sich Audrey.

»Noch nicht. Daniel will es mich nach dem Ball lehren.«

»Oh, wie wundervoll! Versprechen Sie mir, dass Sie mich dann in South Carolina besuchen werden?«

Catherine war begeistert. »Mit dem größten Vergnügen. Wo … leben Sie dort?« Beinahe hätte sie vergessen, dass Audrey keine Sterbliche war, aber die junge Südstaatlerin wirkte so frisch und lebendig, dass es ihr schwerfiel, sie als einen Vampir zu erkennen, auch wenn sie von derselben nebligen Aura umgeben war wie alle anderen Gäste.

»Auf meiner ehemaligen Plantage«, erwiderte Audrey unbefangen. »Vor dem Bürgerkrieg blühte der Baumwollhandel in den Südstaaten. Adam, mein Gatte, hatte es durch harte Arbeit zu Wohlstand gebracht, wir besaßen über zweihundert Sklaven!« Stolz reckte Audrey ihr sanft geschwungenes Kinn. »Doch dann kam es zur Sezession, die zu diesem scheußlichen Krieg führte. Adam hatte bereits im mexikanischen Krieg gedient – und obwohl er sich als Plantagenbesitzer hätte freikaufen können, meldete sich dieser Dummkopf freiwillig bei seiner Einheit.« Sie schüttelte den Kopf, als könnte sie noch immer nicht fassen, dass ihr Mann zu so etwas Törichtem fähig gewesen war. Aufgeregt fächelte sie sich Luft zu. »Sicher wissen Sie, wie der Krieg endete. Adam hat nur ein einziges Mal Heimaturlaub bekommen, aber da war die Plantage schon heruntergewirtschaftet, weil viele der Sklaven einfach davongelaufen sind.«

Innerlich musste Catherine schmunzeln, denn Audreys Gesicht färbte sich bei ihren Worten vor Empörung noch weißer, als es ohnehin schon war. Ihr weicher Akzent war reizend im Gegensatz zu dem der anderen ausländischen Gäste, die meistens nur in einem harten, gebrochenen Englisch sprachen.

»Nun, als der Krieg beendet war, zogen Horden von ungebildeten Yankee-Soldaten durch die Südstaaten. Diese Barbaren stahlen, schändeten Frauen und brannten die Plantagen nieder.« Audreys ebenmäßiges Gesicht spiegelte das erlebte Entsetzen wider. »Sie kamen auch zu mir. Sie können sich meine Verzweiflung kaum vorstellen, Lady Catherine. Außer einigen treuen Haussklaven hatte ich niemanden mehr, der mir zur Seite stand, und Adam war bei Gettysburg gefallen. Diese Flegel stahlen das letzte Kostbare, was ich noch besaß, etwas Schmuck und Silberbesteck. Wir hatten es nicht mehr geschafft, alles Wertvolle zu vergraben, bevor die Yankees kamen.«

Catherine brauchte keine große Vorstellungskraft, um sich in Audreys damalige Lage versetzen zu können.

»Einer dieser übel riechenden Kerle fand mich auf dem Speicher, auf dem ich mich versteckt hielt. Er warf sich auf mich …«, verlegen senkte Audrey den Blick, »… doch ich wehrte mich aus Leibeskräften. Das machte dieses Ungeheuer so wütend, dass er mir mit einer einzigen kräftigen Handbewegung das Genick brach.«

Erschauernd hielt Catherine Ausschau nach einem Diener, denn sie brauchte jetzt unbedingt einen neuen Drink.

»Noch heute habe ich dieses grässliche Knacken in den Ohren«, fuhr Audrey fort, während Catherine einen Bediensteten heranwinkte. »Das ist das Letzte, woran ich mich erinnere. Als ich wieder zu mir kam, fühlte ich mich schwach und elend. Aber da war plötzlich dieser Mann, der sich um mich kümmerte. Er trug altmodische Kleidung, und allmählich begriff ich, dass er ein Vampir war.« Sie reckte sich und wies schließlich auf einen Mann mittleren Alters, der im Anzug eines vornehmen Mannes aus der Biedermeierzeit steckte und sich angeregt mit einer altrömisch gekleideten Frau unterheilt. »Das ist Franklin, mein Schöpfer. Obwohl er selbst noch ein junger Vampir war, konnte er mir alles beibringen, was er bisher gelernt hatte.«

Catherine wandte ihr Augenmerk wieder ihrer Gesprächspartnerin zu. »Wie kam es, dass Sie nicht tot waren?«

»Franklin glaubt, dass ich zu schnell gestorben bin. Meiner Seele blieb nicht genügend Zeit, aus meinem Körper zu entweichen. Übrigens ist Franklin auf ähnliche Weise zum Wiedergänger geworden, er wurde in New York gehängt, weil er angeblich illegale Geschäfte mit dem Ausland betrieben hatte.« Nach einem tiefen Atemzug fügte sie erklärend hinzu: »Er war Waffenhändler.«

Die rote Flüssigkeit in Catherines Glas roch so verführerisch, dass sie einen großen Schluck nahm. Audrey hob ebenfalls ihr Glas und prostete der Gastgeberin zu.

»Sie sind zu beneiden«, fuhr sie mit einem tiefen Seufzer fort. »Der Lord und Sie lieben sich und sind ein Paar. Dieses Glück ist mir leider nicht beschieden.«

»Sind Sie und Franklin denn kein Paar?«, wunderte sich Catherine.

»Oh doch, aber ich liebe ihn nicht. Wir sind zwar seit 1865 Gefährten, aber wir achten und respektieren uns lediglich. Franklin wollte mich sogar freigeben, aber ohne Gefährten fühle ich mich hilf- und schutzlos. Deswegen werden Franklin und ich wohl für alle Ewigkeit ein Paar bleiben.«

In diesem Punkt hatte es Catherine allerdings besser getroffen, und sie beobachtete Daniel auf der anderen Seite des Ballsaals mit zärtlichem Stolz. Dass Giselle ihn nicht hatte freiwillig gehen lassen wollte, war durchaus verständlich.

»Man hat also Ihre Plantage nicht niedergebrannt?«, fragte

Catherine interessiert. Sie freute sich bereits darauf, Audrey einen Besuch abzustatten.

»Franklin erzählte mir später, dass ein Yankee-Kommandeur auf dem Besitz erschien, als diese Rüpel von Soldaten eben im Begriff waren, ein Feuer im Haus zu entfachen. Der Kommandeur setzte dem Spuk ein Ende, indem er seinen Männern verbot, sich am Eigentum eines Generals zu vergreifen. Auf die Frage nach meinem Verbleib logen diese dreisten Kerle und behaupteten, ich sei bei ihrer Ankunft geflohen!«

»Wem gehört die Plantage jetzt?«

Sorglos hob Audrey ihre weißen Schultern. »Ich weiß nicht, vielleicht dem Staat? Adam und ich hatten keine Kinder und folglich auch keine Erben. Das Herrenhaus ist heute kaum mehr bewohnbar, die Baumwollfelder sind verwildert und die Sklavenhütten verfallen.« Sie neigte sich zwinkernd vor. »Jedenfalls für menschliche Augen ist die Plantage eine wertlose Ruine. Aber für Vampire ist das Herrenhaus wie früher, eingerichtet mit erlesenen Möbeln und Teppichen.« Sie machte eine weitläufige Handbewegung. »So wie Camshron Castle wird mein Besitz immer wie gerade eben erbaut aussehen – und die Geister meiner früheren Sklaven dienen mir. Gemeinsam haben wir nach meiner Wiedergeburt alles ausgegraben, was wir während des Krieges versteckt hatten.«

Der Morgen graute bereits, als sich die letzten Gäste, zu denen unter anderen auch Audrey und Franklin gehörten, verabschiedeten. Sie dankten für die Einladung und lösten sich gleich darauf in einer Nebelwolke auf. Dass der Ball ein voller Erfolg gewesen war, zeigten die zufriedenen Gesichter der Gäste.

Im Verlauf des Abends hatte sich Catherine auch noch mit anderen interessanten Widergängern unterhalten, und sie war sehr stolz darauf, in die Welt der Vampire aufgenommen worden zu sein.

Eng umschlungen standen Daniel und Catherine in der nun leeren Halle.

»Es war wundervoll«, antwortete sie auf Daniels Frage. »Alle waren so nett und höflich – und ich habe mehr aus der Geschichte erfahren als zu Lebzeiten.«

Ihm war Catherine besonderes Interesse an Mrs Cummingham nicht entgangen, und er versprach, dass ihre erste große Reise nach South Carolina führen würde.

»Wann beginnen wir mit dem Unterricht?«, drängelte Catherine. »Ich kann es kaum abwarten, das Reisen zu erlernen.«

Zärtlich strich Daniel über ihren nackten Rücken. »Nicht so ungeduldig, Liebes. Es liegen harte Wochen und Monate vor uns, bevor du diese ganz besondere Art zu reisen gelernt hast.«

»Werden wir dann auch Bälle besuchen?«

»Selbstverständlich, Cat. Aber jetzt«, er presste seinen Unterkörper gegen sie, »steht mir erst einmal der Sinn nach einer anderen Art von Vergnügen.«

Angestachelt durch seine Leidenschaft, griff Catherine beherzt unter Daniels Plaid und berührte seinen Penis, der bereits voller Vorfreude pulsierte.

17

Das Reisen auf Vampirart war gar nicht so einfach, das sollte Catherine bald herausfinden. Nur zögernd machte sie Fortschritte, doch sie wurde nicht ungeduldig, denn Daniel hatte sie vorgewarnt.

»Schließ deine Augen und konzentriere dich auf den Blauen Salon«, forderte Daniel sie einige Wochen später auf. Sie befanden sich in der Bibliothek, und die ersten Reisen sollten innerhalb von Camshron Castle unternommen werden; je weiter das Reiseziel entfernt war, umso ausgeprägter mussten Willen und Erfahrung des Vampirs sein.

Catherine nickte, tat, wie ihr geheißen und kniff die Augen fest zusammen. Vor sich sah sie den Salon im Südflügel, der seinen Namen den blauen Teppichen, Polstermöbeln und Vorhängen verdankte.

Sie umklammerte Daniels Hand, denn noch war sie nicht imstande, selbstständig Ausflüge zu unternehmen. Unvermittelt zerflossen die Konturen des Salons vor Catherines innerem Auge; sie spürte, dass ihre Füße den Boden nicht mehr berührten, und aus Daniels Hand strömte eine ungeheure Kraft heraus und durch ihren Körper. Ihr wurde kurz übel, aber dann merkte sie, dass sie schwebte; noch immer waren ihre Augen fest geschlossen.

Wie lange der Vorgang gedauert hatte, vermochte Catherine später nicht mehr zu sagen, doch Daniel versicherte ihr, dass die Reise zum Blauen Salon nicht länger als eine Zehntelsekunde gedauert hatte.

»Du kannst deine Augen wieder öffnen«, hörte Catherine ihren Gefährten sagen, denn ohne Aufforderung hätte sie es nicht gewagt – aus Angst, dass das Experiment misslungen sein könnte.

Vor Erleichterung stieß sie einen spitzen Schrei aus, als sie die blauen Samtvorhänge vor den hohen Fenstern erkannte. »Oh Daniel, ich kann es kaum glauben!«

Amüsiert erwiderte er: »Ich kann deine Freude nachvollziehen, Cat. Ähnlich habe ich mich bei meinem ersten Ausflug mit Giselle gefühlt, die mich ungefähr hundert Meter von der Hütte entfernt zu einem Bachverlauf führte. Aber es dauerte dann noch Monate, bis ich selbstständig reisen konnte – und noch einmal mehrere Monate, bis ich fähig war, andere Kontinente zu bereisen.«

Wie immer, wenn die Sprache auf die Herzogin kam, wurde Catherine von einer Mischung aus Eifersucht und schlechtem Gewissen geplagt. Hatte Daniel Giselle auf ebenso leidenschaftliche und zärtliche Art geliebt? Nie hatte sie ihn danach gefragt, doch schien es, als hätte die Herzogin eine Vorliebe für Fesselspiele gehabt.

»Woran denkst du, Liebling?« Natürlich merkte Daniel, dass Catherine mit ihren Gedanken woanders war. »Habe ich etwas Falsches gesagt?«

Eifrig schüttelte sie den Kopf, und gemeinsam verließen sie den Blauen Salon, diesmal allerdings zu Fuß. Auf dem Gang blieb sie plötzlich stehen.

»Daniel, denkst du noch oft an Giselle?«

Er stutzte. »Nein, warum sollte ich?«

»Immerhin seid ihr sehr lange ein Liebespaar gewesen. Und du redest noch sehr oft von ihr.«

Gerührt zog er sie an sich. »Sie war eine gute Lehrmeisterin, und all das, was sie mir beigebracht hat, versuche ich, nun dir zu vermitteln. Das ist alles.«

»Vermisst du sie denn niemals?«

Er verneinte, und an seiner Miene konnte sie erkennen, dass er die Wahrheit sprach. Trotzdem war Catherine noch immer nicht zufrieden.

»Aber ihr habt euch doch geliebt …«

»Ich denke, es war eher eine gegenseitige Abhängigkeit«, antwortete er nach einer Weile nachdenklich. »Richtig geliebt habe ich vor dir keine Frau – weder als Sterblicher noch als Wiedergänger. Wenn mir Giselle so viel bedeutet hätte, wie du vermutest, hätte ich dich doch niemals gebeten, sie zu vernichten.«

Das leuchtete Catherine ein, dennoch wollte sie unbedingt noch eines erfahren: »War sie eine leidenschaftlichere Geliebte als ich?«

Er lachte lauthals. »Sie war raffiniert, das gebe ich zu. Aber sie hätte dir niemals das Wasser reichen können, Cat. Denn auch für einen Vampir geht nichts über den Sex mit einer Partnerin, für die man tiefe Gefühle hegt.«

Nachdenklich kaute Catherine auf der Unterlippe. »Ich erinnere mich an den Tag in der Gruft.« Seit Giselles Vernichtung hatte Catherine das Kellergewölbe nicht mehr betreten. »Giselle war hellauf begeistert von der Idee, auf den Sargdeckel gefesselt zu werden …«

Jetzt endlich begriff Daniel. »Oh ja, sie liebte derartige Spielchen.«

»Und du?«

Er nahm ihre Hand und ging weiter. »Wenn du magst, kannst du mich auch fesseln – oder ich dich.«

Die Vorstellung, Daniel völlig hilflos ausgeliefert zu sein, erschreckte und erregte Catherine gleichermaßen, und das raunte sie ihm mit einem schüchternen Lächeln zu.

Doch zunächst mussten die heißen Fesselspiele warten, denn Catherine schwirrte der Kopf von all den Dingen, die ihr Daniel beibrachte. Da war weder Platz für Eifersüchteleien noch für ausgefallenen Sex, obwohl sie seit der Transformation keine Müdigkeit mehr verspürte.

Das intensive Konzentrieren ließ Catherine kaum Zeit zum Nachdenken. Aber manchmal saßen sie entspannt in ihrem Lieblingszimmer, der Bibliothek, und schwelgten in Erinnerungen – berauschten sich allerdings an jenen Zeiten, als sie noch sterblich waren. Beide hatten viel über ihr früheres Leben zu berichten, Geschichten, denen der andere interessiert lauschte.

Wenn Daniel von seinem Leben im achtzehnten Jahrhundert erzählte, hing Catherine wie gebannt an seinen Lippen und stellte sich vor, wie er als junger kräftiger Krieger durch das Schloss geschritten war, während er an den bevorstehenden Jakobitenaufstand gedacht hatte.

Aber auch Catherine hatte einiges zu erzählen, über ihre Reisen als Fotografin, über ihre wohlbehütete Kindheit und natürlich auch über die Männer, die sie seinerzeit kennengelernt hatte.

Mehrmals wollte Daniel bei diesen Gesprächen wissen, ob Catherine es bereute, eine Wiedergängerin geworden zu sein. Doch stets verneinte sie voller Inbrunst und verstand es, ihm glaubhaft zu versichern, dass ihr Leben ohne ihn nicht mehr das gewesen wäre, was es vorher war.

Eigentlich war sie immer zufrieden mit ihrem Leben gewesen – aber wahres Glück kannte sie erst, seitdem Daniel sie zu seinem Wesen gemacht hatte. Allein die Möglichkeiten, die sich Catherine seit der Wiedergeburt boten, konnten das Leben als Sterbliche nicht ersetzen. Und die Aussicht, bis ans Ende aller Tage mit dem Geliebten zusammen sein zu dürfen, ließ Catherine oft vor Glück erbeben.

Meistens bedienten sie sich bei diesen vertraulichen Gesprächen der Telepathie, die Catherine inzwischen ganz passabel beherrschte. Ja, es war ihr sogar gelungen, telepathisch Kontakt mit der Amerikanerin Audrey Cummingham aufzunehmen, der sich mehr und mehr vertiefte. Jedes Mal musste Catherine ihr versprechen, sie recht bald zu besuchen, um ihre Plantage zu bewundern.

Nur über eine Sache hatte Catherine noch nicht ausführlich mit Daniel gesprochen … über die Fähigkeit, einen Menschen anzufallen und die richtige Stelle an seinem Hals zu finden. Dass die spitzen Eckzähne sich nur auf einen Reflex hin zeigten, hatte Daniel ihr bereits erklärt. Man konnte es nicht beeinflussen. Aber wenn man unmächtigen Durst verspürte und einem das Blut eines Opfers unwiderstehlich in die Nase stieg, wurden die oberen Eckzähne lang und spitz. Bisher ernährte sich Catherine mit Blutkonserven, deren Herkunft sie lieber gar nicht kennen wollte. Dadurch war sie eigentlich nie richtig durstig, doch der Gedanke, einem unschuldigen Menschen Blut auszusaugen, behagte ihr noch immer nicht, obwohl Daniel beteuerte, dass sich ihre Skrupel legen würden, wenn sie lange Zeit ohne Blut leben musste. Und Catherine hoffte, dass es nie dazu kommen würde, auch wenn Daniel behauptete, dass der Unterschied zwischen bereits abgezapftem Blut und dem, das aus einem warmen Menschenkörper floss, ungefähr so groß war wie Milch aus dem Supermarkt und direkt von der Kuh. Unwillkürlich musste Catherine über diesen Vergleich schmunzeln.

Mittlerweile war ein ganzes Jahr verstrichen, seit sie ihren kleinen knallroten Sportwagen zum ersten Mal hinauf in die Highlands getrieben hatte. Pflichtbewusst telefonierte sie regelmäßig mit Clara Persson, zeigte jedoch keine besondere Sehnsucht nach einem abermaligen Besuch in London. Nach und nach drängte ihre ehemalige Zimmerwirtin immer seltener, denn sie hatte in ihrem Seniorenkreis einen Mann kennengelernt, der früher bei den Windsors angestellt war. Somit war die alte Dame mit ihrem Kavalier beschäftigt und sah ein, dass eine junge Frau wie Catherine ihren eigenen Weg gehen musste. Noch immer war Clara davon überzeugt, dass Catherines verändertes Aussehen dem

Aufenthalt auf der Schönheitsfarm und der Liebe zu ihrem Lord zu verdanken war.

Als Daniel Catherine eines Tages den Vorschlag machte, eine Reise nach Culloden Moor zu machen, war sie schlichtweg begeistert. Endlich konnte sie zeigen, dass sie weiter reisen konnte als zu verlassenen Ruinen und Abteien in der näheren Umgebung. Allerdings war Catherine noch nicht so weit ausgebildet, dass sie ohne Daniels Hilfe auskam – aber ohne ihn hatte sie ohnehin keine Lust zum Reisen.

»Ich möchte dir die Stelle zeigen, an der ich gefallen bin«, sagte Daniel. »Zieh dir etwas Schlichtes an, wir wollen schließlich nicht unangenehm unter den anderen Touristen auffallen.«

Catherine hatte sich angewöhnt, sich nur noch elegant zu kleiden, und fühlte sich ausgesprochen wohl, raffinierte Designerkleider und Schuhe mit schwindelerregend hohen Absätzen zu tragen. In ihrem früheren Leben hatte sie sich stets missmutig in ein figurbetontes Kleid gezwängt, wenn es sein musste. Doch nun liebte sie ihren Kleiderschrank, der stets mit den neuesten Kreationen aufgefüllt wurde, denn Daniel hatte dem Butler den Auftrag dazu gegeben.

»Wann werden wir reisen?«, erkundigte sie sich. »Ich habe das ehemalige Schlachtfeld bereits gesehen, damals musste ich daran denken, dass du dort gestorben bist.«

»Und zu neuem Leben erwacht«, ergänzte er freudestrahlend. »Es geht los, sowie du dich umgezogen hast.«

Das ließ sich Catherine nicht zweimal sagen, mit wenigen langen Schritten schwebte sie nach oben und kam exakt zehn Minuten später wieder zurück in die Halle.

Auch Daniel hatte sich umgezogen, er sah niedlich aus in der jugendlichen Cargohose und dem weiten Kapuzen-Sweatshirt. Die Krönung allerdings war die Baseballkappe mit der Aufschrift »Red Sox«, die er sich mit dem Schild nach hinten aufgesetzt hatte.

Sie wechselten einen liebevollen Blick, dann schloss Catherine die Augen und konzentrierte sich auf Culloden, wie sie es gelernt hatte.

Das nun schon bekannte Zerfließen der Konturen setzte ein, und aus Daniels Hand schossen ungeahnte Kräfte wie Stromstöße durch Catherines Arm. Noch schwankte ihr Körper während der Entmaterialisierung, doch Daniel hatte versichert, dass sich diese Schwäche im Laufe der Jahre – oder Jahrzehnte – restlos geben würde.

Für den Bruchteil einer Sekunde war Catherine wie benommen, und sie nahm nichts mehr wahr. Doch das kannte sie bereits von ihren Stippvisiten zu den Ruinen.

Noch bevor sie die Augen wieder aufschlug, wusste sie, dass sie ihr Ziel erreicht hatten. Sie spürte weichen Boden unter ihren Füßen und roch Gras, Laub und feuchte Erde.

»Wo sind wir gelandet?«, fragte sie erstaunt, als sie erkannte, dass sie sich am Saum eines Wäldchens befanden. »Das ist nicht das Schlachtfeld.«

Gut gelaunt drehte Daniel seine Mütze um, sodass der Schild nun seine Augen beschattete. »Natürlich nicht, Cat. Was würden wohl die Touristen sagen, wenn plötzlich ein Pärchen aus dem Nichts auftauchen würde.« Mit dem Kinn wies er in westliche Richtung. »Culloden Moor liegt ungefähr zehn Kilometer von hier entfernt. Komm«, er reichte ihr die Hand, »später zeige ich dir die Stelle, an der ich wiedergeboren wurde.«

Und nun begriff Catherine, dass Daniels damalige Soldaten ihn nach der Schlacht in jenem Wäldchen verscharrt hatten. Da niemand in unmittelbarer Nähe war, konnten sie schnell ausschreiten und waren nur wenige Sekunden später in der Nähe des ehemaligen Schlachtfeldes.

Trotz des Nieselregens, des starken Windes und der tief hängenden grauen Wolken hatten sich mehrere warm angezogene Touristen eingefunden. Inzwischen liebte Catherine dieses Wetter, denn die selten auftretende Sonne stach noch immer wie Nadelstiche in ihre empfindlich gewordenen Augen.

Daniel betrat das baumlose und mit Heidekraut bewachsene Feld und ging zielstrebig zu einer Stelle in der Mitte, während Catherine ihm dichtauf folgte.

»Hier ist es geschehen.« Abrupt war er stehen geblieben, sodass Catherine um ein Haar gegen ihn gelaufen wäre. Seine Stimme klang fremd, als er hinzufügte: »Genau hier hat mich dieser verdammte deutsche Söldner auf sein verdammtes deutsches Bajonett gespießt.«

Suchend betrachtete Catherine die Stelle, die sich in nichts vom restlichen Schlachtfeld unterschied. »Was macht dich so sicher?«

»Ich rieche mein eigenes Blut«, kam es leise zurück, »mein Blut und den scheußlichen Gestank von fremdem Blut, von Fäkalien, Angst und Tod.«

Ergriffen schwieg Catherine, denn sie spürte, wie sehr Daniel dieser Besuch bewegte. Sie wusste mittlerweile, dass er zum ersten Mal seit 1745 an diesem schicksalhaften Ort war.

Die Touristen hatten sich verzogen, denn der Regen wurde stärker. Doch Catherine war es recht, und wieder einmal wunderte sie sich, dass Daniel der einzige Vampir war, der nicht von jener nebeligen Aura umgeben war.

Er atmete tief durch, dann sagte er: »Lass uns in den Wald gehen.«

Während sie sich mit langen Schritten fortbewegten, fragte Catherine ihn nach der fehlenden Aura, doch er lachte. »Ich kann deine Aura auch nicht sehen, nur die der anderen Wiedergänger. Uns verbindet doch jenes unsichtbares Band, Liebling, und wir würden uns unter Tausenden wiederfinden.«

Sie erreichten blitzschnell den Waldsaum und verfielen in einen normalen Gang. Sie krochen durch das Unterholz, und plötzlich blieb Daniel stehen.

»Hier war früher eine kleine Lichtung«, sagte er und blickte sich suchend um.

Im Laufe der Jahrhunderte hatte sich die Natur zurückgeholt, was ihr einst gestohlen worden war. Junge Bäume, mächtige Farne und stachelige Sträucher hatten die einstige Lichtung, von der Daniel erzählte, dass sie im 18. Jahrhundert von einigen halb verfallenen Katen bestanden war, in Besitz genommen.

Schaudernd drängte sich Catherine an Daniel, als sie einige kümmerliche Mauerreste zwischen meterhohem Farn entdeckte.

Daniel hatte sie ebenfalls entdeckt und marschierte zielstrebig auf einen der Trümmerhaufen zu. »Hier stand die Hütte, in der mich Giselle auf mein Leben als Vampir vorbereitet hat.«

»Kannst du Giselle .... riechen?«, fragte Catherine, nachdem sie die Mauerreste, die sich nicht von den anderen Steinhaufen unterschieden, eingehend betrachtet hat.

»Nein, Cat. Vampire sind geruchlos, aber ich spüre die Macht, die von Giselle ausging. Irgendwo dort im Dickicht«, er zeigte vage in eine Richtung, »hat sie mich gefunden. Sie erzählte mir, dass hier vor langer Zeit einige Jäger und Fallensteller eine Siedlung errichteten und dort mit ihren Familien lebten, bis sie ihre Katen aufgaben, um in Inverness, das damals ein winziges Nest war, eine neue Existenz aufzubauen. Giselle hatte den Platz sorgfältig ausgewählt, denn die Soldaten des Königs durchsuchten die Wälder nach überlebenden Bewohnern der Highlands. Aber so tief drangen sie nicht in die Wälder ein, dass man uns hätte finden können.«

Lange schaute Catherine auf die mit Moos bedeckten Mauerreste. Nun wusste sie alles über Daniel, und sie ahnte, dass er sie nur zu diesem Zweck zu diesem historischen Ort geführt hatte, und nicht, wie sie zuvor befürchtet hatte, um in alten Erinnerungen zu schwelgen.

* * *

Wenige Minuten später befanden sie sich wieder in der Halle von Camshron Castle. Catherine war entzückt, weil die Reise ohne Komplikationen verlaufen war, doch als sie Daniel auf den Besuch in South Carolina ansprach, lehnte er ab.

»Liebes, sei nicht so ungeduldig. Du bist noch zu unsicher, und ich habe Angst um dich. Audrey wird auch in hundert Jahren noch dort sein, wo sie jetzt ist – es sei denn, ein Vampirjäger findet und tötet sie.«

»Ist es nicht seltsam, dass der Mensch das einzige Wesen ist, das uns gefährlich werden kann?«, fragte Catherine.

»Allerdings, aber die Gefahr, als Vampir entdeckt zu werden, ist gering.« Noch immer trug Daniel seine Reisekleidung, die ihn so anziehend machte.

Langsam trat Catherine auf ihn zu, schmiegte sich an ihn und flüsterte in sein Ohr: »Wie wäre es mit einem Kompromiss? Ich gehe dir mit meinen Reisewünschen nicht mehr auf die Nerven, und du führst mich in die Kunst der Fesselspiele ein.«

Wie nicht anders zu erwarten, reagierte sein Körper augenblicklich. Er presste seine Geliebte fest an sich, sodass ihr nichts anderes übrig blieb, als seine Erregung zu spüren.

»Deine Wünsche sind immer so leicht zu erfüllen, Cat«, sagte er, versenkte seine Zunge in ihren Mund und begann, heftiger zu atmen.

Daniel war nicht nur ein feuriger Liebhaber, sondern auch ein vollendeter Kavalier. Er trug Catherine hinauf in sein Schlafzimmer, legte sie sanft auf das breite Bett und zog sie in quälender Langsamkeit aus. Als sie versuchte, ihn aus seiner Kleidung zu schälen, lehnte er mit der Begründung ab, dass ein Teil des Spiels Catherines Passivität war. Und so ließ sie geschehen, dass sie schließlich nackt vor ihm lag, ohne selbst aktiv zu werden, was ihr allerdings sehr schwerfiel.

Aus der Nachttischschublade zauberte Daniel mit einem geheimnisvollen Lächeln einige Seidentücher, und ehe Catherine es sich versah, waren Arme und Beine an die Bettpfosten gefesselt.

Schwer atmend sah sie zu, wie sich Daniel endlich auszog, sein Blick war dabei unablässig auf Catherines perfekten Körper gerichtet. Beide schwiegen, um den kostbaren Moment nicht zu zerstören.

Es erschien Catherine wie eine Ewigkeit, bis auch Daniel nackt war. Sein Penis ragte steil in die Höhe, und Catherine hätte alles darum gegeben, ihn berühren zu dürfen. Doch ihre Fesseln hinderten sie daran, und so konnte sie nichts anderes tun, als darauf zu warten, bis sich Daniel über sie beugte.

Doch zunächst kniete er sich neben sie und betrachtete sie so entrückt, als wäre sie ein Kunstwerk – obwohl sie das in gewisser Weise tatsächlich war. Catherines Vollkommenheit war Daniels Werk, aber er sah sie nicht als Eigentum an, sondern als die Frau, die er liebte und die er mehr als alles andere begehrte.

Sanft zeichneten seine Fingerspitzen die Konturen ihres Körpers nach; erst das schöne Profil, dann Brüste und Lenden. Allein diese zarten Bewegungen lösten ein Feuer in Catherine aus, und sehnsüchtig hob sie Daniel ihr Becken entgegen.

Er dachte gar nicht daran, sie sofort zu nehmen, sondern schob behutsam ihre Schenkel auseinander und ergötzte sich sekundenlang an dem reizvollen Anblick, der sich ihm bot. Er kniete sich zwischen Catherines gespreizte Beine und registrierte ihr leises Stöhnen. Für sie war es erregend und qualvoll zugleich, so schutzlos vor Daniel zu liegen, denn alles in ihr schrie danach, ihn berühren zu dürfen – auch wenn das eindeutig gegen die Spielregeln verstieß.

Betont langsam kniete sich Daniel vor sie hin, neigte sich vor, um Catherines Brüste zu küssen. Seine weiche Zunge glitt über ihren Bauch, verweilte kurz am Nabel und suchte sich dann ihren Weg zu Catherines Allerheiligstem.

Daniel war nicht minder erregt als seine Gefährtin, doch wollte er sie noch etwas leiden lassen. Sein Mund tastete sich suchend zu der nassen Spalte vor, die ihm nie verführerischer erschienen war, und fand rasch die Klitoris. Noch bevor er sie küssen konnte, bäumte sich Catherine in einem ersten wilden Orgasmus auf.

»Bind mich los. Daniel«, wimmerte sie. »Ich will dich berühren und küssen.«

Er lächelte. »Noch nicht, Cat.« Er schob seinen Oberkörper höher und drang endlich tief in sie ein. Die Fesselung war hinderlich, aber trotzdem außergewöhnlicher als alles, was Catherine bisher sexuell erlebt hatte.

Erst als beide ihren Hunger gestillt hatten, befreite Daniel sie von den Seidentüchern, und sie konnte endlich seine kühle glatte Haut berühren. Allmählich dämmerte ihr, weshalb Giselle Fesselspiele geliebt hatte. Es war eine ausnehmend erregende Art, Zärtlichkeiten entgegenzunehmen und sich dabei wie ein wehrloses Opfer zu fühlen.

Noch immer lagen sie auf dem Bett. Catherine nahm eines der Seidentücher und ließ es durch ihre Finger gleiten. Sie warf Daniel einen raschen Seitenblick zu und fragte: »Beim nächsten Mal darf ich dich fesseln, ja?«

»Wann immer du willst, Liebling.« Er zog sie an seine Brust.

»Hat Giselle dich auch oft gefesselt?« Catherine biss sich auf die Lippe, das hatte sie eigentlich gar nicht fragen wollen.

Doch er nahm ihre Frage locker und erwiderte schmunzelnd: »Nein, Giselle war im Bett die reinste Egoistin. Aber ich verspürte ohnehin keine große Sehnsucht danach, vielleicht von ihren scharfen Fingernägeln bearbeitet zu werden, auch wenn ich keinen Schmerz empfinden kann und Wunden schnell heilen.« Er küsste ihren Scheitel. »Du denkst immer noch oft an die Herzogin, nicht wahr?«

Catherine hob den Kopf und stützte ihn auf ihren Ellbogen.

»Ich kriege sie einfach nicht aus meinem Kopf, und dabei sage ich mir ständig, dass sie nicht mehr zwischen uns steht.«

»So ist es, Liebes. Ich habe Giselle längst aus meinem Gedächtnis verbannt, und du solltest das auch tun.«

Sie nickte langsam. »Und wenn sich ihr Geist an uns rächt? Wie können wir uns vor ihr schützen?«

»Aber Cat! Vampire haben keine Seele und somit auch keinen Geist.«

Abrupt richtete sich Catherine auf, umklammerte ihre angewinkelten Knie mit den Armen und blickte sich hektisch im Zimmer um. »Und warum habe ich dann ständig das Gefühl, dass sie hier irgendwo ist?«

»Das bildest du dir ein.« Liebevoll streichelte Daniel ihren Rücken. »Denk nicht mehr darüber nach. Giselle existiert nicht mehr – nur du und ich sind reale Wesen.«

Catherine strich sich über die Stirn. »Wahrscheinlich hast du recht. Ich habe wohl ein schlechtes Gewissen, weil ich diejenige war, die ihr den Garaus gemacht hat.« Sie stutzte. »Ich dachte immer, Vampire hätten kein Gewissen.«

Sein heiteres Kichern ließ sie herumfahren. »Nicht jeder behält so viele menschliche Züge wie du – das kommt auf die Zeitspanne zwischen Tod und Wiedergeburt an. Je länger man tot ist, umso weniger bleiben einem menschliche Züge als Vampir. Bei uns beiden betrug diese Zeitspanne nur wenige Minuten, deshalb können wir uns auch verlieben. Wiedergänger, die zu lange tot waren oder die zu wenig Gift von einem Vampir bekommen haben, haben oft kein Gewissen, und Liebe, Zärtlichkeiten und Gefühle werden für sie zum Fremdwort.«

»Ich verstehe.« Allmählich entspannte sich Catherine wieder. »Deshalb habe ich auf dem Ball so viele Vampire ohne Begleitung gesehen. Oh, da fällt mir ein, dass Audrey mir von einem Ball erzählt hat, den sie demnächst geben will. Können wir sie nicht besuchen?«

Daniel betrachtete sie mit leicht tadelndem Blick. »Cat, wie oft soll ich dir noch sagen, dass du noch nicht für weite Reisen bereit bist? Es kann noch Jahre dauern, bis es so weit ist.«

»Aber ich habe doch dich an meiner Seite. Wenn du meine Hand hältst, kann mir nichts geschehen.«

Seufzend versprach Daniel, sich den Vorschlag zu überlegen. »Ich will nicht riskieren, dich zu verlieren, dafür liebe ich dich viel zu sehr. Ohne dich könnte ich nicht weiterleben, du bist das reinste Lebenselixier für mich.«

Obgleich er in heiterem Ton sprach, spürte Catherine, wie ernst es ihm war, daher erkundigte sie sich vorsichtig, was passieren könnte, wenn sie zu früh eine zu weite Reise unternahm.

»Dein Körper zersetzt sich und hat keine Möglichkeit mehr, sich am Ziel zu materialisieren«, kam es sachlich zurück. »Das ist eine ebenso sichere Art, einen Vampir zu vernichten wie das Pfählen.«

Ein Schauer lief ihr über den Rücken.

»Daher ist kein Vampir so dumm, sich dieser Gefahr auszusetzen. Hast du noch irgendwelche Fragen zu diesem Thema?«

Sie schüttelte ernüchtert den Kopf. »Entschuldige, ich war schon als Sterbliche schrecklich ungeduldig.« Sie legte ihren Kopf wieder an seine Schulter. »Darf ich dich noch etwas fragen?«

»Nur zu.«

»Woher stammt das Blut, das William uns manchmal serviert? Ich weiß, dass es oft Menschenblut ist.«

Daniel runzelte die Stirn. »Willst du das wirklich wissen?« Und als sie hartnäckig bejahte, sagte er: »Das Blut stammt von frisch Verstorbenen.«

»Wie bitte?« Sie schnellte hoch und sah Daniel entsetzt an, doch er hob nur hilflos die Hände.

»Du wolltest es doch wissen. Du weißt, dass William ein Butler ist und ein Heer von Geistern unter sich hat.«

»Sicher, ich sehe sie ja ständig mit Wischeimern und Staubwedeln durch die Gänge schleichen.«

Er grinste. »Ich meine nicht die Bediensteten. William hat auch Macht über Geister in den Dörfern der Highlands. Wenn jemand auf dem Sterbebett liegt, wird er von einem jener Geister bewacht. Im Augenblick des Todes zapft ihm der Geist das Blut bis auf den letzten Tropfen aus dem Körper. Niemandem fällt es auf, denn Tote sind im Allgemeinen immer recht bleich.«

Jetzt bereute Catherine ihre vorschnelle Frage. Bisher hatte sie das dicke, oft noch warme Blut genossen – doch zu wissen, dass es von einem soeben Verstorbenen stammte, hatte einen bitteren Nachgeschmack. Inzwischen konnte sie sehr wohl menschliches Blut von dem eines Tieres unterscheiden und hoffte, dass so bald niemand in den Highlands starb.

18

Manchmal dachte Catherine an ihr früheres Leben, aber niemals mit Wehmut oder Kummer. Sie hatte nichts verloren, nur gewonnen – und das nicht nur in Form des wunderbarsten Mannes auf Erden, sondern auch wegen des unbesorgten Daseins, das sie nun führte. Nie wieder Zukunftsängste oder Geldsorgen, keine Angst vor dem Altern des Körpers haben zu müssen und ungeahnte Möglichkeiten, von denen ein Sterblicher nur träumen konnte.

Nein, Catherine bereute nichts, und entgegen Daniels anfänglicher Besorgnis, dass sich ihr Wesen verändern könnte, hatten sich lediglich ihre Interessen verlagert. Aber sie wusste, dass die Liebe zur Fotografie eines Tages zurückkommen könnte, und mit den neuen scharfsichtigen Augen würde sie die brillantesten Bilder ihres Lebens machen.

Doch zunächst wollte Catherine das Reisen beherrschen. Sie war so ehrgeizig, dass sie Daniel jeden Tag darum bat, sie zu unterrichten. Dabei war freilich nicht nur das Ziel, Audrey besuchen zu können, sondern die Aussicht auf eine unbekannte Freiheit.

Catherine machte täglich Fortschritte, und als sie Daniel eines Tages vorschlug, sie könnten doch mit dem Flugzeug nach South Carolina fliegen, lehnte er spontan ab.

»Ich bin niemals geflogen«, verriet er. »Kein Vampir hat das jemals getan, denn wir wissen nicht, welche Auswirkungen die Höhenluft auf uns hat. Natürlich gibt es darüber keine wissenschaftlichen Experimente, aber ich möchte nicht der Erste sein, der es versucht und dann über den Wolken möglicherweise etwas Schreckliches aus Panik tut.«

»Da magst du recht haben«, gab sie kleinlaut zu. »Aber kannst du denn nicht verstehen, wie sehr ich mich danach sehne, Einladungen zu Vampirbällen anzunehmen oder einfach etwas anderes als Schottland zu sehen?«

Natürlich hatte Daniel Verständnis. Er hatte immer Verständnis für Catherine, auch wenn er in seinem früheren Leben kaum andere Länder kennengelernt hatte wegen der beschwerlichen Reisen zu Pferd oder mit dem Schiff.

»In zwei Monaten gibt es einen Ball in Spanien. Don Alfredo Bertini war zu Lebzeiten ein wohlhabender Kaufmann, für Sterbliche ist sein Castillo nichts als eine nutzlose Ruine, sodass sich niemand dafür interessiert, was sich dort abspielt. Wenn du fleißig übst, werden wir diesen Ball besuchen – mir kam zu Ohren, dass auch Audrey Cummingham sich dort einfinden wird.«

Ungestüm warf sich Catherine in seine Arme, denn ihr war bewusst, dass Daniel einzig ihr zuliebe diesen Vorschlag machte. Er spürte, dass Catherine eine Freundin brauchte, und die hübsche Amerikanerin hatte es ihr halt angetan.

»Ich werde täglich noch mehr üben«, versprach sie, denn die Aussicht, nach Spanien zu reisen, beflügelte sie. »Ich weiß, dass ich mich noch stärker konzentrieren muss, aber das schaffe ich schon.«

Sie schaffte es tatsächlich. Stunden um Stunden verbrachte sie damit, nichts anderes zu tun als sich auf einen bestimmten Gegenstand zu konzentrieren und sämtliche Gedanken dabei auszuschließen. Denn das war das Wichtigste – wenn man während der Reise nur für eine Sekunde den Kontakt zum Ziel verlor, konnte sich der Körper nicht mehr neu materialisieren. Da könnte dann noch nicht einmal Daniels stärkende Hand helfen, man blieb für immer irgendwo zwischen dem Diesseits und dem Jenseits hängen.

Daniel sparte nicht mit Lob, und er war stolz auf seine geliebte Gefährtin, als eine Testreise ins Rhônetal ohne Zwischenfälle gelang. Und so stand Don Alfredos Ball nichts mehr im Wege.

Inzwischen wusste Catherine von Audrey, dass sie mit Franklin in Spanien erscheinen würde und wie sehr sie sich auf das Wiedersehen freute.

Während Daniel auch diesmal wieder seine schottische Nationaltracht wählte, entschied sich Catherine für ein hautenges Korsagenkleid, dessen Rock bis zu den Oberschenkeln geschlitzt war, und wieder in Catherines neuer Lieblingsfarbe blutrot. Eileen legte ihr eine erstaunlich moderne Frisur, die sie freilich nur fühlen konnte.

»Konzentriere dich auf die Worte ›Castillo de Bertini‹«, bat Daniel mit einem liebenvollen Seitenblick und griff nach Catherines Hand. Es war bei dieser Art zu reisen nicht nötig, das bildliche Ziel vor Augen zu sehen, der Ortsname oder andere bezeichnende Details reichten aus.

Wortlos nickte Catherine, umklammerte Daniels Hand und dachte an das Schloss von Don Alfredo, an den sie sich noch von dem Ball auf Camshron Castle erinnerte. Er hatte glänzende Kniehosen und eine Perücke getragen, war recht beleibt und wirkte alles andere als ein Vampir.

Ganz fest konzentrierte sich Catherine mit geschlossenen Augen, bis sie den Namenszug des Castillos sehen konnte. In der Halle war es so still wie in einem Grab; dafür hatte der Butler gesorgt, denn jedes Nebengeräusch erschwerte die Reisen seiner Herrschaft.

Der Namenszug zerfloss, und dank Daniels geistiger Unterstützung spürte Catherine die ihr inzwischen bekannten Vibrationen, die von Daniels Hand ausgingen, und die leisen Schwingungen in ihrem Körper. Nur einen Atemzug später fühlte sich

Catherine schwerelos, dann merkte sie, dass sie wieder festen Boden unter den Füßen hatte.

Vielstimmiges Gemurmel ließ sie vorsichtig die Lider heben – und dann sah sie sich inmitten Dutzender festlich gekleideter Vampire stehen. Die meisten von ihnen kannte sie bereits, doch fanden sich auch fremde, jedoch neugierige Gesichter unter ihnen.

Daniel schien erleichtert zu sein, weil die Reise gelungen war, und nahm Catherine stolz in die Arme, bevor er sie denen vorstellte, die an dem Ball auf Camshron Castle nicht teilgenommen hatten.

Don Alfredo entdeckte die Neuankömmlinge und begrüßte sie mit einer Herzlichkeit, die man einem Wiedergänger kaum zugetraut hätte. Dabei wurde Catherine einmal mehr klar, dass Vampire unter sich durchaus menschliche Züge annahmen; feindlich gesinnt waren sie lediglich gegen Sterbliche … Es sei denn, man hatte sie als Opfer auserkoren.

»Ihr werdet von Mal zu Mal schöner, Catherine«, säuselte der Gastgeber und ließ sich sogar herab, einen Kuss auf ihren Handrücken zu schmatzen. Ungefragt bot er ihr seinen Arm, um sie in den Festsaal zu führen.

Das Castillo war ebenso prächtig wie Camshron Castle, auch wenn es einer anderen Epoche entsprang und für Catherines Geschmack etwas zu pompös eingerichtet war, mit all dem Goldüberzug, der auf fast jedem Gegenstand zu finden war.

Ähnlich wie in Schottland standen riesige goldene Behälter randvoll mit der köstlichsten aller Flüssigkeiten parat, um die Gäste zu verwöhnen. Spanische Klänge wehten durch den Saal, auch diese Musiker lebten schon lange nicht mehr.

»Catherine!« Aus der Menge schälte sich eine kleine Frau im himmelblauen Krinolinenkleid und trippelte auf sie zu. »Ich hatte gehofft, dass Sie es schaffen!«

»Wie schön, Sie zu sehen, Audrey«, entgegnete Catherine voller Freude. »Glauben Sie mir, ich bin mächtig stolz auf die Fortschritte, die ich gemacht habe. Bald kann ich Sie auf Ihrer Plantage besuchen.«

Audrey strahlte. »Es ist wirklich sehr schön auf der Silver Rose Plantation, obwohl Franklin und ich zurzeit etwas besorgt sind.« Sie winkte mit ihrem unvermeidlichen Spitzenfächer einen Diener heran und ließ sich zwei Gläser geben, von denen sie eines an Catherine weiterreichte.

Als diese den unwiderstehlichen Geruch wahrnahm, der dem Glas entströmte, merkte sie erst, wie durstig sie war. Das Blut war dunkel und dick wie Sirup – und es war frisch! Flüchtig fragte sich Catherine, ob auch der Don das Blut Sterbender abzapfen ließ, doch dann setzte sie achselzuckend das Glas an ihre Lippen.

Nachdem die beiden Frauen ihren Durst gestillt hatten, berichtete Audrey von einem Vampirjäger, der sich in South Carolina herumtrieb.

»Nicht, dass wir und andere Vampire in unserer Umgebung uns fürchteten«, fuhr sie fort, »aber wenn dieser Mann uns entdeckt und es nicht für sich behält, wird es bald eine Schar von Jägern geben, die uns vernichten wollen.«

Mit Unbehagen dachte Catherine an die grausame Methode, unter der Giselle gestorben war und wagte sich nicht vorzustellen, dass dies ebenso der liebenswürdigen Audrey widerfahren könnte.

»Dieser Mann hat angeblich in anderen Bundesstaaten schon für Unruhe gesorgt«, berichtete Audrey eifrig. »Keiner weiß genau, ob er Erfolg hatte und einen von uns aufzustöbern vermochte, aber auf jeden Fall ist er für uns gefährlich.«

»Wir sind stärker als dieses erbärmliche Menschlein«, gab Catherine verächtlich zurück. »Niemals wird es ihm gelingen, jemanden von uns zu überlisten.«

Wieder strahlte Audrey über das ganze Gesicht. »Es ist schön, solche Worte aus Ihrem Mund zu hören. Ich meine, Sie sind noch ein so junger Vampir. Nach meiner Transformation wollte ich erst nichts davon wissen, ein Wiedergänger zu sein. Es dauerte viele Jahre, bis ich diese Tatsache akzeptierte. Vielleicht hing ich einfach mehr an meinem früheren Leben als Sie.«

»Sicher haben Sie damals Ihren Mann vermisst.«

»Oh ja, das stimmt. Ich vermisste Adam so sehr, dass ich Franklin mehrmals bat, nach einer Möglichkeit zu suchen, mich zu erlösen, aber er stellte sich taub. Heute bin ich natürlich froh, dass ich noch immer leben darf.« Sie zwinkerte Catherine zu. »Wäre ein Prachtexemplar wie Daniel an meiner Seite, hätte ich Adam sicher rascher vergessen.«

Zustimmend lächelte Catherine sie an und bat sie, von ihrer Plantage zu erzählen. Und als sich der Ball dem Ende zuneigte, musste sie der Amerikanerin noch einmal versprechen, sie bald zu besuchen.

Alle hatten sich prächtig amüsiert und an frischem Blut satt getrunken, und Don Alfredo lief stolz wie ein Pfau umher, als die Zeit zum Aufbruch gekommen war.

Auch die Rückreise verlief ohne Komplikationen, und nachdem Catherine und Daniel wieder auf Camshron Castle eingetroffen waren, berichtete sie ihm von Audreys Ängsten.

Daniel nickte besorgt. »Ich hörte davon; deshalb halte ich es für keine gute Idee, so bald in die Staaten zu reisen. Dort machen es sich eine Menge Leute zum Hobby, Vampire aufzuspüren. Es soll sogar Institute geben, die Vampirjäger ausbilden.«

»Sind schon Erfolge zu verzeichnen? Ich glaube kaum, dass ein Sterblicher in der Lage ist, sich mit den Kräften eines Wiedergängers zu messen.«

Sein Blick war unergründlich, als er antwortete. »Erinnere dich an Giselles Tod, dann weißt du, was diese verrückten Jäger anrichten können.«

Betroffen schwieg Catherine. Auch sie oder Daniel könnten eines Tages in eine Falle gelockt und vernichtet werden. Sicher, der Trick, den Daniel bei der Herzogin angewandt hatte, würde bei anderen Vampiren kaum zum Erfolg führen, doch wenn es tatsächlich geschulte Jäger in Amerika gab, würden auch bald welche in Europa auftauchen.

»Hab keine Angst, im Schloss sind wir sicher.« Daniel legte seine Hände um ihre Taille. »Niemand wird Camshron Castle ohne unsere Erlaubnis betreten, dafür sorgt William.«

Tapfer lächelte Catherine und erwiderte: »Ich hatte mich bereits auf den Besuch bei Audrey gefreut, und die Vorstellung, dass dieser Jäger sie erwischt, gefällt mir nicht.«

»Sie ist nicht allein, Franklin befindet sich stets an ihrer Seite, denn er ist nicht nur ihr Gefährte, sondern auch ihr Beschützer. Und genauso werde ich dich vor allen Gefahren beschützen, Cat.«

Das klang sehr beruhigend, und als Daniel sie bat, niemals ohne ihn eine Reise zu unternehmen – noch nicht einmal in das schottische Hinterland – versprach sie es leichten Herzens. Sie sah sich gefesselt und wehrlos am Boden liegen und dicht vor ihren Augen einen angespitzten Holzpflock. Sie spürte fast körperlich den Pflock in ihrem Herzen und wie sie danach zu Staub zerfiel. Allein das Überraschungsmoment zählte, das wusste sie bereits – hätte sie nur eine Sekunde länger gezögert, Giselle zu töten, hätte diese ihre Kraft zurückbekommen und die Fesseln gesprengt. All dies hatte ihr Daniel erklärt. Aber wenn diese Tatsache auch Vampirjägern bekannt war, so hatten Wiedergänger nichts mehr zu lachen, denn sie lebten in ständiger Gefahr.

»Bist auch du jemals gejagt worden?«, fragte Catherine, als sie eng umschlungen zur Treppe gingen.

Zu ihrer Erleichterung verneinte Daniel die Frage. »Niemand scheint zu ahnen, was ich bin. Bis auf vereinzelte Historiker oder Fotografen hat sich niemals ein Mensch so weit in die Highlands vorgewagt. Und die waren alle ahnungslos.«

»So wie ich …«

»Ja, so wie du.« Er warf ihr einen zärtlichen Blick zu. »Wenn ich nicht zu diesem Zeitpunkt im Schloss gewesen wäre und dich gesehen hätte, wäre unser beider Leben anders verlaufen. Du hättest vermutlich längst einen neuen Fotoauftrag, und ich müsste mich immer noch mit der herrschsüchtigen Giselle begnügen.« Er blieb stehen und blickte ihr tief in die Augen. »Sag mir noch einmal, dass du nichts bereust und mich liebst.«

»Oh ja, ich liebe dich. Und ich liebe dieses neue Leben, das du mir geschenkt hast.« Langsam legte sie ihre Arme um seinen Hals, und es war ihr egal, dass sie dabei von zwei durchsichtigen Zimmermädchen gesehen wurden, die auf der Galerie Staub wischten. »Zu wissen, dass dieses wundervolle Leben niemals enden wird, macht mich sehr glücklich.«

Daniel spürte, dass jedes Wort, das Catherine gesagt hatte, der Wahrheit entsprach. Seine hellen Augen leuchteten vor Glück und Freude … und dann in plötzlicher Leidenschaft.

Sie schafften es kaum bis ins Schlafzimmer, ohne übereinander herzufallen. Daniel war nicht nur ein erfahrener, sondern auch ein ausdauernder Liebhaber, und so kam es, dass das Paar erst am darauffolgenden Morgen das Schlafgemach wieder verließ.

Kurz darauf besuchte Catherine den Butler im Wirtschaftstrakt. Inzwischen hatte sie Rosie und das restliche Küchenpersonal kennengelernt, das William extra herbeigerufen hatte, damit es sich der neuen Herrin vorstellen konnte. Freilich hatten Rosie und die Küchenmädchen dieser Tage nichts zu tun, denn die Lady of Cameron benötigte keine menschliche Nahrung mehr. Und wenn es Daniel oder Catherine tatsächlich nach einem Glas Wein gelüstete, besorgte William das Gewünschte aus dem Keller.

»Kann ich etwas für Sie tun, Mylady?«, erkundigte sich der Butler erstaunt, als er Catherine im Personalraum entdeckte, in dem sich schon seit Ewigkeiten kein irdisches Personal mehr aufgehalten hatte.

»Allerdings.« Catherine setzte sich an den blank gescheuerten Holztisch und bat William mit einer Geste, sich ebenfalls niederzulassen. »Ich habe erfahren, dass der Mythos vom Vampirjäger seit einiger Zeit wieder aufgelebt ist.«

Er nickte mit bekümmerter Miene. »Das ist auch mir bereits zu Ohren gekommen.«

»Sind wir wirklich sicher auf Camshron Castle?«

»Aber ja! Hat Seine Lordschaft nicht erwähnt, dass ein Zauber das Schloss vor jedem Eindringling schützt?«

Sie stutzte. »Oh, ich war der Meinung, dass dieser Zauber nur die Herzogin fernhalten sollte.«

»Ich habe den Zauber verstärkt; weder Sterbliche noch Wiedergänger können den Bann durchbrechen.«

Erleichtert lehnte sich Catherine zurück. »Das ist gut. Aber können Sie den Zauber auch außerhalb des Schlosses wirken lassen?«

»Leider nicht, Mylady. Mein Machtbereich umfasst lediglich Camshron Castle – aber wieso wollen Sie das wissen?«

Verlegen blickte sie auf ihre – nun rot lackierten – langen Fingernägel. »Ich werde mich wie eine Gefangene im goldenen Käfig fühlen, wenn ich vielleicht auf Jahre hinaus das Schloss nicht verlassen kann …«

»Ich verstehe. Aber nur hier sind Sie sicher vor den Gefahren, die da draußen lauern.«

»Natürlich, das ist mir bewusst.« Sie suchte nach den richtigen Worten. »Glauben Sie eigentlich, dass die Herzogin für immer vernichtet ist?«

Verwundert zog er die buschigen Brauen hoch. »Ich glaube es nicht, ich *weiß* es, Mylady. Den restlichen Staub, der von ihr übrig geblieben ist, habe ich ins Kaminfeuer geschüttet. Sie ist für immer gegangen, das versichere ich Ihnen.« Obwohl er saß, deutete er eine Verbeugung an.

»Wie alt sind Sie eigentlich?«, fragte sie schließlich interessiert.

»Darüber habe ich mir nie Gedanken gemacht.«

Der Butler lächelte dünn. »Ich bin erst neunzig Jahre alt«, und als er ihr Erstaunen bemerkte, fügte er achselzuckend hinzu: »Magier werden in der Regel älter als gewöhnliche Menschen. Sie dürfen damit rechnen, dass ich Ihnen und Seiner Lordschaft noch lange dienen kann – aber ich sehe mich bereits nach einem Nachfolger um. Es braucht nämlich viele, viele Jahre, um einen erfahrenen Magier wie mich zu ersetzen.«

Catherine war beruhigt, denn sie mochte den alten Mann mit dem langen Gesicht und den gelben Zähnen trotz seiner kauzigen Förmlichkeit. Bevor sie in den Haupttrakt zurückging, wollte sie noch wissen, ob es etwas gab, das Vampire für Sterbliche unkenntlich machte. Doch William musste sie enttäuschen; außer einer geschickten Tarnung galt es lediglich, auf der Hut zu sein.

19

Wieder waren Monate vergangen, in denen Catherine große Fortschritte verzeichnen konnte. Mittlerweile hatte sie eine beachtliche Selbstsicherheit erlangt, die sie kaum noch von anderen Vampiren unterschied.

Nach wie vor war Daniel ein geduldiger Lehrer, doch es gab immer weniger, was Catherine lernen musste – einzig in die Fähigkeit, alleine zu reisen, war sie noch nicht eingeweiht, doch das störte sie nicht, denn ohne Daniel hatte sie ohnehin keine Freude daran. Ihre einzige Sorge bestand darin, dass Giselle in irgendeiner Weise wieder auftauchte, auch wenn Daniel und William ihr mehrmals versichert hatten, dass dies nicht möglich war.

Mit Audrey Cummingham stand sie auch weiterhin in engem Kontakt; deren Aufregung wegen des Vampirjägers hatte sich inzwischen gelegt, da sie nichts mehr von ihm gehört hatte. Nun stand dem großen Ball auf der Plantage Silver Rose also nichts mehr im Wege.

Es sollte Catherines erste weite Reise werden, und sie freute sich darauf wie ein kleines Kind. Tagelang zerbrach sie sich den Kopf wegen ihrer Garderobe, und am liebsten wäre es ihr gewesen, wenn sie ein Ballkleid aus der Zeit des Bürgerkriegs anziehen könnte. Doch sie akzeptierte das ungeschriebene Vampirgesetz, bei derartigen Veranstaltungen die Mode ihrer Zeit als Sterbliche zu tragen, und beauftragte den Butler, ihr eine neue rote Robe zu besorgen.

Bereits wenige Minuten später lag ein Traum aus blutrotem

Satin auf dem Bett, mit raffiniertem Dekolletee und weit schwingendem, bodenlangen Rock. Daniel war nicht so wählerisch, er entschied sich für seine schottische Tracht und verriet zwinkernd, dass er noch nie etwas anderes bei einem Ball getragen hatte.

»Bist du ganz sicher, dass du dich für die lange Reise genügend konzentrieren kannst?«, fragte er mit einem Anflug von Besorgnis.

Schmunzelnd wies sie ihn darauf hin, dass sie sich inzwischen wohl als »alten Hasen« bezeichnen dürfe, da sie eineinhalb Jahre lang kaum etwas anderes getan hatte, als zu trainieren.

Telepathisch hatte sie Audrey bereits darüber informiert, dass sie und Daniel fast auf dem Weg waren, und nachdem sich das Paar noch einmal innig geküsst hatte, nahmen sie sich bei den Händen und schlossen die Augen.

Catherine spürte Daniels festen Händedruck und wie seine Kraft in ihren Körper drang. Den Namenszug der Plantage dicht vor ihrem inneren Auge, wartete Catherine geduldig auf das vertraute Zerfließen des Bildes, wünschte sich innigst an ihr Reiseziel und konzentrierte sich auf die Sekunde vor der Ankunft, in der alles dunkel wurde.

Doch diesmal war etwas anders. Die Dunkelheit verblasste nicht wie gewöhnlich, sondern vertiefte sich zu einem Schwarz, in dessen Mitte sich einen Wimpernschlag lang die Konturen von Giselles hasserfülltem Gesicht zeigten, mit weit aufgerissenen grün glänzenden, bösen Augen und gefletschten Zähnen. Gleichzeitig spürte Catherine, dass sie Daniel verlor. Eine unsichtbare Macht riss das Paar auseinander, und Catherine hatte das Gefühl, ins Bodenlose zu stürzen. Sie öffnete den Mund zu einem Schrei, aber kein Ton entrang sich ihrer Kehle.

Unterdessen wurden die Gäste aus dem fernen Schottland sehnsüchtig von Audrey erwartet. Der Ballsaal war aufs Feinste herausgeputzt, und zahlreiche Vampire waren bereits erschienen und unterhielten sich dezent.

Eine Eingangshalle als Treffpunkt gab es nicht. Das Herrenhaus war im achtzehnten Jahrhundert erbaut worden und besaß lediglich einen breiten Flur, von dem beidseits verschiedene Türen abgingen, an der rechten Seite führte eine gerade Mahagonitreppe zu den oberen Räumen, sodass sich die ankommenden Gäste über das gesamte Erdgeschoss verteilten.

Suchend schwebte Audrey von einem Raum zum anderen, denn seit Catherines Nachricht war fast eine Viertelstunde vergangen. Nervös wedelte die kleine Südstaatenlady mit ihrem Fächer und versuchte, mit Catherine Kontakt aufzunehmen, doch diese antwortete nicht.

»Sieh nur, da kommen sie«, bemerkte Franklin, als am Ende des Flurs erst Daniels Plaid, dann nach und nach seine gesamte Gestalt sichtbar wurde – doch er war allein!

Ungläubig starrte er auf seine leere Hand, an der sich eigentlich Catherines Hand befinden sollte. Aufgebracht eilte Audrey, die mit dem Schlimmsten rechnete, auf ihn zu.

»Wo ist Catherine?«, fragte sie in banger Vorahnung und blickte ängstlich auf den leeren Platz neben Daniel, der noch immer wie gelähmt auf demselben Fleck stand. »So reden Sie doch! Wo ist sie?«

Das alleinige Erscheinen des Lord of Cameron war auch anderen Vampiren nicht entgangen, und sie näherten sich ihm mit fragenden Mienen.

Daniel schluckte hart, dann stieß er mit seltsam heiserer Stimme hervor: »Ich fürchte, ich habe sie verloren.«

Entsetzt schrie Audrey auf und schlug die Hände vors Gesicht, die anderen stöhnten gequält.

»Wie konnte das geschehen?«, erkundigte sich Don Alfredo kopfschüttelnd. »Sie ist noch so jung und unerfahren, ihr hättet die Reise nicht antreten dürfen.«

Daniels schönes Gesicht war schmerzverzerrt. »Zunächst verlief alles nach Plan, doch dann spürte ich, wie Catherine versuchte, sich von mir loszureißen.« Er richtete seinen Blick nach oben, als hoffte er, seine Gefährtin würde sich über seinem Kopf materialisieren. »Ich versuchte alles, um sie zu halten, doch sie war stärker. Irgendetwas ist zwischen uns getreten.«

»Aber was kann das gewesen sein?« Verzweifelt rang Audrey die Hände, während ihr Fächer, den sie mit einem Band an ihrem Handgelenk befestigt hatte, fröhlich hin und her schaukelte. »Giselle kann es nicht gewesen sein.«

Die anderen pflichteten ihr bei und umringten Daniel, der sich traurig weiterhin suchend umschaute. Eine italienische Contessa trat vor und fragte die Umstehenden, ob jemandem ein ähnlicher Fall bekannt war.

Fast alle bedauerten, doch dann schälte sich ein junger Mann – fast noch ein Jüngling – aus der Menge. Es war der Sohn eines Schweizer Industriellen, der 1922 im Zürichsee ertrunken war.

»Ich habe von so einem Fall gehört. Es geschah in Bern vor ungefähr fünfzig Jahren: Ein Paar – es handelte sich um unterprivilegierte Vampire – wollte eine längere Reise unternehmen. Doch die Frau, eine ehemalige Wäscherin, verlor ihr Geschöpf. Später stellte sich heraus, dass sich ihr Gefährte nicht genügend auf die Reise konzentriert und für eine Sekunde an etwas anderes gedacht hatte.«

Gebannt starrten die Gäste auf den jungen Mann mit dem gescheitelten, vor Pomade glänzenden Haar und in dem altmodischen Frack.

Er genoss sichtlich das allgemeine Interesse.

»Wie … ging die Geschichte aus?«, fragte Daniel tonlos. »Hat sich das Paar wiedergefunden?«

Der Schweizer nickte bedächtig. »Die unglückliche Frau trommelte alle ihr bekannten Vampire zusammen, und gemeinsam überlegten sie, wie sie helfen konnten. Da Derartiges zuvor nie geschehen war, experimentierten sie ein wenig herum und probierten alles Mögliche aus. Schließlich kam jemand darauf, dass der gemeinsame Wille den Verschwundenen zurückholen könnte … und es gelang ihnen.«

Hektisch blickte sich Audrey um. Mittlerweile drängte sich die gesamte Gästeschar auf der Treppe und in dem engen Flur. »Wir sollten hinauf in den Ballsaal gehen und es probieren. Dort haben wir mehr Platz.«

Noch immer schwebten neue Gäste ein, die durch einen leichten Luftzug angekündigt wurden und sich vor den Augen der Anwesenden materialisierten.

An die zweihundert Vampire folgten der Gastgeberin in den Saal, wo bereits livrierte Bedienstete an der Bar warteten, an der freilich nur eine einzige Getränkesorte zu bekommen war.

Wie in Trance bewegte sich Daniel, er machte sich die heftigsten Vorwürfe. Warum hatte er nur der Reise zugestimmt, wo ihm doch bewusst war, dass Catherine sich immer noch vor Giselles Rache fürchtete? Es war alles seine Schuld, und wenn Catherine nicht wieder auftauchte, würde er sich einem dieser Vampirjäger direkt vor die Füße werfen!

Diese menschlichen Gefühle waren Daniel fremd gewesen, bevor ihm Catherine über den Weg gelaufen war. Sie hatte alles verändert, allein durch ihre Anwesenheit. Sogar die Selbstverliebtheit war ihm fast abhanden gekommen, seit Catherine seine Gefährtin war.

Alle Vampire standen nun unschlüssig im Ballsaal herum, denn niemand wusste genau, was zu tun war. Doch Audrey hatte trotz der Aufregung einen klaren Kopf behalten und bat ihre Gäste, einen großen Kreis zu bilden.

»Jeder von euch muss nun ganz fest an Catherine denken«, schlug Audrey vor und blickte sich suchend um, bis sie Daniel in der Menge erspähte. »Auch Sie, Lord Daniel … vor allem Sie. Wir wollen uns alle wünschen, dass Catherine hier in unserer Mitte erscheint.«

Da standen sie nun mit ernsten Gesichtern, eine riesige Anzahl überirdisch schöner Gestalten in den prächtigsten Gewändern, als seien sie das Werk eines fantasievollen Malers. Jeder von ihnen konzentrierte sich auf Catherine, deren Körper irgendwo in der Sphäre schweben mochte oder für immer verloren war.

Sie hörte Stimmen, mal wispernd, mal schrill, dann wieder gedämpft oder verzerrt. Alles war dunkel, Catherine fühlte ihren Körper nicht mehr und ahnte, dass sie lediglich aus Gedanken bestand und alles andere nicht mehr existierte. Sie verspürte weder Angst noch Wehmut, noch konnte sie sich an Details ihres Lebens erinnern.

Später würde sie diesen Zustand mit dem eines Wachkomas vergleichen, doch zunächst war alles von tiefer Schwärze umhüllt, in der es nichts als die geisterhaften Stimmen gab. Catherine vergaß Zeit und Raum, und sie wusste nicht, wie lange sie sich in dieser Situation befand – es konnten Minuten oder auch Jahre sein.

Doch plötzlich ging eine Veränderung in Catherine vor. Sie konnte erst ihre Arme spüren, dann den Oberkörper und schließlich die Beine, die zuerst wie nach zu geringer Blutzufuhr kribbelten. Aber dann durchfuhr sie ein ziehender Schmerz, die Augen schienen ihr aus den Höhlen quellen zu wollen, und der Kopf schien zu zerspringen.

Zu Catherines Überraschung verlor das Schwarz vor ihr seine Tiefe, wurde nach und nach zu einem hellen, grauen Nebel, durch den sie tief unter sich einen Saal mit glänzendem Marmorfußboden erkennen konnte. Unzählige Porzellangesichter sahen zu ihr herauf und murmelten ihren Namen.

Nicht nur Daniel stockte der Atem, als er den Blicken der anderen Vampire folgte. Hoch oben, knapp unter der weißen Stuckdecke, schwebte eine durchscheinende Gestalt in einem weiten roten Kleid – es war Catherine. Sie war zurückgekommen … Zumindest war sie auf dem Weg in die irdische Welt.

Fassungslos sah Daniel, wie aus dem geisterhaften Wesen dort oben allmählich seine geliebte Gefährtin wurde, wie die Farben kräftiger wurden und ihr Körper sich festigte.

Catherine lag bewegungslos und mit geschlossenen Augen auf dem Rücken wie die schwebende Jungfrau im Zirkus, der Rock ihres Kleides hing wie eine große blutrote Fahne an ihrem Körper herunter.

Die Vampire murmelten weiter ihren Namen, verstummten jedoch, als durch Catherines Gestalt ein Ruck ging und sie sich bewegte. Langsam schwebte sie durch den Saal, bis sie sich in der Mitte des Kreises befand, den die Vampire gebildet hatten. Sie sank hinab bis dicht über die Köpfe der anderen, dann zuckte ihr Körper – und als habe jemand die unsichtbaren Seile zerschnitten, an denen Catherine hing, stürzte sie mit Wucht auf den harten Fußboden und blieb dort zunächst bewegungslos liegen.

Sofort wurde sie umringt, besorgte Gesichter näherten sich ihr. Daniel drängte sich nach vorn, kniete sich neben seine Geliebte und hob ihren Oberkörper vorsichtig an.

»Cat?« Seine Stimme bebte. »Cat, bitte wach auf, bitte!«

Verwirrt schlug sie die Augen auf, und als sie sein Gesicht erkannte, verzogen sich ihre nun wieder vollen dunkelroten Lippen zu einem Lächeln, während die Umstehenden applaudierten.

Irritiert blickte sich Catherine um. Es dauerte mehrere Sekunden, bis ihr einfiel, wo sie war. Ihre Stimme hatte noch nicht wieder ihren vollen hellen Klang erreicht, als sie fragte: »Was ist passiert, Daniel?«

»Das weiß ich nicht genau, ich habe dich unterwegs verloren.«

Und nun fiel es ihr wieder ein. »Ich erinnere mich, dass ich plötzlich Giselles verzerrtes Gesicht vor mir gesehen habe.«

»Das haben wir befürchtet, meine Liebe.« Audrey hockte plötzlich neben dem Paar, ihr weiter Krinolinenrock bauschte sich um ihren Oberkörper wie ein Nest aus Seidenstoff. Sie gab Catherine sich um ein mit Blut gefülltes Champagnerglas. »Trinken Sie das, damit Sie wieder zu Kräften kommen.«

Catherines Bewegungen waren noch etwas unsicher, sodass Daniel ihr das Glas an die Lippen führte. Als die warme Flüssigkeit durch ihre Kehle rann, fühlte sich Catherine mit jedem Tropfen kräftiger. Noch immer lag sie auf dem Fußboden, ihr Oberkörper lehnte an Daniels Brust.

»Es tut mir leid, dass Ihnen so übel mitgespielt wurde«, sagte Audrey, nachdem sich Catherine vorsichtig erhoben und man sie auf einen der zierlichen Polsterstühle gesetzt hatte. »Sie dürfen sich während der Reise nie wieder ablenken lassen. Die Herzogin kann Ihnen doch nichts anhaben.«

Catherine nickte und presste Daniels Hand an sich. »Ich kann mich nicht erinnern, an Giselle gedacht zu haben.«

»Aber du hast oft von ihr geredet«, warf Daniel mit leisem Vorwurf ein. »Wahrscheinlich sind deine Gefühle zu menschlich geblieben und dein schlechtes Gewissen hat deinem Unterbewusstsein einen Streich gespielt.«

Catherines Blick war zärtlich auf ihn gerichtet, und dann erzählte sie allen, was sie während ihres Aufenthaltes im Nirgendwo gefühlt hatte.

Kurz darauf konnte sich Catherine erheben, und der Ball wurde eröffnet. Stolz und schön schritt sie mit Daniel auf die Tanzfläche und bewegte sich anmutig zu den Klängen eines Walzers. Der harte Sturz von über zwei Metern hatte ihr kein Härchen gekrümmt – aber vergessen würde sie diesen Vorfall niemals.

»Du hast mir einen gehörigen Schrecken eingejagt«, gestand ihr Daniel. »Als du plötzlich versucht hast, dich auf der Reise von mir loszureißen, befürchtete ich das Schlimmste.«

»Aber ich habe mich nicht losgerissen! Ich hatte das Gefühl, dass eine fremde Macht uns zu trennen versuchte.«

Seine Hand strich voller Zärtlichkeit über ihren Rücken. »Ja, weil deine Konzentration unterbrochen wurde. Ich kann kaum glauben, dass ich dich wieder bei mir habe, Cat.«

Auf ihre Bitte führte Audrey sie später durch die Räumlichkeiten und auf die Veranda, die die gesamte Front des von weißen Säulen umgebenen Hauses einnahm.

Catherine war überwältigt, und sie konnte Audrey verstehen, dass sie ihr Zuhause liebte. Anders als Camshron Castle mit seinem rustikalen Charme spürte Catherine nun den Hauch des alten Südens, der von dem Haus ausging.

Die beiden Frauen standen neben der Haustür und blickten gedankenverloren auf die Eichenallee, die zum Herrenhaus führte. Catherine stellte sich Audrey vor, als diese noch eine Sterbliche gewesen war und mit strenger Hand ihren Haushalt geführt hatte, stellte sich die von den Baumwollfeldern herüberwehende Gesänge der Feldsklaven bei der Ernte und die Zeit nach dem Krieg vor, als die Yankees ihre Pferde über die prächtige Allee trieben, um das Recht der Sieger einzufordern.

»Es muss eine aufregende Zeit gewesen sein, in der Sie gelebt haben«, sagte Catherine. »Und Sie können sich glücklich schätzen, dass Ihr Zuhause erhalten geblieben ist.«

Audrey lächelte fein. »Wäre mein Mann nicht General gewesen, hätten die Yankees alles vernichtet.« Sie wies auf eine Baumgruppe zu ihrer Rechten, hinter der einige flackernde Lichter zu erkennen waren. »Dort drüben ist das Sklavenquartier, aber nur Vampire können das alles sehen. Zum Glück, denn sonst hätte sich längst ein Baulöwe für die Silver Rose interessiert und das Haus zu einem dieser grässlichen Hotels umgebaut, wie man es mit gut erhaltenen Landhäusern heute macht.« Audrey stockte unvermittelt und blähte ihre Nasenflügel.

Auf Catherines vorsichtige Frage flüsterte sie: »Riechen Sie es denn nicht?«

Jetzt nahm es auch Catherine wahr, ein wohlbekannter Geruch umwehte ihre Nase …

Es roch eindeutig nach Mensch!

Der junge Mann, der sich in einem Gebüsch nahe bei dem verfallenen Haus versteckt hielt, sah zwei weibliche Vampire auf den Resten der einstigen Vorderveranda stehen. Sie waren von betäubender Schönheit, doch der Mann war sicher, dass er gegen ihren Liebreiz gefeit war.

Ganz allein wollte er diese verdorbene Vampirhöhle ausräuchern, auch wenn es ihm einen Moment lang fast leidtat um die beiden Schönheiten auf der Veranda. Die eine war klein und zierlich und von beinahe kindlichem Charme, aber die andere Wiedergängerin war mehr als einen Blick wert. Sie war hochgewachsen, und ihr Gesicht, das von vollem schwarzem Haar umrahmt war, glich dem einer römischen Götterstatue.

Anfangs hatten sich die beiden Frauen halblaut unterhalten, doch dann ging eine Veränderung in ihnen vor. Die Südstaatenlady hatte Witterung aufgenommen. Es konnte nicht lange dauern, bis sie die anderen Vampire warnte, es blieb also nicht viel Zeit, um das Haus anzuzünden.

Während seines Vampirstudiums hatte der Mann gelernt, dass man Wiedergänger nur verbrennen oder pfählen könne, um sie unschädlich zu machen. Natürlich trug der Vampirjäger auch Weihrauch, einen zugespitzten Holzpflock und ein Kruzifix bei sich. Bedauerlicherweise hatte er nicht gelernt, dass sich Wiedergänger blitzschnell an einen anderen Ort wünschen konnten, und somit war das Schicksal des forschen Jägers bereits besiegelt, noch bevor er ein Streichholz entzünden konnte.

Die beiden Frauen gingen nach einem wissenden Blick in die Richtung des Mannes ins Haus zurück. Alle gerieten in helle Aufregung, als sie von der Neuigkeit erfuhren.

»Es scheint sich um eine Einzelperson zu handeln«, sagte

Audrey. »Und ich bin mir sicher, dass er nicht hier ist, um mit uns zu feiern.«

Ängstlich klammerte sich Catherine an Daniels Arm. »Was mag er vorhaben?«

»Vermutlich will er das Haus anzünden«, gab Daniel mit grimmigem Blick zurück. »Anders glaubt er eine so große Schar nicht vernichten zu können. Wir werden ihm einen gebührenden Empfang bereiten. Ich denke, es handelt sich um jenen Jäger, von dem Audrey neulich im Castillo de Bertini sprach.«

Die anderen Vampire nickten zustimmend, und sogleich machte man sich auf die Suche nach dem Vampirjäger. Der hockte auf der hinteren Veranda und war im Begriff, ein brennendes Streichholz in eine der leeren Fensteröffnungen zu werfen. Wenn es ihm gelang, Hunderte von Vampiren auf einen Streich unschädlich zu machen, würde ihn die ganze Welt feiern und nicht nur mit Lob und Ehre, sondern auch mit gut bezahlten Aufträgen überschütten. Es hatte Jahre und mühsame Recherche gekostet, bis er auf der Suche nach einem Vampirnest fündig geworden war. Und da ihm das Glück hold war, gab die Vampirin, die auf der alten Plantage hauste, just in dieser Nacht ein Fest.

Obwohl es windstill war, flackerte plötzlich die kleine Flamme des Streichholzes unruhig, und der Mann spürte einen Luftzug hinter sich. Langsam drehte er sich um und erstarrte vor Entsetzen.

Ein Hüne von männlichem Vampir in einem schottischen Kilt stand wie aus dem Nichts neben ihm, knurrend wie ein Wolf und mit langen, gefletschten Fangzähnen. Kurz dachte der Mann an eine feige Flucht, fühle sich jedoch schon im nächsten Augenblick am Kragen gepackt und in die Höhe gerissen.

Er wollte schreien, bekam das Kruzifix in der Jackentasche zu fassen und hielt es dem Vampir direkt unter die Nase. Zu seinem Schrecken lachte dieser jedoch amüsiert und schüttelte den Feind so lange, bis es ihm schwarz vor den Augen wurde.

Im Ballsaal herrschte abwartendes Schweigen. Die Geistermusiker hatten ihre Instrumente weggelegt und stierten mit leeren Blicken auf die Gästeschar.

Plötzlich ging ein Raunen durch die Menge. Die Vampire bildeten eine Gasse, durch die Daniel nun mit dem bewusstlosen Sterblichen heranschritt, den er mit ausgestrecktem Arm noch immer am Kragen hielt.

Vor Catherine blieb er stehen und warf den Vampirjäger mit verächtlicher Miene auf den Boden. Teils entsetzt, teils fasziniert betrachtete Catherine den Ohnmächtigen. Er war noch recht jung und trug eine ähnlich saloppe Kleidung, wie Daniel sie während des Ausfluges nach Culloden getragen hatte.

»Dummer Kerl!« Daniels Stimme triefte vor Hohn. »Sehr einfältig von ihm zu glauben, dass uns ein Feuerchen unter dem Hintern vernichten könnte.«

Die anderen hatten wieder einen Kreis gebildet, sie traten langsam näher, knurrend und fauchend, den Blick fest auf die Köstlichkeit gerichtet, die allmählich wieder zu Bewusstsein kam. Doch sie machten keine Anstalten, über das Opfer herzufallen, obwohl einigen von ihnen bereits Fangzähne gewachsen waren.

Daniel blickte seine Gefährtin schmunzelnd an, deutete eine vornehme Verbeugung an und machte eine einladende Handbewegung. »Er gehört dir, mein Liebling. Du hast heute etwas Schreckliches erlebt, und nun sollst du für deine Rückkehr belohnt werden.«

Ihr Entsetzen wich einer fast kindlichen Freude. Entzückt betrachtete sie das am Boden liegende Geschöpf, das nun vollends zur Besinnung gekommen war und sich hektisch umschaute.

Catherine näherte sich Schritt für Schritt; eher flüchtig bemerkte sie, dass zum ersten Mal ihre Fangzähne ausgefahren waren und ein tiefes Knurren ihrer Kehle entwich. Ja, Catherine war bereit für ihren ersten Biss. Sie war bereit, das Blut dieses jungen Mannes zu trinken, bis zum letzten Tropfen. Die Bedenken gegen solch eine Tat waren vergessen, ihre Skrupel hatte sie restlos über Bord geworfen.

Mit vor Schreck geweiteten Augen setzte sich der Vampirjäger auf; obwohl er in Todesgefahr schwebte, kam ihm nicht in den Sinn, sich zu wehren, denn er war wie gelähmt. Arme und Beine gehorchten ihm nicht mehr, und sein Verstand hatte ausgesetzt.

Sein Blick war verzückt auf das schöne kalkweiße Wesen im roten Satinkleid gerichtet, auf die unnatürlich leuchtenden Bernsteinaugen und die schön geschwungenen roten Lippen, die sich öffneten und ein Raubtiergebiss freigaben. Das faszinierende Geschöpf kam mit leichten Schritten auf sein Opfer zu. Ihm schien, als würden die Füße der Vampirin kaum den Boden berühren.

Mit leicht geöffnetem Mund hob der Jäger den Kopf, denn die Vampirin stand nun direkt vor ihm. Er versuchte, sich zu erheben, ihr Fauchen jedoch hinderte ihn daran. Noch nie hatte er ein vollkommeneres Lebewesen als diese Frau gesehen – und er wollte nur noch eins: Dass sie sein Blut trank!

Catherine stieß ein Geräusch aus, das wie eine Mischung aus Stöhnen und Grollen klang. Mechanisch raffte sie ihren Rock und ging quälend langsam in die Hocke, ihr Blick hypnotisierte den des Opfers. Ihr Gesicht näherte sich seinem Hals, der Blutdurst wurde fast übermächtig.

Bereitwillig neigte der Vampirjäger seinen Hals zur Seite, und ein allgemeines Stöhnen ging durch den Saal, als Catherine sich über den jungen Mann beugte, der ergeben die Augen schloss und sich nach dem Todeskuss von diesem traumhaften Geschöpf sehnte.

Catherine kostete jede Sekunde aus, sie roch das warme Blut, das unter der Haut des Mannes pulsierte, und knurrte noch einmal, bevor sie ihre Eckzähne in das nachgiebige Fleisch schlug.

Sie saugte und trank in langen Zügen, setzte ab und fuhr sich genüsslich über die Lippen, bis sie sich erneut an der Quelle des Lebens festsaugte. Nichts war delikater als das Blut eines Menschen, der eben noch lebendig gewesen war – alles andere war nur ein billiger Ersatz.

Erst als der Jäger seinen letzten Atem ausgehaucht hatte, schlaff und bleich am Boden lag, ließ Catherine von ihm ab, doch sie spürte weder Reue noch Mitleid mit ihrem Opfer.

Als sie sich majestätisch erhob, umringten sie die anderen Vampire, darunter Audrey, die begeistert klatschte und rief:

»Gratuliere, Catherine. Jetzt bist du eine von uns!«

Benommen blinzelte Catherine, sah die lächelnden weißen Gesichter und begriff endlich, dass ihr diese eine Prüfung gefehlt hatte, um vollständig in die Welt der Vampire aufgenommen zu werden. Sie hatte die Prüfung bestanden und somit bewiesen, dass sie imstande war, einen Menschen zu töten, um sich an seinem Blut zu laben.

Aus den Augenwinkeln sah sie, wie sich Daniel aus der Menge herausschälte, und wandte sich ihm zu. Ihre Fangzähne waren verschwunden und ihre Augen wieder klar. Sehnsüchtig streckte sie die Arme nach ihrem Liebsten aus.

Er küsste sie ungeniert und raunte ihr dann zu, dass er stolz auf sie sei. Eng umschlungen standen sie da, und jemand rief, die Musikanten sollten wieder spielen. Doch das bekamen Catherine und Daniel kaum mit, versunken in ihrer Liebe standen sie da und merkten noch nicht einmal, dass um sie herum das Fest fortgesetzt wurde, als sei in der Zwischenzeit nichts geschehen.

Epilog

Fast ein volles Jahr blieben sie in South Carolina, dem »Palmetto State«, wie er auch ganannt wurde; erst dann hatten sich Catherines Konzentration und Willenskraft vollkommen entfaltet, und einer gefahrlosen Rückkehr nach Schottland stand nichts mehr im Wege.

Nach dem Fest war der Leichnam des Vampirjägers in der Nähe der früheren Baumwollfelder verscharrt worden. Wenig später berichteten die Zeitungen von einem gewissen Burt Sheldon, der spurlos verschwunden war und im Bekanntenkreis als Sonderling und Einzelgänger galt. Nicht einmal seine Familie schien zu wissen, dass Burt sich in den Kopf gesetzt hatte, auf Vampirjagd zu gehen. Die Polizei vermutete, dass der junge Mann sich entweder in einen anderen Bundesstaat abgesetzt hatte oder in einem der nahen Gewässer ertrunken war.

Audrey wusste zu berichten, dass täglich Menschen in den Staaten verschwanden und nie wieder auftauchten. Und so berichtete die Presse nach einigen Tagen überhaupt nichts mehr über Burt Sheldon.

Nach wie vor gefiel es Catherine in South Carolina. Wie sie und Daniel besaß auch Audrey moderne Kleidung, die sie bei ihren wenigen Aufenthalten in Augusta trug, um nicht aufzufallen. Meistens jedoch hielten sie sich auf der Plantage auf, die einst zu den schönsten des Landes gehört haben sollte. Catherine erfuhr, dass der Großvater von Audreys Ehemann die Silver Rose Plantation gegründet und zunächst Indigo, Reis und Tabak gepflanzt hatte, sich sein Sohn dann jedoch für den Anbau von Baumwolle entschieden hatte.

Catherine sah das Haus in seiner alten Pracht, und als sie Daniel fragte, ob auch Camshron Castle in Wahrheit eine Ruine sei, verneinte er. Das Schloss war durch die Jahrhunderte hindurch von den Geistern der ehemaligen Bediensteten in Stand gehalten worden, denn es lag so tief in den Highlands, dass sich kaum jemand aus der Gegend dorthin verirrte, der sich wundern konnte, dass das Anwesen stets gepflegt war, oder der sich fragte, wieso man den Schlossherrn niemals zu Gesicht bekam und man nichts Näheres über ihn wusste.

In South Carolina war die Situation anders, denn das Gebiet war relativ dicht besiedelt, und es wäre wahrscheinlich rasch aufgefallen, wenn die alte Plantage, deren Besitzer dem Bürgerkrieg zum Opfer gefallen waren, aussähe wie zu früheren Zeiten.

Manchmal gingen Audrey und Franklin auf die Jagd, und gelegentlich gelang es ihnen sogar, ein Opfer zu finden. Catherine und Daniel beteiligten sich hingegen nicht an diesen Jagden, denn sie wollten keineswegs so abhängig von frischem Blut werden wie ihre Gastgeber.

»Das Blut eines lebenden Menschen kann schnell süchtig machen«, erklärte Daniel, »so ähnlich wie der Alkohol bei den Sterblichen.«

Catherine verstand. Oh ja, sie hatte es genossen, das frische Blut des Vampirjägers zu trinken, war sich jedoch darüber im Klaren, dass dies ein besonderer Leckerbissen gewesen war und sie sich in Zukunft eher von Tierblut oder dem eines soeben Verstorbenen begnügen musste. Das war unauffälliger – nicht auszudenken, wenn in Schottland immer öfter Menschen verschwinden oder blutleer gefunden würden, denn dann müsste man damit rechnen, dass jemand Verdacht schöpfte und auch die Highlands von unerschrockenen Jägern heimgesucht würden.

Nach der langen Zeit im alten Süden freute sich Catherine auf die dicken, trutzigen Mauern von Camshron Castle; Angst vor der Rückreise verspürte sie nicht. Seit dem schrecklichen Vorfall vor einem Jahr hatte sie kaum noch an Giselle gedacht, sodass die Herzogin endlich aus ihrem Unterbewusstsein verschwunden war. Es hatte einige Wochen und gutes Zureden von Audrey und Daniel gebraucht, bis Catherine sich nicht mehr einredete, dass Giselle sich rächen wollte.

Die Rückreise verlief komplikationslos. Eben noch hatte sich Catherine herzlich von Audrey und ihrem Gefährten verabschiedet, und im nächsten Augenblick stand sie an Daniels Seite in der vornehm kühlen Halle von Chamshron Castle.

Sie tauschten einen verliebten Blick, und dann kam auch schon William herangerauscht, im Schlepptau einen fremden Mann, der aussah wie eine jüngere Ausgabe des Butlers. Auch das Geisterpersonal war zur Begrüßung in der Halle erschienen – bleich und durchscheinend standen Zimmer- und Serviermädchen, Hausburschen und sowie Köchin Rosie mit ihren Helfern im Halbkreis vor der Treppe, ohne einen Ton von sich zu geben.

William stellte den Mann nach der Begrü0ung als George vor. »Er ist mein Lehrling, Mylord, und kann bereits einige Fortschritte verzeichnen. Wenn ich in ferner Zukunft das Zeitliche segne, wird er alles von mir gelernt haben und Ihnen treu dienen.«

Als sie etwas später die Galerie erreicht hatten, erkundigte sich Catherine bei Daniel, wo William seinen jüngeren Doppelgänger aufgegabelt hatte. Er wusste es nicht.

»Ich interessiere mich nicht für die geheimen Magierverbände, und es geht mich auch nichts an«, sagte er. »Erstaunlich, dass sich diese Butler nicht nur innerlich ähneln, sondern auch äußerlich. Aber darüber mache ich mir keine Gedanken, Hauptsache, es wird immer jemand auf Camshron Castle geben, der sich um unser Wohl und den Haushalt kümmert.«

Der gleichen Meinung war auch Catherine. Es war egal, wer das Schlosspersonal herbeirief und herumscheuchte, wer das nötige Blut besorgte und Camshron Castle mit einem Bann gegen unerwünschte Eindringlinge schützte. Wichtig war nur, dass es jemanden gab, der dies erledigte. Auch wenn Catherine die Plantage so gesehen hatte, wie sie vor dem Bürgerkrieg gewesen sein mochte, so waren Haus und Nebengebäude in Wahrheit längst baufällige Ruinen. Und Catherine behagte der Gedanke, dass auch das Schloss ohne die Magier schon lange dem Verfall preisgegeben wäre, nicht sonderlich.

Daniels Blick hatte sich verändert, der dunkle Kreis um die Iris seiner Augen hatte sich verdunkelt.

Catherine wusste genau, was diese Veränderung zu bedeuten hatte. Und dabei hatten sie doch erst kurz vor der Heimreise miteinander geschlafen.

Wortlos nahm Daniel ihre Hand, um sie ins Schlafzimmer zu ziehen, doch ausnahmsweise wollte sie ihn – aus gutem Grund noch etwas zappeln lassen.

»Geh nur vor«, bat sie mit sanfter Stimme. »Ich möchte noch einmal mein ehemaliges Gästezimmer betreten, um endgültig Abschied von meinem früheren Leben zu nehmen.«

Er nickte verständnisvoll, denn auch er hatte einst diese Phase durchgemacht, nachdem er bereits mehr als zwei Jahre Wiedergänger gewesen war.

Ihre Wege trennten sich auf der Galerie, und während Daniel den östlichen Trakt mit seinen Räumlichkeiten betrat, schlenderte Catherine gedankenverloren in die andere Richtung, in den Gästetrakt.

Sie erinnerte sich an ihren ersten Tag auf Camshron Castle, an ihre Ahnungslosigkeit und die verwirrten Gefühle, die sie nach dem Kennenlernen des Schlossherrn empfunden hatte. Sie dachte an den erlittenen Schock nach der Erkenntnis, dass sie einem Vampir auf den Leim gegangen war, und an seinen Abschiedkuss, der ihr Leben verändert hatte.

Das Gästezimmer sah so aus, als hätte Catherine es niemals verlassen. Das Aluminiumköfferchen stand neben dem Wandschrank, und für einen Moment verspürte sie das Bedürfnis, ihren Kamerakoffer zu öffnen. Doch dann entschied sie sich anders und stellte ihn ins Innere des Schrankes. Vielleicht kam ihre Lust am Fotografieren zurück ... und wenn nicht, dann war das auch kein Drama.

Catherine hatte durch ihre neue Existenz zwar ihre frühere Kreativität verloren, doch so viel dafür gewonnen, dass es keinen Grund zum Nachtrauern gab.

Ihr Blick fiel auf das Handy, das ausgeschaltet auf der Wäschekommode lag. Sie stellte es nach mehr als einem Jahr wieder an; es waren einige Anrufe von Rupert Carson und Clara darauf. Beide hatten Nachrichten auf der Mailbox hinterlassen. Der Verleger hatte ihr mitgeteilt, dass der Bildband ein großer Erfolg sei und sie sich bitte melden möge, falls sie nach einem neuen Fotoauftrag suchte. Auch Clara hatte einige Worte hinterlassen; sie hatte vor, mit ihrem Kavalier in seine Heimat, nach Wales, zu ziehen, um dort gemeinsam ihre alten Tage zu verbringen.

Erleichtert stellte Catherine das Handy aus und legte es in eine Schublade, denn sie brauchte nie wieder ein Telefon. Sie warf einen letzten Blick in das angrenzende Bad und lächelte. Inzwischen hatte sie am eigenen Leib erfahren, wieso Vampire froh waren, dass sie keine Körperpflege benötigten, und es vermieden, mit dem Schiff zu reisen ...

Sie fürchteten sich vor Wasser, wie es nun auch bei Catherine der Fall war.

Noch einmal blickte sie sich in dem Zimmer um, in dem ihr Schicksal seinen Anfang genommen hatte, dann zog sie entschlossen die Tür hinter sich ins Schloss.

Kerzengrade, mit stolz erhobenem Kopf und majestätischen Bewegungen, schwebte Catherine durch den Gang zum gegenüberliegenden Trakt. Auch wenn sie niemand sah, so war sie sich ihrer außergewöhnlichen Schönheit bewusst, und es gab nur eine einzige Person, die sie mehr liebte als sich selbst – Daniel Lord of Cameron, den Mann, für den sie jederzeit alle Qualen noch einmal erleiden würde, um so zu werden wie er …

ENDE

